教育部人文社会科学重点研究基地重大项目“中国古典文艺美学的现代价值研究”结题成果

广东省教育厅人文社会科学研究重点项目“现代文艺学视野中的中国古代文论”研究成果

暨南大学“211 工程”第三期建设项目“比较文艺学与海外华文文学”资助

中国古典文艺美学的现代价值研究丛书

主编 蒋述卓 刘绍瑾

古今对话中的中国古典文艺美学

GUJIN DUIHUA ZHONG DE ZHONGGUO GUDIAN WENYI MEIXUE

蒋述卓 刘绍瑾 著

暨南大学出版社
JINAN UNIVERSITY PRESS
中国·广州

图书在版编目（CIP）数据

古今对话中的中国古典文艺美学/蒋述卓，刘绍瑾著. —广州：暨南大学出版社，2012. 3
（中国古典文艺美学的现代价值研究丛书）
ISBN 978-7-5668-0103-6

Ⅰ. ①古… Ⅱ. ①蒋…②刘… Ⅲ. ①文艺美学—研究—中国—古代
Ⅳ. ①I01

中国版本图书馆 CIP 数据核字（2012）第 019147 号

《古今对话中的中国古典文艺美学》
著　　者：蒋述卓　刘绍瑾
策划编辑：史小军
责任编辑：李　艺
责任校对：黄　球　黄　斯
地　　址：中国广州暨南大学
电　　话：总编室（8620）85221601
　　　　　营销部（8620）85225284　85228291　85228292（邮购）
传　　真：（8620）85221583（办公室）　85223774（营销部）
邮　　编：510630
网　　址：http://www.jnupress.com　http://press.jnu.edu.cn
排　　版：广州市天河星辰文化发展部照排中心
印　　刷：佛山市浩文彩色印刷有限公司
开　　本：787mm×960mm　1/16
印　　张：20.75
字　　数：341 千
版　　次：2012 年 3 月第 1 版
印　　次：2012 年 3 月第 1 次
定　　价：39.00 元

总 序

新时期以来，在现代性的策动下，我国文艺理论、美学界出现了观念多元化和形态多样性的发展态势。怎样建设立足本土、面向未来的文艺美学新形态，成为学术界关注的热点。近年来，“中国古代文论的现代转换”、“西方文论的中国化”更成为文艺理论界两大关注焦点。“中国古代文论的现代转换”这一论题的实质在于：如何运用中华民族自身的文论传统资源作为内在的基础和文化命脉，面对全球化程度日益加强的现实语境，处理好文论建设的现代性与民族性的关系，创造出既有现代思维高度、又具有民族性的新的文论形态。到目前为止，学术界对这一重大问题的研究成果已有不少，有些达到了较高水平。但总体来看，更多的是宏观上、倡导式的，在理论方法上兜圈子，鲜有把那些意识和方法运用到文论、美学建设的实际中的扎实之作。

因应理论上的挑战和学术界的趋势，我们较早地进入了这方面的思考和研究。其中一个重要的基础性工作，就是在2005年由北京大学出版社出版，由蒋述卓、刘绍瑾、程国赋、魏中林等编著的《二十世纪中国古代文论学术研究史》一书。如果说“一切历史都是当代史”的话，那么古人的文艺思想在本质上都具有当代性。但是这种“当代性”内涵只有在不断的历史阐释活动中才能展现出来。20世纪的中国古代文论研究，正是在现代学术规范、现代文艺思想的“当下视阈”中对古典文论文本的阐释过程。这一阐释过程体现出来的也正是“历史语境”和“当下语境”的“视界融合”。20世纪的学术史，不是对过去了的研究历史的简单追述，而是对学术转型时期学术思想、学术理路的反思，从那段学术历史的回顾与反思中能预测未来的可能方向。

在这个既有的基础上，我们在2005年，由蒋述卓教授领衔，以其山东大学文艺美学研究中心兼职研究员的身份，成功申报了教育部人文社会科学重点研究基地重大项目——“中国古典文艺美学的现代价值研究”。现在奉献给读者的，就是这个重大项目的结题成果。

“中国古典文艺美学的现代价值研究”这套丛书从古今对接、中西对话的宽广视野，深入探讨中国古典文艺美学的现代价值和当代意义，研究中国古代文论参与现代文艺理论建设的可能性和发展方向。以这一主题为中心，通过整体考察、专题研究、个案分析相结合的方式，把历史沉思与理论探究结合起来。具体来说，该丛书以如下四本论著来展开论述：

其一，《古今对话中的中国古典文艺美学》。这是撰著者蒋述卓、刘绍瑾近年来对他们赖以起步的中国古代文论、中国古典文艺美学研究的拓展和深化，也是我们主编的这套丛书所涉及课题的理论反思和方法建构，主要探讨了实现古今对话的基本途径，从学术史上回顾了中国古典文艺美学的现代化历程，并从文化视野上观照中国古典文艺美学的民族精神。我们主张以开阔的比较视野和对话意识，立足本土，探寻中国文艺美学的“源头活水”，超越中国当代文论的无根性危机。只有获得了深厚宽广的本民族母体支撑的思想文化建设，才能获得精力弥满、取之不尽的力量源泉。该书为本丛书建立了基本的框架和理论视阈。

其二，《通向现代的中国古典文艺美学范畴》。该书是蒋述卓、刘绍瑾近年来自己撰著或组织暨南大学文艺学博士生完成的一部富有特色的古典文艺美学范畴研究著作，主要研究现代文艺批评、现代文艺美学建构中存活的中国古典文艺美学范畴、概念、术语，分析它们的古典意义及其在现代的生成、延展甚至误读。古典美学范畴研究成果斐然，但走出围墙、打通现代的范畴研究，则是本书的一种新的尝试。从20世纪20年代提出用科学的方法“整理国故”，到50年代开始提倡的“古为今用”，再到90年代热炒的“现代转换”，这方面的理论、方法提出了不少，但现在最需要的是扎实的、具体的实践。在现阶段，一些畅谈中国美学值得继承的优良传统的宏观论述固然有其价值，但从问题、范畴、概念入手，探讨其古今对接的可能性的具体个案研究，尤为需要。通过这一系列走出围墙、打通现代的范畴研究，中国古典文艺美学那种一以贯之、生生不息而又不断创化的精神，于斯可见。

其三，《移动的诗学——中国古典文论现代观照的海外视野》。该书由李凤亮教授在暨南大学任教期间主持撰写，深入而系统地研究了海外华人学者在中西、古今对接上的经验，为我们思考中国古典文艺美学的创造性转化提供了一个重要的参照。学界此前的相关研究，主要以大陆文艺理论界的实践和经验作为总结对象，而忽略了海外。海外华人学者（含在海外求学且经常往返海外的台港学者）作为一种学术群落，其文化身份之于中国传统，具有“自我”与“他者”、“看”与“被看”兼而有之的色彩，具有与纯粹的大陆学者不同的文化立场、思维方式和阐释视野。他们往往“置身于”西方文化中心和最新文艺理论思潮的“现场”，吸收并参与这些理论思潮的起伏与讨论，但同时又始终不忘对中国传统的“根”的体认和再造。这样，他们就能把中国古典诗学和中国传统美学放到中西比较的大视野下，以西方最新的理论为参照进行开掘与阐发。这样的结果，不仅有力地彰显了中国古典美学的世界意义和价值，而且从某种程度上实现了中国传统文艺思想的现代阐释和创造性转化。

其四，《庄子的“古典新义”与中国美学的现代建构》。该书由佀同壮在暨南大学文艺学博士学位论文基础上扩展而成，是一个古典文艺美学现代生发的个案研究。该书系统研究了20世纪的庄子美学研究与阐释，着力探讨古典的庄子怎样通过现代阐释进而参与到中国美学的现代进程中来。通过对这一在古典时期有重要影响的传统文艺美学个案现代生发的考察，揭示出古典向现代转化及重新生成的价值意义与实际可能。“古典新义”一语采自闻一多《古典新义》一书，不仅意在提示闻先生及其前辈先贤对庄子美学现代阐发的开创之功，也隐然展示了该著作者站在前人肩膀上继续开拓的用意和雄心。

刘彦和曾言为文之用心：“方其搦翰，气倍辞前；暨乎篇成，半折心始。”毋庸讳言，我们的研究和工作还有很多不尽如人意之处。中国古典文艺美学现代价值的发掘、现代文艺学建设中传统文论的参与，既是一个理论命题，又具有鲜明的实践品格。与其说它是目的，不如说是过程，是一个丰富的、具体的、鲜活的展开过程。实现中国文论的古今对接、揭示古典文艺美学的当代价值和现代意义、强调新世纪中国文艺美学建设返本开新的重要性和必要性，这是我们的一种努力方向，但这一方向更应凸显其开放性、进行时和多元途径。考虑及此，我们这套丛书的“不尽如人意之处”，也许会成为学界同仁深入肌理、探骊得珠的引玉之砖了！

最后，本丛书的立项与写作，得到了山东大学文艺美学研究中心及谭好哲教授的支持，在此特致谢忱！同时，本丛书的出版还得到了暨南大学“211工程”第三期建设项目“比较文艺学与海外华文文学”的资助。暨南大学出版社总编史小军教授、本丛书的责任编辑李艺女士，都对该丛书的出版付出了智慧与辛劳。值此丛书出版之际，我们谨向上述各位表达最诚挚的敬意和感谢！

蒋述卓　刘绍瑾

2012年2月10日于暨南园

目　录

中篇 中国古典文艺美学学术研究的现代视阈

下篇 文化视野下中国古典文艺美学民族精神之阐发

引　言

本书所指的中国古典文艺美学，是以中国古代文学理论为主体，涵盖绘画、书法、音乐理论等在内的中国古代文艺理论和批评。在此，我们采取一种模糊的界定。之所以以中国古代文论为主体，首先是因为这一理论命题最初是在文学界引起，是在面对文学理论建构和当代文学批评的“失语”问题所引发的一系列讨论中得以凸显的。至今，对这一命题的思考学者最多、着力最著、成果也最为丰厚的，正是中国古代文论界。其次，中国古代的文化形态本来就是文史哲不分家，各门艺术理论不分家。理论思维的相似，理论命题之间的互渗和影响，又使得对古代文学理论的探讨无法离开其他艺术理论而进行，而艺术理论又有赖于中国古代的哲学和文化所提供的思想资源，对中国古代文论的探讨，又必然地要谈及中国古代的哲学和文化。因此，中国古代文学理论、中国古代文艺理论和中国古典文艺美学之间也就存在着较为宽泛的重叠地带。再次，因为中国古典文艺美学的庞杂，从抽象、普遍的层面来探讨其价值，对象的丰富性和诗意感性必然容易流失，西方分析美学的弊端正在于此，而这却刚好是古典文艺美学的民族特色所在，是需要我们极力阐扬的。因此对中国古典文艺美学的探讨，也就必然需要落实到具体的对象中，而中国古代文学理论正是这样一个具有宽泛包容空间，同时又积淀了较多学术实践的领域。以中国古代文论为主体来探讨中国古典文艺美学的价值，也就具有较为明确的对象，不至于纷芜无着。而这也就是本书中，中国古代文论、中国古典文艺美学、中国诗学等概念混用的根本原因，它们正是从不同角度、不同具体对象来切入中国古典文艺美学；舍弃这些具体的层面，中国古典文艺美学为何，必将道不清、说不明。模糊界定与明确对象之间，正是出于对课题内涵的辩证把握。

探讨中国古典文艺美学的现代价值，学术界已有不少开拓，但对“现代”的理解并不一致，而这也就决定着研究成果的差异。本书对“现代”有自己的理解：

第一，中国古典文艺美学的现代价值，不仅仅指它们古为今用，满足当下的某种需要，这样容易割裂古典美学的本义。由于古典文艺美学的整体性特征，使得其现代价值的开掘，必须进行根本性的还原，并在此基础上实现整体性的思维的转换，从而与当代文论建设和实践对接起来。现代价值的开掘要充分尊重古典文艺美学的主体性，只有建立在古今对话的基础上，才能谈得上古典文艺美学的现代价值，并树立民族文化的主体地位。

第二，中国古典文艺美学的现代价值的实践是一个历史的过程。从晚清开始，一代又一代的学人就已经开始站在现代立场、采用现代学术方法对古典文艺美学的内涵和价值进行深入的开掘，因此，“现代”一词就带有动态的意味。中国古典文艺美学的现代价值就是在现代视阈下对古典文艺美学不断进行阐释的学术史历程。今天我们不能脱离现代的学术传统来探讨这一命题，只有站在这一现代传统的基础上反思其得失，才能真正推进现代价值的开掘。

第三，中国古典文艺美学的现代价值，其“现代”包含着复杂的“现代性”内涵，其中最为重要的是“民族性”与“世界性”之间的复杂张力：①在全球经济一体化时代，文化本土化成为与之相伴随的一种趋势，文化的民族性正是民族立足于世界的根本；②现代性的追求和反思，尤其是当代西方现代性后果、危机等所带来的一系列问题使得中国古代智慧得以显现其价值，展示其世界性意义，而这种世界性意义的获得又是以本土性特征和民族性精神为其基础的；③中国古典文艺美学的“古典性”、“民族性”有赖于“现代性”、“西方性”等作为其参照系来比较和呈现，因此，比较视野正是中国古典文艺美学展现其“古典性”、“民族性”的前提，同时又是实现其“现代性”与“世界性”的契机。在此意义上，比较视野就不仅仅是一种视野和方法，而是获得了某种根本性的地位。而中西比较的成功实践，则有赖于“文化整体性”的视野，它是比较得以开展的基础。因此，方法论上的比较和文化视野，就成为现代性的根本内涵。

概言之，立场上的整体还原与古今对话、思路上的学术史总结与反思以及方法上的比较和文化视野，正是中国古典文艺美学现代价值开拓的理论前提和方法论基础。这也是本丛书始终贯彻的原则。作为本丛书的总纲，本书（《古今对话中的中国古典文艺美学》）分为上、中、下三篇。上篇为“中国古典文艺美学现代价值的理论审思”。该篇对中国古典文艺美学的现代价值和当代意义，中国古典文艺美学现代转换的基本思路、方法和途径进行了理论审视和反思，并建构了我们的基本思路。也就在这一部分，我们凸显了还原与对话的立场、学术史反思意识和比较与文化视野的方法，并提供了古今对接的三条途径，尤其突出了海外视野的重要参照意义。中篇为“中国古典文艺美学学术研究的现代视阈”。该篇对中国古典文艺美学一百多年来的现代研究历程进行学术史的回顾，在纷繁的学术史成果基础上彰显现代建构的历程。第一章从20世纪八九十年代出版的几种中国古代文艺美学著作入手，阐述了“中国古典文艺美学”这一学科命名的合理性和理论意义。第二、三、四章回顾新中国成立前的成就，从中国文学批评学科的建构、“整理国故”运动，以及作为一个现代命题的“六朝美学”的学术张力来思考中国古典文艺美学现代建构的几个关键问题。后四章则是对1980年代以来在国门打开、外来理论影响下的中国古典文艺美学研究面貌的描述，突出了“文化学研究”、“中西比较研究”和现代阐释学、接受美学在新时期中国古典文艺美学现代建构中的根本地位。下篇为“文化视野下中国古典文艺美学民族精神之阐发”。该篇在文化视野的观照下，具体挖掘了中国古典文艺美学的民族特色和精神，从而凸显中国古典文艺美学的主体性。前三章从宏观层面思考中国古典文艺美学的人文精神、哲学智慧和表达上的东方特性。第四、五章扣住“文气”、“飞动”两个范畴，从文化视野上给予这两个范畴以整体的观照，还原这两个带有根本性的范畴在中国古典文艺美学中的本来面目。第六、七、八、九章则从跨文化、跨学科视野，打通宗教与文艺的关系，寻找中国古典文论的精神、思维和表述方式的文化根源。作为同样面对外来思想影响的当下文论界，佛教与中国文艺美学关系的探讨蕴涵着更深的关于中西文化碰撞和交流中若干关节问题的深入思考和关怀。由于道家美学在后面有专书论述，故本部分不予重复。最后一章则从中国古代文论的复古思潮中，探寻儒、道不同的复古观对中国古典文艺美学内在精神以及具体诗学形态的影响，从而从总体上思考中国古典文艺美学的“思维范型”问题。如上所述，对古典文艺美学的整体性还原，正是其包含“民族性”与“世界性”张力的“现代性”内涵的题中之义，是实现中国古今文艺美学对话的前提和基础。

上　篇

中国古典文艺美学现代价值的理论审思

第一章

中国古代文论的现代价值和当代意义

在现代化建设的进程中，如何对待中国传统文化，如何看待中国古代文论的传统及其当代价值，已然成为一个不可回避的问题。这一问题不仅仅关涉价值评价，更重要的是关乎一种思想观念和方法。有的学者仅从价值方面入手，看到的只是古代文论的历史价值，他们认为古代与近现代文化已经是不同的文化形态，古代文论难以进入当代文论思想体系之中，最好只将古代文论当作文化遗产来看待。这是有失偏颇的。应该看到，文化传统是流动的，中国古代文论作为中国文化传统的一部分，也随着文化传统的流动而进入当代文化与文学的建设中。古代文论作为精神文化、思想观念方面的文学遗产，更是以其思想的继承性和超越性，跨越时空，对当代文化建设产生积极影响。

中国古代文论是世界文明与文学理论体系中重要的一支，它与西方欧美文学理论、东方印度文学理论等成为世界文明的宝贵财富，植根于中国文化土壤之中。中国古代文论有自己的思维方法、入思方式、表达方式，有一整套较为完整的理论命题和范畴体系，是具有强烈民族个性和特色的文学理论。对中国古代文论传统的尊重、继承以及在当代的弘扬，是一个成熟民族理应担当的责任。有的学人以西方重逻辑、重理性辨析的传统去苛求中国古代文论，这在思想方法上首先是错误的，同时也是缺乏民族自信的表现。因此，正确对待中国古代文论的当代价值，首先不能自我贬低中国古代文论。只有建立在自信的基础上，才能产生尊重传统的敬仰之心，也才会有重建中国文论身份的信心和希望。

重建中国文论身份，的确是当今先进文化建设的需要。近几年来，学者们都在讨论当今中国文论的“失语”问题，主要针对的问题就是当今文论界太过于西方化，文论体系已成为“一个带有浓厚西式风格的建筑”①，而要重建中国文论身份，就应在中国文论传统中寻找其与现代精神相符的内核，并且从人文价值入手，根据现代社会的发展需要，在价值取向上获得更多的启示。我赞同代迅提出来的观点，他说：“中国古代文论并非仅仅沦为被研究的客体，透过西式的概念范畴和思想体系，在这个建筑不易

① 代迅：《中国古代文论：两种言说方式及其现代命运》，《文艺理论研究》2005年第3期。

为人们所察觉的内部，中国古老的思想传统依然发挥着制约和引导作用。”① 遗憾的是他没有对此继续发挥和阐释。在重建中国文论身份的过程中，中国古代文论的因子和精神自然会在当代文论中传承与延续下去。

二

在科技社会飞速发展的今天，东方的思维观并非毫无价值，越来越多的科学家认为，东方宇宙观将所有现象看作统一和相互联系的整体意识，恰恰对观察与把握世界最有启示性。西方科学思想则是将整体分解成若干类别进行研究，他们虽然也强调有机整合，但不是以整体为灵魂的。而中国思想中的宇宙观却将本质、变化、整体三者包含为一，在总体上把握并预测着事物的统一本质、相互联系与发展变化。“一切即一”，“一即一切”，“万变不离其宗”，“有无相生”，“一阴一阳之谓道”，“道通为一”，“惟变所适”等，都体现着高度的智慧。中国古代文论的整体观、变化观、辩证观也表现得最为充分，这种思维方式本身就是中国宇宙观与哲学意识的表现，它在中国当代文论建设中依然发挥着“制约和引导”的作用。比如“相反相成”的思想与马克思主义文论中的辩证观会融合在一起，对当代文论与文学批评产生深远的影响。又如中国研究者叶舒宪等人较熟练使用的“原型批评”法，虽是从西方舶来，但在他们用以解释中国的经典如《诗经》、《楚辞》时，就明显与中国学术研究中的“义理、辞章、考据”相统一的方法相融合，同时又受到中国古代文论重整体把握思维方式的引导。又比如古文论的诗性思维方式和表达方式虽然在当代文论中不大好体现，但重视审美分析与审美表达的因子还存在并起着潜移默化的作用，这在一定程度上冲淡了西方文学理论那种纯思辨和纯逻辑推理的色彩。其实，在当代学者的研究中，这种诗性思维方式还起着相当重要的制约作用，如杨义《李杜诗学》对李白醉态思维以及中国文化诗学的研究，对当代诗论建设也是有启发作用的。

中国古代文论所体现的“中和”精神，在价值取向上亦对现代和当代

① 代迅：《中国古代文论：两种言说方式及其现代命运》，《文艺理论研究》2005年第3期。

文论建设起着导向作用。“中和”既是一种待人处事的原则，也是一种处理人与自然、人与社会关系的态度，更是一种人的心态。“和”既对外也对内，既强调保持个体的独立与自主，同时又追求个体与群体、个人与社会的和谐融合，从而达到一种“适中”与“和合”的状态。这种价值观在当代社会发展中肯定是有作用的。从大处着眼，当代社会要追求生态的平衡、生存与发展的和谐都需要继承与弘扬“中和”的精神，处理好人与自然、人与人、人与社会、国家与国家、政治团体与政治团体等等之间的关系，才能保持人类社会的平衡、和谐与发展。就文学这一局部来说，文学也要保持“中和”的精神，不仅要在生产体制上创造和谐的生态环境，而且要在文类、文体、风格、题材等各方面保持平衡发展的和谐局面，不能出现过分偏倚或缺失的现象，如限制暴力倾向的描写，处理好警匪题材、帝王题材过多占有电视黄金时段的问题等，都是在保护文艺生态环境方面所做的有益工作。又比如庄子文学思想中所提倡的“朴素而天下莫能与之争美”的观点对于今日的保持环境美、生态美的日常生活追求，也会起到导向作用。

因此，从文化的脉线上说，提倡古代文论在当代的价值是继承文化的血脉，是当代社会弘扬文化传统的题中之义。21 世纪文化复兴的工程缺少不了古代文论这一环。像西方文艺复兴时代，又有哪一项不是借复归传统而实现创新的呢？当代与传统在文化的脉线上是贯通一气的，割断传统的做法是不明智的。如当今的历史剧写作，提倡以现代意识去重新处理历史题材自然是可以的，但由于太过张扬、太过现代，有的还将现代的民主观、权力观、个人观强加在古人身上，反而使历史与传统变得支离破碎起来。

此外，从文化的精神上说，古代文论所具备的知识智慧与生命精神充分体现着中国文论的精、气、神，当代文论对其精神的传承与延续也是重建中国文论文化身份的重要环节。比如古代文论中的“心物合一”观，强调世界、作家与作品文本三者之间的主客融合，这种主客体之间的“对话”、“交流”理论应当被视为今日文论的智慧源泉，并且仍然发挥着它深远的影响，其精髓已深入中国学人的骨子与血液里了。庄子很早就提倡“物化”理论，提倡自然与审美主体的双向精神往来；刘勰则说“心”与“物”之间能相互赠答：“目既往还，心亦吐纳；春日迟迟，秋风飒飒；情往似赠，兴来如答。”[①] “目”所及的“物”与“心”所纳的“物”之间存在一种“往还”与“吐纳”的“对话”过程，这种主客融合的“天人合一”智慧观又有谁能否认它的永恒价值呢？事实上，我们在李白的诗、苏轼的词、汤显祖的戏剧、曹雪芹的小说等古人的创作中都能感受到这种大智慧的存在，并深深为之折服，我们当代学人的思想方法中也或多或少打上了这种精神的烙印。其实，在当代的影视与小说作品中，真正的优秀之作，或者说能真正以民族特色打动东方与西方观众的，恐怕还是运用这种中国式的智慧所创作的作品，而不是仅仅模仿西方以“动作”为主、片面注重“目”与“物”的效果的作品。比如在东京举办的国际电影节上，中国的作品《暖》和《我们俩》都能获奖，它们都是以“心物合一”、“以情融物”去打动人的；而越南导演陈英雄创作的《青木瓜之味》等作品，就是以鲜明的东方特色，其中也包含着强烈的以情动人的成分去征服西方观众的；日本著名导演黑泽明的作品很大程度上也依仗这种东方式智慧的发挥，从而在国际上获得殊荣。“心物合一”、“主客合一”这种生存智慧与审美原则，应当成为全人类的共同财产，它在当代的价值还远没有得以传承与张扬。我们怎么能说古代文论仅仅只能是一种供研究的客体而缺乏当代的价值呢？

我们还得说到中国古代文论中的生命形式论及其所透露出的艺术生命观在当代的价值。中国古代文论非常重视“气”，“气韵生动”之所以成为古代文论、画论、乐论共同的理论命题，正是因为它张扬艺术的生命形式，主张艺术作品的有机统一，将艺术生命视为人之生命的精神投射。顾祖钊先生认为“气韵生动”论在整个中国文艺理论体系中处于关键位置，“如果人的传神之处称为‘阿堵’，诗的关键之处曰‘诗眼’，那么就气韵生动论之于中国文艺理论体系而言，也是牵一发而动全身的‘诗眼’所在”[②]。“气”本是人之生命存在必不可少的成分，血、肉、骨构成人之架构后必须有“气”的贯通，有气则生，无气则亡。古代文人将人之“气”推及于艺术，认为艺术作品之“气”才是作品存在的生命关键，并对作品

① 刘勰：《文心雕龙·物色》，据范文澜《文心雕龙注》本，人民文学出版社1962年版。

② 顾祖钊：《气韵生动与华夏审美理想》，载《东方丛刊》2005年第3期。

之“气”的存在方式进行了非常仔细和多方面的探索，到清代的桐城派还将“气”的探索延伸到语言构成的因素上去，可以说中国古代学人对“气”论的探索是十分精微的。但是，为什么有些当代学者会认为“文气”论是模糊的、是难以继承的呢？原因恐怕有两方面，一是还不了解古代文气论的精到与精微所在，二是古代文论研究者对文气论的内涵、价值作当代的阐释还不够充分，故而或多或少淹没了它在当代的价值，使其得不到更多的认可。在当代中国画领域，为什么会出现国画消亡论的论调，究其实，也与绘画界对古代画论传统包括“气韵生动”论的忽视有关。中国的文艺理论界在20世纪80年代极力推崇美国学者苏珊·朗格的“艺术形式是一种生命形式”的观点，却对古代文论的文气论不甚了解，笔者认为这是很不正常的。在这里，并不是说我们只要古代文论而不要西方文论，而是提出我们至少应该中西并重、中西融合，而不能只认西而不认中。古代文论中的“气韵生动”论又何尝退出过我们当代的雕塑、绘画、书法、音乐、文学领域呢？吴为山的雕塑、李可染和赵无极的绘画、沈鹏和李铎的书法、谭盾的音乐、王蒙与贾平凹的小说等，都继承和延续着“气韵生动”的理论，只不过这些艺术家们没有在理论上去专门标出而已。也就是说我们在当代对古代文论的“用世之心”还没有特意去标明和强调，但对其文化精神的传承和延续一刻也没停止过。作为本土传统的中国古代文论，由于当代文类和文化语境的变化，它的某些概念和范畴体系已然失去效能，但它的精神却是不会失效的，而我们对古代文论的继承应更多地放在对其思想方法和文化精神的传承和延续上，并在当代文化中发挥其作用。笔者很高兴地看到，早在2000年年底，在复旦大学召开的“20世纪中国古代文论研究的回顾和前瞻”学术研讨会上，已达成了这样的共识：在20世纪，中国古代文论不断地迎合现代文化，表现出无比高涨的参与意识，但又总被现代文论挤向边缘，挤出书斋。目前主流形态的现代文艺理论体系是西方的，传统文论中仅有某些与西方文论共通的理论观念被动地纳入西方文艺理论形态中。中国文论的“用世之心”在20世纪远未实现，而不仅仅是简单的“失语”问题。中国文论应当大胆实践，为传统文论在新世纪当代文化中寻找立足点，使古代文论中所蕴藏的审美精神、审美理想活跃于新的语境之中。[1] 古代文论界的这种见解是合乎实际的、开通的，而且对当今中国文论界的发展是有针对性和引导性的。由是而观，古代文论界的学者们并不是在提倡古代文论的“好箭”在当代的中的之用，而是在提倡古代文论的“箭法”以及“箭道”在当代仍可继承，使其文化精神、思想方法、审美精神、审美理想在当代仍能焕发活力。所谓“激活”也正是从这种角度去说的。

二

如果站在全球化的角度来叩问古代文论的当代价值，我们会觉得这种叩问更有意义。

一方面，这是中华民族百年来寻求在世界范围内获得文化身份的现代性诉求。中国自1840年鸦片战争以来，一直怀有对现代化追求的急切感，而且一直在向西方国家学习实现富强的办法，除了西方的各种技术以外，西方的各种思想观念也涌入中国。在追求现代化的进程中，中国并不持文化保守主义，而是想尽快地融入世界。20世纪上半叶的救亡图存运动，目标指向仍然是国家的现代化。下半叶的“超英赶美”和“大跃进”运动，又何尝不是包含着一种追求现代化的愿望，只不过因方法不当而呈南辕北辙的结果。改革开放以后，这种愿望变得愈加强烈。如今在经济取得飞速发展、综合国力有很大增强的状况下，又急切地叩问传统文化包括传统文论的当代价值，从深层的文化原因上看，亦是要在现代化的过程中重塑中国文化身份，取得世界文化的认同。笔者相信丰厚的中国文化资源经过调整、激活，必将成为中国步入现代化强国行列的强大人文动力和精神支撑。

另一方面，从全球地域化视野看，古代文论的现代转化具有实现本土文化建设和实现中华文化伟大复兴的意义。当今世界文化思潮从总体上看是越来越趋于全球化，但这种全球化主要是指全球范围内的国与国、地区与地区之间的相互联系、相互依存、相互补充，而不是指全球文化一体

---

① 王铁仙、王文英主编：《二十世纪中国社会科学·文学学卷》，上海人民出版社2005年版，第76页。

化、单一化。在许多国家和地区，对全球化的问题也有不少相反的看法，有的反对全球化，尤其是反对以英美文化为核心的霸权性的全球化，有的则主张保持与建设本土文化以抵抗全球化。在全球化的浪潮中，地域化的问题逐渐浮出水面。出于政治、经济以及文化发展的需要，一些带有地缘意义的政治、经济组织应运而生，如东盟、博鳌亚洲论坛以及不断扩大的欧盟等，美国21世纪初在部分中亚国家中推行的“颜色革命”运动也带有明显的地缘性色彩。于是，在全球化的背景下，又出现了一个全球地域化的词语，其意指在全球范围内地域性的文化在不断增长。

早在1997年笔者在一篇题为“论本土主义与全球一体化的冲突与融合”的文章中就提到：“本土主义的存在完全取决于文化差异，取决于文化传统的延传。”[①] 并指出本土主义与现代化并不冲突；本土主义与全球一体化既有冲突，也有融合。如今看来，全球地域化与全球化之间的关系是本土主义与全球一体化问题的延续和扩张。

在理论界也是如此。从国际文化交流的角度看，理论是无国界的，理论作为人类共同的文化财富，谁都可以享用，相互之间的借鉴与影响符合文化发展规律。但从理论生产、创造与继承的角度看，理论又是具有本土性和国别性的。它的创造带有一定的传统继承性，并具有地域或国别色彩。古代由于交流的不便，理论生产的地域性更强。在当代，理论生产的地域性色彩也不可避免。国情不同，理论生产者个人的文化背景、文化传统、文化立场不同，都会使其生产的理论带有地域性，赛义德的“东方主义”也是具有全球地域化色彩的。中国近二十年以来，引进了西方不少新理论，但传译、传播过程中也有诸多“误读”产生，它们在中国也被改造。比如后现代主义传入中国后，曾被人称为“伪后现代”，这正是因为国情的不同和接受过程中产生的变异，也属于理论转换过程中的“再创造”，这种再创造也带有地域性。

世界的全球化需要中国的加入，世界的全球化也不排除中国文化的本土特色。中国文论要得到世界文化的认同，必须具有它的异质价值。正是在和而不同、求同存异的原则下，中国文论才会突破西方中心主义而呈现

---

① 蒋述卓：《论本土主义与全球一体化的冲突与融合》，《广东社会科学》1997年第4期。

它的世界性。文化的全球化和世界性并不趋向文化的单一性，恰恰是文化的多元化才更能显示出各个国家、各个民族文化的长处，才更能显示出世界文化的丰富多彩。因此，叩问古代文论的当代价值，是为了进一步挖掘传统文论、传统文化的长处，加快中国文论的建设步伐，使中国文论更快地成为世界文论的有机组成部分，成为人类共享的思想资源。正是在这种意义上，叩问古代文论的当代价值才具备世界性的眼光。美籍华裔学者杜维明教授认为，在中国现代文明进程中，中国不仅要向西欧、美国学习，而且也要向非西方、非西欧、非美国的地方学习，才能更好地实现自我调节，“我们应该是在一个不亢不卑的多元文化背景下发展自己的长处，寻找各种双赢、互相学习、互惠的资源”①。叩问古代文论的当代价值，正是为了寻找发展自己文化长处的立足点，推进中国现代化的进程。

同时，古代文论现代转换的提出和继续讨论，是本土文化传统自然延续和实现其在当代的创造性转换的必然要求，符合文化生产与继承的发展规律。中国当代文艺理论的生产与创造，是在中国特色社会主义文化背景下进行的，它具备鲜明的中国性。它要根据当代中国的文艺经验进行理论创造，也要吸收中国古代与现代文论的优良传统，还要吸收西方古代、近代、现代文论的精华，这也是符合理论创造与继承的发展规律的。西方文论被吸收到中国当代文艺理论中来，不会也不能照搬，要进行创造性转换，为什么中国古代文论被吸收到当代文艺理论中来就不能实现创造性转换了呢？从文化传统的自然延续和内在要求看，中国当代文艺理论界要求实现古代文论的现代转换是很自然的，是本土文化建设的必然发展和内在要求，也是为了在21世纪中叶实现中华文化伟大复兴而提出的客观要求。

三

古代文论现代转换是实现其当代意义和现代价值的关键。从传统文化实现创造性转换以及古代文论现代转换的实践结果看，古代文论创造性的现代转换是有经验可借鉴的。

中国传统文化自20世纪初开始，就处于是否需要保持、是否可以实行

① 杜维明：《中国现代文明进程的人文思考》，载《东方丛刊》2005年第3期。

现代转换以及如何转换的争论中。五四时期，一部分人文知识分子主张反叛中国传统文化，追求西式文化，提倡以西方文化为主干建立新型的中国文化。他们甚至提出完全不要读中国传统的书，因为传统的东西阻碍了中国发展，必须抛弃。有个别学者甚至大声疾呼要全盘西化。而另一部分人文知识分子则认为要守护和回归中国传统文化，要保护中华文化之根，在返本的基础上实现创新，在还乡的同时进行“灵根自植”。他们中的一些人也并不完全排斥西学，主张承受和回抱中国的文化传统，在优美的文化精神传统中立定脚跟，“再在自己的立场上发展内在的宝贵生命和创造精神；再原原本本地看西方文化，以取法乎上，得乎其中”[①]。这就是后来被称为新儒家一派的典型主张。

新儒家一直以来都在进行传统文化创造性转换的实践，从20世纪20年代到六七十年代，这项实践曾取得了丰硕的成果。只是因为1949年以后，新儒家的一批人流散到港台与海外，而大陆又鲜有哲学家、思想家再做这样的鼓吹和实践，即使有如冯友兰等，也由于一定的压力而改弦易辙，故到了80年代后期，以至于提到新儒家，大多数中青年学者还是甚感陌生。新儒家立足于儒家思想并对其进行阐扬，他们根据20世纪世界的变化，援西入儒，返本开新，对儒家文化进行了重新阐发和弘扬。新儒家的价值不仅仅在于他们对中国哲学作出了创造性的贡献，还在于他们对传统诗学进行了创造性的现代转换。侯敏在其著作《有根的诗学——现代新儒家文化诗学研究》中曾对新儒家的文化诗学进行过全面的研究，指出新儒家不仅从中国哲学的宇宙观、人生观、本体观和价值观出发，建构了以“人化”—“心化”—“生化”为中心的中国诗学理论体系，而且还对中国古代诗学某些具有民族特色的理论范畴和美学观念，用现代意识和话语加以阐释。如他们分别以道、境、和、游、心等范畴为轴心，开展了对中国传统诗学的诠释。他认为“20世纪末，国内学界提出开展中国古代文论的现代转换。其实，这项工作新儒家早就开始实践了”[②]。笔者认为侯敏的这一提法是符合事实的。新儒家所进行的古代文论的现代转换，其经验是

---

① 方东美：《原始儒家道家哲学》，《方东美集》，群言出版社1993年版，第43页。

② 侯敏：《有根的诗学——现代新儒家文化诗学研究》，上海人民出版社2003年版，第10页。

值得我们重视的，那就是对本土文化的充分自信，在立足于中国哲学与文化传统的基础上，与时俱进，志在为20世纪的社会、人生寻找新的人生哲学与生命诗学，同时容纳吸收西方古典与当代哲学的思维与精神，自创成体系的中国诗学话语。

在中国现代诗学建设的道路上，除了新儒家一派外，还有像朱光潜、朱自清、闻一多、宗白华等一些属于审美派的哲学家与艺术理论家，也在进行着传统文论现代转换的实践。朱光潜在对西方悲剧心理学充分研究的同时，思考了中国诗论的问题；朱自清对古代文论中的重要范畴和概念进行了仔细的清理和现代诠释；闻一多运用西方人类学理论对中国古典文学现象进行了阐发；宗白华则着重对“意境”理论进行深入研究，建立了重视艺术生命、揭示艺术意境理论有机构成的一套新的“意境”理论。宗白华的理论受到王国维理论的影响，也与新儒家一派中的“生生诗学观”有内在相通之处，但宗白华更多地立足于分析中国艺术审美，在一种中西比较、中西融合的思维中创建了具有现代意义的生命美学。如果说朱光潜、闻一多等人的文化诗学实践还是“融而未明”的话，那么宗白华的理论则建构了现代中国文化诗学的初步形态。宗白华等人所进行的传统文论现代转换的实践也创造了值得借鉴的方法和途径。

还有一位重要的理论家的现代转换实践值得重视，那就是王元化先生。他在20世纪60年代所撰写、在80年代才出版的《文心雕龙创作论》内，既运用中国传统的考据、义理、辞章相统一的诠释方法，又运用中西比较的方法，站在现代理论高度，运用当代理论的“解剖刀”，对《文心雕龙》的重要理论命题、概念、范畴进行了现代诠释，挖掘它们在当代的重要价值。王元化先生所主张的古今、中外、文史哲“三结合”的综合研究法，也对中国文化诗学的建构作出了杰出贡献。

此外，海外学者叶维廉将古代艺术精神与当代世界现实结合起来，独推道家美学，用“以物观物”的审美方式来对抗甚至意图拯救西方科技异化的理论努力，宇文所安从“第三只眼”来审视中国文论的艺术精神和生命价值，也都不无启发。

四

从用中国智慧解决中国问题的角度看，古代文论现代转换的途径会是多元的，前途是光明的。

古代文论现代转换问题之所以还受到一些人的质疑，原因大约有二：一是认为口号与观念都提得不错，但转换的实绩却并不显著；二是在转换实践中有的学者将其简单化了，比如将转换理解成一种挪移，用古代文论的范畴去解释当代文学的问题，这自然会造成一种生硬和不合。其实，现代转换首先应该有一种思维方式的调整，有一种对当下文艺生存状况的精神回应。中国传统文论凝聚的是中华民族的智慧，我们首先应学会用中国智慧去解决中国的问题。

中国禅宗的创立就是用中国智慧创立中国理论的典范。禅宗的思维方式是不立文字，以心传心。禅宗对印度佛教的吸收并不拘泥于文字，而重在以中国式的感悟方式去领悟佛教的精神，从而实现了印度佛教的中国化。我们进行古代文论的现代转换，由于古代与现代文化语境已经转换，就应根据其回应当下的需要，从继承古代文论的精神与思维方式出发，而不是简单地进行一种词语和概念的挪用，或者简单地用古代文论的概念、范畴去解释当代文论的现实。那种认为古代文论概念、范畴在当代还可使用，就谓之于可以转换，否则就不可转换的看法与做法都是僵硬化和缺少中国智慧的。

前面笔者提到新儒家文化诗学的现代转换经验是值得重视的，主要是他们着重在精神传统上继承，根据对当下生存境遇的思考去对古代诗学概念、范畴进行现代诠释，并不是简单地进行个别与部分词语的挪移，而是一种整体上的现代整合。但是，我们学习这种经验时，又不得不对新儒家文化诗学的整体发展作更深入的拷问。因为古代文论传统并非儒家一家，还有道、佛部分。此外，在构建当代文论新话语、新体系时，也不可能完全儒家化。因此，古代文论现代转换的途径是多元的，对古代文论传统进行现代诠释与激活的方式也将是多样的。

在思维方法和表达方式上，古代文论的现代转换也不可能简单地沿用古代文论传统的重感悟、直觉和形象表达的方法，而应将感性与知性、理性逻辑结合起来。因为经过这一百年的训练，中国人在语言表达上已经习惯于现代白话文的表达，而现代白话文的语法是受西式影响的；中国人也习惯于用逻辑推理的思维去思考问题和表达所思考的结果。因此，将感性与理性、直觉与逻辑结合起来，是正确的选择。而之所以还提出保持感性和直觉，是因为中国的这一文论传统还有其鲜明的民族性。现代转换不能丢掉民族性，更不能放弃中国的文化立场，否则就形不成理论的主体性。创中国话语既需要理论的自信，又需要选择一种正确的话语表达方式和思维方式。笔者相信，充满智慧的中国人经过努力一定会找到解决问题的办法，尽管这种寻找是艰难的。但是，丢弃传统去找肯定会陷入迷途，这正如禅宗批判的那样，放着自家宝藏不用，而到处外求，终会一无所获。我们需警惕这种流浪式的外求。

（蒋述卓）

第二章

中国文艺美学的古今对接之途

东晋时期的大书法家王羲之在《兰亭诗序》中曾有见于“昔人兴感之由，若合一契”，油然而生“后之视今，亦犹今之视昔”的慨叹。就像比较诗学的学者坚信不同国家、不同传统之间存在着“共同诗心”那样，笔者也坚信在我们华夏这块土地上，延绵着穿越历史、横贯古今的“万古之性情”、“万古之诗心”。诚然，20世纪的中国艺坛，从艺术形式到审美文化内容，较之古典时期都有了一个急剧的转变，但我们传统中那些最具民族特色的美学精神，经过与异质文化的冲突、融合，经过新的历史经验的筛选、淘洗，经过创造性的现代转化，必将巍然自立于世界美学之林。“大江东去，浪淘尽，千古风流人物。”劲刮“西化”之风的20世纪，也就将近一百年而已，这在人类的历史长河中如同一瞬。历史已经证明或即将证明，从西方照搬过来的那些名词，在解释中国经验时会遇到很大的麻烦；西方美学、文论如果不和中国经验结合，则难以找到立足之地；“蓦然回首”，中国传统美学智慧及其所代表的“东方诗性”魅力本身即具有极强的生命力，并对世界美学具有重要意义。

基于这样一种理解，笔者认为，在面向21世纪的中国美学体系建构过程中，对传统美学的继承与弘扬，这不是一个“要不要”的问题，而是一个“怎样做”的问题。本文拟就这一问题，对中国美学的古今对接的途径，提出自己的一点看法。

一、从20世纪学术史看中国美学的现代化进程

陈平原教授认为，在21世纪的前三十年，对20世纪的学术史研究将成为一个热点。

笔者深以为然。20世纪的学术史，不只是对过去了的研究历史的简单追述，还是对学术转型时期学术思想、学术理路的反思，从那段学术历史的回顾与反思中能预测未来的可能方向。试设想：现代读者在一百多年前走进图书馆会是个什么局面！他可能有走进迷宫的茫然！因为那里的书籍按照经、史、子、集编排，与现代学术的学科分类有着非常大的不同。正如中国有源远流长、丰富深刻的哲学思想，但第一本中国哲学史著作却直到20世纪的30年代才由胡适撰写而成；中国在久远的时代就产生了深具特色的文学理论，但第一本由中国人写的《中国文学批评史》，却在1927

年方由陈中凡先生完成；中国美学也经历了这样一个学术现代化的进程。一部20世纪的中国美学学术史，本身就是在从古典形态到现代范式转型的历史语境中行进的，其间蕴涵了丰富的古今对接的经验和教训。

中国古代本无“美学”一词，更谈不上“美学”这一学科的自觉意识。中国美学的学术“研究”和学科意识，是20世纪才出现的事情。世纪初的王国维、30年代的朱光潜引入西方美学的术语、学术框架，开始了中国美学的学术进程。此后的50—80年代前期，研究者又以马克思主义哲学思想为基石，展开了一系列美学、文艺学问题的讨论。80年代中期以降，美学研究最引人注目的是对中国古代美学研究的开拓与兴盛。多部中国美学史著作的问世，数以万计的论文的出现，还有全方位研究中国美学民族特色的著作（如儒、道、佛与中国美学）的大量印行，奠定了中国传统美学研究的基本格局。这是一个丰富深厚、大有可为的研究领域，以至于一些当下热点甫一形成，立即会把对中国古代的审视带入这一视野，如90年代初的“审美文化”话题，最初只是对当下审美文化现象的研究，但其视角、方法立即被一些学者用于对中国古代美学的开掘，出现了如陈炎主编的《中国审美文化史》、许明主编的《华夏审美风尚史》这样的大型系列丛书。再如近几年产生的生态美学热点一形成，中国古代立即被“发现”具有丰富、深刻的生态智慧和审美经验，于是也就自然而然地出现了大量的以生态视点来发掘、阐释中国美学传统经验的论著。

回首20世纪中国美学研究的学术历史，我们可以获得这样一个重要启示：中国古代美学在整个美学研究的格局中有逐渐走高的趋势，对她的深入研究，是美学研究“中国化”的标志。获得了深厚宽广的本民族母体支撑的思想文化建设，也就将获得精力弥满、取之不尽的力量源泉。中国人建构的美学体系，中国人开展的美学研究，离开了中国古典的丰富资源和经验，那样的研究就会成为无本之木、无源之水。

在中国美学草创之初，以王国维、朱光潜为代表的美学前辈，确实主要是通过转译、传播西方美学概念来开展其现代美学建构的。但在这个过程中，中国传统美学的因子是不可或缺的，其影响也是不可低估的。我们甚至可以说，王、朱二氏的美学建构，是以西方现代美学的概念为色相，而以中国古典美学精神为底蕴的。王国维更是在批评形式上由早年的醉心德国美学转向中国古老的诗话词话批评，提出了一系列富有中国传统民族精神的审美概念。朱光潜尽管长年留学欧洲，其早期的美学思想容易被人看成是克罗齐、康德、叔本华等人的西方美学思想的中国版，但他在解释、传播西方美学概念时，也经常运用中国古代的审美经验进行对接。如被朱先生本人视为其早期代表作《文艺心理学》的缩写本的《谈美》（1932年开明书店出版），一些标题更是采用了中国古典文艺批评的言论，如：三、“子非鱼，安知鱼之乐?”——宇宙的人情化；十一、“超以象外，得其环中”——创造与情感；十二、“从心所欲，不逾矩”——创造与格律；十三、“不似则失其所以为诗，似则失其所以为我”——创造与模仿；十四、“读书破万卷，下笔如有神”——天才与灵感，等等。这样在以西方美学为骨架的现代美学观照下，中国古典美学精神得到了新的阐扬和发挥。意大利汉学家沙巴提尼教授就认为朱光潜是“移西方文化之花接中国传统文化之木”，而这个传统文化之木便是以庄子为代表的道家。[①] 而且，在朱光潜早期的美学著作中，写成于30年代的《诗论》与中国诗歌美学关系最深，堪称20世纪前半叶有关中国诗学研究的有数之作。朱先生自己也特别看重这本书，后来他在回首自己的学术生涯时曾说：“在我过去的写作中，自认为用功较多，比较有点独到见解的，还是这本《诗论》。”[②] 朱光潜自己的评价和学术界的共识说明，能够在学术历史上存留下来的有价值的研究，大多是那些对中国传统资源以现代视野进行阐发、开掘的论著。

在20世纪中叶相当长的时期内，中国美学界所进行的研究主要以马克思主义哲学为基石。由于思想方法简单，加之那时美学研究中本质主义的盛行，相对忽略了中国传统美学的自身特征和价值，历史证明那些研究站得住脚的并不多。而80年代中后期中国古代美学研究的兴盛，则极大地改写了20世纪的中国美学学术史。有一引人注目的现象值得深思，那就是宗白华美学价值的被“重新发现”。在贩卖西学（包括马克思主义）、本质主义盛行、体系建构热络的时代，宗白华写于三四十年代，探讨中国美学、艺术问题的论文，未能引起美学界的足够重视。但是到了中国古典美学大

---

① 转引自《〈朱光潜美学文集〉作者说明》，见《朱光潜美学文集》（第一卷），上海文艺出版社1982年版。

② 朱光潜：《诗论·后记》，（北京）三联书店1984年版。

受关注的时代，宗先生那些探讨中国艺术意境、畅论“世说新语时代”的审美文化的论文，却受到了学界的极力追捧。宗白华美学研究的“读者反应、效果”的起伏沉浮，几乎成为20世纪中国美学发展历史的一个缩影！笔者认为，宗白华的美学研究和以徐复观为代表的港台新儒学的“中国艺术精神”阐释，对我们思考传统美学的当代境遇、进行中国文艺美学的古今对接，具有最大的启发意义。

二、在通向现代的中国古典美学范畴中见出传统美学的当代意义

20世纪的美学学术史还昭示我们：对古典美学进行现代阐释，实现中国美学的古今对接，这是学术发展的必然趋势，也是我们当前必须面对的难题。从20年代提出用科学的方法“整理国故”，到50年代开始提倡的“古为今用”，再到90年代热炒的“现代转换”，这方面的理论、方法提出了不少，但现在最需要的是扎实的、具体的实践。王国维、朱光潜、宗白华、徐复观等前辈为我们实现中国传统美学的创造性转换在某些地方作出了堪称成功的示范。我们应该在既有基础上，不断深化、继续开拓。在现阶段，笔者认为，一些畅谈中国美学值得继承的优良传统的宏观论述固然有其价值，但从问题、范畴、概念入手，探讨其古今对接的可能性的具体、个案研究，尤为需要。待到那些通向现代的古典文艺美学范畴、概念系列成功清理，宏观上的中国古典美学的现代价值建设也就水到渠成了。

清理通向现代的中国古典文艺美学范畴、概念，笔者以为应包括以下三个方面：

首先是对中国古典文艺美学进行现代阐释。我们提倡关注古典、注重传统，并不意味着恪守一种复古守旧的价值观念。而且事实上，所谓的传统，也不是铁板一块、一成不变的。学术研究追求客观真实，力求还原历史，这是无可厚非的，但绝对的“客观”是不存在的，所谓的“还原”也只能是相对的。“人不能两次踏进同一条河流”，现代人的知识背景、文化语境形成的“视界”，必然会被带进被阐释的对象——中国古典美学——中去。更由于“美学”这一学科的概念框架本身来自西方，它是中国学术现代化的产物。中国古代尽管有着丰富的美学思想资源，但本身并无与之

对称的概念系统。有人甚至提出“中国古代有美学思想而无美学”，“中国古代的‘美学’实际上主要是一种‘潜美学’”。[①] 这一说法当然无法得到大多数人的认同，因为它体现的是一种“西方中心论”思维。但我们从20世纪美学研究的大势来看，“美学”研究的最初动因确是来源于西方，随着美学研究的深入，人们渐渐把注意力转到对中国古代审美经验和美学思想的发掘上。而中国20世纪的特定历史，所谓的“现代”，又往往和“西方”交接在一起，所以，中国古典美学和西方美学之间的关系，它们的比较、选择、融通，就成为一百多年来中国美学建设的焦点。中国古代美学的学术研究、中国文学批评史的学科建构，正是在这一学术大背景下进行并得以发展的。王国维在世纪之初就曾言：“异日昌大吾国固有之哲学者，必在深通西洋哲学之人。”[②] 在20世纪的中国古代美学研究中，不仅隐含了一种“天然的”中西比较意识，而且本身就暗含古今对接的学术企图。这一点，是我们必须充分注意到的。

其次，是对20世纪学术史上的阐释活动本身进行历史反思。对中国古典美学进行现代阐释，是实现中国文艺美学古今对接的必由之路，而对20世纪学术史上的阐释活动本身进行历史反思，同样对我们实现上述目标深有启发。有些阐释有“误读”之嫌，如朱光潜以“移情”说解读王国维的“有我之境”，以“情趣”和“意象”两大美学概念的结合关系来类分“隔”与“不隔”。这些阐释过程中的“误读”现象尤其值得研究和深思，它不仅提示我们理解的历史性以及因此带来的古今差异，而且引导我们正视古典文艺美学范畴在向现代延伸、开放过程中所具有的张力和限度。另外，学术史中一些针对古典文艺美学问题而形成的研究热点，深深回应着“当下”的“现实关怀”。如80年代以来，由于思想解放运动和人生价值的转折，人们对于魏晋风度与晚明思潮产生了浓厚的兴趣，在当时的文论与中国美学史研究过程中，对于道家思想与魏晋风度、晚明审美文化思潮的研究遂形成热点。再如对袁枚及其性灵诗学的研究，在传统儒学思想占统治地位以及考据学风正盛的有清一代，主张性灵、轻视学问，且诗风有

---

① 萧兵：《中国的潜美学》，湖北省美学学会编：《中西美学艺术比较》，湖北人民出版社1986年版，第125页。

② 王国维：《哲学辨惑》，见《王国维文集》（第三卷），中国文史出版社1997年版，第5页。

“芜杂”、“浮浅”之嫌的袁枚诗学，得不到那个时代官方和精英阶层的青睐。但到了20世纪的前半叶，情况可就不一样了。20世纪前半叶是一个“重新估定一切价值”、对传统富有批评精神和勇气的时期。五四新文化运动以来的个性主义思潮所形成的“当代视野”，深深影响到作为“国学”、“国故”之一的古典文艺美学研究，使其无论在选材上还是具体问题的评价上，都打上了鲜明的时代印记！把儒家传统当作整个中国诗论、中国文学批评的传统、标准、主潮，认为“一部中国文学批评史，只是‘载道派’独占的局面”①。这是20世纪前半叶学术界的主流看法。在反传统、张个性的时代，学术界就有人特别注重从传统学问中寻找那些反叛旧思想而与新思潮具有相通、相近之处的批评，并予以大力阐发和推崇。毫无疑问，袁枚及其“性灵”说，就成为当时学术界以“当代视野”大力推阐的对象。因此，这一时期对袁枚及其“性灵”诗学的重视和研究形成一股“热潮”。初版于1948年的钱钟书《谈艺录》就曾言他“窃不自揆，以《诗话》为据，取前人论衡所未及者，稍事参稽，良以此书家喻户诵，深入人心，已非一日，自来诗话，无可比伦。故为之批郤攻隙，复借以旁通连类”②。尽管钱氏《谈艺录》论袁枚部分旨在对之做“批郤攻隙”的工作，但他之所以这样做，正是有鉴于《随园诗话》“家喻户诵，深入人心”、“自来诗话，无可比伦”的景况，透露出随园所受重视之盛。在今天看来，袁枚在中国古典意境高格看来有“芜杂”、“浮浅”之失的“性灵”诗学，在后现代“消解经典”、“消解深度”的文化语境下，其意义又将如何呢？可见，古典的“性灵”说在20世纪中国美学学术视野中的阐释史、反应史、效果史，本身就是一部鲜活的古今对接的历史，其间蕴涵着丰富的经验和教训。

再次是对存活在现代批评中的中国古典文艺美学范畴、概念、术语的研究。“存活”的说法，由扬州大学的古风先生提出，他在2004年申报成功的国家社科基金项目，即题名“存活在现代文论中的中国古代文论范畴”。笔者很认同他的这一工作，并认为，如果我们认真研究在现代文艺

① 朱荣泉：《随园诗说的研究·序》，见顾远芗：《随园诗说的研究》，商务印书馆1936年版。

② 钱钟书：《谈艺录》，中华书局1984年版，第197～198页。

批评、现代文艺美学建构中存活的中国古典文艺美学范畴、概念、术语，分析它们的古典意义及其在现代的生成、延展，那对我们思考中国传统美学的当代境遇、中国美学的古今转换，具有直接的、实质性的意义，中国古典文艺美学那种一以贯之、生生不息而又不断创化的精神，于斯可见。这样的研究比起那些口号上的倡导、宏观上的把握有价值得多。实际上，在我们的现代批评中，中国古典文艺美学的范畴、概念，如意境、气韵生动、言志、自然、教化、比兴、妙悟、通变、中和、格调、神韵等不断被运用，本身就显示了中国古典文艺美学的现代价值和旺盛的生命力。朱自清先生曾谈到研究中国古代文论中一些主要术语的重要性，因为这些术语用得太久，意义也渐趋含糊不切，“若有人能用考据方法将历来文评所用的性状形容词爬罗剔抉一番，分别确定它们的义界，我们也许可以把旧日文学的面目看得清楚些”①。中国古典文艺美学中那些“用得太久”、“意义也渐趋含糊不切”的概念、术语，在新时代更显复杂。存活在现代批评中的中国古典文艺美学范畴、术语，有的本身就是古代的重要范畴，如“比兴”、“气韵生动”；有的则是张大了它在古典时期的意义，如“意境”；有的大体上沿袭了古典时期的含义，而有的则出现了较大的变形、改造。如“言志”，在古典时代就有一个被不断阐释、不断赋予新意的过程。到了现代，人们也在不断地运用这一概念。周作人就从中国新文学源流的角度和视野来阐释中国这一古训，认为“中国文学始终是两种互相反对的力量起伏着。过去如此，将来也总如此”。这两种“互相反对的力量”便是“言志”和“载道”，正是“这两种潮流的起伏，便造成了中国的文学史”。据此，周作人把“言志”理解为“人人都得自由讲自己愿意讲的话”，而“载道”则是“以文学为工具，再借这工具将另外的更重要的东西——道——表现出来”。② 以现代文学观念来对传统文学思想作理论阐释和整体观照，这本身就有接通传统与现代的浓厚意味。而朱自清先生的名著《诗言志辨》，同样也是带着深刻的“问题意识”对当时理论批评界关注的重大问题所作的回应，在其咬文嚼字的“爬罗剔抉”背后体现着鲜明

① 朱自清：《中国文评流别述略》，载《大公报》1933 年 11 月 11 日。

② 周作人讲校、邓恭三记录：《中国新文学的源流》，北平人文书店 1934 年版，第 34 ~ 37 页。

的时代精神。

当然，从事这项有意义的工作，也对我们的研究者提出了更高的要求。它不仅需要研究者具有扎实的中国古典文艺美学的功底，同时也需要其具备雄厚的现代文艺批评的知识背景，并且需要把两者“通观”、“打通”的理论视野和意识。

三、从海外华人学者的中国古典美学研究中见其世界意义

对中国古典文艺美学进行观照，如果说大陆学界是第一只眼睛的话，那么外国学者是第二只眼睛，海外华人学者则是第三只眼睛。这三种眼光有似于惟信禅师所说观山水之三种境界：“老僧三十年前未参禅时，见山是山，见水是水。及至后来，亲见知识，有个入处，见山不是山，见水不是水。而今得个休歇处，依前见山只是山，见水只是水。”[①] 第一只眼易于执滞，第二只眼则容易产生“隔”和误读，唯第三只眼“入乎其内，出乎其外”，站在中西文化冲突、交融的前端，以比较的意识和视野，故所得中国古典文艺美学之观审，最具启发和深思。近年来的学术界颇兴域外汉学、海外华文文学研究之风，皆因这些研究以中外文化交流、融合的视野来观照文学的传播、阐释和发展，为传统的文学研究注入了新的内容。海外华人学者（含在海外求学且经常往返海外的台港学者）作为一种学术群落，其文化身份有着特别之处。他们是龙的传人，对中国传统文化怀持着一种“根”的体认和因漂泊异乡而产生的“乡愁”之所寄。而他们生活、教育的主体环境，又往往是西方文化主宰的现代文明地带。这就使得他们的文化身份之于中国传统，具有“自我”与“他者”、“看”与“被看”兼而有之的色彩。再加上他们没有经历大陆破坏传统的政治运动，传统对于他们而言又是一个没有断裂的存在。这些特点就使得他们具有与纯粹的大陆学者不同的文化立场、思维方式和阐释视野。他们往往经历了由少小的“国学”根底到青年的浸淫西学，最后归返传统的过程，夏志清先生在悼念陈世骧的文章中就着重说到这种学术“宿命”：

---

① 普济：《五灯会元》，中华书局1984年版，第1135页。

世骧在北大想是读外文系的，因为中文系的学生往往不容易把英文学好，而外文系的学生从小对国学有很深的根底的，人数不少，最显著的例子当然是钱钟书。……钱钟书虽然博闻强记，治西洋文学造诣特高，但最后还是致力于中国旧诗的研究，这好像是治西洋文学的中国学者的命运：不论人在中国、外国，到头来很少没有不改治中国文学的。[①]

浸淫过西学再“改治中国文学”，这样的眼光就如同惟信禅师所言“而今得个休歇处，依前见山只是山，见水只是水”。得到的可能就是化境，就是中西古今的融通之境，就是面对异质文化的挑战而来的创造性转换之境！

以徐复观、方东美、唐君毅等为代表的港台新儒学所阐释的“中国艺术精神”，就是在世界文化整体格局中、以中西比较的眼光对传统美学精神的阐释和弘扬。现代新儒学以接续孔孟道统、复兴儒学为己任，以服膺宋明理学特别是儒家心性之学为主要特征，以儒家思想为本位而吸收、融合西方哲学并以弘扬中华民族文化及其生命精神为宗旨，谋求中国社会和哲学文化现代化的思想理论学说。曾几何时，现代新儒学在相当长的时期内因其“保守”、“守旧”遭到诸多批判和冷落。但随着20世纪80年代以来的思想解放，特别是随着90年代以来中国综合国力的提升、国际地位的提高，新儒学开始受到学者关注，行情有越走越高的趋势。现代新儒学在20世纪由被冷落到受重视的历程，确实给我们弘扬、光大中国传统美学带来了鼓舞。学术界在一片“失语”的恐慌中呼唤“自己的声音”，港台及海外新儒学立足传统、放眼世界，谋求中国传统文化创造性转换的思想方法，对我们思考中国美学的古今对接具有直接的启发。

以叶维廉为代表的海外华人学者的比较诗学研究，寻求跨中西文化的共同的文学规律和美感视境，在这一学术视野中所作的中国古典文艺美学审视，同样对我们思考中国传统美学的当代境遇、中国文艺美学的古今对接提供了方法论上的启示。叶维廉在比较诗学实践中虽也贯穿着其不固执于一种文化模式的主张，但把着力点放到了对中国传统诗学的发扬上。其比较诗学活动也重在寻求受庄子影响的中国传统诗学的美感视阈与以海德

① 夏志清：《陈世骧文存·序》，见《陈世骧文存》，辽宁教育出版社1998年版。

格尔为代表的西方现象学美学的汇通。叶先生有着浓厚的庄子情结，对庄子的喜爱常溢于言表。他在早年出版的《秩序的生长》一书的“序言”中就说，他虽长期“进出于西洋作品之间”，但“始终不信服柏拉图以还所强调的‘永恒的轮廓’……还是认为庄子的‘化’的意念才迹近实境”。[①]这一思路可以说贯串在他此后的整个比较诗学研究中。在叶维廉的比较视野下的“同异全识”中，叶氏认为，与受道家影响的中国美感视境之“以物观物”迥异，西方古典美学体现的是一种“以我观物”的感悟程式。而以颠覆古典程序为特征的西方现、当代美学的走向和趋势，又与以庄子为代表的道家美学、受道家影响的中国传统美学精神有其相通之处！正是在这一比较格局的“同异全识”中，庄子以及中国传统美学的生命力和世界意义就凸显出来了。在叶氏的阐释面前，目前国内那些对中国传统美学妄自菲薄的评论家应该汗颜。

海外华人学者关于中国古代美学的抒情传统的研究也非常值得关注。“在悠久漫长的中国艺术文化史中，确切存在着一条绵延不断支脉密布的抒情传统之流，它与艺术文化的其他传统和现象一起，构成了中国古典文化的独特景观。对这一传统进行美学观照，将有助于我们更为深入地触及中国文化的本根。”[②] 海外华人学者正是以中西比较的眼光，敏锐地抓住了这一重大问题。从旅居美国的陈世骧、高友工，到晚年定居美国的王文生，都有这方面的重要成果问世并产生重大影响。对中国美学中的抒情传统的阐发，实际上也是经历了“亲见知识”、“得个休歇处”之后的“见山只是山，见水只是水”之境，是在与西方进行比较参证之后所揭示出来的中国传统文艺美学的民族特性和世界意义。

经常往返于美国与港台、谙熟西方五花八门文学理论的黄维樑先生，曾深感中国古代文论“在国际文论界毫无地位，这是不公平的”[③]。他立志要做的工作，就是争取公平。他说：“《文心雕龙》体大虑周，是承先启后的文论宝典。我国当代的学者，向它‘取熔经意’，然后‘望今制奇，参古定法’，加以汇融‘通变’之后，‘自铸伟辞’，我相信是可以有所建立

---

① 叶维廉：《秩序的生长·序》，（台北）志文出版社1971年版。

② 张节末：《中国美学史研究的新途之一——海外华人学者对中国美学抒情传统的研寻》，《江西社会科学》2006年第1期。

③ 黄维樑：《中国古典文论新探》，北京大学出版社1996年版，第167页。

的。以此向外国宣扬，成为一套有益于中外文学的理论或‘主义’，我们的声音就出现了。”[①] 我想，针对中国古典文艺美学，作为中国人的当代学者，应该有这样的使命感和紧迫感。

（刘绍瑾）

① 黄维樑：《中国古典文论新探》，第 26 页。

第三章

“中国古代文论现代转换”的提问方式及其学理追问

中国文论由“失语”而引发的“现代转换”问题，是20世纪90年代下半叶以来学界探讨最为持久的一个问题。这一问题不仅仅在于对“现代转换”这一命题的检讨，还在于对这一命题所牵涉的20世纪中国文论历史背景的审视。

对于这一问题的端绪我们有必要重新梳理一番，注意争论中的不同声音。

一、问题的提出

90年代对古代文论研究古今问题的探讨集中在对所谓话语“转型”、“转换”的争论上。

1996年，曹顺庆《文论失语与文化病态》一文指出当代文艺理论研究最严峻的问题是“文论失语症”，“长期以来，中国现当代文艺理论基本上是借用西方的一整套话语，长期处于文论表达、沟通和解读的‘失语’状态”，并提出“要重建中国文论话语”。曹顺庆先生的这一思路可概括为由“失语”到对“现代化的转型”和“重建中国文论话语”的关注。他认为中国文论界“失语”是由于缺少自己独特的声音，并把独特声音的光环给予了中国古代文论，更多地强调由于中西知识谱系不同、古代现代知识切换所凸现的中国文论的异质性价值。关于中国文论的异质性价值，正如有的学者所强调的，在于一种由“陌生化”的对话所产生的新视野，而中国文化正可以提供由这种陌生化的反省而得到的新视野。①

1996年在陕西召开的“中国古代文论的现代转换”研讨会就这一问题进行了更为集中的讨论。② 对“失语”一说持肯定态度的大部分学者，其出发点在于对古代文论在当代文论建设中的缺席的遗憾，并由此对“转换”提出种种看法。但“转换”问题的有效性又在哪里？古代和当代不同的生活方式和文学现实，它们之间得以对接的起点又在哪里？是从古今共

---

① ［美］孙康宜：《跨学科的对话——关于瑞典“文化诠释”国际会议》，《南方文坛》2000年第5期。

② 屈雅君：《变则通，通则久——“中国古代文论的现代转换”研讨会综述》，《文学评论》1997年第1期。另见钱中文、杜书瀛、畅广元主编：《中国古代文论的现代转换》，陕西师范大学出版社1997年版。

通的“诗心”和“文心”出发，还是从所谓“传统血脉”出发?“转换”这一论题引人深思的地方在于其所牵涉的多方面、多角度的问题。蒋寅先生认为“失语症”这一命题难以成立。① 陈洪、沈立言先生认为，传统文论的某些命题仍被广泛认可并采用，并不意味着它可以在不远的将来再生、复兴，因为它自身的弱点妨碍其直接转化为现代意义的文论话语系统。② 王志耕先生提出中国古代文论在今天的语境已经缺失，只能作为一种背景的理论模式或研究对象存在，而将其运用于当代文学批评，则正如两种编码系统无法兼容一样，不可在同一界面上操作。他认为，我们不一定再用古代文论的范畴来规范我们今天的话语，但古代文论所栖居的文化家园将永远是我们的母体。③ “话语转换”的着眼点是在国际对话中没有自己的声音，因此需要建立自己的文论话语，让国际文论界能听到中国学者自己的声音。张少康认为，“这着眼点似乎有点错位。理论建设的目的，应该首先想到我们今天的现实需要什么。文学理论的建立是为了解决文学创作、文学批评中的现实问题。我们现在的文学批评、文学理论探讨都有些什么问题需要解决，这才是我们的文学理论赖以建立的主要依据”④。朱立元《走自己的路——对于迈向21世纪的中国文论建设问题的思考》⑤ 一文就中国文论界所关注的“失语症”、“中国古代文论的现代转换”问题提出了不同于以往的看法：当代文论的根本危机不是“失语”，而是疏离文艺发展的现实；建设新世纪的文论只能立足于现当代文论新传统，而无法以中国古代文论为母根；现当代文论传统本身就是古代文论不断进行现代转换的动态过程。对于迈向21世纪的中国文论，他强调要立足当代，今古对话，中西融通，综合创造。朱立元的文章一针见血地指出了“失语”论者的理论缺陷，即对现当代文论历史进程的忽视，对现当代文坛的漠视。

曹顺庆一派与和他持不同意见一派争论的根底在于他们的观点有着不

① 蒋寅：《文学医院：“失语症”诊断》，《粤海风》1998年第9、10期。

② 陈洪、沈立言：《也谈中国文论的“失语”与“话语重建”》，《文学评论》1997年第3期。

③ 王志耕：《“话语重建”与传统选择》，《文学评论》1998年第4期。

④ 张少康：《古文论研究杂识》，《文艺研究》1999年第3期。

⑤ 朱立元：《走自己的路——对于迈向21世纪的中国文论建设问题的思考》，《文学评论》2000年第3期。

同的论域。前者强调中国文论的异质性，后者强调在当代语境中重新利用中国文论的非现实性。曹顺庆认为西方话语的介入造成中国文论“没有自己的声音”。其实，西方话语的介入与中国文论“没有自己的声音”是两个不同的问题。西方话语的介入领域是现当代文论，“没有自己的声音”的逻辑主语是中国传统文论。即便强调西方文论的“入侵”造成中国文论的“失语”，曹顺庆先生最后还是主张“融汇汲收西方文论以及东方各民族文论之精华”，铸造出一整套新的文论话语，他所不能挣脱的还是西方文论的圈套。

进入20世纪90年代末，学术界就20世纪中国文论对现代性追求的历程进行了讨论。钱中文先生从文学理论的现代性出发，认为文学理论的建设面临三种文论传统，建设新的文学理论就应从现实的传统起步，以现代文论为主导，充分融合古代文论和西方文论。古代文论的现代转换，正是文学理论现代性的要求。体现现代性的文学理论，应该是一种建立在平等、对话的人文精神基础上的文学理论。① 以20世纪中国文论的现代性历程这一历史整体和理论高度观照古代文论，古代文论的民族特色问题、古今传承问题被赋予了新的内容。强调有机汲取古代文论的内容以建设当代文艺学，成为学术界的一个共识。

现当代文论的历史一直是在多元综合中继承和延续着传统文论，选择和接受着西方文论。动荡的社会、交锋的文坛所赋予中国现当代理论学者的是鲜明的时代意识，他们在中西方思想的交汇中成就着自己的文论话语，如马克思主义思想的输入，对西方马克思主义文论的接受，已在一定程度上构成我们现在的文艺理论话语。现当代学者面对文坛状态，面对现实生存的责任意识的深度是无法抹杀的。一味强调失语，很有可能在所谓民族性的幌子下，否定西方文化的接受给中国传统文论所带来的新变，否定整个中国文论走向现代性的历程。

“古代文论现代转换”这一命题之出发点和理论价值在于如何处理古与今、中与西的关系。它体现了强烈的现实感和紧迫感，这是多元理论时代赋予古代文论研究者的历史使命。这一问题的提出，强调了古代文论的

---

① 徐新建：《面对现实，融汇中西——“西方文论与中国文论建设”学术讨论会综述》，《文学评论》1999年第1期。

异质性的特殊价值，强调了古代文论的重新利用，为我们重新认识、评价中国古代文论作为思想资源在当代的意义提供了可供阐释的新话题。值得一提的是，强调古代文论的异质性与重新利用古代文论是两个并行不悖的问题。强调古代文论的异质性是为了在阐释中保持一种必要的清醒，但我们不能因为强调异质性而拒绝文化间的交流。古代文论的一些范畴或命题在当代语境中阐释、运用，其原有意义必然会有所磨损、消耗。历史上，佛经翻译理论的概念、范畴就是从传统的文学、美学理论中借用或引发出来的，“佛经翻译理论又可以看作是根植于中国文化传统中的文学理论与美学理论”[①]。文化间的交流往往会形成一种强势话语对另一弱势话语的改造。但它们提供了不同文化对话的一些共同论题，而这种共同论题背后的异质性随着研究的深入是绕不开的。但文化的异质性不可能成为阻止文化间交流的暗礁。

“古代文论的现代转换”讨论所欲提问和解决的“现代转换”只是问题冰山之一角，其沉潜在下的深刻广阔而意义也更为重大深远的部分在于它对当代文艺理论现状、对20世纪中国文论的历程的检讨，对中西文论交汇中的价值取向的思索，对面向新世纪的文论建设的探讨。从这个意义上说，“现代转换”注目的不但是古代文论，而且是中国文论历史的纵深和未来的走向。

二、对现代文学批评与传统文学批评脉络的清理

陈洪、沈立言谈到中国文论的失语时说，“失语”是一种文化上的病态，主要表现为当代的中国文论完全没有自己的范畴、概念、原理和标准，没有自己的体系，也就是没有自己的话语，就像我们开口言说的“暑假”，使用的全是别人也就是西方的词汇和语法；而且这一情形由来已久，溯其源头应是五四新文化运动。因为在此之前，我们曾经拥有一个绵延数千年的完整而统一的传统，拥有自己的话题、术语和言说方式。遗憾的是，这个传统在五四的反传统的浪潮中断裂了、失落了，而且溺而不返，从此我们就无可挽回地陷入“失语”的状态，从而丧失了中西对话上的对

---

① 蒋述卓：《佛经传译与中古文学思潮》，江西人民出版社1990年版，第4、6页。

等地位。

将中国文论传统的中断归结为五四新文化运动的反传统浪潮，是持“失语”论者的普遍看法。其实，这是一种笼统的论调。五四新文化运动所提倡的“人的文学”对于打破封建文学的营盘，为传统注入启蒙的理性精神，其意义是功不可没的。文学革命提倡的是如胡适“八不主义”对文学的革新精神，它首先是从对文学自身的革新来导向对“人”的关注的，这和古代文论的中断没有直接联系。

认为五四是全盘反传统、否定五四的观点主要出自海外一些学者。但王元化先生认为五四反传统是作为反对封建思想而提出的，而并不意味着反对文化遗产。[①] 王元化先生认为把从五四至今70年来的各种失误的源头归结到五四，“这是一种讨债算账式的研究‘五四’的方式。我不否认历史的事件之中经常存在着复杂的联系，但这种联系不是简单的因果关系”[②]。前者认为只有延续了“传统”，中国文化才不会出现“失语”的现状。在这里，“传统”被看成是一成不变的经典，殊不知一成不变只会是死水一潭。

其实，对待传统的激进和保守之分一方面因为改革者的价值趋向不同，另一方面往往来源于他们对传统的误解，在这里，传统成了一个充满着歧义的历史概念。激进主义者往往忽视传统作为中国文化母根所具有的建设意义，因而对之加以排斥和批判，保守主义者往往又不能看到传统在旅行中的新变。如南帆所言，“本土”是一个典型的历史性概念，其变化参数为时间与空间，如果没有意识到这两个变化参数，往往会将“本土”压入一个固定的理论槽模，定型凝固，从而忽略本土文化所包含的某些复杂乃至矛盾的现象，[③] “人们没有理由任意将‘本土理论’偷换为‘传统理论’——本土与异域、古代与现代两对矛盾相互重叠的时候，这样的偷换尤其容易发生”，“‘本土理论’的意义不仅在于以本土现实的演变不断地丰富既有的阐释系统——这种丰富既包含了传统理论的承传，也包含了

---

① 王元化：《传统与反传统》，上海文艺出版社1990年版，第33页。

② 王元化：《传统与反传统》，第51页。

③ 南帆：《“本土”的歧义》，《文艺理论研究》1997年第3期。

异域理论的移植”，“异域理论的运用不能一概称之为‘失语’”。[1]

中国古代文论中断的原因与其说是外因，倒不如说是单纯以审美感悟的点评方式已难以完成对现代文学发展的有效阐释。其中不容忽视的是现代文学与传统文学从表达方式到审美旨趣都大相径庭。现代文学不再以抒情诗为文学之正宗，从晚清的小说界革命起，叙事文学越来越占有重要地位；审美方面也不再追求和谐的意境美。传统文学的圆融自洽被打破，代之以对个性冲突、潜意识和社会问题的探寻。这里已体现了鲜明的现代主义文学的特征，诸如荒诞派手法、意识流技巧和对语言的多种可能性的追求。传统文学批评的范畴如比兴、神思、妙悟、意境等，对这些新兴的潮流而言已没有用武之地。现代文学批评与传统文学批评关系的中断，也并不能笼统地如前所述将原因一味归结为五四运动。

透过文学现代性的视窗，可以窥见整个中国社会现代化的历史进程。中国文学从古典走向现代并非无源之水，它与社会的现代化进程是一致的。传统文学批评的中断，是中国现代文化转型的必然结果。20 世纪以来，中国社会的发展已经显示出了不同于封建农业社会的特征，在早期的城市诸如上海，商业文化的繁荣、审美风尚的变化在一定程度上已经改变了人们的生活方式，刘呐鸥、穆时英等人的海派小说对“速度”的追求，张爱玲的小说对城市世态的描绘，已隐隐透露了一种不同于以往的东西。审美风尚的变化很难再用传统的理论进行阐释。

如果用生活、反映、本质、中心、形象、情节来概括 50 年代到 80 年代的文学批评语汇，则后现代主义批评的语汇已与此截然不同，文本、符号、消解、镜像等已轻装上阵，并且形成与传统批评、现代批评截然不同的批评风格。从接受环境来看，现代主义、后现代主义进入中国似乎与当代学界长期以来对文化禁锢的不满相契合，消解中心、权威，主张多元、对话成了学界的共识。另一方面，中国当代文学的特殊性也为后现代主义的介入提供了有利的接受条件。当代先锋作家余华强调写作中“有意识起到很大的作用，无意识起到一种基础的作用”[2]。就像朦胧诗无法用古代的

---

① 南帆：《文学观念与文学理论资源》，《思想文综》（总第五期），中国社会科学出版社 2000 年版，第 256～257 页。

② 熊育群：《文学：走过先锋之后——余华访谈》，《羊城晚报》2001 年 12 月 12 日。

"意境"理论去阐释一样，当代文学创作实践同样对文学批评提出了不同于传统文学批评的挑战。李欧梵先生谈到中国文化时认为，中国现代性建构事实上并没有完成，而当代中国文化又显示出一定的后现代特征，"现代性"和"后现代性"相互交融，说明了中国当代文化的复杂性。[①] 所有这些都说明，文学现象的复杂性再也无法以文学批评的单一一统天下了。

20 世纪下半叶以来文学批评的艰难处境，更多的是由于革命和权力对审美的消解。自 30 年代"革命文学"以来，革命"现实主义"成了文学创作和文学批评的唯一标准，文学艺术的美的规律被全盘否定了，文学完全成为政治的传声筒。白居易的《与元九书》被看作是"一篇最全面、最系统、最有力的宣传现实主义、批判形式主义的宣言"[②]，而司空图的诗歌理论则被视为"纯艺术论"、"唯心论"、"反现实主义"和"神秘主义"。唐弢的《中国现代文学史》以现实主义为圭臬，对现代文学史的作家排座，这里只有符合现实主义的作品才能进入史册。而海外学者夏志清的《中国现代小说史》对沈从文、张爱玲等人作品价值的发现，从一个侧面击溃了这种教条的解读方式。我们看到，无视古今文学的特殊性，而一味以政治标签去分门别类，正是对文学个性的扼杀。这是一场批评主体缺席的批评游戏，其忽略的正是古代文学批评与当代文学批评历史建构的现实意义。

近年来，随着对五四文化激进主义的反思，文学研究界对当时的文化保守主义如学衡派、国粹派的历史合理性进行了重新评价。保守主义的理性温和立场正是 20 世纪中国文化革命所缺乏的。王元化先生认为激进主义态度偏激、思想狂热、趋于极端、喜爱暴力，破坏力极大。激进主义将政治上的态度套到思想上，就如过去将党派性、两条路线斗争等政治概念套到哲学上一样是不妥的。[③] 与思想界的研究相一致，现代文学批评研究界对五四时期的激进思潮进行了反思。如刘锋杰认为"我们在评价古典主义时，只使用了两个标准，一个是政治，一个是时代，并且两者相互交错，完全绞杀了古典主义的存在空间"，而忽略的是"它不能推动新事物的发

---

① ［美］李欧梵：《当代中国文化的现代性和后现代性》，《文学评论》1999 年第 5 期。

② 游国恩等编：《中国文学史》，人民文学出版社 1962 年版，第 450 ~ 452 页。

③ 王元化：《对于五四的再认识答客问》，《文艺理论研究》2000 年第 1 期。

展，甚至要对新事物加以限制，可作为一种对抗力量，它也成为激烈、变态、破坏、无序等人生活动形式的互补形态，提供激进主义所不能提供的理论观点，从而使人生活动趋向正常与适度”，拒绝古典，必然以削弱文化和文学的活力为代价。[①] 刘氏据此以为“要是一开始就注意古典主义对‘运动’的反对态度，吸取其中有益的成分，难道不能防止一九五八年的‘大跃进’，一九六六年的‘文化大革命’？”这是一种文化决定论的观点，但他对理性、均衡、常态、健康、沉稳等文化态度及审美特质的强调无疑具有历史依据和现实意义。

当代中国文论研究界对“失语”现象的反思，往往被误认为是对西方文化的彻底反抗，对中国古代文论的意义加以重新发掘的观点也往往被误认为是以一种积极的姿态反抗西方的“文化霸权”。赵稀方指出，在中国的后殖民批评中，后殖民理论是作为一种消解西方现代性话语、建立中国的“民族性”的工具而出现的；张颐武等中国后殖民批评家所奉行的立场，正是赛义德的批评的民族主义。[②] 中国的后殖民批评没有采取边缘立场对中国文化的内部格局进行分析，却大谈西方对于中国的话语压迫，这些都是有意无意地迎合主流意识形态。强调“民族性”的同时，又陷入了西方与东方、殖民与被殖民的对立情绪的沼泽之中，这是大出赛义德之意料的。正如郑敏先生指出，“它很容易激发起狭隘的民族情绪，将土、洋、中、外放在对立的两极来看待，那种贯穿在文化大革命中的对资产阶级文化的敌视，对西方文明的排斥，也会复燃，并干扰我们文化的正常发展”[③]。所谓民族性是不同于民族主义的。民族主义者站在狭隘的民族立场上，否定文化交流的实际，这是不切合历史发展的实际的。强调民族性旨在发掘中国文论中的精华；而民族主义者因其出发点不同，则否定中国文论近代以来对现代性的追求，在他们看来，回归传统是唯一的归途。

谈到中国文化的转型，不能不涉及西方 19 世纪以来学科划分的影响。这种学科划分使实证性和精确性成为量度一切知识的标尺。如上所言，有的学者强调五四新文化运动对传统的否定和其造成的对传统的中断。其

---

① 刘锋杰：《拒绝古典的代价》，《文艺理论研究》1997 年第 2 期。

② 赵稀方：《中国后殖民批评的歧途》，《文艺争鸣》2000 年第 5 期。

③ 郑敏：《从对抗到多元——谈弗·杰姆逊学术思想的变化》，《外国文学评论》1993 年第 4 期。

实，文艺理论的变迁固然可以追究于新文化运动的策略，但不能忽视的是现代学科划分对传统的解剖及以此为基础造成的对西方学科的引进。在西方学科划分思想的影响之下，人们注意到的是“人家有的我们没有”，而非“我们有的人家没有”，19 世纪末 20 世纪初对实学的强调就是最为集中的一个现象。20 世纪以来的学科划分在西方的影响之下成了一个必然趋势。学科划分的影响一方面表现为对传统的怀疑和检讨，另一方面表现为对科学主义的敬仰和向往。传统文化中合乎人文理性的部分被无情地淡忘了，代之以对文化的激进和急功近利的态度。西方文化则是一把双刃剑，它粉碎了中国知识分子千年来的征圣宗经的价值观念，自觉不自觉地在中西文化间游走。

三、对“重建中国文论话语”的思考

笔者不认为中国古代文论只能“补”当代文学批评的一个缺角。一种文化不可能用另一种文化系统的模式加以替代。这一点早已为学界所注意，如叶维廉先生说：“要寻求‘共相’，我们必须放弃死守一个‘模子’的固执，我们必须要从两个‘模子’同时进行，而且必须寻根探固，必须从其本身的文化立场去看，然后加以比较和对比，始可得到两者的面貌。”① 对中国文论独特话语背景的依赖是我们解读古代文学和现当代文学所不可避免的。

首先，对中国古代文学的解读不能脱离中国古代文论赖以生长的文化背景。以西方的眼光解读中国文学，会有许多死结。德国学者 W. 顾彬的著作《中国文人的自然观》与其说是研究中国文人的自然观，倒不如说是研究中国古诗中的自然意识。顾彬在评论柳宗元《江雪》和李白《独坐敬亭山》两诗时认为，前者严格区分了自然和人这两个领域，此诗的深意在于：人是万物之主，不像鸟那样屈服于大自然；后者指示了人不只是与客观存在和平共处，人还是自然的主人，山有坚实的根基，而鸟和云却无根可言。张节末先生认为，柳诗和李诗中的鸟和云仅是空的直观，顾氏的观

---

① 叶维廉：《东西方比较文学中的模子问题》，《寻求跨中西文化的共同文学规律——叶维廉比较文学论文选》，北京大学出版社 1987 年版，第 11 页。

点全然脱离了唐代的佛教文化背景，因而导致了荒谬的结论。[①] 脱离了与中国传统文化的联系以西套中，只能是不得要领的误读。

其次，对现当代文学的解读不能脱离其文化背景。传统文化中富于艺术性的东西是古今共通的精神命脉。樊星等人对当代“新道家”作家汪曾祺、贾平凹、阿城小说的精彩剖析从一个侧面说明了民族性的延续，及其在新时期的丰富内涵。[②] 单纯以西方文论或传统文论对之阐释是乏力的，这不仅因为文化体系的不同，更因为当代文学对历史的继承不是铁板一块，其中必然汇入对当代文化的思考。道家思想作为中国艺术精神的代表潜入了新时期的文学创作，这说明作为共同的人类精神，古今有其相通之处。但当代作家在写作时，却在此基础上更多地融入了个人的体验和思考，如果不联系这种变化，传统是很难实现对现实的阐释的。当代文论对传统文论的运用是有选择性和创造性的，不可能全盘照搬，更不可能无所创造。

切实的做法是，当代文学批评可以吸取古代文论的“关键词”，对之解读并赋予其新的内涵。像五四时期周作人提倡新文学的写作，正是从古代文论的概念汲取营养的。他写于 1932 年的《中国新文学的源流》认为中国文学从宗教分化出来之后形成两种不同的潮流，即言志派和载道派，言志派的文学叫做“即兴的文学”，载道派的文学叫做“赋得的文学”，古今有名的文学作品中，通是即兴文学；中国文学始终呈现着这两种互相反对的力量的起伏。周作人认为民国以来的文学革命运动和明末公安、竟陵派的新文学运动在趋向和主张上是一致的。对于这一提法，深谙古代文论的朱自清先生是不以为然的。朱自清先生《诗言志辨》考察了“诗言志”这个文学批评的意念，认为“‘言志’的本义原跟‘载道’差不多，两者并不冲突；现时却变得和‘载道’对立起来”。他认为所谓“言志派”和“载道派”，其实不如说是“载道派”和“缘情派”。[③] 这里，周作人运用“言志”与“载道”重在强调两种文学彼此的消长，而朱自清则旨在强调从“诗言志”到汉代“诗教”内容的一致。如果说古代文论在五四时期已

---

① 张节末：《禅宗美学》，浙江人民出版社 1999 年版，第 196 页。

② 樊星：《当代新道家——“当代思想史”片断》，《文艺评论》1996 年第 2 期。

③ 朱自清：《诗文评的发展》，《朱自清古典文学论文集》，上海古籍出版社 1981 年版，第 544 页。

经断根，这是不切实际的。从周氏和朱氏的研究可以看出，古代文论的命题完全可以和时事结合起来，启人心智。五四时期的文学批评家正是在反观传统的同时反思现状的。周作人所谓“即兴”的文学与他所倡导的“人”的文学其内涵是一致的，其所反对的正是压制自我、否定个性的文学。在现代文学批评史上，周作人能以新鲜而富有革命气息的主张开风气之先，正源于他对传统载道文学的深刻批判。在周作人身上，西方人本主义与儒家“人情物理”的结合，浪漫主义的自发情感与传统“即兴”观念的结合，体现了文化交汇时期一个中国人对于传统的留恋和对西方先进思想的向往。在时代的转折点上，周作人能够在一定程度上保持着文学创作和文学批评的独立性，这与其审慎的文化态度是分不开的。从周作人这个个案可以看出，中国文论的所谓“失语”并不能完全归因于西方文艺思潮的“入侵”。不得不承认，在现代文学批评史上，像周作人、梁实秋等人，都是自觉从传统汲取营养的，他们对审美独立性的强调和对文学批评的宽容态度，使他们处于一枝独秀的地位。从更深的层次看，我们应该继承古代文论中合乎人文精神的部分，弥补当代价值理性的空缺，而这正是现实赋予传统的活力之所在。中国古代文论对个人体验的重视，对生命大化的感悟，对自然意趣的激赏都是充实当代人文精神的不可或缺的资源。不同于当代大众文化的平面化，古代文论往往直指心灵幽深之处的澄明。它用富于暗示性和联想性的自然意象说诗，从而在读者和作品之间建立起默契的桥梁。

值得我们深思的是“重建”的前途问题。持“重建”论者往往忽视甚至否定20世纪以来中国文论发展的历史进程，认为光荣的花环属于未来那个重建的体系。在谈到面向21世纪的文论建设这样宏大的命题时，一种常见且无关痛痒的建议是“中西融合，推陈出新”。如果一种理论规划空泛到没有任何可操作性，那么它的价值是应该受到置疑的。曹顺庆等在谈到重建中国文论话语时指出，“在批评实践中检验其有效性与可操作性，对古代作品的阐释是重建后的新话语的第一道检验关口。对新话语检验的第二道检验关口是对当代作品的阐释，第三道关口是对包括西方文学在内的非本土文学现象的阐释”[①]，试问有没有一种理论或一个概念可以一以贯之地作用于古今中外的所有文学作品？

“重建”似乎包含着这样一个先验的理念，即建立所谓新的理论体系有其可行性和可能性。“重建”起于过去理论的非自足性，是对过去既有话语的疑问和拆解。但如果把重建的结果当作一个理想的范本，其可能性是值得怀疑的。当代文学创作的更迭，批评理论的多元，再也不可能形成一个像传统文论那样封闭达两千年之久的东西。文论的新世纪，是众语喧哗的时代，多元价值的时代。如今，对于动辄以预测“21 世纪”为己任的想法，我们所应保持的是头脑的足够清醒。理性规划与社会科学实际发展的差距不能用数学加以计算，但我们可以对各种制约条件给予充分的考虑，即便如此，对于日益变化的思想来说，规则总显得力不从心。各种文艺理论的教科书都旨在建立完善、科学的理论体系，但这种体系能够一劳永逸地代替对文艺现实的批评和阐释吗？

王元化先生在反思新教条主义的错误时指出，在历史的进程中，虽然也可以发现某些规律性，但历史和逻辑毕竟不是同一的。逻辑推理不能代替对历史的实际考察，史家的史识必须建立在对历史事实的实证上。[②] 忽视文艺理论历史发展进程而把重建的结果看成终极目标之所在的潜在危险在于有可能重新导致学术研究中的教条主义倾向。波普认为：“在任何条件下，理性规划的结果不可能成为稳定的结构；因为力量的平衡必然会发生变化。所有的社会工程，不管它如何以它的现实主义和科学性自豪，注定是一种乌托邦的梦想。”[③] 波普所反对的正是整体主义者事先一口咬定彻底改造是可能和必然的倾向，他所强调的是“试错法”，认为人只能在错误中学习。不管他的理论是否具有不可知论的倾向，我们不得不承认，我们拟定过并正在拟定着各种规划，但对它们的历史可行性却少有论究。意气用事和盲目照搬都不是科学的研究态度。逻辑与历史有着一致性，也有着非一致性。

---

① 曹顺庆、李思屈：《重建中国文论话语的基本路径及其方法》，《文艺研究》1996 年第 2 期。

② 王元化：《九十年代反思录》，上海古籍出版社 2000 年版，第 228 页。

③ ［英］卡尔·波普著，杜汝楫、邱仁宗译：《历史决定论的贫困》，华夏出版社 1987 年版，第 37 页。

从这一意义上说，寻语的过程即是一种重建。如罗钢先生所言，五四时期中国的现代文艺思想家们的选择“也就是现代中国文艺思想体系的重建过程”，“研究中国现代文艺思想的奠基和重建问题，在很大程度上就是研究西方文学理论在中国的创造性转化问题”。[①] 我们的寻语历程是基于当代中国的现实土壤的，它有其历时性的理论基础，包括古代文论和20世纪文艺理论的现代进程这样一个整体。人们往往把19世纪以前的古代文论看作是属于中国的，称其为“中国文论”，而没有承认中国文论本身应该包括20世纪以来的新变，因而把古代文论的“失语”等同于五四以来中国文论的失语。这里，古代文论成为唯一合法的幕障，别求新声也只是在它面前的一个顽童。事实上，20世纪以来，西方的现实主义、浪漫主义、人道主义、现代主义和后现代主义思潮在中国的接受都是贯穿于中国的启蒙或救亡（文学革命）、革命或宣传（革命文学）、改革与创新（新时期文学）历程的，古代文论和西方文论在历史的坐标中进行着碰撞和交融，传统也正是在这种碰撞和交融中实现着变迁。如果我们不回避现实，那么这一历程是绕不过去的。

当前的文艺理论建设也正处于这样一个历史之维。历史不会因为物理时间上进入了21世纪就必然发生突变，所有的一切，都是根于过去而基于现实的。基于这样的认识，我们的前进才不至于走向理想主义的陷阱。詹姆斯先生曾对“认识论上的自我、上帝、因果原则、设计、自由意志，这些被认为其本身就是在事实之上的庄严高尚的东西”产生怀疑，强调“转移其重点，使之向前看到事实本身”，[②] 在这里，本文同样强调作为历史陈迹的事实是不能忘记的，而向世界敞开的也正是事实本身。

（蒋述卓　闫月珍）

① 罗钢：《历史汇流中的抉择：中国现代文艺思想家与西方文学理论》，中国社会科学出版社2000年版，第20～21页。

② ［美］威廉·詹姆斯著，陈羽纶、孙瑞禾译：《实用主义》，商务印书馆1996年版，第66页。

第四章

古代文论现代转换的思想方法

古代文论的现代转换问题已经讨论好几年了，但是还有人对此命题持怀疑态度，认为古代文论是古代历史与时代的产物，是不可能实现现代转换的。还有人认为古代文论的现代转换充其量不过是一个古为今用的“利用”问题。

如何看待古代文论的现代转换这一命题呢？笔者以为关键在于一个思想方法的问题。

古代文论现代转换这一命题，是基于中国当代文论“失语”，有中国特色的文艺理论尚未建立的状况提出来的，其目的在于使古代文论的研究适应现代社会生活与现代文化建设的需要，并且使古代文论的传统能够转换生成一种新的，具有中国特色、中国风格的文艺理论。谈古代文论的现代转换，焦点在于现代转换，而不在于如何研究与利用。因此，谈现代转换不仅仅是一个以现代观点去研究古代文论的问题，而是涉及古代文论传统在现代社会中如何被激活，被创造性地转换成新的理论、思想和话语体系的问题。谈现代转换也不是一个古为今用的“利用”问题，“利用”是从部分着眼，而“转换”是从整体出发的。“利用”是把古代文论当作文化传统的一部分，努力使古代文论传统在现代社会的条件下生成新的东西。转换是从整体出发，不是说古代文论的思想内容和话语体系可以全部实现转换，而是指可以从整体出发去对待古代文论传统，将其视为可再生、可重建的东西，使它在现代社会中获得新的生命。事实上，由于时代与语言条件的变化，古代文论中的某些思想内容与概念、术语已成为陈迹，要与现代接轨并实现转换是做不到的。

遵循这样的思路，古代文论的现代转换就既要立足传统，又要面向现代。立足传统，才不会失去“根”；面向现代，才能做到“生”。目前，学界有人提出要重建中国文论的话语体系，正是感觉到中国文论当下正处在一种“无根”与“失语”的状态中。传统不可能拒绝，传统正在朝我们走来并指向未来。而要实现现代转换，又必须面向现代。这不仅是一种现实的要求，也是一种必然的选择，更是中国文论走向世界、与世界对话的必要条件。因为，现代转换生成的中国文论不可能是知识理论的独白，它应该具备回应世界文论的能力。

要达到此目的，古代文论的面向现代就必然要求研究者以现代的理论视野、观点、方法去诠释古代文论，重释中国文论传统。而现代的理论视野、观点、方法在现在意指什么呢？可以说，一指马克思主义的文艺、文化观，一指西方现当代的文艺、文化理论。而此二者对于中国古代文论来说，都可以指的是“西”。因此，如何正确地面对“以西释中”，已成为古代文论现代转换不可回避的问题。

应该说，20 世纪以来，我们的文学、文论研究与文艺理论的建设大部分是在做“以西释中”的工作，只不过有时候做得好一些，有时候做得不好；有些人做得好一些，有的人做得不好罢了。有功效的“以西释中”，对于沟通中西文论，使中国文论走向现代化是有贡献的。20 世纪初的王国维，可算是较为成功的例子。他借西方之思维，融中国之词语，推出了“主观之诗人”与“客观之诗人”、“理想”与“写实”以及“悲剧”等新的概念与词语，同时又赋予“境界”以新的内涵，使古代文论的研究跨出了现代化研究的第一步，也使中国文论建设开始了现代化的第一步。“以西释中”，最初可能是牵强的、“格义”式的诠释，亦可能产生曲解与误解。任何异质文化间的交流都不可避免地发生误解，但是这种误解却使得不同文化得以沟通。从沟通到融合再到创生，往往是文化发展的必经之路。沟通是文化融合与文化创生的前提和基础。正像汉晋时期印度佛教文化传入中国那样，佛教的概念、词语往往要依附老庄词语才可能被人接受。反过来，魏晋玄学又借助老庄化的佛学得以发展，玄佛合一的潮流终于使得中国文化得以大大推进与丰富，而隋唐宋明哲学的不少新概念也由此得以创生。因此，赞同并主张古代文论应该实现现代转换的话，首先应该持宽容的态度对待“以西释中”的工作，即允许以西方文论的思维、观点、方法对中国文论作诠释与分析，以求得现代化。

“以西释中”，可以像美籍华人学者、斯坦福大学教授刘若愚的《中国文学理论》那样，借阿布拉姆斯的文学四要素理论给中国文学理论分类；也可以像台湾学者徐复观的《中国艺术精神》那样，以胡塞尔现象学的理论和方法去分析庄子艺术观；还可以像台湾比较文学学者所持的阐发研究那样，借西方文论之观点分析中国文学与文论。诠释的方法可以是多样的，但功能却是一致的，即在现代思维与观点的观照下沟通中西文论。当然，沟通中西应该是中西双方均“在场”，而最后的结果应该是促使中国文论走向现代化与世界化。

面向现代化还有一个如何以开放的态度对待站在现代意识的高度上挖

掘古代文论的现代意义的问题。实现古代文论的现代转换，还应该贯通古今，允许将古代文论所蕴涵的具有现代意义与价值的思想、观念挖掘出来并加以现代意义上的理论提升。同时还应该允许对古代文论潜在的理论体系作较为现代性的整理与勾画。这也是建设中国文艺理论所必须做的工作。

当然，做这一项工作不是为了向现代证明当今的文艺理论观点古代早已有之，而是立足于找到古代文论在现代意义上生成的转换点与生长点。这种现代性的阐发研究不能一概斥之为任意拔高。如果能做到既尊重研究对象，又不拘泥于古，将古今打通并作现代意义上的提升与阐发是应该鼓励与肯定的。正如西方当代历史学家克罗齐说过的，任何历史都是当代史，处于当今时代的古代文论研究也是当代研究。所谓“还原”研究是不可能的。对于古代文论潜在理论体系的整理与勾画也是如此。要将古代文论“潜在”的理论体系变为“显在”，就不是“还原”，而是站在现代理论上的挖掘。作为受到过西方文艺理论体系与逻辑思维训练的当代研究者，再回过头去观照古代文论的时候，总难免要带上一些“体系”的整理与勾画，这并非是毫无用处的，它对于中国当代文论体系如何在古代文论的基础上寻找生长点并加以建设是有借鉴作用的。

至于对古代文论的概念、范畴的内涵进行清理与现代阐发，是很重要的工作，它是实现中国文论话语创生的关键。对古代文论的概念、范畴的内涵进行清理，可以帮助我们弄明白到底哪些概念、范畴已经难以与现代接轨，哪些概念、范畴可以加以现代化改造而有可能被转换成现代话语。清理是做基础性的工作，把基础拓实是必须的。对古代文论的概念、范畴进行现代阐发，则可视为在做话语创生的前期工作。没有现代阐发，就难以明白古代文论的概念、范畴是否具备成为新话语的条件。当然，在对文论的概念、范畴进行内涵清理与现代阐发时，必须顾及它所产生的文化背景以及当时所应用的文化语境，切忌生搬硬套，任意拔高。如果有些概念、范畴原本是比较模糊的，我们应尽量运用现代的文学理论与美学观念去分析，使其清晰化。就算它很难转换成当代文论的术语，也应尽量发掘其理论价值，以供创生新话语作借鉴。如“文气”这一概念，在古代文论中其含义是较为模糊的，随着各个时代的不同作家的使用，其意义还不断变化。如何将这一概念的含义清晰化，就既需要一种历史的变通意识，又需要用现代美学观念去诠释。清理工作就是要使古代文论的概念逐渐清晰化，在清晰化的基础上再来考虑它们的转换方式与途径。

话语上的现代转换，就是话语创生工作。话语不仅仅指文学理论、文学批评所使用的基本概念、术语，它还包括批评的视角、语态、语式、文本形式以及组织架构关系。话语的创生要从全方位去考虑，而不仅仅只在基本概念与术语上做文章，更不能因为古代文论的某些概念、术语由于其古代汉语的表达形式而一时难以转换成当代文论的概念、术语，就断定古代文论不能实现现代转换。中国古代文论的话语，尤其是批评话语是很富有诗意性的。诗意化批评是我国古代文论的长处，如何使这种诗意化批评的精神在当代仍能得到保留并发扬光大，是现代转换工作中尤应注意的。话语现代转换工作中，既要吸收、融合西方文论话语辩证、逻辑分析的特点，又要继承和发扬古代文论诗意化批评的特色。融合中西、贯通古今，才能创生出一套新的话语。

古代文论与当代文论有机融合是古代文论现代转换的一种重要思维，也更具现实迫切性。从古代文论研究者来说，这些年来虽然做了大量的概念、术语、范畴的释义以及命题理论意义的阐发工作，但由于较少了解当代文学的创作实际，不敢轻易涉足当代文学批评，于是很难把自己的研究心得与当代文学理论和批评实践结合起来。固然，术业有专攻，要求古代文论研究者都能参与到当代文学理论与批评的建设中去是不现实的，但要求他们更多地关注当代文学创作与批评，并能从当代文学理论的建设与发展的角度去从事古代文论的研究并不算苛求。因为做到这一点，古代文论研究才更具现实意义，更具建设价值。就当代文学批评与理论研究工作者而言，他们在批评实践与理论研究中更多的是使用西方文学的批评理论、方法、术语。40—60 年代是“别车杜”，80 年代以后则是西方 20 世纪的各种文学批评与批评理论和方法的流行，新批评、结构主义、心理分析批评、后现代主义、解构主义等，潮流一浪接一浪。西方理论与话语的大量涌入反而造成了中国当代文学批评与理论的“失语”，这正是当代批评界忽视中国古代文论传统的继承，没有创造性地运用古代文论的理论、方法与术语的后果。

可以这么说，古代文论研究没有真正做到“今用”，有中国民族特色的当代文学理论没有得到很好的建立，古今文论研究工作者、批评家都有责任。谈古代文论的现代转换，谈古代文论与当代文论的有机融合，没有古今文坛研究者、批评家的双方配合、携手共进是做不到的。如果没有一定的运用，双方就很难相互促进和共同提高，更谈不上融合。古代文论价值的转换，古代文论理论观点与思维方法的发扬，以及古代文论话语的转型，只有参与现实，才可真正发挥出民族精神与特色的魅力，也才可进入当今文艺理论的主潮之中，也才有古代文论在真正意义上实现“今用”的可能，亦即所谓“意义的现实生成”。我们要实现中西对话，首先得做好古今对话，我们要从“失语”走向“得语”，就应该立足于本民族的立场，建立自己的理论话语体系，而传统理论话语就是我们当代理论话语体系大厦的基石。

于是，站在什么样的基点、寻找什么样的途径、采取什么样的继承方式来“用”古代文论，在“用”中使其与当代文论达到有机融合就成为我们当下应该认真思考的问题，也是古代文论现代转换思维的一种尝试。

1. 立足于当代的人文导向与人文关怀，面向当代人文现实，开展现实与历史的对话，吸收古代文论的理论精华

文学理论作为面向人类精神与灵魂的精神产品自然要面对当下的人文现实环境，要从关注当前人民的生存与发展现状的角度，站在解决当代人精神困惑与精神文明建设的高度去研究文学，从事批评，提出理论观点，融合古今文论。应该说，在注重人的精神道德取向、面向社会现实、提升人类灵魂等方面，古代文论是相当有成就的。孔子、孟子、庄子、刘勰、陈子昂、韩愈、白居易、李贽等人的文学思想，都是出于对社会、人类精神状况的忧虑与关怀而提出来的，其针对性、批判性与建设性的意义都是不可低估的。比如孔子的“乐”、“诗教”思想，就包含着对塑造理想文明社会、培养理想文明的文化人格的一种价值导向。他提倡以“仁”为本，以“礼”为用，礼乐结合，共同实现“仁”的道德理想。他倡导“尽善尽美”的中和之美的审美理想，也成为中国文化传统中的精髓，对塑造中华民族性格产生了深刻的影响。孔子的“有德者必有言”与孟子的“知言养气”说对于作家自身修养的强调也深深影响着后世。又比如荀子，在如何处理“欲”的问题上，他既不像道家那样提倡“少私寡欲”，也不像墨家那样提倡“非乐”的节欲，他肯定欲望的存在与产生的必然性，主张对人的欲求加以引导，关键在于使人的思想达到“中理”即合理。“心之所

可中理，则欲虽多，奚伤于治！欲不及而动过之，心使之也。心之所可失理，则欲虽寡，奚止于乱！故治乱在于心之所可，亡于情之所欲。”①因此，社会的治乱问题不在于欲求的多少，而在于思想是否中理。只要做到“重己役物”，而不要“以己为物役”，就可以“养乐”，正当地享受音乐。孔、孟、荀的上述思想对当今建设社会主义精神文明都是具有启示意义的。小平同志曾说过“我们十几年的最大失误在于教育”这样的问题，所谓“教育”主要指思想的教育。如今我们有的文艺作品放弃崇高的理想追求，也避讳言“道德”二字，有的还专打“擦边球”，在“黄”与“非黄”之间寻找刺激以求得作品的畅销，这与用正确的道德观、价值观去培养一代新人的文化人格是背道而驰的。个别作家与演员追求金钱至上，见利忘义，也败坏了作为精神文明创造者的声誉。那么，在建设当代文学理论与批评理论的过程中，我们难道可以对传统文论中那些强调艺术要有助于道德人格培养、有助于人的思想情操净化以及主张真善美结合的观点视而不见、弃而不用吗？

又比如古代文论中的自然之美，它主张追求艺术创造的自然天成，反对矫情饰性与繁采寡情，这亦是值得我们当代文论认真去借鉴与运用的。当代文学创作中为文造情、装腔作势、矫情饰性者不少，但笔者发现很少有批评家会运用古代文论中的“自然真美”理论去批评。按理来说，当代人追求生活节奏的明快，追求性格开放任性而行，为减轻精神压力会更亲和自然，也更能接受“自然真美”的理论。但是，我们的文学创作却完全抛弃古典“天人合一”与自然天放的传统，追随西方走刻意求奇求新求怪的道路。批评家也惯于和乐于使用西方批评术语，用后现代主义的一套框架来规整这些作品，两者相互呼应，使文学创作越来越难以理解，也越来越失去意义。从关心当代人的精神与心理健康方面而言，当代文论应该融汇古代文论中的“自然真美”理论，引导文学创作在有益于人民的身心健康方面发挥作用。

2. 立足于民族精神与民族性格的继承与发扬，寻找古代文论的现实生长点，探索其在理论意义上和语言上的现代转换

我们当代人虽然在思想上、语言上与古代人有差异，但我们的思维、

---

① 《荀子·正名》。

行为仍然生长在民族精神与民族性格这棵常青的大树上。文化传统的延存，文化血脉的接续，使古代文论与当代文论的融合有了基础与可能。当代文论要继承和融进古代文论的一些重要理论命题、基本概念、基本范畴与术语的话，应该多从民族精神与民族性格上去考虑，在古今文化精神相通的基点上激活古代文论，这样才能更准确地找到古今文论的契合点，才能更好地实现古代文论的现代转换。

古代文论中重视艺术生命的理论就充分体现出了中华民族重生、卫生、畅生、赏生的文化精神。古人把文的创生与天地打通，把艺术世界看作是与人的生理、心理世界以及天地宇宙相通相连的一部分，艺术的生命与人的生理生命、心理生命乃至宇宙生命存在于一个大系统之内。人为五行之秀，大地之心，人之文效法自然，自然充满生气，山川草木均含有性情，俱著生意。文之抒情，画之写意，莫不通过山水具貌写出自己的性情精神，这正是中国艺术富有生命力的原因。而为文者须养气，此气包含天地自然之气、人文道德之气以及人的生理、心理素质等，亦关乎人的生理、心理健康。作书作画可以养气长寿，作文不宜钻研过分，使得神疲气衰，应“率志委和”、“贵闲”，这又关乎卫生、养生之道。艺术的功用除治国辅政扶民之外，又具备“卧游”、“畅神”、“赏玩”等功能，对人感性生命的发扬与精神的寄托都有益处。古代文论还对艺术生命的有机统一、整体连贯表现出高度的重视，“气脉一贯”、“一气呵成，神完气足”等说法表达了具有内在生命力的有机整体观。此外，古代文论还强调艺术生命的内在张力，“气韵生动”并非只限于具象，更在于其能促使人产生无穷联想，故气韵之特点是“生者生生不穷，深远难尽”。“流动”、“飞动”等又包含着对生生不息、跃动飞扬的艺术生命的褒扬与提升。古代文论正是用这些范畴、概念去揭橥中华文化精神的底蕴与精髓的。

当代文论可不可以用这些充满民族特点、体现民族文化精神的术语、范畴来构建理论话语呢？笔者认为，如果当代文论在整个理论体系构建的大思路上能够从西转向东，能够在体现民族文化精神上多去尝试的话，应该是可以实现转型的。比如关于艺术创作过程的理论，完全可以用艺术家生命与宇宙生命的交往，艺术家生命精神的激发、高扬、投射，艺术与社会、人生、自然的对话乃至艺术生命的完成等等这样的角度去阐述，其间可以把物感说、心物融合论、文气论（包括养气说、气贯论、气韵论等）、风骨论、阳刚阴柔美论等一并纳入，加以整合，形成一个艺术生命的创作系统理论。有论者说，“中华美学就是生命的美学，就是以独特的方式感悟生命和开垦生命的美学”[1]。笔者以为中国古代文艺理论亦可作如是观。那么当代文论要具有活泼泼的生命，要建构具有生命力的文艺理论系统，怎么可以把高度重视艺术生命的古代文论排斥在外呢？高度重视生命质量与生活质量的当代人又怎么可能抛却“自家宝藏”不用而到西方去寻求所谓生命理论呢？用“风骨”、阳刚阴柔去评价学者散文、文化散文、小女人散文以及当代的小说创作又有何不可呢？

古代文论中关于“艺道合一”的理论，关于儒、释、道人格与艺术境界相通的思想，也体现着中华民族精神与民族性格，具有鲜明的中国特色。艺与道一，表示了中国文人对从事艺术事业的高度尊重，从“艺”不仅仅是技巧，也不仅仅是事功，而是与求“道”相合一的盛事，是贤者品德与智慧的表达。艺与道合，还表明了艺术可符合天地自然宇宙的规律，可以揭示自然之理、社会人生之理。正因为如此，艺者的人格才与“道”相通，与艺术境界相通。儒者的风流温雅，道者的飘逸自然，释者的清寂空明，在在都与艺术的境界相伴相生。人生即艺术，境界透人格，古代文论对“道”、对境界的追求和人格的培养与完善是分不开的。而当代文论缺乏的正是这种精神。如果能继承这种精神，于现实中提倡艺术对人文理想的追求，正确认识艺术创造、艺术批评与人格完善的一致性，也就能认真地吸取古代文论的精华，严肃地对待文艺创作与文艺理论。

3. 从继承思维方式和批评形式入手，将古代文论特有的思维方式以及独有的批评方式与技法融入当代文学批评与文论中，创造具有鲜明民族特色的当代文论

古代文论中的辩证思想非常突出，它充分体现了中国古代哲学的思维方式与民族特点。有无相生，虚实相成。阴阳奇偶，对待并立。动静相宜，浓淡相补。和实生物，同则不继……古代文论中陈述两两相对的范畴与强调“叩其两端”的辩证思想既丰富又深刻。这与现当代西方文论偏爱极端、喜执片面形成强烈对比。中国当代文论在某种程度上也染上了西方色彩，某些批评家喜欢西方的尼采、弗洛伊德，但偏偏忘记了中国的孔

① 张涵、史鸿文：《中华美学史》，西苑出版社1995年版，第5页。

子、老子、刘勰。在思想方式与方法上，某些批评家把中国古代“叩其两端”、强调和谐的思想简单地视为折中主义，而更喜欢过犹不及的肯定与否定。中国古代哲学与古代文论的适中精神与中道的思维方式是一笔很有价值的遗产，当代文论完全可以将其吸收并化为自己的思想方法，并且用以指导自己的文学批评。思想方法的渗透是无形的，是“润物细无声”的，接受并继承中国古代文论的辩证思维方式将使当代文论受益无穷。比如现在一谈文艺理论体系的建立就是黑格尔的“正—反—合”式的逻辑体系，或者是从“孤独”、“狂欢”论起的西方文艺理论模式，为什么不从中国古代文论的辩证思维中吸取营养、改变一下现有的思考角度与思维方式呢?

中国独有的感悟式批评方式也有待重新发掘它的价值。这种感悟式的批评看似缺乏逻辑分析，但它背后却潜藏着批评家的全部文化智慧和审美经验，它绝非只是一种随意性的印象批评。这种感悟式批评至少在三方面是值得我们重视的：一是整体的艺术把握。这种整体把握把艺术看作一个有内在生命的有机整体，不主张概念性的知识分解和逐层逐级的逻辑推理，而提倡对艺术作品“意”与“象”的整体把握，认为这样方可避免对艺术批评对象的肢解与撕裂。二是以喻象的方式接近被评的对象，做到“以生命形式显示生命”①。喻象方式虽然不是确指的、明晰的评价，但很符合艺术批评“言不尽意”与形象思维的特点。从接受美学角度看，喻象方式更尊重读者，留下更多想象的余地，更能体现中国艺术作品具有“韵致”、“意境”的创造方式。喻象方式也是“若即若离”的艺术把握方式，其妙处正在于“可能与不可能之间”。喻象方式最常见的形式是以具备活泼泼生气、饱含生命趣味的生命形态来比喻文学作品，它既包含生趣盎然的大自然的生命形态，也包含人的生命形态，如身躯、心理器官以及神韵气度等。这种具有生命感的生命喻象运用于文学批评，可以展示艺术的生命精神，是以生命对接生命，以生命形式显示生命。三是于会心处画龙点睛，道出精髓。这主要表现在那些评点式的批评方法中。所谓会心处，也是感悟豁通处。评点批评虽然是一种灵活的随文批评形式，但它却注重对

---

① 此处采用朱良志的说法，见朱良志：《中国艺术的生命精神》，安徽教育出版社 1995 年版，第 257 页。

文本的解读，注重批评者感受的引发。看似缺乏理论色彩，但往往以精练的语言搔到痒处，点到枢机处，道出评点者的独到心得。这三个方面我们当代文论都是应当继承的。就第三方面说，目前已有新的探索，如漓江出版社推出李国文评点《三国演义》，王蒙评点《红楼梦》，江苏古籍出版社出版陈美林评点《儒林外史》等，就是一种尝试。当然，当代批评继承的不应仅只是感情式批评的形式，而更应该从精神上去吸取其理论精华，并创生为当代批评的新形式。

融合古今、贯通中西，既不搞概念术语的大换代，也不搞中西拼凑的大杂烩，而是要真正扎根于民族文化土壤之中，创生出既具民族特性又具现代意义的话语体系。中国文论只有具备自己的话语体系时，才谈得上在世界多元共生的文化格局中立足，并引起世界文论的重视。

总之，要实现古代文论的现代转换，应持宽容开放的心态，开展务实而有创造性的工作。各方面的学者都应支持这一项工作。做古代文论研究的，不妨深入到中国文论的潜在体系里去，深入到中国文化的深层结构里去，把古代文论的概念术语作一番认真清理并对其作现代性的阐释，同时也不妨涉及一下当代文论，尝试一下转换工作；做比较文学、比较诗学研究的，不妨把“以西释中”的工作做得更完善些，更深入些，为现代转换提供更多的对照、借鉴；做当代文论研究和文学批评的，亦不妨尝试运用一下古代文论的批评思维、方法、形式乃至某些概念术语到当代文论与批评中去。中华民族本来就是具有创造性的民族，只要中国学者齐心协力，共同努力，现代转换的工作是一定会取得较有成效的实绩的。

（蒋述卓）

第五章

中国古代诗学的原创意识

一

中国古代诗学中的不少理论、观念、概念都是具有原创性的，如“诗言志”、“诗缘情”、“情境”、“意境”、“神思”、“风骨”、“气韵”、“滋味”、“兴趣”等。中国古代诗学之所以能自成体系，并在世界文明中占有重要地位，与它的原创性质密切相关。虽然中国古代诗学中有“以复古为创新”的方面，但这种因袭性只是在传统形成的一定时间内有效，一旦达到某种限度，传统的部分成分与结构还将突破，创新又会到来。同时，这种因袭性的形成，也可从另一个侧面说明中国原创性诗学形成较早，其基础坚实，且符合延续上千年的社会类型和文化实情，形成的传统就会显得耐性强，延续久。

追究中国古代诗学的原创意识及形成，如下几点值得重视，而且对当今的理论创新都有启示。

1. 注重符合基础文类的发展实际

美国比较文学学者厄尔·迈纳在其著作《比较诗学》中提到，中国诗学这种“情感—表现”的原创性诗学是在抒情诗的直接背景中产生的，早期欧洲诗学“摹仿诗学”则建立在戏剧的基础上，而戏剧是一种再现的文类①。这说明一种原创性诗学的形成与它所基于的基础文类相关。中国古代诗学最早的“言志”说、“缘情”说都是基于抒情诗的，“志”与“情”通，“情”、“志”其实可合而为一。《毛诗大序》论诗之产生，提出“物感”说，就是基于人的感情受物所感，人心动荡，而形成与音乐合乐而吟的诗。“物感”说突出的是艺术的感情因素，“情”于是成为中国古代诗学中的核心范畴并得到不断的衍生。至陆机而有“诗缘情而绮靡”，至刘勰而有“情以物兴”、“物以情观”的情物论，至王夫之则有深广宏大的情景论。研究古代文论的著名学者王文生教授更将情境理论当作中国抒情文学思想体系中的核心课题来研究，提出“只有‘情境’才是抒情文学基本质

① ［美］厄尔·迈纳著，王宇根、宋伟杰译：《比较诗学》，中央编译出版社1988年版，第32～33页。

素的准确概括和抒情文学结构的最好标志"[1]。抒情文学作为中国的基础文类，与中国的其他艺术门类触类旁通，相互融会，使得在基础文类基础上形成的诗学理论、观念、概念也可在其他艺术门类中得到恰当的运用，如绘画、书法领域中有"畅神"、"散怀"之说，有"意境"、"气韵"、"形神"之说，而古代戏曲、戏剧理论仍然运用"情采"、"入情"、"情真"、"情理"、"传神"、"意趣神色"等概念。这说明，以抒情文学为基础文类而形成的中国古代诗学是真正代表中国古代各种艺术门类的理论，是最富原创意识的理论。

基础文类之所以重要，就在于理论必须符合文学发展实际，其必然是从基础文类的大量实践中总结提炼出来的。否则，脱离文学发展实际的理论就没有生命力，也就谈不上创新，更谈不上属于原创。中国当代文艺理论面临的基础文类虽然已经分化，各种文类共同生长，但在大众文化兴盛的当代，叙事性文学尤其是影视创作成为最热门的文类，理论工作者应注意从最热点的文类中寻找规律，提出中国式的具有原创性的理论。这将是中国当代文艺理论建设的创新之路。

2. 具有中国文化的本土特点，符合中国人的思维方式

迈纳在谈到原创性诗学的产生时还提到："一种原创性诗学不是在某一特定文化体系发轫之初就出现的，而是出现于紧随其后的某个时期，在诗人由无名氏变成公认的作者、诗被赋予独立性存在之后。"[2] 中国古代诗学是在中国文化体系已初步成型的情形下出现的，它的出现深受中国哲学体系与思维方式的影响，带有十分浓厚的东方色彩。比如"物感"说，就受到中国先哲宇宙观的影响。中国先哲认为宇宙由阴阳二气构成，阴阳二气相互运动变化又相互补充，并且对应五行（五种物质）、五方（五种方位），还可在人的身上产生感应。总之，天人感应理论认为天地万物与人都存在着"以类相动"、"唱和有应"的关系。此种具有浓厚原始思维特征的宇宙论，使抒情文学中的"物感"、"心动而情发"理论得以顺理成章地产生。又比如"文气"说、"气韵"说，也是中国诗学特有的概念与范畴，它们与中国的"气"论哲学密切相关，有着深刻的文化内涵。中国古代诗

---

① 王文生：《论情境·前言》，上海文艺出版社 2001 年版，第 11 页。

② ［美］厄尔·迈纳著，王宇根、宋伟杰译：《比较诗学》，第 33 页。

学谈“气”，是将天地之气、人身之气与艺术作品之“气”打通来论的，“气”不仅是宇宙万物的灵根，而且贯穿艺术作品通体的生命。一体俱化的生气浩荡流淌，铸成艺术生命的生气远出、空灵飞动。这种“文气”论与西方文论中谈到的作品“生气灌注”是完全不同的，同时也是西方人难以理解与把握的理论。因此，中国古代诗学本土特色的形成有着深刻的文化机制。

中国文字是象形的，远取诸物，近取诸身，是从对天地万象的观察、感悟中加以适当概括与抽象的符号表现。《周易》哲学中的卦象，源自具体物象，反映了从具体到抽象的思维过程，也体现了具象与抽象同存并用的运思方式。中国古代诗学的许多术语、概念、范畴也深深地体现着中国人具象与抽象同存并用的思维方式。如“风骨”、“滋味”、“气韵”、“兴趣”、“神”、“逸”、“飞动”等，表面看来朦胧飘忽，难以明确界定，但它却具有具象与抽象同存的特点，让人能感悟到它丰富的内涵和多边的意义。中国古代诗学的这种表达法在今天似乎难以继承，因为今日的学者已经完全习惯于用抽象去思维与表达，但在古代的文化背景中却是原创性的。钱钟书先生在1937年发表的《中国固有的文学批评的一个特点》一文中曾提到，像“风骨”这样的文论范畴，正是人化或生命化特征的具体呈现，是新颖的生命化的文学批评术语。比起西方文论，它在某种意义上要“深微得多”。钱先生还指出这种人化文论在理论上的诸多好处①。钱先生之所以特别看重中国古代文学批评的长处，笔者认为主要还是看重它的中国特色以及原创意义。

3. 创造了一套独特的理论话语和理论体系

中国古代诗学是有自己的适合抒情文学的理论体系与理论话语的。它以“物感”为起点，以感情为核心，以心物融合、主客统一的意境为最高追求，串起涉及创作论、作品论、鉴赏论、批评论等方面的诸多理论概念、术语、观念和范畴。刘勰的《文心雕龙》当然是“体大思精”的典范，是具有完整理论体系和一整套理论话语的代表作。实际上，不同时期的不同理论家、批评家都或多或少创造了自己的理论术语，为抒情文学理

---

① 钱钟书:《中国固有的文学批评的一个特点》，载《文学杂志》1937年第1卷第4期。

论体系作出过贡献。如钟嵘的“滋味”说，陈子昂的“兴寄”说，王昌龄的物境、情境、意境“三境”说，殷璠的“兴象”说，皎然的“取境”、“取势”说，严羽的“兴趣”、“气象”说，公安三袁的“性灵”说，李贽的“童心”说，以及王士禛的“神韵”说，等等，这些术语的提出从不同侧面丰富了中国古代诗学的理论话语，成为中国抒情文学理论体系的有机组成部分。中国诗学的形成并非是由一两个人完成的，而是在中国文化传统和文化背景中由一代又一代的理论家、批评家不断探索与实践才完成的。一个理论家所提出来的理论体系毕竟是有限的，后人还要不断突破与超越它。正是在不断突破与超越当中，中国诗学理论体系和一整套诗学话语才成型、完整。同样，西方文艺理论家、批评家也不是每个人都像黑格尔那样具有完整体系的。西方“摹仿诗学”的形成也经过了从亚里士多德开始到后人不断丰富发展的过程。

4. 不少理论家敢于提出己说，敢于借鉴与改造外来术语，包括借用与改造其他艺术门类和学科的术语

在中国古代诗学中，不少理论家提出自己的理论主张都是具有强烈针对性和现实性的，如陈子昂针对齐梁文风的弊端以及它在初唐文坛的影响，提出了“兴寄”说；严羽针对南宋诗坛“以文字为诗，以才学为诗，以议论为诗”的弊病而大胆地营造了自己的理论体系和一系列独到的理论术语，如强调“别材”、“别趣”，主张以“妙悟”为学诗门径，以“兴趣”、“气象”为诗之追求。他的诗禅说也是大胆借用禅宗术语融进自己的理论体系中去的。中国古代诗学的不少理论术语都是借用的，如“风骨”是借用人物品鉴中骨相学的，“取势”是借用《孙子兵法》中的军事学术语的，中间还可能经过了围棋学与绘画理论的转借。“中和”、“滋味”等也是从中国的饮食文化中转借过来并加以改造的。作为僧人的诗论家皎然，其提倡的“取境”说就直接取自佛教，佛经《大乘义章》中就有“六识相望，取境各别”的说法。“意境”说也从佛经中借用，被改造成最有特色的诗学理论术语。苏俄理论家巴赫金借用音乐学中的“复调”术语创造出了复调小说理论，被视为了不起的理论创造，中国古代诗学向不同艺术门类和其他学科的借用不是也体现了创造性吗？

二

中国古代诗学原创意识对当代文论创新的启发，还应该从中国文化背景中去理解古代文论话语产生的精神气候、思维方式、民族性格，以及与哲学、社会的复杂关联。古今文化土壤具有血脉联系，理解中国文化背景下的中国古代诗学的生成，对于创新当代文论具有重要意义。

将古代文论放到中国文化背景中去考察研究，首先应该注重考察中国古代文论产生的精神气候。过去，我们往往把“经济基础决定上层建筑”的原理简单化和形而上学化，忽视社会的精神气候对思想理论的影响与制约作用。所谓精神气候，丹纳解释为“风俗习惯与时代精神”，其实这就是指社会心理。在经济基础与思想理论的关系中，社会心理是一种中介。丹纳曾经认为，精神气候可以选择艺术家，它“只允许某几类才干发展而多多少少排斥别的”。他又说，“由于这个作用，你们才看到某些时代某些国家的艺术宗派，忽而发展理想的精神，忽而发展写实的精神，有时以素描为主，有时以色彩为主。时代的趋向始终占着统治地位。企图向别方面发展的才干会发觉此路不通，群众思想和社会风气的压力，给艺术家定下一条发展的路，不是压制艺术家，就是逼他改弦易辙”[①]。他还就古希腊社会的精神气候对于古希腊雕塑的影响和制约作过精彩的分析。从精神气候对思想理论的影响与制约方面，我们试考察一下我国文论的开山纲领“诗言志”吧。“诗言志”的产生与《诗经》文学的产生有密切联系，但《诗经》文学又是在什么样的精神气候下产生的呢？现在许多研究者都谈到《诗经》文学中的忧患意识问题，笔者是赞同这种提法的。正是因为当时整个社会存在着忧患意识，才使得《诗经》中充满忧患意识，社会中的忧患意识才是《诗经》文学产生的真正动力。不用说当时的平民百姓有着饥寒劳苦与战争徭役的忧患，当时的统治者也不可能每日歌舞升平、宴乐宾客。周灭商以后，一方面要防止异族的侵犯，另一方面则忧心忡忡于自己的统治能否巩固，“以殷为鉴”正是这种意识的表现。不要看到《诗经》中还有《颂》那样雍容富贵的诗歌就否定统治者的忧虑，可以说在整个社

---

① ［法］丹纳著，傅雷译：《艺术哲学》，人民文学出版社1983年版，第35页。

会中都深藏着不同性质的忧患意识。“劳者歌其事，饥者歌其食”，为了表达主体的人对这种忧患现实的心理感受，人们选择了诗歌这种抒情方式，而“言志”也便成为当时抒情文学的理论总结。这种由精神气候影响并制约文学发展趋向的事实，我们在魏晋南北朝文学及文学理论的发展中仍然可以看到。对魏晋文学自觉时代的到来和形成的精神气候，李泽厚在《美的历程》中有过精辟的论述，如当时由于战乱、瘟疫所带来的痛苦，使得整个社会在相当一段时间和空间中弥漫着对生死存亡的关心、哀伤以及对人生短促的感慨、喟叹，哲学怀疑论所包含的人本主义思想促使人的自我意识觉醒，促使文学的自觉时代迅速到来。魏晋南北朝时期还值得分析的是当时自然山水文学的产生。自然山水文学产生于晋代，并非偶然。两晋社会，残酷的政治斗争和政治迫害以及名教的虚伪，导致许多人远离现实，隐居林泉。“人生似幻化，终当归空无”，当哲学本体论的追求在玄言清谈中还不足以弥补精神上的苦闷的时候，自然山水就被选择作为精神寄托的对象。人们要在自然山水中找到自己，确认自己，同时与自然合二为一，因此，当时的整个社会崇尚隐逸，“竹林七贤”被人们看作高士。由崇尚隐逸也便爱好山林，爱好山林也就想通过歌颂山林追求心理的平衡，自然山水文学也便蓬蓬勃勃兴起了。

一个民族的文学以及文学理论的产生、发展除了受社会、时代的精神气候所制约和影响外，还受本民族传统的思维方式以及传统性格所制约。研究中国古代文论，就不能不对中华民族的思维方式和传统性格进行研究，因为这种通过历史积淀所形成的思维方式和传统性格在很大程度上决定文学现象的深层意识结构。现在人们都谈论：中国较早地发展了抒情诗，而西方较早地发展了叙事诗；中国早期的神话也没有古希腊神话发达。对这种差异的原因有过不少解释，有人认为中国抒情诗特别发达，是因为有史传文学代表了叙事方式。有人认为中国早期神话没有古希腊发达，是因为中国没有宗教。其实，这两个问题应结合起来一起考察。从保存下来的神话中，我们知道无论东西方在人类早期都面临过大洪水时期。但在对待洪水的态度上东西方却迥然不同。西方人面对洪水不是采取现实的态度，而是幻想着乘坐诺亚方舟逃生。于是对神的崇拜代表了心理的寄托，对命运及人生的感伤都寄寓于对神的祈祷，把对神的赞颂留给了神话。这样，对神的祈祷充满着感情，使感情得以宣泄，而神话却只是叙述神们的历史与生活。而中国人面对洪水却是老老实实地治水，一代治不了下一代再治，神话里甚至天裂了也要将它补起来。这种积极进取、生生不息的精神构成了中华民族的传统性格。中国人自古以来就对“神”、“上帝”充满怀疑。孔子“敬鬼神而远之，可谓知矣”，甚至“不语怪、力、乱、神”，荀子提出“制天命而用之”。由于神的观念被社会的现实感所冲淡，为积极的进取精神所战胜，早期先民对天的崇拜最终没有发展成为宗教，“天”倒是与政权统治的权威牢固地结合在一起，帝王被称为“天子”。但是，人非草木，太现实的态度毕竟使人压抑，要得到一种心理平衡，就要求一种感情的宣泄，为找到这种心理补偿，抒情文学便应运而生。当然，这只是其中一个原因。另一个原因我们不能不追究到民族思维方式的差异。中华民族早期的思维方式是偏重于感性的，是通过具象把握世界、认识事物的。象形文字的制作和八卦的造成基本奠定了中国“观物取象”的思维方式，这种思维方式以最感性的东西来表现理性的内容，古籀文蕴涵着一种艺术因素，甚至是抒情性的艺术方式，所以，中国的象形文字一直是一种“有意味的形式”，直到今天，书法还作为一种艺术长盛不衰。正是这种传统的思维方式影响了中国抒情艺术的产生，影响了意境、意象理论的产生。人类最原始的思维方式是大致一样的，西方人最早的思维方式也是感性的，但由于西方早期科学家与哲学家一开始就被卷入科学与宗教的冲突之中，感情与理性的搏斗时刻进行，对于他们，理性比感情更为重要，用科学来证明上帝的存在与否只能通过理性的分析与逻辑的推演，随着科学与哲学的发展，这种理性分析与逻辑推演逐渐占据主导地位，构成有特点的西方思维方式。

又比如中国悲剧与西方悲剧比较，悲的意味要弱得多，这与中华民族性格是分不开的。前面说到，中华民族从早年起，积极进取精神就一直是很强烈的，尽管忧患意识萦绕心头，但主体的内在意志和坚强的人格力量支持着人们与忧患现实作坚韧不拔的斗争。因此，在人们内心深处，不愿看到自己的失败，总希望自己主体的人格力量取得最后的胜利。这种对主体的自信和对社会的责任感逐渐积淀于民族性格，表现于艺术就往往是以乐制悲，以善克恶，以画补缺，以完美代不完美。因此，悲剧不悲，总要以“大团圆”表示一个光明的尾巴。

谈到中国文学艺术的特点，我们不能忽视它的一个较为突出的特点，那就是它与哲学的紧密结合、水乳交融。注意这一特点，也是我们将中国古代文论放到中国文化背景中去考察的一个关键。

从世界文学发展的普遍性看，诗人与哲学家总是两位一体的。诗人写诗，总是带着他的哲学观点来看待世界、透视世界的，从这个意义上讲，第一个诗人就是第一个哲学家。而哲学既是诗的升华与总结，同时又是诗赖以产生的深层意识。而关于诗的理论则可以视作是诗与哲学的一种中介与桥梁。与西方相比，中国文学最显著的特点之一是它时时处处都闪烁着哲学的光辉。先秦文学本来就与哲学浑融一体，《庄子》、《孟子》既是文学著作，又是哲学著作，屈原的《离骚》、《天问》则充满理性的怀疑和批判，是哲学上的怀疑主义。魏晋六朝时，如果文学脱离哲学或哲学脱离文学都会变得黯然失色。唐代文学一开始便以强烈的宇宙意识和强烈的自我意识开始它的引吭高歌，“诗圣”（杜甫）、“诗仙”（李白）、“诗佛”（王维）各有自己的哲学根基，又都在力图阐明自己的人生哲学观，在努力塑造一种人生哲学境界。宋诗的说理并非诗歌的倒退，作家们对哲学的孜孜追求，像苏轼、朱熹，都在作品中自然流露出来。明之李贽、汤显祖，清之曹雪芹，如果没有一种进步的哲学思想作为他们作品的底蕴，其作品又怎能让人动情动心，达到认识社会的目的？

同样，文学理论作为文学与哲学的中介，它沟通着两者。它将哲学引进文学，又将文学上升为理论，总结为一种文学哲学。因此，古代文学理论的产生与发展就不仅仅是与文学的发展相互联系，也深受着哲学思潮和哲学观念的影响。古代文学理论中的许多理论范畴及其术语似乎都可以追溯到它的哲学渊源，如“文气”、“言意”、“形神”等。拿“文气”说的产生与发展来说吧，在它的发展阶段中受到了不同时代哲学思潮的影响，因而呈现出不同的表现形态。先秦时期，既是哲学上“气”的提出时期，又是“文气”说的萌芽时期。老子、庄子、《周易》以及宋尹学派都在哲学本体论上谈论“气”，这种围绕“气”的争论，不仅成为后来中国哲学史上的气道之争、气理之争的“气”的最原始的模型，而且成为中国古代文论中“文气”说的理论渊源。“文气”说正是吸取哲学上“气”的概念，把它移植到文学上来的。先秦时期尽管文学与哲学还混为一体，但还是有人把“言”与“气”联系了起来，如从孔子始，就已经有人谈论

“辞气”问题[①]，孟子则进一步提出了“知言养气”说。尽管“气”在孟子那里被赋予了道德的含义，“养气”实际上成为道德修养的代名词，但这种“知言养气”说对后世产生了深远影响，以后许多作家、批评家谈修养都沿袭过孟子的说法。这可以看作是“文气”说的萌芽。魏晋时期，是“文气”说的正式提出时期。从先秦时期“文气”说的萌芽到魏晋时期“文气”说的正式提出，中间还有很长一段时间，在这段时间里，由于天文学、气象学、医学的发展，哲学上的“气”的讨论进一步深入。董仲舒的阴阳五行学说，以及《淮南子》都在宇宙本体论上探讨“气”。值得注意的是，当时的一本医学著作兼哲学著作《黄帝内经》，对“气”的研究作出了极大的贡献。它把宇宙阴阳“气”的运行、相互作用运用于人体的研究，包含有朴素唯物主义因素和丰富的辩证法思想。在当时，许多哲学家、思想家都从《黄帝内经》中吸取养料，王充就是最有代表性的一个。而曹丕“文气”说的提出在很大程度上受到了王充和《黄帝内经》的影响，可以说，正是《黄帝内经》与王充的《论衡》为曹丕“文气”说的提出提供了科学依据和哲学基础。不过，《黄帝内经》是间接影响，王充的《论衡》是直接影响罢了。“文气”说在南北朝得到了进一步的丰富与发展，刘勰的《文心雕龙》和钟嵘的《诗品》功劳最大。到唐宋以后，“文气”说则逐渐走向成熟和完善，并且由笼统到具体，从神秘到明确，从粗糙到精致。唐宋以后，根据“气”的地位的变化和替换，大致有这样一条发展线索，即“气”在“文以道（意）为主”（唐）—“文以理为主”（宋）—“文以神为主”（清）的发展中不断完善，其间都受到过哲学思潮的影响。唐代时，儒、道、释三教合一，但气道之争仍然存在，哲学上的气道之争影响到文学，文学则提出了“文以载道”、“志在古道”、“文道合一”。该时期，强调文章的“道”（内容）更重于文章的“气”，在“道”“气”关系上，“气”处于辅助地位。晚唐杜牧就明确提出过“文以意为主，以气为辅”（《答庄充书》）。“意”同“道”一样都是文章的内容。宋代，哲学上的气理之争同样影响到文学，当时的“文气”说由于“二程”、朱熹的唯心主义理气观占统治地位，出现了“文以理为主”、“学道为先，养气为助”的理论形态。清代“文气”说讨论得更全面、更

① 《论语·泰伯》。

深刻，也更具体，刘大櫆的“因声求气”将“文气”的神秘性破除了，而把“文气”落实到具体的音节和字句上，同时他又提出“文以神为主”的说法，用“神”取代“气”的主导地位，认为“神者气之主，气者神之用，神只是气之精处”①。其“神”的概念不可能不受到当时哲学理气关系讨论的影响，尤其是受到哲学家王夫之的“神”的概念的影响。

文学与社会的联系是多方面的，文学的发展也是由无数个力的平行四边形促成的，如果排除其他因素的诸多联系，只就文学研究文学的发展规律，反而会流于一般化、表面化。而将中国文化中的诸多因素与文学的发展联系起来考察，将会帮助我们更深刻地认识文学的发展原因及其发展规律。因此，我们在考察文学时，除了注意社会的精神气候、民族思维方式、民族性格以及哲学的渗透与影响等因素外，还应注意科学技术的发展对文学及文学理论的影响。比如“文气”之“气”，最早使用的领域是天文学、气象学，接着才转入医学、哲学领域，最后移植到文学领域。又比如促成魏晋文学的自觉时代的到来与形成的，除了当时社会的精神气候、哲学影响等因素外，纸的发明与使用恐怕也是一个不可忽视的重要因素。纸在东汉发明，首先为魏晋文学的发达提供了物质基础，它取代了以前笨重的竹简，无论是书写、阅读、携带还是传播都给人们带来了便利。纸的使用加快了信息交换频率，反过来信息交换的加快与社会的需要又促使了文学的快速发展，这种互利原则同时促使了文学与社会的腾飞。因此，“洛阳纸贵”就不仅仅标志着文学的迅速传播，标志着文学的发展，也标志着社会文明程度的进步。

古代文学理论的发展虽然与中国文化背景中的诸多因素有密切联系，但它毕竟有自己相对的独立性，有自己的符合逻辑的发展规律。这需要我们很好地运用马克思主义的唯物辩证法，用历史与逻辑相统一的方法来考察中国文学史及中国文学思想发展史。运用历史与逻辑相统一的方法来进行研究，就要求我们不要把中国文学史和中国文学思想发展史写成只是一部作家作品的编年史，而应该一方面把中国古代文学以及中国古代文论的现实的历史看作逻辑思维的出发点和基础，将历史的次序同观念、范畴的逻辑规定的推演结合起来考察；另一方面，又必须清除掉那些属于外在形

① 刘大櫆：《论文偶记》。

式、属于局部应用范围的东西，在历史的现象中抓住逻辑发展的阶段和环节。历史从哪里开始，思维进程也就从哪里开始。中国古代文论并不是直线发展的，各种理论范畴之间充满着矛盾，这些矛盾的运动推动着古代文论循环往复地前进，往往是一个圆圈向另一个圆圈的发展过渡。而这种发展过渡又不是简单的重复，而是通过由肯定到否定、由否定到否定之否定的过程达到一个新的阶段。而且这种圆圈的构成并不一定完全以人物的年代先后为顺序，而是以圆圈内观念与范畴的逻辑推演为顺序，当然这种顺序与历史的次序在本质上是一致的。正如列宁给欧洲哲学史举的几个圆圈一样，不一定要以人物年代先后为顺序。列宁举出，古代——从德谟克利特到柏拉图以及赫拉克利特的辩证法；文艺复兴时代——从笛卡儿到伽桑狄、斯宾诺莎；近代——霍尔巴赫经过贝克莱、休谟、康德到黑格尔，由黑格尔到费尔巴哈再到马克思[①]。列宁所举的圆圈，都是清除其外在形式，把握它的基本概念而抓住它的发展环节的。如果说先秦时期的文论从“诗言志”开始它的逻辑起点的话，那么到汉代《毛诗大序》的“以礼节情”观则完成了第一个圆圈。如果说曹丕的“文气”说是魏晋南北朝文论的起点，到刘勰的《文心雕龙》则完成了第二个圆圈，这期间文与气、言与意、心与物、形与神、文与质等理论范畴的逻辑推演同历史的发展次序又是相一致的。唐代文论如果是从陈子昂高标“兴寄”，提倡“汉魏风骨”而反对采丽竞繁的齐梁文风开始的话，那么经李白、杜甫、白居易、柳宗元、刘禹锡到韩愈是一个圆圈的完结，这期间道与文的争论一直是螺旋式上升的。韩愈同时又是向宋代过渡的人物，宋之以理入诗、以文入诗，其开山鼻祖就是韩愈。宋的圆圈继续着理与文、道与文的争论，但较之唐又进入一个新的阶段。自明中叶开始，随着市民阶层意识的抬头，新文学的圆圈在荡激着个性解放与反个性解放的风云中螺旋式上升。如果说李贽、汤显祖算作开始，那么曹雪芹以至开近代风气之先的龚自珍则是明清这一圆圈的终结。可以说，整部中国文学思想史就是一个由肯定到否定、由否定到否定之否定的过程，是由许多个小圆圈构成的大圆圈。

从中国文化背景来把握中国古代诗学的原创意识，这是一种整体综合的方法。它符合中国古代文论产生的实际过程，更能见出中西诗学差异背

---

① 参见列宁：《哲学笔记》，人民出版社 1974 年版，第 411 页。

后的文化渊源。一方面，文化土壤、文化精神的承继性使古代文论的原创特点得以进一步彰显；另一方面，古今文化差异、中西文化差异的实际，又正是创生中国当代文艺理论的文化动因。

中国当代文艺理论的创新除了从最热点的文类中寻找理论的新生长点之外，还要立足于中国的现实国情与文化土壤，既要坚持与时俱进的文艺观念，又要继承与发扬中国古代诗学思维方式和表述方式的优势，还要充分深刻地理解中国文化精神的精髓。在创造当代中国特色的理论体系与理论话语时，要在大胆引进外来理论、概念、术语的时候加强消化、改造与融会的工作，真正做到“以我为主”，使其成为符合中国当代文艺发展实际的有机组成部分。敢于创新，对当前文艺理论工作者来说不难做到，而善于创新却是要潜心思考与勇于实践的。在党的“十六大”精神的指引下，理论创新成为每个理论工作者的内在需求，理论的前进也如同社会的发展一样，不进则退，形势逼人。在中华民族文化复兴的伟大进程中，理论研究如果滞后于文艺与社会的发展，那将是有愧于伟大时代的。

（蒋述卓）

第六章

道家美学的现代价值与世界意义

2007年4月在西安和香港举办的“首届国际道德经论坛”提出了“和谐社会、以‘道’相通”的主题，这一主题高度概括了老庄之“道”作为传统资源参与现代社会建设的价值和功能。道家尊重个体生命和精神自由可谓一剂心灵鸡汤，慰藉着现代社会压力生存中的疲惫人类；相对主义主张可以破除固执，尊重多元；“道法自然”、“无为而治”的生态美学精神，为当今世界的环境污染、生态失衡、资源匮乏、人的物化异化、霸权主义、恐怖主义等提供了可资借鉴的和谐智慧。老庄思想还常被当作拯救物质泛滥而精神空虚的西方文明之灵丹妙药，“当代西方学者为解决他们在科学、哲学和宗教等文化领域内遇到的某些困难的理论问题以及后工业化社会人与自然尖锐对立的社会问题而向东方思想探寻时，能在道家思想中获得某种答案”①。可以说，关注道家思想的现代价值与世界意义，是时代催生的一个紧迫课题。

一、从“当代新道家”说起

20世纪80年代以来，“国学热”升温，“新儒学”研究登场，学人们希望通过对传统文化的反省和倡导，更有效地回应西方思潮的挑战并促进国学“现代化”、“世界化”。随着研究的深入及对当代中国学术现场的更深一步体认，作为“国学”重要一极的道家也备受世人瞩目。到90年代，中国学术界兴起了“当代新道家”（也有称“现代新道家”或“当代新道学”的）思潮。“当代新道家”这一概念最早由中国科学院的董光璧先生正式提出，1991年董光璧在《当代新道家》一书中把注重“阐述道家思想的世界意义”的李约瑟、“论证道家思想的现代性”的汤川秀树和“推崇道家思想中的生态智慧”的卡普拉看作当代新道家的代表人物，认为他们“发现了道家思想的现代性和世界意义，并发展出它的现代形式”，并充满信心地预言：“我确信重新发现道家具有地球船改变航向的历史意义。”② 董光璧虽说是在科学史的背景之下提出“当代新道家”这一称谓的，但甫一提出，便不胫而走，很快延伸到哲学、美学等人文研究领域。

---

① 崔大华：《道家思想及其现代意义》，《文史哲》1995年第1期。

② 董光璧：《当代新道家》，华夏出版社1991年版，第1页。

胡孚琛、陈鼓应、许抗生、冯达文、孔令宏、陈静等学者都著文参与“当代新道家”建设这一话题的讨论中。尤其以陈鼓应、胡孚琛最为用力。

1996年8月召开的“北京道家文化国际研讨会”在哲学、美学领域热议“当代新道家”这一称谓，陈鼓应先生见于此次会议对建立“当代新道家”的关注与呼吁，其主编的《道家文化研究》于2003年9月第20辑推出“道家思想在当代”专号，此专号收集的大部分文章意在探讨“近现代学者对道家传统的重视与发展”①，进而彰显和追寻道家文化“参与现代”的内在生命力。虽然“当代新道家”的身份理论和家族谱系仍在持续的争论当中，未能与已经深入人心的“现代新儒家”分庭抗礼，我们还是可以基本把握到这一概念、思潮的核心精神。“当代新道家”强调以“现代”、“当代”视野观照道家原典，“建立有自己的理论体系，或者在思想观念上有突破、有创新的见解”②，既宏承传统薪火，又与时代精神接轨，在古今中西的融通中，撑开道家意义网络。“新道家”的提倡不仅能为学界热议的“失语症”提供一剂良方，也能缓释当代学人受西潮影响的焦虑感，捍卫并推动传统文化的更新发展。1999年，作为较早提倡当代新道家的学者，胡孚琛认为，在如今中西对举或多元文化状态并存的现代学术格局和背景中提出“创立新道学是中华民族在世界历史潮流中审时度势，应变自强的唯一可行的21世纪文化战略”③。把“新道学”的建设提升到国家文化战略的高度，“成为当代人文精神建设的一支重要力量了”④。

伴随着学界对“新道家”讨论的热潮，老庄学说也确实在当代社会语境下重焕新机、火热了一把。如果我们的眼光漂洋过海，看看境外的道家热，我们会更加惊叹不已。道家在西方社会也刮起一股强劲的“东风”。如果说，近年来于丹在《百家讲坛》开讲《论语》，借助电视媒体的传播效应“火”了儒家学说，而在大洋彼岸的美国却恰恰不同，道家学说反而

---

① 陈鼓应：《道家思想在当代》，《道家文化研究》（第20辑），（北京）三联书店2003年版，第1页。

② 陈鼓应：《道家思想在当代》，《道家文化研究》（第20辑），第3页。

③ 胡孚琛：《21世纪的新道学文化战略——中国道家文化的综合创新》，《杭州师范学院学报（社会科学版）》2003年第6期。

④ 樊星：《当代新道家——“当代思想史”片断》，《文艺评论》1996年第2期。

更“火”。[①] 当代西方社会流行的一句话是：老子是国际性的。在西方社会，《道德经》不仅是被翻译得最多的中文著作，也是除《圣经》外以各种语言最为流行的典籍。[②] 《老子》、《庄子》在世界各国广泛出版发行，接受群不断扩大，政治、哲学、经济、军事、伦理、环保、养生、管理、艺术等领域各路言说的进入都是老庄思想通向现代、走向世界的维度。刘笑敢教授甚至声称，“道家的思想元素开始融入西方人的生活和思想之中……道家之根在中国，道家的现代之花却先绽放在海外他乡”[③]，就艺术领域来说，尤其如此。随着老子、庄子在西方备受推崇，老庄影响所及艺术、艺术家也自然受到青睐，道教、禅宗、山水诗画，陶渊明、王维、李白、司空图、苏轼，都已成为人们耳熟能详的“中国形象”受到西方学者的热捧。以世界性的知识与眼光来看，道家美学仍充满生机与魅力，亟待进一步发见。

二、“谈艺者师其神”：“老庄艺术精神”的提出

道家从其诞生起就向后世接受者敞开，宋代叶适曾说：“自周之书出，世之悦而好之者有四焉：好文者资其辞，求道者意其妙，汩俗者遗其累，奸邪者济其欲。”（《水心别集》六）到了现代学科意识深入人心，美学、文艺理论得到极大发展的 20 世纪，文学批评史家郭绍虞先生再加一层：“谈艺者师其神。”郭先生不仅从现代文学批评的角度对《庄子》书中富有启发意义的寓言故事做触类旁通的探幽发微工作，并把庄子之“神”与中国美学之“神”贯通起来深入阐释。对道家进行现代美学阐释，郭绍虞并非先涉足者，然可贵的是，他以文学批评史家对理论问题的敏锐察觉和深邃把握，提出“视‘文学’为赘疣、为陈迹、为糟粕”的庄子思想何以“间接帮助文学的发展”[④] 这一深具“问题意识”并有效追问道家美学价值的“关键入思点”，并提出“师其神”的说法。而具体怎样从“精神”

---

① 黄涛、刘俊：《道家思想“火”遍美国》，《国际先驱导报》2007 年 5 月 7 日。

② ［德］卜松山著，赵妙根译：《时代精神的玩偶——对西方接受道家思想的评述》，《哲学研究》1998 年第 7 期。

③ 刘笑敢：《道家，花开他乡》，《光明日报》2007 年 1 月 18 日。

④ 郭绍虞：《中国文学批评史》，百花文艺出版社 2008 年版，第 27 页。

层面去把握老庄的“文艺”、“美学”思想，在20世纪却经历了一个不断探索、不断内化的过程。郭绍虞先生肇其端、开其绪，虽然20世纪上半期也有诸多学者在自己的研究中触及这一问题，但真正进行系统的理论思考并取得实质性突破的是1966年在台湾学生书局出版的徐复观的《中国艺术精神》。

徐复观先生认为“老子乃至庄子，在他们思想起步的地方，根本没有艺术的意欲，更不曾以某种具体艺术作为他们追求的对象。……若不顺着他们思辨的、形上学的路数去看，而只从他们由修养的工夫所到达的人生境界去看，则他们所用的工夫，乃是一个伟大艺术家的修养工夫；他们由工夫所达到的人生境界，本无心于艺术，却不期然而然地会归于今日之所谓艺术精神之上”①。他以30万字的专著篇幅在逻辑推理和实践论证两个层面开拓性地集中阐发了老庄之“道”其实是一种“最高的艺术精神”。徐复观从“人性论”入手，立足于审美经验的分析，聚焦于“虚静之心”，在“工夫”与“境界”两个大的层面论证了“近代艺术精神”与“老庄之道”的“不期然而然”的会归，并以“中国山水画论史”的清理来实践印证老庄艺术精神。如此明确的理论建构意识和缜密的学理逻辑，体现了徐复观援用西方学术思维来阐发中国传统资源的良苦用心。“老庄艺术精神”可以说是在20世纪现代语境下，古典的老庄遭遇西方美学、现代美学结出的一枚硕果，徐氏对这一命题的阐释、建构负载了太多老庄思想如何通于现代、通于世界的学术信息。

本着历史主义视线，我们发现，对老庄艺术精神、美学精神的关注，在20世纪是一个一以贯之的论题。郭沫若以无神论阐发庄子，直言《庄子》中的“梓庆削木为鐻”的故事“可以道尽一切艺术的精神”、“这没功利心便是艺术的精神”②；闻一多以优美的诗性笔墨述及庄子，认为庄子是“最真实的诗人”；朱光潜移克罗齐等直觉主义之花接老庄艺术精神之木；宗白华的散步美学正是对老庄散步精神的一种回应；钱穆在《庄老通辨》中也以“艺术精神”来解读庄子的“庖丁”由技入道的寓言系列故

① 徐复观：《中国艺术精神》，广西师范大学出版社2007年版，第37页。

② 郭沫若：《生活的艺术化——在上海美术专门学校讲》，《郭沫若全集》（第十五卷），人民文学出版社1990年版，第211页。

事中体现的美学智慧；唐君毅的中国人文、文化“精神重建”视野中对中国艺术精神的关注；方东美对中国人美感经验和生命情调的论述；徐复观在集中阐发老庄艺术精神，铺路筑基后虽自谓把学术重心转向了思想史的研究，但其衣钵影响却辐及台港、海外、大陆学界。台湾学者颜昆阳、黄锦鋐、郑峰明、吴怡、李宣侚、董小蕙、朱荣智等人沿着徐复观开创的“老庄艺术精神”足迹继续深化、反思；大陆学者李泽厚、刘纲纪、叶朗、张法等人的中国美学史论著，刘绍瑾、张节末、朱良志、陈传席等人的美学专著也无不汲取了徐复观所述老庄艺术理论营养，海外学者高友工再三称道《中国艺术精神》一书的第一、第二章，尤其深化了徐复观从“美感体验”方面沟通老庄之道与艺术精神的要点……由此可以看出，“老庄艺术精神”在不断的被重提、被阐释中显示了极强的创生能力，道家美学的现代价值与世界意义也通过此循环阐释所产生的“效果历史”而彰显出来。

三、“老庄艺术精神”的现代价值与世界影响

回到“老庄艺术精神”这一命名本身，我们发现，究竟何为老庄艺术精神却难以言说。徐复观 30 万言论“中国艺术精神”（实为老庄艺术精神），却终未给以定义，想必是深知“艺术精神”界说之难。高友工也感叹“艺术精神是一个极其模糊空疏的观念。近几十年为人滥用，似乎是无所不包，而又一无所有”①。这种批评是符合实际的。然而虽然如此，却并不意味着老庄艺术精神的无法接近、无法把握，不正面对其作本质主义的界定，是为了避免落入言筌之困。徐复观虽未定义老庄艺术精神，但他从老庄接受史的角度，通过辨疑、清理、疏释中国山水画论史所受的老庄影响，使老庄艺术精神更落实、更清晰，其“现代”意义也自然折射出来。有见于此，我们通过述评老庄艺术精神在 20 世纪的“接受”、“阐释”活动，不啻为彰显道家美学之现代价值与世界意义的一条可行路径。

---

① 高友工：《试论中国艺术精神》，《美典：中国文学研究论集》，（北京）三联书店 2008 年版，第 113 页。

1. 老庄艺术精神与中国现代美学

老庄思想极具参与中国现代美学的组建功能。朱光潜与宗白华对于中国现代美学发轫、建设之功最为卓著，二人曾被叶朗先生誉为中国现代"美学的双峰"[①]。朱光潜先生一生致力于传播、翻译、引介西方美学，并使之与中国本土审美经验对接，老庄思想不仅为朱光潜筹建中国现代美学提供了宽广的母体资源，也是他得以吸收转嫁西方美学思想的"介质"。朱光潜不仅经常以庄子的"鱼相忘于江湖"一语来理解和阐发克罗齐美学的审美境界，而且他的"形象直觉论"实际上就是克罗齐的直觉主义纯艺术论与庄子从"忘"到"游"的人生所体现的纯艺术精神的汇通。意大利汉学家沙巴提尼教授就认为朱光潜是"移西方文化之花接中国传统文化之木"，而这个传统文化之木便是以庄子为代表的道家。[②]

宗白华先生虽然也有深厚的西学修养，但他却不以西方美学的理式、逻辑、思辨、理性为美学写作的关键词，而是更多关注中国美学、艺术精神的民族特色，他推崇庄子在山野里散步的情怀，游走俯拾、物我两忘间，汇摄自然、世事于心，尽悟宇宙人生之大道，宗白华对此种自由自在、无拘无束的悟道方式推崇至极，并把自己的美学命名为"散步"美学。"意境"是毕生"笃情于艺境"探索的宗白华美学思想的核心。他认为中国艺术意境结构的特点可以用"道、舞、空白"来概括，"道、空白"继承的是受道家影响的中国山水诗、山水画之艺术意境的"虚实相生"、"情景交融"等传统内涵，宗先生首创、独创"舞"这一要素，并认为是中国艺术意境的最高表现形态。这一"意境"之"舞"既是综合所有艺术门类而来，也是宗白华对他所深爱的西方之"歌德精神"的呼应，同时是民族自强的时代精神的需要。显然，宗白华的"意境"论是在老庄艺术精神所影响的山水诗、山水画的传统"意境"理论基础上融合现代新质的发展，既散发着道家美学的氤氲气息，也有现代美学的思想印痕。通过朱光潜、宗白华等的创造性阐释，道家获得了现代美学的新识度。与此同时，中国现代学人如王国维、鲁迅、闻一多、郭沫若，当代学人如李泽厚、刘

---

① 叶朗主编：《美学的双峰——朱光潜、宗白华与中国现代美学》，安徽教育出版社 1999 年版。

② 申奥摘译：《外国学者论朱光潜与克罗齐美学》，《读书》1981 年第 3 期。

纲纪、叶朗、张法，台港及海外华人学者如徐复观、方东美、刘若愚、叶维廉、高友工等，都深受老庄艺术精神孳乳，他们从各自理论兴趣、视野对老庄道家美学总结、阐释、化用，自觉或不自觉地对古典的老庄资源进行了现代激活并使之创造性转化到中国现代美学的建设中。20 世纪的老庄接受史可以说就是一部中国现代美学生成演化史。

2. 老庄艺术精神与中国现当代文学

从文言到白话的根本转型，中国现代文学可以说是在西方文学范式的照见下，亦步亦趋，破茧吐丝发展起来的。研究者也多侧目于中国现代文学对于西方文学及理论吸取借鉴上的得失经验，相对忽视了中国传统资源在现代文学作品中的“灵根再植”。从作家、思潮、体裁等各个方面来看，老庄艺术精神作为道家美学的真正内核参与了中国现当代文学的面貌和品格塑造，是不可忽视的“精神资源”。中国现代作家像鲁迅、胡适、郭沫若、梁实秋、林语堂、周作人和沈从文等都有很深的道家情结，“他们对道家文化贬抑者有之，批判者有之，重新诠释者有之，默默吸收者亦有之；尽管道家文化有着不少消极面，但它确实给中国现代文学文化带来了丰富的智慧和独特的魅力，丰富了剧烈变动中的中国现代文学文化的精神素养和艺术表现形式，并以其自身文化品格的柔韧性和弹性使中国现代文学文化熠熠生辉”①。在当代文学界，道家精神的复兴更是引人注目的思潮。樊星描述了 1980 年代道家精神的复兴历程，认为“汪曾祺、贾平凹、阿城、韩少功、李杭育、马原等作家在当代文坛上唤回了道家精神……尽管他们不曾对道家精神作过深入的研究，也不曾树起‘新道家’的旗帜，但他们的作品足以确认：‘新道家’作为一种文化思潮，已在世纪末成其波澜壮阔之势”②。“京派”、“新感觉派”、“寻根文学”、“象征派诗歌”、“朦胧诗”也无不汲取老庄艺术精神的营养铸就自己在 20 世纪文学中的独特个性。京派文学中的道家因子尤为丰富，其牧歌情调、田园情结无不是道家“至德之世”、“桃源理想”的现代投影；京派作家笔下人物的旷达超脱，淡泊持定，醉心于一种“艺术化的人生”，继承的是老庄的“真人”与“庖丁”性格；京派热衷的儿童题材叙事与道家“复归于婴”的传统有

① 杨义：《道家文化与中国现代文学》，《中国社会科学》1997 年第 2 期。

② 樊星：《当代新道家——当代思想史片断》，《文艺评论》1996 年第 2 期。

着精神的暗合；京派小说“意境”显然是对老庄艺术精神的诗性演绎。老庄艺术精神深刻影响了“京派”审美趣味的形成，也借助于京派作家的文学重写植根于现代文学领域，获得自身现代价值的播撒。

3. 中外文化交流中的“老庄艺术精神”

中西文化碰撞交流是20世纪学人无法回避的学术场，中西文学、美学则互相借鉴、渗透、交融，突破疆域，谋求发展。老庄道家也随之成为理论界拿来进行中西互释、中西贯通的理想文本。崔大华曾以为“庄子思想是我们消化、吸收异质文化的观念的桥梁、思想的通道”①。康德、克罗齐、尼采、弗洛伊德、海德格尔等西哲成为20世纪中国美学界重复率最高的名字，现代主义、象征主义、表现主义、未来主义、唯美主义、存在主义、浪漫主义、个人主义、后现代主义、意象派、现象学的顺利入主中国学界，纯艺术思潮、怀疑否定思潮的深得人心，这些西来的理论观念能迅速对中国现代美学产生影响，获得存在的“合法性身份”，正在于老庄艺术精神这一中介的引渡。王国维接受康德、叔本华提出的超功利的纯艺术论；郭沫若接受斯宾诺莎、华兹华斯等倡导的“泛神论”、“情绪诗学”；朱光潜接受克罗齐提出的“形象的直觉”、“人生的艺术化”理论；宗白华接受歌德、柏格森而形成生命美学、意境论……取法“异质”之西方自然是一种知识更新发展的有效途径，然而我们不能忽略的是这些西方美学理论能如此迅速畅达地被植入中国现代美学，正是因为老庄艺术精神以“类似”或“潜在”的倾向为西方“异质”理论的传入提供了本土化土壤。我们甚至可以说，他们的美学建构是以西方现代美学的概念为色相，而以老庄道家美学精神为底蕴。老庄艺术精神既然作为中介，必然不仅仅是照搬西方的理论，而是以自己的学术视野对众多西方理论加以过滤、选择、改造，甚至误读，西方理论思潮通过与中国经验的结合拓展其理论视野，老庄艺术精神在与西方文化思潮的碰撞、对话、融合中彰显其现代价值。

老庄艺术精神不仅担当了20世纪西来理论的“引渡人”身份，它还在中西学术交流这一大背景下被输出到国外，对西方文学、文艺理论产生了极其重要的影响，为道家美学走向世界提供了“鹊桥”，这可以说是道家美学的世界意义的一个重要指证。老庄智慧很早就引起西方一些大哲学

---

① 梁枢：《庄子的世界与世界的庄子》，《光明日报·国学版》2008年12月8日。

家的重视和研究。伏尔泰、狄德罗、康德、谢林、黑格尔、雅斯贝尔斯、尼采、托尔斯泰、布莱希特、维特根斯坦、德里达都曾受到《道德经》的影响。如果说老子在哲学界受欢迎，庄子则更受艺术、美学领域的推崇。道家思想对法国象征派诗人马拉美、魏尔仑、克洛代尔、瓦莱里、圣埃克苏佩里、勒内·夏尔、马克斯·艾尔斯康，存在主义作家萨特、加缪，法国当代作家圣琼·佩斯、亨利·米肖等产生了重要影响。[①] 道家美学与中国诗的开放式的语言更直接导致了庞德领衔的美国意象派现代诗的诞生，从庞德、威廉斯到奥逊、里尔克、罗斯洛斯、施耐德等西方许多现代著名诗人借鉴着中国诗歌表现的特点对西方诗歌进行了锐意革新。西方诗歌欲摆脱西方传统文化的浸染，表现“物象存真”，还是要从中国文化里撷取资源，这正是庄子开创的中国传统诗学美学的生机所在。

在诸多西方哲学家、文学家中，海德格尔有着非常深的道缘。考察海德格尔本人的著作、演讲稿、访谈录、书信及其学生朋友的回忆材料、学术传记等，可以发现大量直接证据证明海德格尔深受中国老庄道家思想影响[②]。海德格尔的散文、诗歌都充满了浓郁的道家气息和禅宗旨趣，钟华认为“东亚哲学尤其是中国道家和佛教禅宗的思想构成了海德格尔思想中一个重要的‘秘密来源’（hidden sources）”[③]。不管是事实联系，还是学理联系，海德格尔思想都与老庄思想呈现出惊人的一致或相通。海德格尔自己在1969年写给在夏威夷召开的“海德格尔与东方思想”研讨会的信中就写道：“对于我，与那些相对于我们来说是东方世界的思想家进行对话是一桩一再显得急迫的事情。”[④] 这里的东方思想，主要就是指中国道家思想。从海德格尔对道家的推崇中，我们可以再一次惊叹老庄不仅是中国的，而且是世界的。

众所周知，中西学术交流实际上潜伏了“比较诗学”这一学术视阈，“比较诗学”、“比较美学”为道家美学走向世界提供了一条通衢。自觉以

---

① 葛雷：《道家思想与法国现代文学》，《外国文学评论》1987年第1期。

② 张祥龙：《海德格尔与“道”及东方思想》，《海德格尔思想与中国天道》，（北京）三联书店2007年版。

③ 钟华：《从逍遥游到林中路——海德格尔与庄子诗学思想比较》，中国社会科学出版社、华龄出版社2004年版，第39页。

④ 钟华：《从逍遥游到林中路——海德格尔与庄子诗学思想比较》，第10～11页。

“比较诗学”的理论视野来阐发道家美学的是一批台港及海外华人学者，如刘若愚、叶维廉、王建元、廖炳惠、奚密、施友忠、古添洪、华谷月、乌昆如、刘笑敢等。叶维廉先生是成就最大、影响也最大的一位。他在早年出版的《秩序的生长》一书的“序言”中就说，他虽长期“进出于西洋作品之间”，但“始终不信服柏拉图以还所强调的‘永恒的轮廓’……还是认为庄子的‘化’的意念才迹近实境”。[1] 从比较诗学到中国诗学再到道家美学，叶维廉一直关注老庄艺术精神与现代接轨的精神特质和通于世界的美学据点，他致力于分析“道家美学”对美国诗歌的“触媒”性影响，指出道家美学的物自性、无言独化、去语障、解心囚，恢复到活泼泼的整体的生命世界，给了西方现代美学思潮走出困境以重要启迪。在中西比较视野下，他发掘、阐释的老庄“饮之太和”、“以物观物”、“真实世界”的美学视境，既体现了浓厚的生态美学精神，又与西方现象学相对接。这种阐释在今天看来极富意义，不仅对中国诗学起到了“解蔽”的作用，同时也为老庄艺术精神通于当代、通于世界提供了一份启示。

（刘绍瑾　石了英）

---

① 叶维廉：《秩序的生长·序》。

第七章

根底无易其固，裁断必出于己

——王元化古今中西对话的立场与方法

元化先生驾鹤西行了，学术界又少了一位巨人，他留给学界的思想文化财富极其丰富，他所走过的学术道路也给我们以巨大的启发。学界公认他是学者兼思想家，他也是从一个地下文艺工作者走到文艺理论家并进而切入思想反思成为思想家的。他提倡的“有思想的学术和有学术的思想”也因此成为学界的标志。笔者无意就元化先生对思想界、学术界的贡献作全面的评价，况且许纪霖等人对他在思想界的影响也已作过系统而高度的评论了，笔者只想从学术史的角度谈一谈元化先生对于学界的意义和启示。

一、“根底无易其固”：扎实的学术功底

翻阅一下中国当代著名社会科学家辞典，我们会发现，有大学问且为著名社会科学家的，大多都是在国内有深厚的国学修养（或有家学渊源），并且后来又出过国留过洋的，此一类人如冯友兰、唐君毅等，像元化先生这样有家学渊源但并未完成大学学业也未出洋留学过，却能成为一代学术大师，是极其特例的。从元化先生的知识结构看，他具有国学、西学以及马克思主义三方面的知识与功力，这才使得他具有全方位的知识视野、融会贯通的思维以及深刻精辟的思想见解。

从国学方面看，元化先生的《文心雕龙创作论》是最见功力的。他在对刘勰的创作论进行阐发时，首先强调“以实事求是的态度去揭示它原有的意蕴，弄清它的本来面目”[①]，为达此目标他做了许多坚实可靠的训诂与考辨工作。如释“心物交融”说中的“物”字，释“虚静”说的含义，释《比兴》篇中的“兴”的含义，等等，都根据古典文献作了文字的训诂并梳理了它们的意义流变。尤其在弄清刘勰的家世问题以及刘勰的主导思想时，元化先生根据史学、佛学、玄学的历史材料进行了挖掘和分析，考订刘勰出身于庶族，并确定了他一生的经历决定其思想倾向乃是由儒而佛并最终与玄佛合流的。元化先生对六朝时玄佛合流的文化现象了解甚深，他在指导笔者做博士论文《佛经传译与中古文学思潮》时就专门指出这一点，并提醒我在分析其中的文学理论术语与文学现象时要结合玄佛合流的

---

① 王元化：《文心雕龙讲疏》，《王元化集》（第三卷），湖北教育出版社 2007 年版，第 81 页。

状况去进行研究。元化先生强调在清理并阐明中国古代文论时，必须重视考据训诂之学，他指出："近几年学术界已开始认识到清人的考据训诂之学的重要性。很难想象倘使抛弃前人在考据训诂方面做出的成果，我们在古籍研究方面将会碰到怎样的障碍。……目前有些运用新的文学理论去研究古代文论的人，时常会有望文生解、生搬硬套的毛病，就是没有继承前人在考据训诂上的成果而发生的。"[①] 他认为清末以来王国维、梁启超等人之所以在学术上取得大成就，就是因为他们一方面吸取了前人的考据训诂之学，另一方面也是超过了前人，在研究方法上有了新的开拓。20 世纪 60 年代，元化先生因胡风一案的牵连而被开除党籍和降低级别，被安排到上海作协文学研究所工作，他即着手《文心雕龙》的研究。1962 年，当他将部分研究文章拿给当时担任文学研究所所长的郭绍虞先生看时，就得到了郭先生的高度评价，称其"所论甚有新见"，要推荐这些文章予以发表，并相信如果将来汇集出书，"其价值绝不在黄季刚《文心雕龙札记》之下"。[②] 郭绍虞先生为著名的中国文学批评史家，功力深厚，他对王元化的赏识是有来由的，即相信他的研究承接了国学传统，其成果的价值可以与黄侃等国学大师相媲美。

元化先生的父亲王维周先生是清华大学的英文教授，故他虽未留过洋却自小就得到家庭的熏染，英语水平达到了相当精熟的程度。20 世纪 50 年代后期，他在隔离结束且患上心因性精神病症康复之后，即在家从事西方莎士比亚戏剧评论的工作，这些翻译后来连同师母张可先生翻译的泰纳的《莎士比亚论》一起汇集成《莎剧解读》，终于于 1998 年由上海教育出版社出版了。同在 20 世纪 50 年代，元化先生和他的父亲还一起翻译了英人呤唎所著的《太平天国革命亲历记》，因他当时被审查尚未有结论，出版时只能署他父亲一人的名字。他的西学好，并不仅只在翻译，而是将翻译与研究工作结合起来，用翻译来拓展他的研究。最典范的例子就是他在研究《文心雕龙》时，为了弄清刘勰关于"体性"的含义以及讨论"体性"所涉及的现代文艺理论术语"风格"的意义，他专门翻译了四篇文

---

① 王元化：《〈文心雕龙创作论〉第二版跋》，《王元化集》（第四卷），第 329 ~ 330 页。

② 蒋述卓：《识佳文于未振——郭绍虞与王元化〈文心雕龙创作论〉的写作》，《书林》1988 年第 7 期。

章，即歌德的《自然的单纯模仿·作风·风格》，威克纳格的《诗学·修辞学·风格论》，柯勒律治的《关于风格》以及德·昆西的《风格随笔》，在这些翻译的基础上，元化先生专门写了一篇《风格的主观因素和客观因素》作为附录附在释《体性》篇“才性”说的后面，虽然评述的是威克纳格关于风格的观点，但它对我们正确把握风格与创作个性的关系却有极大的帮助。我们知道，钱钟书先生的《管锥编》也是用的这种中西对照互释的方法，但钱先生多是列出，点到为止，留给读者再作联想，而元化先生却在翻译之后还作详尽阐述，以推动研究走向深入。

元化先生的西学功底还在于他对黑格尔的深入研习。他曾经于20世纪50年代和70年代两次较集中地阅读了黑格尔的著作，甚至对极其难读的《小逻辑》都读过多遍，并做了详尽的笔记。元化先生对黑格尔的阅读，不仅训练了其缜密的思维，而且使他能触类旁通，提出了许多独特的见解，大家所熟知的“知性不能把握美”就出自他对黑格尔的阅读。20世纪90年代，元化先生又以黑格尔的哲学方法清理了黑格尔思维所养成的惰性习惯以及由此而形成的偏见和谬误，这种反思所依赖的仍然是西学的知识与方法。

黑格尔是通向马克思的，元化先生对黑格尔的重视也必然形成他对马克思主义思想、方法的重视。作为一名早年就参加革命的马克思主义者，元化先生对马克思主义的基本原理深信不疑，但又能与时俱进地提出“离经而不叛道”的观点。他更多的是运用马克思主义的立场、思想、方法去分析问题，透视社会文化现象与文学艺术现象。像在《文心雕龙》研究中，他就自觉地采用了马克思《政治经济学批判导言》中所提倡的思想方法，即“人体解剖对猴体解剖是一把钥匙。低等动物身上表露的高等动物的征兆，反而只有在高等动物本身已被认识之后才能理解”。他提出：“按照这一方法，除了把《文心雕龙》创作论去和我国传统文论进行比较和考辨外，还需要把它去和后来更发展了的文艺理论进行比较和考辨。这种比较和考辨不可避免地也包括了外国文艺理论在内。”[①] 同时，元化先生又提出，在用科学观点去清理前人理论的时候应该学习马克思恩格斯在《费尔

① 王元化：《〈文心雕龙〉创作论八说释义小引》，《王元化集》（第四卷），第81～82页。

巴哈与德国古典哲学的终结》中所提倡的研究方法，即对黑格尔的理论作必要的阐发，在阐释中提出一些连黑格尔本人也没有确定而鲜明说出来的观点，这便是清理之后得出来的结论。“这样的清理方法，表面看来似乎已越出了原著的界限，可是事实恰恰相反，它却是完全必要的。因为不这样做，就不能真正揭示出隐藏在黑格尔哲学内核中的合理因素。”① 元化先生在对《文心雕龙》中的概念、命题进行释义工作时基本上都是秉承马克思主义的方法来进行的。还比如他对人文精神的思考和对文明的忧虑，也是依照马克思主义关于人的解放和人的全面发展理论去思索的。他在《人文精神与21世纪的对话》中明确指出，当今世纪出现了功利主导、商业化趋势、知识与人才的批量化生产等现象，“人们的大多数活动和形形色色的个性，正在逐渐被科技和利润之手整合为一体，科技和利润的逻辑正在逐渐成为评估一切发展进步与落后的准绳……如果是这样的话，离马克思所说的人的解放、人的全面发展、个性的充分伸展，确是还有相当远的路要走的”②。

笔者注意到，元化先生在阅读朱一新《无邪堂答问》一书时，专门摘抄了其中关于学问的问答，朱一新对汪巩庵提出“学问如筑室，然须自根基筑起，逐渐推去，方成完备之室”的说法表示了肯定，认为这是极好的比喻，但又进一步指出这还“有所未尽”，还得从义理上加以完备，做到经义均通。先生评价时指出：“这些不仅可供学术上的参考，亦可作为教育上的借鉴。”③ 元化先生的学识能做到“根底无易其固”，与他的博览中西、往复思考以及他的博大胸襟是分不开的。

二、“裁断必出于己”：高标的才胆识力

元化先生在学术上有创造，有个性，实践着“独行不惧”的原则，他在摘抄朱一新《无邪堂答问》一书时，还专门摘抄了朱汪师生间关于学术个性问答的话，其间就涉及如何做到“独行不惧”与“人须有我在”、

---

① 王元化：《〈文心雕龙〉创作论八说释义小引》，《王元化集》（第四卷），第82页。

② 王元化：《清园近作集》，文汇出版社2004年版，第2页。

③ 王元化：《〈无邪堂答问〉摘抄》，《清园近作集》，第116页。

“不随人转移”的问题。[①] 元化先生的《文心雕龙创作论》就很有个性，他不追求庞大完善的体系，反而用附录将一些未能谈尽但又可给人启发的问题置于篇末，一些中西对照的比较研究文章也以附录的方式加入，创造出既有时代气息又有学术传统可因的一种新篇制。元化先生的独立之思表现在他一生的各个阶段，他自己所总结的三次反思既能表明他思想上的心路历程，也能反映出他在学术思想上的独立判断。[②]

对黑格尔的反思以及对卢梭《社会契约论》的探讨，是元化先生最显著的思辨成果之一。从对黑格尔的研读中，他曾经发表过《论知性的分析方法》那样的得意之作。读黑格尔给他精神的动力，也给他带来了锋利的思维并促使他创造出诸多的成果。但到了90年代，他却对黑格尔哲学产生了多方的质疑，如他对黑格尔关于“抽象的普遍性”与“具体的普遍性”进行反思：“我认为黑格尔在总念的普遍性问题上，没有能够摆脱给他带来局限的同一哲学的影响。知性的普遍性固然不可取，但以为总念的普遍性可以将特殊性与个体性一举包括在自身之内，却是一种空想。它在逻辑上虽然可能，但在事实上却做不到。”[③] 他还由此考察了卢梭的“公意”、“众意”和“私意”三个范畴，认为卢梭本来设想公意才是意志的总念，可以超越私意和众意，并通过它来体现全体公众的权利和利益，“可是没有料到竟流为乌托邦的空想，并且逐渐演变为独裁制度的依据”。[④] 元化先生自己说到，他提出的这个判断，当时“并没有借助别人的看法”，也“不知道海外的有关著作是否谈过这些问题”，[⑤] 完全是他自己思辨的结果。元化先生还对黑格尔关于逻辑和历史一致性的哲学开展了反思，认为“从历史的发展中固然可以推考出某些逻辑性规律，但这些规律只是近似的、不完全的。历史和逻辑并不是同一的，后者并不能代替前者。黑格尔哲学往往使人过分相信逻辑推理，这就会产生以逻辑推理代替历史的实证研究”[⑥]。他由此还进入对学术新传统即所谓“以论带史”的反思，认为这种

---

① 王元化：《〈无邪堂答问〉摘抄》，《清园近作集》，第104页。
② 参见王元化：《记我的三次反思历程》，《清园近作集》，第10～22页。
③ 王元化：《读黑格尔的思想历程》，《王元化集》（第六卷），第468页。
④ 王元化：《读黑格尔的思想历程》，《王元化集》（第六卷），第468～469页。
⑤ 王元化：《记我的三次反思历程》，《清园近作集》，第21页。
⑥ 王元化：《读黑格尔的思想历程》，《王元化集》（第六卷），第471页。

只从概念与逻辑出发，而不是从事实出发、从历史出发的研究方法往往会使人陷入迷误。元化先生的这种反思对学术研究是有震撼性的启发的。曾几何时，学界盛行“以论带史”的研究法，有的著作甚至还专门以黑格尔“正—反—合”的逻辑方法去构想中国的哲学、文学、史学的发展体系，自然就会发生许多的偏差。笔者过去也曾做过这种傻事，在清理“文气论”的发展线索时，也企图用这种“正—反—合”的方法去体现所谓逻辑与历史的统一，最终发现得出的结论是很经不起推敲的，于是那篇文章也被放弃了。

元化先生对五四传统与精神的反思更能体现他的高超胆识，对当时盛行的“五四启蒙运动的中断是由于救亡运动”的说法，他明确表示反对，“因为启蒙夭折的原因，应该从当时的启蒙思想本身去寻找，而不能仅仅归之于外铄。照我看，五四启蒙运动的中断是在于当时启蒙思想家（包括马克思主义者）的幼稚和理论上的不成熟。他们错误地把启蒙运动所提出的个性解放、人的觉醒、自我意识、人性、人道主义等都斥为和马克思主义势如水火、绝不相容的资产阶级反动思想”①。他对海外学者否定五四的偏激态度也不能苟同，并反对认为文化传统命定无法摆脱或突破的消极观点。他还对人们常沿用的五四精神是民主与科学的观点作了进一步的探索，认为民主与科学这两个概念虽然在当时被提出来了，也得到了相当普遍的认同，但对其理解还十分肤浅，仅仅停留在口号上，以致今天还需补课。而五四真正的思想成就主要在个性解放方面，五四是一个“人的觉醒”的时代，它在个性解放方面所取得的成果是“值得我们近代思想史大书特书的”。② 他还反思了五四时期的四种有负面影响的观点，一是庸俗进化论观点，二是激进主义，三是功利主义，四是意图伦理。“五四时期开始流行的这四种观点，在互相对立学派的人物身上，都可以或多或少地发现，而随着时间的进展，它们对于我国文化建设越来越带来了不良的影响。”③

先生这些特立独行的思想，一来自他的勇敢和真诚；二来自他的独立

① 王元化：《论传统与反传统——为“五四”精神一辩》，《清园论学集》，上海古籍出版社 1994 年版，第 443 页。

② 王元化：《对五四的思考》，《王元化集》（第六卷），第 341 ~ 342 页。

③ 王元化：《对五四的思考》，《王元化集》（第六卷），第 342 页。

人格，“为学不做媚时语”是元化先生从事学术研究的标杆；三也来自他对学术问题的反复含玩与不断探求。从元化先生的著作中我们可以看到，他对某一问题的探讨往往经历数年，有的文章数次修改，直到满意为止。元化先生给我的硕士生导师林焕平先生的信中曾提到，拟为我写一条幅，内容是集熊十力语，即“沉潜往复，从容含玩。谨存阙疑，触处求解”①。后来我拿到的只有前八个字，可见先生对学术探讨的严谨与雍容的态度，故他的好友钱谷融评价他是“既英锐而沉潜，既激烈而又雍容”②。元化先生的学术真诚与沉潜往复还体现在他坦然地承认自己的错误，并且在不断反思中推进新思想、新问题的产生，这对于我们目前的浮躁、虚假学风以及意气用事的争辩与自恋风气无疑是一面镜子。

三、开阔的学术视野，融贯的研究方法

早在20世纪60年代初学术界空气还比较活跃时，元化先生就尝试着在《文心雕龙》研究中采取三个结合的研究方法，即古今结合、中外结合、文史哲结合。他曾经把这种方法称为“综合研究法”。尽管他对这种方法的自觉意识是在1983年的《〈文心雕龙创作论〉第二版跋》中才提出来的，但他对这种方法的运用却是早就有探求了。这正如比较文学前辈季羡林先生称赞元化先生对比较文学已经“着了先鞭”③，比较文学学者赵毅衡1981年在《读书》第二期的文章中也将元化先生的《文心雕龙创作论》列入新时期中国比较文学的先驱著作，但元化先生自己却说“在撰写本书时，我也没有想到采取比较文学的方法”④，这些恰恰说明他很早就已经想到并尝试将古今中外融会贯通的研究方法。钱仲联先生独具慧眼，较早地提及了元化先生的这一研究方法，说王元化的《文心雕龙创作论》“是试图运用马克思主义立场、观点、方法，批判吸收西方文论，融会古今中外，为了古为今用，丰富世界文学理论宝库的目的”⑤。元化先生这种融贯

---

① 王元化：《王元化集》（第九卷）（书信），第364页。

② 钱谷融：《谈王元化》，载《散淡人生》，上海教育出版社2001年版，第126页。

③ 王元化：《〈文心雕龙创作论〉第二版跋》，《王元化集》（第四卷），第325页。

④ 王元化：《〈文心雕龙创作论〉第二版跋》，《王元化集》（第四卷），第325页。

⑤ 钱仲联：《〈文心雕龙创作论〉读后偶见》，《文学遗产》1980年第3期。

中西的研究方法，也被美学家蒋孔阳先生加以高度的评价，称赞他是“把《文心雕龙》放到世界的范围内，用世界的水平来加以衡量和研究。这样，他自然突破了过去研究的藩篱，达到了‘划时代的’、也就是前人还没有达到过的水平”①。元化先生有扎实的中西学问功底，加之又有活跃的思维，故他能有开阔的学术视野和世界性的眼光。

元化先生的“综合研究法”提倡的是一种融会贯通的研究方法，它有别于钱钟书先生所推崇的阐释循环法（即互释互阐法）。阐释循环说出自德国哲学家伏尔泰，提倡的是“个体与整体间的循环”、“古今间的循环”以及“史实与理论间的循环”。汪荣祖曾就伏尔泰的“阐释循环说”加以撮要阐发，比如“单一的历史事件需从大格局中求理解，这是循环的一边；然大格局也须由许多单一史实理清，这是循环的另一边”。古今间的循环是“由今可以识古”，“由古可以明今”。史实与理论间的循环则是“一方面由史实建立通则或理论，另一方面再据通则或理论来检验史实”。②元化先生研究《文心雕龙》以及中国思想史虽然面对的也是历史，但他更多的是从系统论的角度去进行历史的还原和理论的阐发，他追求的是一种学科间的融贯与时空的贯通，在理论形态上具备了跨学科、跨文化的比较姿态。如他以“综合研究法”研究韩非子、龚自珍，其论述的触角就延伸到文学、历史、哲学、美学的多个领域。对鲁迅的研究，他也倡议“要采用综合研究法”③，因为鲁迅学识渊博，作品涉及古今中外与多种学科。他还认为鲁迅研究中关于鲁迅与传统文化方面的研究比较薄弱，比如鲁迅与章太炎在学术上的传承关系，鲁迅对顾颉刚等推崇今文学和倡导疑古派治学方法的批评问题，④ 这些如果没有文史哲结合的功底是做不深、做不透的。他还据此指出：“文学理论的研究往往不得不依靠史学、哲学、美学等已有的科研成果。”⑤ 另外，我们看到，元化先生的“古今结合”也不完

---

① 蒋孔阳：《翻译与研究的结合——读王元化译〈文学风格论〉》，载钱钢编：《一切诚念终将相遇——解读王元化》，湖北教育出版社 2003 年版，第 34 页。

② 参见汪荣祖：《史学九章》，（北京）三联书店 2006 年版，第 188～192 页。

③ 王元化：《关于鲁迅研究的一些设想》，《文学沉思录》，上海文艺出版社 1983 年版，第 56 页。

④ 王元化：《和鲁迅研究者谈话》，《王元化集》（第六卷），第 437 页。

⑤ 王元化：《关于鲁迅研究的一些设想》，《文学沉思录》，第 59 页。

全是“由今可以识古”与“由古可以明今”的互阐问题，他所做的是除了进行历史的还原、比较、考辨工作之外，还要从今天的高度去对历史进行剖析反观与阐发，他指出：“对于萌芽形状尚未成熟的文学现象，只有用后来已经成熟的发达形式的文学现象才能加以说明。”[①] 元化先生主张的“综合研究法”是一种融贯法，其间的相互结合应该像盐溶于水一样，是看不见、分不清的，正如元化先生指出学术与思想是不可分裂的，与盐溶于水的关系一样。在这一方面，我觉得元化先生更像梁启超、宗白华、熊十力等先生，梁启超的研究纵横捭阖、文史哲精通，宗、熊两位先生西学精通，他们的文章中没有西学的痕迹，但分明又都有着西学的思维和知识，其中外的结合堪称典范。所以，元化先生在学术上很谨慎，他反对“勉强地追求融贯”[②]，如果古今中外结合融贯做得不好，就会流于比附和生搬硬套。

四、广交学界朋友，参与国际对话

从元化先生的书信集中我们可以看到，他的学术交往是频繁的，许多国外学者、海外华人学者、国内著名学者以及不出名、未出名的青年学人，都与他有着学术的联系。如日本的冈村繁、兴膳宏、户田浩晓、小尾郊一、伊藤正文等，海外及港澳台地区学者如杜维明、余英时、成中英、林毓生、汪荣祖、王润华、王更生、饶宗颐等，国内的如季羡林、汤一介、张光年、李锐、黎澍、吴敬琏、萧蓮父、徐迟、张汝伦、许纪霖、摩罗、吴洪森等，更不用说他平日里在家里接待过的诸多学界朋友和青年学人了。1988 年我刚从华东师范大学毕业到暨南大学工作，就承担了元化师给我的任务，协助饶芃子教授在广州暨南大学召开“《文心雕龙》国际学术研讨会”。在那一次会上，我才知道元化先生与那么多的国际学者有着交往，日本、韩国、俄罗斯、意大利、瑞典等国的汉学家都出席了会议。其实，早在 1984 年，元化先生在复旦大学就召开了“中日学者《文心雕龙》学术研讨会”，当时他在会上作了总结发言，日本代表团归国后又给

---

① 王元化：《〈文心雕龙创作论〉第二版跋》，《王元化集》（第四卷），第 327 页。

② 王元化：《〈文心雕龙创作论〉初版后记》，《王元化集》（第四卷），第 320 页。

《文心雕龙》学会和元化先生致了感谢信。元化先生在69岁至75岁的几年，几乎每年都出国参加一次国际性学术会议，如赴荷兰、比利时参加第五十三届国际笔会（1989年），赴美国夏威夷参加东西方文化中心召开的关于中国文化与社会的研讨会（1991年），赴哈佛大学参加“文化中国：诠释与传播”国际研讨会（1992年），赴瑞典斯德哥尔摩参加“当代中国人心目中的国家、社会、个人”国际学术研讨会（1993年），赴加拿大温哥华参加“文明冲突与文化中国”国际研讨会（1995年），等等。[①] 与国内外学者的交往和对话，使元化先生的学术研究始终持有一种国际视野，同时也激发了他对学术问题进行深入探讨的热情与意志。

与林毓生在关于五四问题上的对话最能显示出元化先生的学术勇气与襟怀。他对林毓生评价五四的观点明确表示不赞同，并有理有据地提出了自己的观点，但这并不影响他与林毓生之间的学术交往和友谊。他的与人辩论，并不是要与人争一长短，而是要表达自己的思想结果。他在阅读朱一新《无邪堂答问》时就专门摘抄了这样的话：“世儒但以博学为贵，思辨之功不讲久矣。善乎陆桴亭之以思辨名其书也。辨，谓辨之于己，非谓与人争胜。”[②] 元化先生虽然广交学界朋友，但并不拉帮结派，他多次表示，在学术上他既不加入合作社，也不参加互助组，宁愿单干到底。

元化先生还自己创办刊物，将学界也是中国学术的成果介绍到国外，同时提供一个国内外学界共同交流的平台。他还在上海主持出版了“海外汉学丛书”，将国际上一些著名的汉学成果引进到国内来，这些都是他取得一流学术成就的重要途径之一。

元化先生不愧是国内一流的学术大师，在中国20世纪末与21世纪初的学术史上他树立了一道新的标杆，他的学术经验与学术道路给我们诸多启示，这篇小文只不过是刚触摸到他巍峨的学术群山的一角。笔者只希望此文能给当下学界以有益的启发，同时也以此文祭慰先生的在天之灵。

（蒋述卓）

---

① 参见《王元化学术年表》，载《庆祝王元化教授八十岁论文集》，华东师范大学出版社2001年版。

② 王元化：《〈无邪堂答问〉摘抄》，《清园近作集》，第101页。

第八章

饮之太和

——叶维廉对中国诗学生态美学精神的开掘与阐发

近十年来，以生态的视野和理论方法来研究美学问题，特别是阐释中国古典美学精神，渐次成为学术界一大热点。以生态之眼来看，在比较文学领域享有盛誉的叶维廉先生的理论批评及其比较诗学建构，具有浓厚的生态美学色彩。我们甚至可以说，在以生态精神来阐发中国古典美学思想的学术谱系中，叶维廉是华人学者中的第一人；把生态理论与美学、诗学批评结合得比较好的，叶维廉也堪称较为成功的一个。揭示这一点，不仅使我们更能认清中国生态美学、生态文艺批评的学术历史脉动及其与其他学术领域的精神联结，也对我们中国古典文艺美学的研究走向现代并参与当下文化建设具有启发。

一、叶氏早期两本深染生态色彩的诗学著作

叶维廉的比较诗学研究在20世纪后期的华人学界产生了重大影响。乐黛云先生这样评价："叶维廉是著名诗人，又是杰出的理论家。他非常'新'，始终置身于最新的文艺思潮和理论前沿；他又非常'旧'，毕生徜徉于中国诗学、道家美学、中国古典诗歌的领域而卓有建树。""他对中国道家美学、古典诗学、比较文学、中西比较诗学的贡献至今无人企及。"[①] 这一对叶维廉学术特点"新"、"旧"之评价，甚为得当。作为一个少小深受中国传统文化浸染而成年绝大部分时间在美国执教并从事学术活动的华人学者，这一学术身份就使叶维廉之于中国古典诗学、中国传统美学，具有自我与他者兼而有之的特点。他"置身于"西方文化中心、最新文艺理论思潮的"现场"，吸收并参与这些理论思潮的起伏与讨论，但同时又始终不忘对中国传统的"根"的体认和再造。这样，对于中国古典诗学、中国传统美学，他就能把它们放在中西比较的大视野下，以西方最新的理论为参照进行开掘与阐发。这样的结果不但有力地彰显了中国古典美学的世界意义和价值，而且实现了中国传统美学的现代阐释和创造性转化。

而在叶氏用来阐释中国传统并与之对接、互释的西方最新理论思潮中，最为明显、也为大家所称道的是现象学美学。然而笔者认为，另一思潮同样重要，但迄今未能引起注意，那就是其时在美国风行的绿色环保运

---

① 见叶维廉：《中国诗学》（增订版）（封四），人民文学出版社2006年版。

动和生态理论。

关于叶先生与美国绿色环保运动及其生态理论的事实联系，由于笔者所掌握的资料有限，在此难以妄言。但叶氏在20世纪70年代出版的两本代表性论著，则凸显了十足的生态美学精神。再联系到此时生态环保思潮在欧美正在风行，叶先生受到此方面的影响，是完全可能的。

这两本著作分别是初版于1971年的《秩序的生长》和1980年的《饮之太和》。由于这两本著作都是叶氏的相关论文结集，因此可以说集中体现了叶氏在那个时间段（20世纪60年代后期和70年代）的代表性成果。《秩序的生长》意在寻求人与自然原始的直接接触，重建人与物浑然合 、和谐共生的秩序和诗境。而这一秩序，在叶先生看来，在生态环境遭到破坏的现代语境下几成破碎的残梦。特别是其中的《饮之太和》一书，更是体现了十足的生态美学意蕴。书名就饶有趣味，它尽管取自《二十四诗品·冲淡》之“饮之太和，独鹤与飞”，但更为根本的则是对道家所说的太古之时人与自然的原始和谐的醉心向往。“太和”，《二十四诗品》的注解者一般理解为“阴阳会合冲和之气”[①]，而笔者则认为，它的意思就是“太古的和谐”，这一美学风格的文化原型就是道家的元古理想。《二十四诗品》中与“饮之太和，独鹤与飞”可相阐发的还有“黄唐在独”（《高古》）。“独”是道家语境中一个重要的概念。“独”者，不偶也，故《庄子·齐物论》言：“彼是莫得其偶，谓之道枢。”而所谓的“道枢”，就是“一切差别与对立之诸相悉为扬弃而返归于物自身之本然之境地”。[②] 徐复观先生说：“《庄子》一书，最重视‘独’的观念，本亦自《老子》而来。老子对道的形容是‘独立而不改’，‘独立’即是在一般因果系列之上，不与他物相对待，不受其他因素的影响的意思。”[③] 从哲学上这一解释可谓正确，但如果我们换一种角度，从文化人类学的眼光来看，那种“不与他物对待”、“一切差别与对立之诸相悉为扬弃”的“独立”状态，却是远古时代人们的一种自然的“常态”，一种最基本的存在形式！而一旦人类进入社会大分化的文明时世，人们的意识深处开始出现是非、美丑、利害、

---

① 郭绍虞：《诗品集解　续诗品注》，人民文学出版社1981年版，第6页。

② ［日］福永光司：《庄子》，见陈鼓应：《庄子今注今译》，中华书局1983年版，第57页。

③ 徐复观：《中国人性论史（先秦篇）》，（上海）三联书店2001年版，第348页。

善恶等“对待”的辨别，天人关系就出现了朝“遁天倍情”（疏离自然）方向以滔滔不返之势的发展。所以《二十四诗品》的作者以黄帝、唐虞这两个上古帝王来启发读者的联想。《诗品》此处本于陶渊明《时运》之“黄唐莫逮，慨独在余”。而陶渊明的诗文弥漫着一股对远古自然之世的深深追怀，如《劝农》之“悠悠上古，厥初生民。傲然自足，抱朴含真”，《命子》之“悠悠我祖，爰自陶唐”。他自谓“羲皇上人”（《与子俨等疏》），陶醉于“无怀氏之民欤？葛天氏之民欤”（《五柳先生传》）的远古时代那种淳朴简单、与自然同体的境界中。“黄唐在独，落落玄宗”，体味出的是一种太古的和谐，一种纯粹的“大美”！

如果说笔者的上述解读是否符合《二十四诗品》的语境还不一定得到所有人认同的话，那么笔者却坚信这一解释完全符合叶维廉《饮之太和》这一书名的用心与意旨，因为我们在叶氏的这本书中读到了太多的富有生态精神的美学表述。在《饮之太和》中，叶氏历数了西方文化对“荒野的自然界”的“抗拒的态度”，深深感叹“宇宙万物与我们交谈的境界已经完全消失了”！他称引近代诗人罗拔·邓肯（Robert Duncan）的抱怨，斥责西方人“破坏与掠夺自然而不视之为罪恶，却美其名为‘改造天机’，如此之妄自尊大”，感叹“西方人对他们的生物环境（自然界）——他们食物、气力、精神的源头作了何等的破坏”，“而称工业的煤烟为‘黑色的牡丹’，称之为‘一切文明之母’”，这样，正如叶氏引美国现代诗人史迺德所说，导致“‘生态的平衡’被破坏了：许多鱼类被水污毒化，洛杉矶山上的松杉被浓浊的空气窒死，自然的律动完全被化学和马达的律动所取代”。①

正如德国美学家席勒在《论朴素的诗和感伤的诗》里所启发的，古代诗人“就是自然”，而现代诗人则“追寻自然”。由于从自然、和谐的生态角度来看问题，对“生态平衡被破坏了”的现代情势的批评，在叶维廉那里，就与回归太和的复归意识紧紧联系起来。他说：“无怪乎过度工业化和机械化的西方不断有人呼吁回归太和，回到初民与自然环境之间所保有的一种仪式的和谐。”而回归太和，“不是去了解他们过去如何，而是了解我们为人之本质”（引美国近代诗人罗拔·邓肯语），而是去“掌握远古、

---

① 叶维廉：《饮之太和》，（台北）时报文化出版公司1980年版，第197～206页。

原始的形态作为一切基本的维系于自然的文化模子”（引美国近代诗人史迺德语）[1]。也就是说，人类的原初时期，人与自然原本是一体的，人具有与自然万物直接接触和对话交往的灵性与特质。但随着文明的深进，随着人类征服自然的能力和作为的加强，人类开始逐渐与自然界相疏离，并成为破坏自然生态环境的杀手。因此叶维廉对破坏自然生态秩序的现代情势的批评，对回归太古的和谐、自然的美学理想的追求，都体现了鲜明的生态美学精神。叶维廉接着说：

对史迺德和他的同代诗人，把 primitive 这个字加上“落后”的含义正表示人把它之为人的神圣的人性作了可耻的歪曲。Primitive 就是“原”、“始”的意思。这一点必须要改正。

原始民族的世界观里含有一种我们应该经常参考和学习的智慧。如果我们已经濒临文化发展极致的后期，我们必须设法去了解原始人如何和自然的力量交谈、交往……

以此观点来看中国古典，叶维廉深深迷恋“对纯朴远古生活意态的观察者庄子”。众所周知，道家典籍中有丰富的复元古思想资料。老子理想的“小国寡民”、庄子所主张回归的“至德之世”，从“历史的进步性”来看，可能是一幅生活原始、生产力落后的图景。但如果我们剔除这一思想的落后、消极因素，从人与自然万物、主体与客体关系的角度来看，从审美的观点来把握，则可发现，回归远古时代的背后，包含着对自然万象的天然生机的肯定，包含着对人与自然和谐合一的程序的肯定，包含着在人与物浑的自然秩序中所获得的原初体验、自然生发的纯粹境界的肯定。叶维廉显然紧紧抓住了这一点，认为我们首先“要了悟人在万物运作的天放中原有的位置和关系”[2]，即人在这个世界中只是万物之一体，丝毫没有权利干涉别的事物的存在，万物都是世界中的平等成员，都自由地参与世界的演化与创生。叶先生的中西比较诗学研究尽管主旨在寻求西方现当代以海德格尔为代表的现象学美学同道家美学及其影响到的中国“以物观

---

① 叶维廉：《饮之太和》，第 209 ~ 211 页。

② 叶维廉：《饮之太和》，第 243 页。

物”的美感视境的汇通，但他似乎意识到中国诗学那种“以物观物”、“即物即真”的美感视境只有在“古之人”那样的原发社会里才能得到最充分、最纯粹的呈露。而老庄笔下的“古之人”，在他看来，在浑然不分、在对立与分化的意识尚未成立之前，可以直接地感应宇宙现象中的具体事物，不假思索，不依循抽象概念化的程序而与自然自发的世界相应和。因此，叶先生对西方那些回归太和的反文化呼声以及道家的复元古思想极为称赞。因为原始人“全面感知的存在从未割切、区分、间隔而为个人孤立诡异的单元，他与自然环境的关系始终是浑然一体的”。“由于他这种浑然的意态，他能更具体地接近物象而不歪曲其原貌，物自可为物，完整纯朴，与他并存相认，以一种现代人无法洞识无法拥有的亲切感。”①

二、在比较视野中确认中国诗学“以物观物”的生态美学精神

叶维廉在学术界产生重大影响的是其中西比较诗学。但叶氏的比较诗学研究，却不同于“纯客观”的学究式爬梳，而是诗人兼学者式的，具有强烈的倾向性和理论建构色彩。美国当代重要诗人罗登堡（Jerome Rothenberg）称叶维廉是“现代主义的旗手”，是“美国（庞德系列的）现代主义与中国诗艺传统的汇通者”②，而叶氏所属的美国现代主义诗歌流派，其理论纲领多关注人与自然的和谐亲善关系。除前已引述之罗拔·邓肯、史迺德外，再如叶氏所引美国现代诗人唐林荪关于诗的见解：

你问我的诗的态度是怎样的：我想主要是要找出人与自然适切的关系，个人、自我不应该是一个掠夺者，自然应该能为自己说话，在某种适切的关系里说话——不只作背景或象征用。③

把这种诗歌主张和叶先生所阐释、发掘的中国古典美学“饮之太和”、

---

① 叶维廉：《饮之太和》，第230页。
② 叶维廉：《中国诗学》（增订版）（封四），人民文学出版社2006年版。
③ 叶维廉：《比较诗学》，（台北）东大图书公司1983年版，第183页。

“以物观物”、“即物即真”的传统进行汇通，凸显出的思想和追求，就自然深契于生态的美学精神了。

具体地说，叶维廉的比较诗学是从比较中西山水诗、从中诗英译中所发现的中西语言对表达艺术意象的不同，推究它们对宇宙万物的感应方式的差异，并把以庄子为代表的道家美学与西方现象学进行汇通，阐述了道家美学及其影响所及的中国美学“以物观物”的美感生成特点。他在比较王维和华兹华斯的山水诗时发现，“王维的诗，景物自然兴发与演出，作者不以主观的情绪或知性的逻辑介入去扰乱眼前景物内在生命的生长与变化的姿态；景物直现读者目前，但华氏的诗中，景物的具体性渐因作者介入的调停和辩解而丧失其直接性”。[1] 作者指出，这种不同不是隔夜生成，而是有其历史、文化渊源的。因此，叶氏由此推究它们各自所体现的“以物观物”和“以我观物”的感应宇宙万物的方式的不同，指出西方自亚里士多德、柏拉图以来的“以我观物”的方式支配了西方人的审美感悟，使西方人难以保持并呈现自然万物的生机和天趣。在谈到“以物观物”和“以我观物”的文化渊源时，叶氏特别指出庄子的宇宙观、人对宇宙万物的观感方式与柏拉图不同，指出柏拉图把世界分为理念世界、物质现象世界、艺术模仿世界，是一种以人的概念、命题及人为秩序的结构形式和框架而对宇宙大全的类分和支解，由此而导致以我为中心、以人的知性来对待世界。而庄子的宇宙观是浑一的，人、物质世界、道通过神秘直觉而达到浑全合一的境界。庄子的宇宙观，按他在《无言独化：道家美学论要》（收入《饮之太和》）一文中的说法，一开始便“否定了用人为的概念和结构形式来表宇宙现象全部演化生成的过程”。因为庄子认为归纳与类分、系统和模式必然产生限制、减缩、歪曲；有了概念与类分（即庄子所说的“有封”），则随着起了是非之分，“天机的完整性便开始分化破碎为片断的单元”，所以庄子学术的重点在“设法保护宇宙现象的完整性”。叶维廉称这种宇宙观及对宇宙的观感方式为“以物观物”，并指出这种“以物观物”是中国艺术的主魂，因为中国文学及艺术的最高美学理想便是要“求自然得天趣”、“即物即真”，要以“自然现象未受理念歪曲地涌发呈现的方式去接受、感应、呈现自然”。中国古典诗之能达到物我浑一、超乎语言的

---

① 叶维廉：《比较诗学》，第 144 页。

自由抒发的境界，除了中文文言句法的自由特点外，主要是透过庄子所谓“心斋”、“坐忘”、“目击道存”及郭象发挥的“无言独化”（叶氏认为郭象是庄子最重要的注释者）等方式，把“抽象思维曾加诸我们身上的种种偏减缩限的形象离弃来重新拥抱原有的具体的世界”，以虚空但却晶莹剔透的心灵去完整感应自然万物的原性。对于中国诗学“以物观物”的诗歌美学精神，叶氏系统地总结道：

以物观物，不以身观物，消除主客而齐物，肯定物各自然、各当其所的自由兴发：不封、不隐、不荣华。语言文字，不应用以把自我的意义、结构、系统投射入万物，把万物作为自我意义的反映；语言文字只应用来点兴逗发素朴自由原本的万物自宇宙现象涌现时的气韵气象。所以复得素朴自然胸襟的诗人，在诗作里逐渐剔除演义性、解说性的程序，增高事物并生并发的自由兴现，向我们提供了一种独特的、不刻意调停、尽量减少干扰的表达方式来接近自然现象的活动。①

“以我观物”与“以物观物”这对概念，最初由宋代理学家邵雍在《皇极经世绪言·观物外篇》中提出：“以物观物，性也；以我观物，情也。性公而明，情偏而暗。”后来王国维《人间词话》以此论诗词境界：“有有我之境，有无我之境。……有我之境，以我观物，故物皆著我之色彩；无我之境，以物观物，故不知何者为我，何者为物。”其实“以物观物”的思想渊源于道家，来源于庄子所称“丧我”、“无己”、“心斋”、“坐忘”。以此文化精神为基石，王国维区分了上述两种艺术境界：“以我观物”主张艺术家从自我出发，把自我的情感外射到自然物象上，从而在人与物、情与景之间找到契合点，并实现它们的融合，达到一种以艺术家的主观情感为中心的情景交融；而“以物观物”以及所达到的“无我之境”，则是审美主体在超脱世俗尘想，在“心凝形释，与万化冥会”的状态下，把自我融会到自然对象中，体悟出宇宙自然的内在精神律动，最终形成物我两忘、物我合一、“不知何者为我，何者为物”的化境。这样的艺术，艺术审美主体不以知性、主观情好来对待、分解自然，而是充分保

---

① 叶维廉：《无言独化：道家美学论要》，见《饮之太和》，第259～260页。

持宇宙自然的天然生机和完整意趣。其实，“无我之境”中也有“我”，有“情”，重要的区别在于，“以物观物”的“观者”，是超越了个人具体的现实情欲的“大我”，其“情”是超越了世俗是非好恶的“宇宙天地之情”。一句话，是破除了自我中心、人类中心的偏执，超越了社会、文明价值之后的“纯粹的、自然的主体”。正是在这里，体现了一种顺天自化、天人合一的宇宙生态和谐精神。

叶维廉紧紧抓住这对中国固有概念，并以中西比较的宏观视野，以富有生态精神的现代意识对原本就潜含生态意蕴的“以物观物”进行了重点阐释，从而使这一古典概念通向了现代，焕发了生机。在叶氏看来，由于“以物观物”消解了自我中心、人类中心的偏执，将自己的智识忘掉，让主体虚位，“虚以待物”，如此便可包容万物而不伤害万物，任由万物自由兴发。这种境界，庄子称之为“心斋”、“坐忘”、“虚静”，是摆脱了一切功利是非之心的审美境界，达到这种境界而与外物相接便可“不将不迎，应而不藏”，便可“胜物而不伤”。叶维廉这样解说道：“物既客亦主，我既主亦客。彼此能自由换位。”诗人依着万物“各自内在的机枢、内在的生命明澈地显现；认同万物也可以说是怀抱万物，所以有一种独特的和谐与亲切，使它们保持本来的姿势、势态、形现、演化。”① “以物观物”的运思方式一直为中国诗人看重，故而能够物我自由兴发，接近“真实世界”。

对于“以物观物”的运思方式所导致的中国古典诗学具有生态精神的美感视境，叶维廉说：“由于诗人不坚持人为的秩序高于自然现象本身的秩序，所以能够任事物毫不沾知性的瑕疵地从自然现象里纯然倾出。”中国山水诗，“景物自然发生与演出，作者毫不介入，既未用主观情绪去渲染事物，亦无知性的逻辑去扰乱景物内在生命的生长与变化的姿态。在这种观物的感应形态之下的表现里，景物与读者之间的距离缩短了，因为作者不介入来对事物解说，是故不隔，而读者亦自然要参与美感经验直接的创造”②。

---

① 叶维廉：《比较诗学》，第 107 页。

② 叶维廉：《饮之太和》，第 14 ~ 15 页。

三、现象学与生态美学的汇通

毋庸讳言，叶维廉那种主张任由自然景象自动、自发、自然显现的诗观，既是生态精神的，更是现象学的。叶氏的那种具有生态美学精神的诗歌美学理论，体现了现象学与生态美学的汇通。目前国内学术界往往把生态批评与现象学存在论联系起来，叶维廉似乎算着华人世界中最早的一个。

如果说庄子的“以物观物”的自然美学与西方古典美学存在着上述重大差异的话，那么在叶维廉看来，庄子所代表的中国古典审美感应方式却又与西方现象学美学获得了“汇通”。因为现象学美学的一个最大的努力，就是要回到现象本身。纵观西方思想，叶维廉认为：

> 现代西方对于宇宙观的调整，颇为繁复……但我们在此只欲指出：所有的现代思想及艺术，由现象哲学家到 Jean Dubuffet 的“反文化立场”，都极力要推翻古典哲人（尤指柏拉图及亚里士多德）的抽象思维系统而回到具体的存在现象。几乎所有的现象哲学家都曾提出此问题。①

叶氏指出，现象学美学家、存在主义者海德格尔所致力的回到苏格拉底以前的原真状态，力求呈现“存在的具体性”，以及梅露彭迪所主张的回到“概念化之前的世界”，重建与世界的直接、原始的接触，这些与道家“以物观物”的感应方式极为相似。他说：“要消除玄学的累赘、概念的累赘也可以说是海德格哲学最用力的地方。像道家的返璞归真，海德格对原真事物的重认，使到美学有了一个新的开始。”② 按照叶先生的言下之意，以现象学美学为代表的西方现、当代美学的走向已与西方古典美学大为不同，而道家“以物观物”的自然美学与西方“以我观物”的感应方式所导致的古典美学视境迥异，倒是道家所代表的中国古典诗学“以物观

---

① 叶维廉：《比较诗学》，第 56 页。

② 叶维廉：《道家美学·山水诗·海德格》，见郑树森编：《现象学与文学批评》，（台北）东大图书公司 1984 年版，第 169 页。

物”的自然美学与西方现、当代美学大潮有共通之处。正是从这一“世界性的眼光”来看，叶维廉深爱庄子，他经常“进出于西洋作品之间”，但“始终不信服柏拉图以还所强调的‘永恒的轮廓’……还是认为庄子的‘化’的意念才迹近实境”。[①]

如前所述，叶维廉针对“生态平衡被破坏了”的现代情势，提出了回归太和的主张。这一回归也是一种现象学意义上的复归。钱钟书曾谈到三种不同的处理天、人关系的学术思想：“人事之法天，人定之胜天，人心之通天者也。”[②] 这三种天、人关系影响到不同的美感视境。而且，“人心之通天”的境界更容易在人与自然尚未疏离分化、生态环境尚未遭受破坏的自然远古时世得到实现。有趣的是，叶维廉也引禅宗传灯录那段有名的公案来说明不同的感物方式所引发的不同的美感视境：

> 老僧三十年前未参禅时，见山是山，见水是水。及至后来，亲见知识，有个入处，见山不是山，见水不是水。而今得个休歇处，依前见山只是山，见水只是水。[③]

叶氏还以胡塞尔的现象学概念来解释这三种观物、感物方式。“依前见山只是山，见水只是水”，无疑是经过“解蔽”之后所达到的澄明、透彻之境。

依笔者理解，“见山是山，见水是水”与“依前见山只是山，见水只是水”这两种境界究竟是什么关系，它们的优劣何在，这可能是叶维廉具有生态美学精神的比较诗学中未能完全弄清楚的问题，也可能是现象学美学所存在的理论空当。尽管在理论上叶氏认为后者才是至境，但在更多的地方却在强调原始状况下的绝对和谐与自发自动。在《饮之太和》中，叶氏有感于“宇宙万物与我们交谈的境界已经完全消失了”的西方现代情势，特别提到兰亭诗人和庐山探幽者，称赏他们共同参与“自发自律的自然”的“颂赞”。但随后又说：“但他们虽然‘共同’参与，但还是一组

① 叶维廉：《秩序的生长·序》。

② 钱钟书：《谈艺录》，第60页。

③ 普济：《五灯会元》，第1135页。叶氏在引用时有些出入，据此本更正。

诗人墨客。可是在东格林兰的爱斯基摩族人里，我们发现了与自然更纯粹更完全的应和。”[1] 这实际上就凸显了这样一个问题：生态诉求与现象学回归，与原始文化形态、原始思维的关系。叶秀山在《思·史·诗——现象学与存在哲学》一书中曾指出：“对于原始的思维形式的研究，对人的原始状态的研究，是当代西方思潮中的一个重要方面，因为它直接与哲学的一个基本例题：思维与存在的同一性、主体与客体的同一性有关，所以这个问题对于哲学家就有特别的吸引力。同时又由于这种同一性与感性的形式不可分离，因而对艺术家也同样具有吸引力。”[2] 如果以这些观点来看，老庄之主张回复远古自然之世，实是对人类的原初本性、人与自然浑然一体的原始状态，以及人对外在自然世界直接而全面的感知方式的极力维护和称赞。这是一个思维与存在、主体与客体同一不分的时代，一个充满了“诗性智慧”的时代。而文的历史发展，人的淳朴、自然的原初本性却在一步一步地丧失！人类与自然浑然一体的原始状态以及人对外在世界直接、全面的感知方式却在逐渐离析、解体！这一“古”与“今”的历史透视，深深影响到中国后世的文学观念，形成了一种具有极强势力、从某种意义上难以反驳的退化思想。在老庄看来，远古自然之时，人与自然浑然一体，人就是自然。而进入文明状态，则导致了人与自然的分离，人对世界浑整的感知也开始分崩离析，并为概念、名言等框架所分割。在这样一种存在状态下，“雕饰”、“谨细”的艺术风气似乎是大势所趋。文明愈发展，趣味愈精细，文学越自觉，文学雕华、概念化的倾向愈来愈容易发生。“诗性智慧”在一步一步地被“文”化、礼义化所遮蔽。

不妨这样认为，西方现代兴起的对远古原始文化研究的兴趣，归根到底还是一种对现代人的思维、对文明人的存在状况日益陷入困境的危机感使然。影响更大的、以海德格尔为代表的存在论现象学哲学、美学，正是这一思潮的集大成式的表现者。海德格尔主张抛弃统治西方两千多年的形而上学理性思维体系，返回苏格拉底以前的观念，其核心就是要恢复概念前、语言前的原真状态，以建立与自然世界原始的、直接的接触。海德格尔的这一终极性思路很容易使人们把他与老庄的复元古思想联系起来，因

---

① 叶维廉：《饮之太和》，第 202 页。

② 叶秀山：《思·史·诗——现象学与存在哲学》，人民出版社 1988 年版，第 47 页。

为“双方的思维方式都是一种源于（或缘于）人生的原初体验视野的、纯境域构成的思维方式”[①]。这种思维方式从本质上是诗性的，是审美活动中最基本的、最重要的特征。

（刘绍瑾）

---

① 张祥龙：《海德格尔思想与中国天道·引言》，（北京）三联书店1996年版，第13～14页。

中　篇
中国古典文艺美学学术研究的现代视阈

第一章

中国古代文艺美学研究的进程与前景

中国古代文艺美学的研究在美学研究热潮的推动下开始，首先是从部门美学、体裁美学入手的。

1981—1983 年间，在拨乱反正思潮的涌动下，掀起了一股全国性的美学热，尤其是在青年学生中，美学最受欢迎。美学杂志深得青年的青睐，如北京大学出版社出版的《美学向导》、湖南人民出版社出版的《美育》风靡全国。1982 年北京大学出版社适时地出版了文艺美学丛书，叶朗教授的《中国小说美学》第一版竟印刷了 5 万册。

叶朗先生在此书中从美学研究的对象谈起，提出了他对美学的意见，认为艺术应该是美学研究的中心，并且指出“在艺术学的著作、艺术批评的著作和艺术史的著作中，往往会包含有美学的内容。同一部著作，可以既是艺术学或艺术批评、艺术史的著作，同时又是美学的著作”[①]。因此，他不赞成把美学的范围限制得很狭窄，只研究美和美感。当然，他提出的小说美学的概念现在看来不一定很准确，但他认为中国小说美学同中国美学史、中国文学批评史、中国小说史等几门学科的建设都有密切的关系，如果不研究中国小说美学，就很难写出一部完整的中国美学史著作，也很难写出一部完整的中国文学批评史和一部完整的中国文学史著作。这在一定程度上肯定了中国古代文艺美学研究的价值与意义，为中国古代文艺美学的研究开拓了良好的前景。

1986 年萧驰出版了《中国诗歌美学》。萧著并非一部完全成体系的诗歌美学理论著作，“它在一定程度上是王夫之诗歌美学研究的辐射性拓展”[②]。他在王夫之诗论研究的基础上，从诗歌理论史与诗歌艺术史方面进一步延伸拓展。作者以古代诗论研究（重点在三位大诗论家钟嵘、司空图、王夫之）为经，古代四大类题材诗歌（人间、历史、自然、超自然）为纬，追寻了中国诗歌理论的美学发展。其中，所涉及的诗论命题、诗论思维方式、诗学体系、艺术史哲学等的研究，都是中国古典诗论中的重要课题。萧著对诗论逻辑发展的勾画及其对诗论史的审视，紧扣诗歌理论的核心——意境理论作深入的探讨，这正是一种文艺美学的研究方法。在四大类题材诗歌论述上，他主要也是以美学眼光分析一些具有代表性的诗人

① 叶朗：《中国小说美学》，北京大学出版社 1982 年版，第 2 页。
② 萧驰：《中国诗歌美学·序》，北京大学出版社 1986 年版，第 2 页。

与作品的美学境界，同时也分析此类诗歌的美学特征及其艺术史的发展线索。作者力图从艺术史哲学的高度去对其进行阐释，在勾画诗歌题材的艺术发展史时，也并不仅仅是文学史的研究，而是对这种类型诗歌的美学传统进行研究，这就有别于一般的诗歌史或诗歌题材史的研究了。比如他分析怀古诗，就分析了怀古诗的美学结构与时空处理的关系问题；他论山水诗人谢灵运、王维、杨万里，着眼的也是诗歌境界的递换以及递换过程中哲学、文化因素的背景及其演进。

作者在书的后三章还专门研究了中国诗画创作比较、中国诗歌中的自然以及中国诗人的时间意识问题，又体现了一种融美学、哲学和文化于一体的研究意识，这或许正是中国文艺美学研究的新方法吧。

1990年花城出版社出版了覃召文的《中国诗歌美学概论》，该书从五个方面构造了一个比较完整的体系。这五个方面是“诗歌审美对象论”、“诗美创造论”、“诗美定性论”、“诗美的类型”、“诗美的形态”。“诗歌审美对象论”论述了“主体对象论”、“客体对象论”和“主客体对象统一论”；“诗美创造论”论述了构思与传达的美学原则以及比、兴、赋的诗美创造方法；“诗美定性论”主要讲意象、意境是确定诗歌艺术美性质的重要范畴；“诗美的类型”讲从诗美的内容可划分为“声文”（音乐美）、“形文”（图画美）和“情文”（情感美），从诗美的性质则可划分为“充实之美”与“空灵之美”；“诗美的形态”则依据诗的外观形式与表现状态，将诗美大致划分为“整一之美与对待之美”、“静穆之美与飞动之美”、“悲慨之美与谐隐之美”、“阳刚之美与阴柔之美”四组形态。

作为一本“概论”式的著作，覃著的体系构造受当代“美学概论”的体系影响较深。但是作者认为“中国诗歌美学是自成体系的一种文化形态”，“中国诗歌美学的体系是十分严整的”①，并且力图去揭示中国诗歌美学的体系，这在部门美学研究方面又推进了一大步。同时，这种体系的研究又进一步推动了中国古代诗歌理论体系与中国文学批评理论体系的研究。

中国古代文艺美学的研究与中国古代文学理论批评研究、中国古代美学研究是同步进行的，在不少方面存在着交叉。如皮朝纲的《中国古代文

① 覃召文：《中国诗歌美学概论》，花城出版社1990年版，第15页。

艺美学概要》上编研究中国古代文艺美学的重要范畴（包括味、悟、兴会、意象、神思、虚静、气、意境），与中国古代文学理论范畴以及中国古代美学范畴大致相同，下编研究中国古代文艺美学思想发展梗概，也与中国古代文学理论发展概要差不多。皮著的贡献在于他对文艺美学下了一个较为明确的定义。他认为“文艺美学是美学这门学科中的一个重要分支，它是文艺学和美学相结合所产生的一门新学科，它是专门研究文艺的审美本质和审美规律的一门学科”[①]。同时，他还认为“我国古代美学，包括哲学美学、心理学美学（审美心理学）、社会学美学（审美社会学）、文艺美学等等内容，其中以文艺美学所占的比重最大。因为中国古代美学从哲学上直接探讨美的本质的论述（也就是对美的本质作哲学的思考的论述）并不多，许多有关美学和文艺理论的著作与论述，乃是文艺家和文艺理论批评家对文艺创作和欣赏经验的总结，许多内容都涉及文艺的审美特征，涉及文艺创作和欣赏活动规律的美学特点，实际上都是文艺美学需要研究的问题”[②]。这就较为准确地指明了中国古代文艺美学在中国古代美学中的地位，揭示了中国古代文艺美学的特征及其所包含的内容。

这种研究的交叉在当时都被视为是合理的。如 1986 年出版的曾祖荫的《中国古代美学范畴》选择了情与理、形与神、虚与实、言与意、意与境、体与性六对范畴加以论述，这些范畴实际上都是中国古代文艺理论的范畴，也是中国古代文艺美学的范畴。因此，此书在台湾出版时就叫做《中国古代文艺美学》了。又比如 1988 年出版的张少康的《古典文艺美学论稿》，里面所收集的论文就包含了古代文学理论、古代文艺美学以及古代美学三方面的内容。这似乎已经成为一种“存在就是合理”的现象。所以，1993 年陈永标的《中国近代文艺美学论稿》仍然沿袭这种习惯用法，把论近代文学观念、近代文学批评、近代美学与文艺美学的文章都收集在内。

之所以出现这种现象，可能还得从中国古代文艺美学与古代文论、古代美学的密切关系上去寻找原因。

---

① 皮朝纲:《中国古代文艺美学概要》，四川省社会科学院出版社 1986 年版，第 1 页。

② 皮朝纲:《中国古代文艺美学概要》，第 1 页。

在中国古代，艺术各门类之间存在着密切联系，诗、文、书、画、音乐、舞蹈、戏曲、建筑、园林等都可以相互启发、相互沟通。古代文人往往是诗、文、书、画、琴都精通的。因此，各种艺术的理论大体一致，艺术创作的原则与规律大致相似，理论概念、理论命题与范畴也互相通用。如强调主体性、抒情性、写意性，重视意境的创造，讲究含蓄，追求韵味等。这种相通相似，就使得文艺美学的存在有了它的合理性。所以，成复旺主编的《中国古典美学范畴辞典》中所涉及的范畴大部分都是古代文艺美学和古代文艺理论的范畴。

另外，在研究实际中用文艺美学这一概念也比较方便，它可以将集文学批评、文学理论与书法、音乐、绘画于一身的古代艺术家的理论综合起来研究，如苏轼、叶燮、郑板桥、刘熙载、王国维等，可以被视为文艺美学家加以研究。同时，古代文艺美学的研究还可以使古代文学理论的研究得以深化和拓展。因为，研究古代文学理论如果只是单纯地局限在文学理论方面，不与其他艺术的理论结合起来研究，也是无法研究深透的。

总之，中国古代文艺美学的研究是中国美学研究转型与深入的结果，也是中国古代美学研究与中国古代文学理论、文学批评研究相互交叉的结果，是一种边缘化的产物。实践证明，中国古代文艺美学的研究对象是确定的，研究方法是成功的，研究的实绩也是可喜的。

展望中国古代文艺美学的研究前景，更可抱乐观的态度。一是可对中国古代文艺美学作更综合性的研究，使其更系统、更深入。二是使其研究进一步与中国古代美学、中国古代文学理论、文学批评的研究有所区别，突出自己的个性。三是与中国古代艺术创作、艺术作品、艺术欣赏的审美分析联系得更紧密一些，而不仅仅局限于理论形态上的阐述与研究，使其更具丰富性、生动具体性。如果有条件，所出的著作内最好能带一些图片，以帮助读者阅读，增加理论研究的美感。

（蒋述卓）

第二章

中国文学批评史学科建构中的中西比较意识

传统与现代、中国与西方，它们的冲突、融合、倾斜，是整个20世纪中国文学理论发展的主干线。而20世纪的特定历史，所谓的“现代”，又往往和“西方”交接在一起，所以，中国古典文论和西方文论之间的关系，它们的比较、选择、融通，就成为一百多年来中国文学理论建设的焦点。中国古代文论的学术研究、中国文学批评史的学科建构，正是在这一学术大背景下进行并得以发展的。王国维在世纪之初就曾言：“异日昌大吾国固有之哲学者，必在深通西洋哲学之人。”① 从传统“诗文评”到“中国文学批评”的现代转型，作为“他者”的西方学术思想和文学思潮的介入和影响，是其至关重要的推动力。而在以后的发展过程中，无论是大陆学界在“建设有中国特色的马克思主义文艺理论体系”的倡导下，还是海外学者在建设“普遍的文学理论”（universal theory of literature）框架下所进行的“中国文学理论”研究、“中国诗学”阐释，怎样通过中西比较、以西方为参照来确立中国古代文论的坐标，并进而找到一条面向现代、面对西方可能进行交流、对话的解释途径，就成为其时学术思维的轴心。鉴于此，本文试图对20世纪前半叶中国文学批评史学科建构中的西方视野进行专门清理，以期通过历史的反思，给古代文论如何融入现代、走向世界这一必须破解的学术难题提供一些启示。

一、早期文论研究者的中西比较倡导

西方，对于在20世纪大为兴盛的中国古代文论研究、中国文论批评史学科的建构，可以说是一个“缺席的在场”。说它“缺席”，是因为中国文学批评史研究的对象乃是纯粹的中国资料，这些资料所蕴涵的丰富思想的绝大部分出现在与西方产生接触之前，因而对它的研究是一门纯粹的“国学”；而说它“在场”，则是20世纪初大举进入中国的西方文学理论和学术思想或直接催发或间接影响到那时的中国传统文艺思想的阐释、中国文学批评史的学科建构。在20世纪上半叶的中国古代文论研究中，隐含了一种天然的中西比较意识。这一学术历史，既应为古代文论学界“温故而知新”，也不应被比较诗学领域的学者所忽略。

---

① 王国维：《哲学辨惑》，见《王国维文集》（第三卷），第5页。

中国古代并没有像后来的如此细密的学科分类，传统目录学的经、史、子、集与现代学科上的文、史、哲尽管有一些对应之处，但完全对接则存在很大差距。中国古代文论的主要材料在古典时期被置于“集部”之尾“诗文评”类，这一位置，正如朱自清先生所说：“老名字代表一个附庸的地位和一个轻蔑的声音——‘诗文评’在目录里只是集部的尾巴！”①而在从传统的“诗文评”到“中国文学批评”的现代转型中，作为“他者”的西方学术思想和文学思潮的介入和影响，是其至关重要的推动力。对此，朱自清先生早有启发性的论见，他在为罗根泽的《中国文学批评史》和朱东润的《中国文学批评史大纲》所写的书评中指出：“中国文学批评史的出现，却得等到五四运动以后，人们确求种种新意念新评价的时候。这时候人们对文学取了严肃的态度，因而对文学批评也取了郑重的态度，这就提高了在中国的文学批评——诗文评——的地位。”又说：“这也许因为我们正在开始一个新的批评时代，一个从新估定一切价值的时代。要从新估定一切价值，就得认识传统里的种种价值，以及种种评价的标准；于是乎研究中国文学的人有些就将兴趣和精力放在文学批评史上。”②正是西方学术观念的传入，不但大大改变了中国传统的“诗文评”的地位，而且为人们提供了一个重要的参照，使人们能站在他者的位置、以他者的眼光，把中国传统的文艺思想作为一个对象进行观照，科学的、富有现代意义的中国古代文学理论研究于是乎产生。被公认为是中国文学批评史学科奠基人的郭绍虞先生晚年回忆他治中国文学批评史的经历时，就特别提到“当时人的治学态度，大都受西学影响，懂得一些科学方法，能把旧学讲得系统化，这对我治学就有很多帮助”③。20 世纪初中国思想界之“人人谈西学”的风气，使西方科学的学术态度和精神传入中国，新概念、新学语、新意念、新思维、新方法的输入，大大加速了包括中国古代文论研究在内的中国文学研究的现代化进程。

以上还只是就一般的学术大势而言。就中国古代文论研究、中国文学批评史的学科建构来说，更为具体、更为直接的推力，笔者认为是发起于

---

① 朱自清：《诗文评的发展——评罗根泽〈中国文学批评史〉与朱东润〈中国文学批评史大纲〉》，见《朱自清序跋书评集》，（北京）三联书店 1983 年版，第 239 页。

② 朱自清：《朱自清序跋书评集》，第 240～241 页。

③ 郭绍虞：《我怎样研究中国文学批评史》，载《书林》1980 年第 1 期。

1919 年、极盛于 1923—1927 年的“整理国故”争论。整理国故的倡导，使得 20 世纪开初以来特别是五四新文化运动所倡导的西方科学精神和富有现代色彩的文学观念得以与作为“国故”的中国古代文学思想这一学术对象相结合。“整理国故”思潮所凸显的“国故”地位及其所提倡的科学方法，即胡适于 1923 年在《国学季刊》“发刊宣言”所提出的“历史的眼光”、“系统的整理”、“比较的研究”，立即在当时的文论研究中体现出来。

本来，“科学方法”主要受西方学术思想影响而来，而其中的“比较的研究”更是直接显示出中西比较的重要性。正是受此倡导的影响，以中国古典文学研究而蜚声学界的刘永济先生在 1922 年著《文学论》，在建设一般的文学理论体系时，在一片西方文学理论的介绍和称引声中非常注重中国古代文论这一“国故”。在该书“自序”中，刘先生云：“昔刘彦和有言：‘不述先哲之诰，无益后生之虑。’今兹所述，窃取斯义。其有参稽外籍，比附旧说者，以见翰藻之事。时地虽囿，心理玄同，未可是彼非此也。”[①] 其“参稽外籍，比附旧说”所体现的，正是“比较的研究”精神的体现。如果说刘永济在建立“时地虽囿，心理玄同”、具有普遍性的文学理论体系时，面对中西文论所持的“未可是彼非此”还属不偏不倚态度的话，那么到了杨鸿烈于 1924 年著就、旨在“把中国各时代所有论诗的文章，用严密的科学方法归纳排比起来，并援引欧美诗学家研究所得的一般诗学原理来解决中国诗里的许多困难问题”[②] 的《中国诗学大纲》，就直言：“我们现时绝对的要把欧美诗学书里所有的一般‘诗学原理’拿来做说明或整理我们中国所有丰富的论诗的材料的根据。”[③] 已把欧美诗学等同于“一般”诗学原理，并且试图以之为“根据”来阐释中国诗学的材料。他“最崇信摩尔顿（Richard Green Moulton）在《文学的近代研究》所说的：普遍的研究——不分国界、种族，归纳的研究，进化的研究”[④]。把欧美诗学等同于“一般诗学原理”，又崇信不分国界、种族的“普遍的研

① 刘永济《文学论》，1922 年在长沙湘鄂印刷公司公开出版，1924 年由太平洋印刷公司再次印行，后来在 1937 年由上海商务印书馆重印，成为王云五主编的“百科小丛书”之一种。

② 杨鸿烈：《中国诗学大纲·自序》，商务印书馆 1928 年版。

③ 杨鸿烈：《中国诗学大纲》，第 28 页。

④ 杨鸿烈：《中国诗学大纲·自序》。

究”，在今天看来这是一个悖论，但在当时特定历史背景下却是中国文学现代化进程中的必经之路。正如朱自清先生所言，“现在学术界的趋势，往往以西方观念（如‘文学批评’）为范围去选择中国的问题；姑无论将来是好是坏，这已经是不可避免的事实”[①]。

因此，中国文学批评史的学科建构，既是中国文学研究现代化的产物，也是中西文学思想碰撞、融合的结晶。正如陆海明先生所言，“中国文学批评史的创编，就体现了西方文学批评观念和传统的文学批评理论的新糅合，反映了当时学者沟通新旧文学的强烈意愿”[②]。因此，我们可以看到，早期的中国古代文论研究专家都十分重视西方文论。作为中国学者撰写的第一本《中国文学批评史》著作，作者陈中凡先生不仅提出了“以远西学说，持较诸夏”这一极富方法论价值的论见，而且在他的著作中把 Winchester 的 *Principles of Literary Criticism* 和 Hudson 的 *An Introduction to the Study of Literature* 等西人著作列为重要的“参考书”。而本学科的奠基人郭绍虞先生早年作为“文学研究会”会员，更是热衷于传介西方文艺理论。特别值得提及的是批评史家方孝岳先生，他在出版于 1934 年的《中国文学批评》一书中最后强调“‘海通以还’，中西思想之互照，成为必然的结果”，并由此得出结论：“‘比较文学批评学’，正是我们此后工作上应该转身的方向。”[③] 这应该是中国学者第一次正式提出类似于“比较文艺学”、“比较诗学”的概念。[④] 此后的历史证明，方先生的这一预见是极富卓识、深具前瞻性的！

那种中西互照的强烈意愿，不仅深深体现在那个时代中国文学批评史的撰写中，而且在中国古代文论原始资料的编选上，也留下了印记。1935 年 10 月胡伦清在给许文雨的《文论讲疏》一书所写的“序”中，就透露

---

① 朱自清：《朱自清序跋书评集》，第 236 页。

② 陆海明：《古代文论的现代思考》，北岳文艺出版社 1998 年版，第 7 页。

③ 方孝岳：《中国文学批评》，（北京）三联书店 1986 年重印本，第 227 页。

④ “比较诗学”（comparative poetics）这一命名大约于 20 世纪 60 年代从海外传入，从 80 年代以来几成“显学”；而“比较文艺学”最早由胡经之先生在 1981 年 2 月 25 日《光明日报》发表的《漫谈比较文艺学》一文中提出。饶芃子教授则在全国文艺学博士点最早创建了“比较文艺学”方向，并且主持编写了第一本《中西比较文艺学》教材（1999 年出版）。

了这一信息：

> 文学批评，在欧西发轫于二千二百年前亚里士多德之《诗学》；自文艺复兴以还，浸由粗而精，由单纯而繁复，于以成为专门之学。虽其间或因时会之变迁，学派之差歧，持论自不能从同，然其于文学，标示准绳，鉴别优劣，厘然秩序，各有其严密之体系，而予作家与读者以诚确之导引，盖自有其之价也。我国之于斯学，繁碎丛杂，进境濡迟，瞠乎其后，自难为讳。惟别裁众制，亦有不容磨灭者在。愚间拟甄选自汉魏以至民初文学批评之作，汇为一编，沿溯源流，区分统系，并以欧西各宗派文学批评之理论方法相比附，蕲一展卷可较然于彼此异同高下之所在，藉作衡量别择之资凭。牵率人事，因循未遑。①

他因“牵率人事”而未能如愿地编写计划，“甄选自汉魏以至民初文学批评之作，汇为一编，沿溯源流，区分统系，并以欧西各宗派文学批评之理论方法相比附”，确实富有诱惑力，只是可惜这样的著作至今未见出现。

二、“文学”义界上的“以远西学说，持较诸夏”

作为学科的、富有现代意义的“中国文学批评史”的创编，首先碰到的一个问题就是对“文学”定义的讨论。这不仅是因为只有建立了一种较为明确的文学观念，批评史家才有了衡量、品评古代批评理论的标准，而且还因为“文学”（literature）这个词乃英文的翻译，中国古代尽管有相关概念（如“文”、“文学”、“文章”等）与之对应，但不完全重合。因此，在学科意识深入人心的世纪之初，文学研究界也就自然要对文学观念作一番定义式的探究，这在当时出版的《中国文学史》、《文学概论》著作中几成定例。这里蕴涵了一种天然的中西比较意识，因为在那时的文论研究中，人们在讨论“文学定义”而称引西人戴昆西（De Quicey）、亨德（Theodore W. Hunt）、温切斯特（C. T. Winchester）时，似乎自然就会“联

---

① 胡伦清：《文论讲疏·序》，见许文雨：《文论讲疏》，南京中正书局1937年版。

想”到章炳麟在《国故论衡·文学总略》中对文学所下的定义：“文学者，以有文字著于竹帛，故谓之文；论其法式，谓之文学。”章氏的这一主张，代表了中国古代广义的、文史哲区分茫昧的大文学传统观念。与章氏的意见相左，渊源于六朝、提出于清代的阮元和由20世纪初刘师培等继响的“文选派”，则强调“藻饰”、“对偶”、“声律”为文的主要标志，也代表着中国古代文学传统狭义却关注文学自身美学特征的一路。这些在“文学”定义讨论中出现的天然的中西比较，成为最早的几部《中国文学批评史》著作的重要内容，陈中凡、罗根泽的著作开篇即立专章讨论之，而郭绍虞的著作尽管未列专章，但文学定义、文学观念却成为其批评史建构的史识之“眼”。

作为中国学者撰写的第一本《中国文学批评史》著作，陈著开篇即立专章讨论“文学之义界”，先追溯“文”之本义及其引申，继而考察了“历代文学之义界”。面对以往“异议纷起”的文学之定义，陈中凡先生提出了一个非常重要、很有价值的处理方法：“以远西学说，持较诸夏。”参诸美国学者温切斯特关于情感、想象、思想、形式作为“文学四要素”的理论以及亨德的定义：“文学者，借想象、感情及趣味以表现思想之文字也。”陈中凡先生写道：

> 以远西学说，持较诸夏，知彼之所言，感情、想象、思想、兴趣者，注重内涵；此之所谓采藻、声律者，注重法式。实则文贵情深而采丽，故感情、采藻二者，两方皆所并重。特中国鲜纯粹记事之诗歌，故不言及想象；远西非单节语，不能准声遣字，使其修短适宜，故声律非所专尚。此东西文学义界之所以殊科也。今以文章之内涵，莫要于想象、感情、思想，而其法式，则必借辞藻、声律以组纂之也。姑妄定文学之义界曰：“文学者，抒写人类之想象、感情、思想，整之以辞藻、声律，使读者感其兴趣洋溢之作品也。”①

陈先生的这一文学定义，显然是亨德、温切斯特、章太炎、“文选派”的一个综合。它取章氏“法式”之外壳，融“文选派”注重辞藻、声律之

① 陈中凡：《中国文学批评史》，上海中华书局1927年版，第3～6页。

精髓，而以亨德之说为骨干，并顾及中西文学传统、语言表达的不同特征，体现了以西方文学观念传入所形成的现代视野对中国古典资源进行的深刻反思。受陈著影响，罗根泽 40 年代改写的同名著作、傅庚生初版于 1946 年的《中国文学批评通论》，均开篇立专章讨论文学的定义，就这一问题进行中西文论的对话。罗著更是在综合中西文论的基础上提出了文学广义、狭义、折中义三分说，这在今天的文学概论教材中都有广泛的采用。

在“文学”义界上，拿来和中国传统文学观念进行比较、对接的西方文论，在 20 世纪上半叶的学术界似乎主要有两大系统，一是美国文艺理论家温切斯特的“文学四要素”，二是英人戴昆西的“力的文学”与“知的文学”。后者更导引了当时关于“纯文学”与“杂文学”的重要区分。这一区分在今天仍具有很大的市场。

据朱自清言：“‘纯文学’、‘杂文学’是日本的名词，大约从 De Quicey 的‘力的文学’与‘知的文学’而来，前者的作用在‘感’，后者的作用在‘教’。”[①] 而戴昆西（De Quicey）是 19 世纪英国文艺学家。据笔者所知，他的学说最早影响到中国文学史著作，当数谢无量的《中国大文学史》，其对“文学之定义”进行解说时，曾引戴氏之说：“文学之别有二：一属于知，一属于情。属于知者，其职在教；属于情者，其职在感。”[②] 刘永济之《文学论》引申为“学识之文”与“感化之文”。这一文学义界由于和中国文学思想的某些历史阶段相暗合，于是很快被人们用来作为中国文学批评史的解释框架。本学科的奠基著作——郭绍虞在 1934 年出版的《中国文学批评史》（上卷）就采用了这一理论精神，并结合黑格尔的正—反—合思维，结撰了他心目中的中国文学思想的发展史。

郭绍虞把中国文学批评史分为三大期：先秦两汉魏晋南北朝为文学观念的“演进期”，隋唐五代和北宋为文学观念的“复古期”，而南宋以至清代则是文学批评的“完成期”。而所谓的“演进”与“复古”，是郭先生从深入分析“文学观念”的演变而提出的重要概念。而“演进期”，又分

---

① 朱自清：《朱自清序跋书评集》，第 237 页。

② 谢无量：《中国大文学史》卷一，据中州古籍出版社 1992 年影印 1918 年中华书局本，第 4 页。

为三阶段：周秦以文章博学即广义的文化为最初的文学观念，两汉则开始区分“文”与“学”，“文学”与“文章”渐次演进，至六朝则有“文”、“笔”之辨，“‘笔’重在知，‘文’重在情；‘笔’重在应用，‘文’重在美感。始与近人所云纯文学、杂文学之分，其意义亦相似”。这样，经过从周秦到南朝的演进，“文学观念”由混沌渐至明晰。但到了隋唐、北宋，由于反对六朝骈俪文风，以复兴儒家传统文学观念的复古思潮占据了主导地位，“文以贯道”、“文以载道”的主张，又回复到广义的、“混淆”的文学观念，“于是传统的文学观得以形成，而且亦始有其权威”。至此，郭先生认为，中国文学观念基本完成了一个从“由混而析”到“由析而返于混”的“圆圈”。受到五四新文化运动反传统精神的影响，郭先生认为六朝人所建立的“由混而析”的文学观念是“渐趋正确”的，而以否定六朝文风为开始的唐代复古思潮，则“不甚了解文学之本质”，被定性为文学观念演进史上的一种“逆流”。[①] 也就是说，在郭先生看来，“纯文学”观念的形成是“渐趋正确”的，而“杂文学”的回返则是“逆流”。郭先生对“纯文学”的接纳和认同，认为那时的批评风气“较偏于艺术方面而与道分离”，“反容易使一般人认清了文学的性质，辨识了文学的道路”，[②] 是使其批评史建构具有“现代性”品格的重要组成部分。

“纯文学”与“杂文学”的区分，是西方文学概念在中国文学界的本土转化，它为当时的批评史家们提供了崭新的视野和得力的工具。朝郭先生扬“纯文学”而抑“杂文学”方向并走向极端，刘经庵有感于传统的中国文学内容“失于驳杂”，“侵入了哲学、经学和史学的领域”，编写了《中国纯文学史纲》，“除诗歌、词、曲及小说外，其他概付阙如。——辞赋，除了汉朝及六朝的几篇，有文学价值者很少；至如散文——所谓古文——有传统的载道的思想，多失去文学的真面，故均略而不论”[③]。

---

① 以上见郭绍虞：《中国文学批评史》（上卷），据百花文艺出版社 1999 年重印本，第 5～13 页。

② 郭绍虞：《中国文学批评史》（上卷），第 97 页。

③ 刘经庵：《中国纯文学史纲·编者例言》，北平著者书店 1935 年版。

三、二元对立思维与中国文学批评主潮

除了“文学”义界，作为具有现代学科意义的中国文学批评史建构，另一个要解决的重要问题，是把“自在”存在的中国古代文论资料纳入一个按规律发展的“史”的框架中。这里尽管存在许多削足适履、阉割材料的弊端，却是以现代视野阐释传统文学观念的尝试。周勋初先生在为新版罗根泽《中国文学批评史》所作的“序”中指出：“罗先生在“绪言”中介绍了很多西方有关文学的学说，而对据以构建全书框架的一种学说却未明言。读者如细心阅读，即可发现书中常用载道、缘情，或尚用、尚文这两组对立的概念去分析中国文学批评史上各种文学思潮的冲突和发展。”[①] 在20世纪上半叶的文论书写中，最流行、最显形的是以“载道”与“言志”（或缘情）的冲突、起伏来描述中国文学思想的发展。而在这一书写的背后，在笔者看来，则支撑着隐形而极具影响力的现代理路：“为人生而艺术”和“为艺术而艺术”的二元对立框架。由于“为人生而艺术”和“为艺术而艺术”是二三十年代从西方传入，并经本土化而成为文学界的主流话语，20年代最大的文学社团“文学研究会”和“创造社”就分别标举、服膺二者。因而以“为人生而艺术”与“为艺术而艺术”的二元对立思维来选择、提炼并解释“言志”、“载道”这对中国本土概念，并把它们的冲突、循环、起伏当作中国古代文学批评的发展主潮，这本身就包含了接通传统与现代的强烈意愿，隐含了潜在的中西融通意识。

二元对立思维模式是在中国文学研究现代化进程中从西方引进的学术思想。早在1902年，梁启超在《论中国学术思想变迁之大势》中就把先秦学派与希腊印度学派相比较，认为“希腊学派之所以极盛，皆由彼此抗辩折衷，进而愈深，引而愈长。譬有甲说之起，必有非甲说随起而与之抗；甲与非甲，辩争不已，时则有调和二者之乙说出焉；乙说既起，旋有非乙”[②]。这是对西方逻辑主义的二元对立思想的早期引进。五四乃至新中

---

① 周勋初：《中国文学批评史·序》，见罗根泽：《中国文学批评史》，上海书店出版社2003年版。

② 梁启超：《论中国学术思想变迁之大势》，上海古籍出版社2001年版，第46页。

国成立以后的文学研究，诸如文言与白话、为人生而艺术与为艺术而艺术、写实主义与浪漫主义、人民性与统治阶级，以及中国文学批评史书写中的现实主义与反现实主义、教化中心论与审美中心论等，无不体现了这一二元对立思维。这种二元对立思维在20世纪上半叶有关中国文学批评史的建构中占有重大的支配力。郭绍虞先生的批评史著作曾力图运用“纯文学”和“杂文学”的二元区分模式来分析、描述中国文学批评观念的演变、发展过程。另外两部有影响的批评史著作——罗根泽先生和朱东润先生的——则比较自觉地贯彻了“为人生而艺术”、“为艺术而艺术”的二元区分模式。朱先生的《中国文学批评史大纲》在论及唐代诗论时就把殷璠、高仲武、司空图等归于“为艺术而艺术”一类，而同时把元结、白居易、元稹等纳入“为人生而艺术”一派。“至于杜甫，则其诗虽为人生而作者居多，而其论则偏于为艺术而艺术。”① 罗根泽先生则更是隐约以“人生文学”与“艺术文学”（或“载道”与“缘情”、“尚用”与“爱美”）的二元对立框架去分析中国文学批评史上各种思潮的冲突和发展。在1934年北平人文书店出版的《中国文学批评史》中，罗先生引人注目地以“‘载道说’与‘言情说’的冲突”作为标题来描述汉代辞赋批评，后来1943年重庆商务印书馆重印该书时将其改为“‘爱美’与‘尚用’的冲突与融合”。尽管所用概念有所变化，却显示出罗先生一直在思索寻找最佳的二元区分语词来概括这一时期的文学批评内容。对唐代的文学批评，罗先生则更是认定：初唐的诗论，偏重对偶方法的提供；盛、中唐的诗论，偏重“上以补察时政，下以泄导人情”的功能。“用现在的术语说来，前者是艺术文学的方法，后者是人生文学的理论，绝对的相反不同。”② 在这里我们也确实可以发现罗先生有意识地以“为人生”与“为艺术”两种文学观念勾勒中国文学批评史的意图。

朱自清曾说：“我们对现代中国文学所用的评价标准，起初虽然是普遍的——其实是借用西方的——后来就渐渐参用本国的传统的，如所谓‘言志派’和‘载道派’。”③ 朱先生在这里所说的“参用本国的传统的”

---

① 朱东润：《中国文学批评史大纲》，上海古籍出版社1983年版，第81～82页。

② 罗根泽：《中国文学批评史》，上海书店出版社2003年版，第16页。

③ 朱自清：《朱自清序跋书评集》，第241页。

批评概念“言志”与“载道”，经新文化运动主将、现代批评的著名人物周作人的宣扬，在三四十年代的文论研究中产生了极大影响。中国古代文论研究经典著作、朱自清的《诗言志辨》，就是对这一学术思潮的回应。

《诗言志辨》，1947 年 8 月由开明书店印行。该书初版时封面背后的“内容简介”这样写道：

据作者精密的分析研究，“诗言志”相当于后来的“文以载道”，“言志”与“载道”是二而一的。有人将这二个意念对立，代表中国文学史的两种主潮；那所谓“言志”，其实跟传统的意义不合。读了本书，就可以知道中国文学史、文学批评史、诗史的最大主潮还是为政教而文学，换句话说，也就是为人生而文学。

从这段“内容简介”中我们读出两个重大信息：一是文论界“有人”以“言志”与“载道”的二元对立框架来书写中国文学批评的发展史，并以二者的冲突、循环、往复作为中国文学思想发展的“主潮”；二是在对二者的解释中，掺入了“为艺术而艺术”、“为人生而艺术”的现代理论。文中的“有人”，就是大名鼎鼎的周作人。周作人于 1932 年间曾在辅仁大学作过关于“中国新文学的源流”的几次讲演，认为“中国文学始终是两种互相反对的力量起伏着。过去如此，将来也总如此”。而这两种“互相反对的力量”便是“言志”和“载道”，正是“这两种潮流的起伏，便造成了中国的文学史”。而对于两者的解释，周作人把“言志”理解为“人人都得自由讲自己愿意讲的话”，而“载道”则是“以文学为工具，再借这工具将另外的更重要的东西——道——表现出来”。[①] 周作人的这一观点在当时产生了很大影响，朱自清的《诗言志辨》、《诗文评的发展》，朱光潜的《谈文学》，吴文琪的《近百年来的中国文艺思潮》，傅庚生的《中国文学批评通论》等著作，都曾提及并评论到此。如朱光潜在《谈文学》（写于抗战后期，1946 年开明书店初版）中就说：“从前中国文人有‘文以载道’的说法，后来有人嫌这看法的道学气太重，把‘诗言志’一句老

---

① 周作人讲校、邓恭三记录：《中国新文学的源流》，北平人文书店 1934 年版，第 34 ~ 37 页。

话抬出来，以为文学的功用只在言志；释志为‘心之所之’，因此言志包含表现一切心灵活动在内。文学理论家于是分文学为‘载道’、‘言志’两派，仿佛以为这两派是两极端，绝不相容——‘载道’是‘为道德教训而文艺’，‘言志’是‘为文艺而文艺’。”① 朱自清的《诗言志辨》，更是对周作人的上述做法的直接回应，提出了“言志”、“载道”实是“二而一”的不同论证。

而对于“言志”、“载道”的理解，由于把“言志”理解为“人人都得自由讲自己愿意讲的话”，而“载道”则是“以文学为工具，再借这工具将另外的更重要的东西——道——表现出来”，那么很自然，“载道”就成了“为道德教训而文艺”，“言志”相应便是“为文艺而文艺”了。既然“为政教而文学，换句话说，也就是为人生而文学”，“言志”与“载道”的往复、循环史，就被纳入“为艺术而艺术”和“为人生而艺术”的二元对立思维框架系统了！由于周作人是新文化运动的主将，在现代文学批评史上具有重大影响，更因为其以“言志”、“载道”来标示中国文学思潮的发展历史，并把对二者的阐释纳入源自西方的“为人生而艺术”、“为艺术而艺术”的现代框架中，是以现代文学观念来对传统文学思想的理论阐释和整体观照，这本身就有沟通传统与现代的浓厚意味。周作人在说出“言志”与“载道”这“两种潮流的起伏，便造成了中国的文学史”后，紧接着就直接指出：“我们以这样的观点去看中国的新文学运动，自然也比较容易看得清楚。”这表明周氏是从中国新文学源流的角度和视野来阐释中国古代文学思想的。而朱自清先生则通过对中国古代文论的本来面目和实际内容的考辨，得出了中国文学批评史的最大主潮还是“为政教而文学”，即“为人生而文学”的结论。周作人的观念和朱自清的反证，充分反映了当时文论界沟通古今、糅合中西的努力。

四、“文学四要素”与中国文学批评的原理构成

前述内容，我们还只是在“历史的隐藏”（罗根泽语）背后挖掘中国

① 朱光潜：《朱光潜美学文集》（第二卷），上海文艺出版社 1982 年版，第 243 ~ 244 页。

文学批评史学科建构历程中所受西方现代学术观念和文艺思想的影响，追寻西方思想与中国古代文论资料的碰撞、糅合和融通。这种影响和融通大多是隐性的、不易觉察的。而一旦我们考察中国文学批评的另类书写，则发现那种发生在中国文学批评史学科建构中的中西比较意识就更加明显、更加直接了！

在20世纪前半叶，中国文学批评史的几部奠基著作，郭（绍虞）著"以问题为纲"，朱（东润）著以批评家为纲，罗（根泽）著融编年体、纪传体之"综合体"，方（孝岳）著"以史的线索为经，以横推各家义蕴为纬"，可以说它们各有特点。但这些特点却是在一个共同的框架内竞妍，那就是它们都是以传统的史传结合的方式来勾画各时期文学理论批评的发展轮廓，并对重要的文学批评家、批评著作进行评介。再看新中国成立后出版的一批以中国文学批评史、中国文学理论史命名的著作，这一共同点就体现得更为明显了。针对这一书写路数，已故的美国著名华裔学者刘若愚有所苛评。他说："虽然有一打左右的中文、日文的中国文学批评通史存在，其中部分作品，如同论述某些专题专著的论文和报告（包括一些用英文写成的）一样，不过是用事实陈述而串起来的一系列引文。许多重要的批评观念和术语仍然是模糊不清；主要的中国文学原理并没有得到适当的论述。"① 有鉴于此，刘若愚另辟捷径，以英国著名文学批评家阿布拉姆斯（M. H. Abrams）提出的著名的"文学四要素"加以改造，把中国文学理论分成形上论、决定论、表现论、技巧论、审美论、实用论六大类，然后按照这六个方面对中国文学思想材料进行分析和归纳，写出了在20世纪后期影响极大的《中国文学理论》一书，被认为是比较诗学、中国文学理论研究的重要创获。

然而我们在回顾20世纪中国古代文论研究的学术历史时，却发现，刘若愚在70年代的那种自觉和尝试，在40年代傅庚生先生的《中国文学批评通论》那里就已经做过了！

与刘若愚所用阿布拉姆斯的"文学四要素"不同，傅庚生借用的是美国文艺理论家温切斯特的"文学四要素"。温切斯特（C. T. Winchester，又

---

① ［美］刘若愚：《中国文学理论·导言》，译文采自王文生：《论情境·前言》，上海文艺出版社2001年版，第4页。

译作文切斯特、温彻斯特、温齐思脱、文却斯德）在《文学批评之原理》（*Principles of Literary Criticism*）一书中提出文学由 emotion、imagination、thought、form（即通译的情感、想象、思想、形式）这“四要素”所构成。温氏的这一观点最初经日人本间久雄的《新文学概论》传入中国，接着景昌极、钱堃新合译了他的《文学批评之原理》，并于 1924 年由商务印书馆出版。温氏的“文学四要素”在 20 世纪前半叶影响极大，重要的文学理论教材在讲述文学的定义时都要采用或化用这一理论，早期的古代文论研究论著也多有称引，如陈中凡的《中国文学批评史》（1927 年）将之列为“参考书目”、张陈卿的《钟嵘〈诗品〉之研究》（1926 年）极力推崇。傅庚生的《中国文学批评通论》即可谓集此前之大成者。

傅先生在该书“自序”中就明确意识到：“今时我国从事研究文学批评者，多搜集历代文评资料，编纂为史。可以就觇文学评论递嬗之轨辙，及其与文学流变轸轗之迹象。其业云劳，厥功至伟。独惜对于文学批评之原理与问题，短于发抒；间有旁及之者，又不免格于体例，或则简阔其言词，或则枘凿其篇目，不能予人以明确之概念与因依之准则。”正是面对批评史撰写中的这一不足，傅先生决意“别标体制”，以 20 世纪前叶在中国影响甚大的美国文艺理论家温切斯特的“文学四要素”为框架，将中国古代文学批评的有关材料对号入座，进行归纳和分析，成该书主体中编“本论”之四章：中国文学批评之感情论、中国文学批评之想象论、中国文学批评之思想论、中国文学批评之形式论。傅先生指出：“科学以‘真’为目的，伦理之学以‘善’为旨归，文学艺术以‘美’为极诣。分别划然，不容相溷。然试藉真善美之谊纳诸文学之域，可以云感情与想象宜达其真，思想冀臻于善，形式务期其美。不可偏倚，彬彬为盛。载道之文，善而不必美；言志之文，真而不必善；摛藻之文，美而不必善与真。若为文能感情真挚，想象丰富，思想高善，而形式优美，则臻首选矣。”[①] 这既是傅先生的文学批评观，也是他借以选择、评鉴中国文学思想的主要标准，又是他组织中国文学批评的材料、建构中国文学理论框架的指导思想。以此视点来看以前的文论研究，傅先生认为“如云我国文学实往复于‘言志’与‘载道’二者之域”的流行观点，实乃“未中肯要”之归纳，

---

① 傅庚生：《中国文学批评通论》，上海商务馆 1947 年版，第 198 页。

因为"'言志'为文学上感情原素之表现，而'载道'为文学上思想原素之发扬"①。在文学"四要素"面前，它们属于不同层面、不具可比性的概念范畴。

可见，在20世纪前半叶乃至于整个20世纪的同类著作中，《中国文学批评通论》确实是一部别开生面、独具一格的著作。如果说前面所论到的几种批评史著作还只是在勾画中国文学批评史时引入西方文学思想并力图与之隐性糅合的话，那么傅氏的著作则是以现代文学理论的视野和方法、以西方文学理论的框架来建构的一部中国古代文学概论、中国古代文学原理，直接体现了傅先生把古代文论纳入源自西方的现代体系的努力。这一努力也如三十多年后出现的刘若愚之《中国文学理论》，极易为现代以及西方读者所接受。傅先生和刘先生的这两部书，对我们现在所关注的中国古代文论的现代转换这一问题，具有很大的启发意义。

正如许多中国学者批评刘若愚的著作那样，傅氏的著作在使中国古代文论通于现代、通于西方而具有值得肯定的优点的同时也蕴涵了一大危险：具有民族特征和文化内涵的文学理论范畴被分割、套用到某一框架中，使中国古代文论的一些概念失去了真实的、生气贯注的具体语境和整体意脉。实际上，很多中国古代文论范畴，是很难把它们归到傅先生所借用、所理解的"四要素"中任一系统的。如"文气"，究竟是属于文学情感论，还是文学的想象论、思想论、形式论呢？傅氏的做法是这四章里均有论及，这本身就说明了这一"四要素"框架难以描述中国古代文论许多概念的整体意境和具体内涵。傅庚生的努力（包括刘若愚的著述）存在这些缺陷并不是融汇中西本身的错，而是对中西文学传统和文化背景的差异缺少足够的重视。陈中凡先生在其《中国文学批评史》中早就注意到："中国鲜纯粹记事之诗歌，故不言及想象；远西非单节语，不能准声遣字，使其修短适宜，故声律非所专尚。此东西文学义界之所以殊科也。"而旅居美国的王文生先生在20世纪末期所进行的在中西文论整体比较中见出中国抒情文学理论特点的努力，正是在新形势下对傅、刘二先生的研究之继承、补偏和发展。

（刘绍瑾）

---

① 傅庚生：《中国文学批评通论》，第214页。

第三章

“整理国故”与中国古代文论研究的兴盛

一

把中国古代文论作为研究对象的学术研究活动，早已有之。然而，作为一门学科并且具有现代形态和规范的中国古代文论研究，则是20世纪开初才出现的事情。正是在20世纪上半叶，完成了从传统“诗文评”的古典形态向“中国文学批评”的现代范性的嬗变。在回顾这一学科在20世纪的学术研究历程时，我们把前五十年（即20世纪上半叶）进一步划分为以下三个阶段：20年代后期至30年代中期为极盛期，其标志是产生了几部具有奠基意义的批评史著作；30年代中后期和整个40年代较前一时期有所逊色，但仍有进展，可以说是前一时期的延续；而从20世纪开初到1927年陈中凡先生的《中国文学批评史》出版，则可视为中国古代文论研究从古典形态向现代规范的转型期。在对这一学术历史进行回顾与反思时，我们就会碰到这样一个问题：大约在中国学者撰写的第一本《中国文学批评史》出版的1927年开始，到抗日战争全面爆发的这段时期，出现了中国古代文论学术研究史上最富创造性、最具开拓精神，也是最有收获的黄金时代。特别是1927—1934年的短短八年，更是奠定了此后中国文学批评史这一学科的基础。除了陈中凡的那部著作之外，郭绍虞的《中国文学批评史》上册于1934年出版、方孝岳的《中国文学批评》于1934年出版、罗根泽的《中国文学批评史（一）》于1934年在北平人文书店印行、朱东润的《中国文学批评史大纲》尽管最终出版于1944年，但其主体则是朱先生于1931年在武汉大学开讲“中国文学批评史”课程的讲稿。短短的七八年间，居然产生了这么多富有创造性、具有奠基意义的成果！如果再考虑到著作出版与实际写作的时间落差，这一极盛时期的跨度可能更短、更前。如郭先生的著作尽管出版于1934年，但他最早发表的有关中国古代文论的重要论文《中国文学批评史上之“神”“气”说》、《文学观念与其含义之变迁》于1927年面世，而这两篇论文成为此后郭著《中国文学批评史》的重要基础和支架。也就是说，郭先生的文论研究大体与陈中凡先生同时起步。此后，郭先生又相继发表了《文气的辨析》（1928年）、《所谓传统的文学观》（1928年）、《儒、道二家论“神”与文学批评之关系》（1928年）、《先秦儒家之文学观》（1929年）、《文笔与诗笔》（1930

年)、《中国文学批评史上文与道的问题》（1930 年）等重要论文，这些论文可以说就是郭著上卷的基本框架和理论支柱。中国古代文论研究在这一时期的意义，在某些专题研究中也有所体现。例如，钟嵘《诗品》研究，曹旭写道："在《诗品》研究史上，1926、1927、1928、1929 这四年，张陈卿《钟嵘诗品之研究》、陈延杰《诗品注》、古直《钟记室诗品笺》、许文雨《诗品释》竞相刊行，风靡一时。故此四年的研究，抵得上此前的四百年，超过此后的四十年。"①

那么，为什么在短短的七八年间，出现了整个 20 世纪中国古代文论学术史上极为辉煌的一页？原因当然是多方面的。经过此前"转型"时期的探讨，中国文学批评的学科意识由"混沌"渐至明确，这一自然演进的因素当然要加以考虑，加上当时时局相对稳定，总体上有利于学术研究的进行。但这还不是最重要的原因，我们必须寻找最关键的推动、催化因素。而一谈到中国现代学术史上最关键的推动、催化作用，人们自然会想到五四新文化运动。朱自清先生早就这样明确地指出："中国文学批评史的出现，却得等到五四运动以后，人们确求种种新意念新评价的时候。这时候人们对文学采取了严肃的态度，因而对文学批评也取了郑重的态度，这就提高了在中国的文学批评——诗文评——的地位。"② 朱先生的这一说法，也是近年人们在对中国古代文论的学术研究进行历史反思时提出的代表性观点。如陆海明在其《古代文论的现代思考》一书中就断言，中国文学批评史作为一门新学科，"它是五四运动的产儿"③。张海明在其《回顾与反思：古代文论研究七十年》中亦认为："古代文论研究能够成为一门独立的学科并在较短的时间内有长足的发展，首先应归因于五四新文化运动和文学革命的沾溉。"④ 这一流行说法看似能够成立，但我们一旦细究，则疑团顿生。现提出两点来展开讨论。

一是涌现像朱先生所说的那种"新意念新评价"并以之观照传统、批判传统的学术大势，却在五四运动以前的 20 世纪开初即已出现。有些现代

① 曹旭：《诗品研究》，上海古籍出版社 1998 年版，第 240 页。
② 朱自清：《诗文评的发展》，《朱自清序跋书评集》，第 240 ~ 241 页。
③ 陆海明：《古代文论的现代思考》，北岳文艺出版社 1998 年版，第 1 页。
④ 张海明：《回顾与反思：古代文论研究七十年》，北京师范大学出版社 1997 年版，第 25 页。

文学批评史的研究者也感到以五四划线有失拘泥。如温儒敏在其《中国现代文学批评史》中写道：

> 许多批评史研究者就将现代批评的起跑线划在“文学革命”发难的1917年，这倒符合一般文学通史对“现代”始点的界定。然而本书认为现代批评史的上限还可以提前十多年，即从本世纪初开始，理由就是当时已出现了大批评家王国维，他在从事现代批评的垦拓与奠基工作，并取得了不可忽视的成果。①

也就是说，戊戌变法之后的中国思想界之“人人谈西学”的风气，使西方科学的学术态度和精神传入中国。新学语、新概念、新思维、新方法的大量涌现，不自五四始，五四新文化运动只是这一思潮的集中表现而已。这一历史实际昭示我们，确定具有现代色彩的中国古代文论研究的“始点”，并不一定在五四，在20世纪初期即有古代文论研究从古典向“现代形态”转型的迹象。

二是五四新文化运动后并没有立即出现中国古代文论研究的热潮。从20世纪上半叶的文论研究历史来看，尽管20年代初期也有少量的中国古代文论的论文发表，但都属零散性的、浅层次的阐释和论述。中期情况有所改观，出现了刘永济以中国传统文学思想为主干的《文学论》和杨鸿烈集诗歌史和诗歌批评史为一炉的《中国诗学大纲》，② 但它们的研究对象还未达纯化和明确化。学科意识明确、富有现代精神和学术规范的中国古代文论研究，至1926年、1927年才开始兴盛。中国古代文论研究的这一历史状况是与当时的时代精神相侔合的。在高呼“打倒孔家店”、主张彻底扫荡以“桐城谬种”、“选学妖孽”为代表的中国传统旧文学的五四时期，去钻研中国古代文论这些故纸堆，显然是不合时宜的。中国古代文论研究的兴盛，只能在五四文学革命已经结束一段时间后出现，那时一方面五四学习西方、讲究科学的学术精神继续深入人心，另一方面又由于时间的积

---

① 温儒敏：《中国现代文学批评史》，北京大学出版社1993年版，第1页。

② 刘永济《文学论》，1924年6月由太平洋印刷公司印行；杨鸿烈《中国诗学大纲》，1928年由商务印书馆印行，然据作者“自序”，该书完成于1924年4月。

淀，人们能避免五四文学革命的一些偏激。

二

我们认为，有一个更为直接的因素在催化、促进着那个时代中国古代文论研究的大兴盛，那就是发起于1919年、极盛于1923—1927年的“整理国故”的争论。陈平原指出：“在新文化人把工作重点从文化批判转为学术研究这一自我调整过程中，胡适的‘整理国故’主张起了很大作用。”① 中国古代文论也属“国故”，“整理国故”的倡导，不能不对当时和其后的中国古代文论研究产生重大的影响。通过“整理国故”的争论，有识之士开始把具有鲜明时代精神的“文化批评”转到具体的“学术研究”上，这样，20世纪开初以来特别是五四新文化运动所倡导的西方科学精神和富有现代色彩的文学观念得以与作为“国故”的中国古代文学思想这一学术对象相结合。这一结合带来的是巨大的创造性。加之中国文学批评这一学科此前尚处于非自觉、不成系统的状态，这就为该时期的开创者们建立学科体系、奠基学科规范提供了广阔的创造空间。“重新估定一切价值”的怀疑、否定精神，带给他们的是重新审视传统、建立现代规范的胆识和勇气，而这一时期的开拓者们在具有深厚的国学基础的同时又大量吸纳、浸淫西方学说的知识结构和开放眼界，使他们的研究如鱼得水。

关于“整理国故”，一些现代文学史、现代文学理论批评史著作对其看法不尽一致。有的认为它是五四新文化运动中出现的一股逆流，是五四运动过后革命统一战线日趋分化的产物；有人则把它看作五四新文化运动的一个组成部分，是对五四精神的发展和具体化。作为一场引起广泛关注和讨论的运动，“整理国故”虽然出现较晚，但作为一种思潮，却可以说它渊源于20世纪初。“国故”一词源于章太炎之《国故论衡》。1919年发起“整理国故”运动而成立“国故社”、印行《国故》月刊的主要支持者，也正是刘师培、黄侃等旧式学者。顾颉刚在描写20世纪初中国的学术思潮时就曾说：“整理国故的呼声倡始于太炎先生，而上轨道的进行则发

---

① 陈平原：《胡适的文学史研究》，见王瑶主编：《中国文学研究现代化进程》，北京大学出版社1996年版，第254页。

轫于适之先生的具体的计划。”[1] 从这一历史渊源来看，“整理国故”的倡导确实与主张彻底扫荡以“桐城谬种”、“选学妖孽”为代表的中国传统旧文学的五四文学革命运动的精神是不相凑合的。但以胡适为代表的“整理国故”的主张，又不能与抱残守缺的复古守旧观等量同观，其对“整理国故”的提倡，特别是在提倡过程中所提出的一系列“科学方法”，又可视为大讲“科学”的五四精神的延续。在古今杂糅、新旧交替、中西文化大碰撞的20世纪初，特别是以反对封建旧文化、提倡民主和科学为口号的五四新文化运动，接受西方当然是其主旋律。茅盾、鲁迅要人们“发誓不看古书”、“不相信中国的所谓‘批评家’之类的话，而看看可靠的外国批评家的评论”。[2] 这些极端的表述里所体现的正是那个时代的战斗锋芒。正是在这一情势下，“整理国故”口号的提出本身就具有重大意义。我们可以这样说，“整理国故”的大力倡导，既是五四新文化运动深入发展的产物，又是对五四运动开始时某些极端之论（主要表现为对传统的全盘否定）的纠偏，用胡适自己的话说，“有系统和带批评性的整理国故——是‘中国文艺复兴运动’中的一个部门”[3]。它标志着“新文化人把工作重点从文化批判转为学术研究”的自我调整的开始，它促请人们在建设新文化的过程中重视对中国固有的文化的挖掘和整理，它提示人们，在一片西方文学理论的介绍和称引之中，还有一个具有悠久历史的中国传统的文学思潮需要正视。正像胡适、鲁迅、郑振铎、顾颉刚等从“整理国故”开始而后在中国文化史、中国文学史研究中作出了卓越贡献一样，在“整理国故”讨论极盛的1923—1927年间，也出现了一批中国古代文论研究论著，如杨鸿烈的《中国诗学大纲》、刘永济综合中西而以中国古代文论为主要资料的《文学论》、张陈卿的《钟嵘诗品之研究》等。郭绍虞先生此时也开始了他的古代文论的研究。争论过后即是潜心的研究，在关于“整理国故”争论过去后的六七年间（约在1927—1934年），更是中国古代文论研究历史上最富创造性、最有成就的黄金时期。其实，对“国故”的重视并不为胡适

---

① 顾颉刚：《古史辨·自序》（第一册），上海古籍出版社1982年版，第78页。

② 分别见《茅盾全集》（第十八卷），人民文学出版社1989年版，第445页；《鲁迅全集》（第四卷），人民文学出版社1957年版，第353页。

③ 唐德刚译注：《胡适口述自传》，转引自耿云志、闻黎明编：《现代学术史上的胡适》，（北京）三联书店1993年版，第113页。

等人发起的“整理国故”运动所独有，五四新文化运动前后的复古守旧派更是坚决主张“保存国粹”。但由于胡适诸人到底是新文化战线的战士，戊戌变法以来“人人谈西学”的情势所造成的西方思想的洗礼，五四时期思想解放浪潮以及取得的某些成果，不仅为他们提供了重新认识文化遗产的新的社会、文化背景，也为他们提供了新的手段。也就是说，由于在对“国故”的“整理”过程中大力提倡科学方法和批判精神，这就使得他们“整理国故”的举动具有极为强烈的现代倾向。这种倾向，是他们的“整理国故”与抱残守缺的“保存国粹”论的根本区别，也使他们对“国故”的整理和研究超越了古典形态而成为现代范性的肇祖。具体地说，“整理国故”运动中所提出的现代精神，就是要像尼采“重新估定一切价值”那样，通过整理和研究，“重新估定”一切旧文学和旧文化的价值，用胡适在《新思潮的意义》中的话说，是“用评判的态度，科学的精神，去做一番整理国故的工夫”。而其所讲的科学方法，就是他于1923年在《国学季刊》“发刊宣言”中所提出的“历史的眼光”、“系统的整理”、“比较的研究”。应该说，这一科学方法和批判精神，正是中国古代文论研究的现代转型所急需的。

三

“整理国故”思潮中所凸显的“国故”地位及其所提出的科学方法，立即在当时的古代文论研究中体现出来。如杨鸿烈1924年著《中国诗学大纲》，宗旨就是要“把中国各时代所有论诗的文章，用严密的科学方法归纳排比起来，并援引欧美诗学家研究所得的一般诗学原理来解决中国诗里的许多困难问题”①。1926年出版的张陈卿的《钟嵘诗品之研究》，也说该书是“纯粹用客观的眼光，分析的方法，整理出来的”②。刘永济先生说“年来虽国粹国故之说尝闻于耳，而其所谓国粹，究未必便粹；其所谓国故，又故而不粹”③，尽管表面上对这场讨论不屑一顾，但他的《文学论》

---

① 杨鸿烈：《中国诗学大纲·自序》。

② 张陈卿：《钟嵘诗品之研究·小序》，北京文化学社1926年版。

③ 刘永济：《文学论》，太平洋印刷公司1924年版，第117页。

在建设一般的文学理论体系时却在一片西方文学理论的介绍和称引声中非常注重中国古代文论这一“国故”。在该书“自序”中，刘先生云：

昔刘彦和有言：“不述先哲之诰，无益后生之虑。”今兹所述，窃取斯义。其有参稽外籍，比附旧说者，以见翰藻之事。时地虽囿，心理玄同，未可是彼非此也。①

其在建设新的文论体系时“未可是彼非此”的观点，是对五四文学革命全盘否定传统的一种纠偏，而他“参稽外籍，比附旧说”所体现的，也暗合胡适等人在“整理国故”的倡导中所极力鼓吹的科学方法之“比较的研究”。更为明确强调“整理国故”思潮与其学术活动的直接联系的，是中国古代文论的开创之作、中国学者撰写的第一本《中国文学批评史》著作的作者陈中凡先生，他在该书“自序”中写道：“1921 年 8 月至 1924 年 11 月，任东南大学国文系主任兼教授，对当时的学衡派盲目复古表示不满，乃编国文丛刊，主张用科学方法整理国故。”② 他的《中国文学批评史》，也正是“用科学方法整理国故”的成果。后来朱自清先生在谈到中国文学批评史研究兴盛的原因时曾经指出：“也许因为我们正在开始一个新的批评时代，一个从新估定一切价值的时代。要从新估定一切价值，就得认识传统里的种种价值，以及种种评价的标准；于是乎研究中国文学的人有些就将兴趣和精力放在文学批评史上。”③ 即道出了中国文学批评研究的兴盛与主张“重新估定或发现中国文学的价值”④ 的“整理国故”思潮的深层联系。

不仅如此，胡适在“整理国故”的倡导中所讲的意在发现、证明国故“也不过如此”的“捉妖”、“打鬼”之腔调，也直接影响到当时的中国古代文论研究。如郭绍虞先生在 1927 年发表的一篇重要论文《中国文学批评史上之“神”“气”说》中，劈头就是：

---

① 刘永济：《文学论·自序》。

② 陈中凡：《中国文学批评史·自序》。

③ 朱自清：《朱自清序跋书评集》，第 240～241 页。

④ 郭绍虞：《中国文学批评史上之“神”“气”说》，载《小说月报》1927 年第 19 卷 1 号。

中国文学批评中的主要问题，不是乌烟瘴气闹什么“文以载道”的说法，便是玄之又玄玩一些论神论气的把戏，前者是儒家思想之发挥，后者是道家思想之影响。这两家思想在中国文学批评史上竟产生了这样大的影响。①

其“乌烟瘴气”、“玩……的把戏”之语调，好像使人认定中国古代文论这一“国故”“也不过如此”。联想到当时诸如“中国文学不发达的原因”、“研究这疮痍满体的中国文学”的提问和立论，就不难看出这完全是时风使然。郭先生被公认为是20世纪中国古代文论研究的奠基人，他对“整理国故”，从其与郑振铎、沈雁冰、叶绍钧等人共同发起成立的“文学研究会”之“以研究介绍世界文学、整理中国旧文学、创造新文学为宗旨”（《文学研究会简章》第二条）来看，应该说是持支持和拥护态度的。再联想到他的《中国文学批评史》上卷曾被列为“大学丛书”，得到过胡适的“审查”和“推荐”②，这些都不难看出郭先生的中国古代文论研究与“整理国故”思潮的深层联系。至于另外一位本学科的奠基人罗根泽先生，尽管其《中国文学批评史》是在1932年春由郭绍虞推荐其至清华大学代讲“中国文学批评史”课程时编，但罗先生青年时代的学术活动却与“古史辨”学派渊源甚深，曾应顾颉刚之邀主编了《古史辨》第四册和第六册。而“古史辨”学派的旗手顾颉刚正是胡适“整理国故”倡导的极力支持者，曾言他的古史研究就是“深挚地了解而承受”胡适的方法的影响而来。顾颉刚尽管认为喜欢文学创作的人尽可不做“历史的研究”，但主张“性情宜于整理国故的人，不可不及早努力”。③ 而罗根泽先生在《古史辨》第四册《诸子考索》编就后，应顾颉刚之请所写的自序中，谈到自己的学术道路和志趣时，说自己“缺乏创造力，不能创造哲学，亦不能创造文学”，然“最适于做忠实的、客观的整理的工作”。罗先生这一对自己性情和志趣的分析，似乎是对顾颉刚“及早努力”从事“整理国故”倡导的一种响应。正是由于罗先生在“整理国故”运动的影响下“及早”投身到

① 郭绍虞：《中国文学批评史・自序》，上海商务印书馆1934年版。
② 顾颉刚：《古史辨・自序》（第一册），第40页。
③ 顾颉刚：《我们对于国故应取的态度》，载《小说月报》1923年第14卷1号。

了“整理的工作”，并在整理过程中熟练地掌握了科学的方法，使得他后来在中国文学批评史的研究中取得了突出的成就。

（刘绍瑾）

第四章

中国文学研究现代化语境下的“六朝文学观念”

六朝，在以后的中国历史清谈中成了一个经常被“点击”的话题。作为政治、历史的“六朝旧事”，它成了歌舞与亡国、繁华而凋陨的象征符号而引起人们闲谈和沉思。而文学上的“六朝”，自唐代遭到激烈否定与批评后更是与诸如“绮靡”、“彩丽”、“绮丽”、“丽指”、形式主义、唯美主义等联系在一起，甚至被视为“道丧文弊”、“诗道崩坏”的衰落、陆沉时期。尽管清代出现阮元提出的“文笔论”，在推崇骈文的同时也张扬了六朝，但由于占统治地位的“文以载道”传统观念的挤压，六朝文学观念难以获得正面性的认可。

处于中国文学现代化进程中的20世纪上半叶，在反对以儒家思想为主干的封建旧传统、建立具有现代色彩的学术范型的时代主基调背景下，六朝文学观念得到了历史上少有的正面价值评估，中古文学研究也进入了一个全新的、富有收获的发展阶段。在一个价值重估时代，包括“国学”在内的一切“学术研究”，从研究对象的选择到意义的阐释，都被融入那个时代文学思潮、学术风气的“大势”中，从而使那时的“纯”学术研究带上了浓厚的“当下”人文关怀。因此，考察“六朝文学观念”在20世纪前半叶被阐释、受关注的历史，将为我们思考“传统与现代”这一世纪大话题提供一个活脱的个案而予人以启发。

一、从“选学妖孽”说起

纵观20世纪上半叶，笔者认为，在反封建、张个性、提倡科学精神的时代精神下，有三大传统资源被接收、消化、融会到那时的文学思潮中，它们是民间俗文学、明清“性灵派”和六朝文学。前二者体现得较为显形。民间俗文学的重视与白话文学思想相应，而个性主义思潮则导致了明清“性灵”派的张扬。那六朝文学呢？五四新文化运动喊出了打倒“桐城谬种、选学妖孽”的口号。“选学”即文选学。《文选》产生于六朝，可以说代表了我们所说的“六朝文学观念”的重要内容。因此，要弄清六朝文学观念与中国文学研究现代化之间的关系，首先就需从这一要被打倒的“选学妖孽”说起。

《文选》是我国现存的第一部文学总集，是编撰者萧统在浩如烟海、文史哲混沌不分的古代典籍中编选的一部符合自己心目中文学标准的文学总集。在《文选序》中萧统提出了“事出于沉思，义归乎翰藻”的理论批评原则，认为文学应该具有“入耳之娱”、“悦目之玩”的审美特点，从而把作为“篇翰”、“篇什”的文学作品与经、史、子著作区别开来。即使是史书中的部分“赞论”、“序述”，也只是因其“综辑辞采”、“错比文华”而获甄录。《文选》的编辑，在中国文学史上第一次以选本的方式明确区分了文学与非文学的界限，不仅是对曹丕“诗赋欲丽”、陆机“诗缘情而绮靡”以来所体现的唯美倾向的一大张扬，也是当时文坛“文笔论”思潮在选体批评上的具体化。《文选》的编辑与所体现的文学思想，凸显了那个时代占主导地位的文学独立自觉意识和崇尚声色的唯美风习，可以说是“六朝文学观念”的重要代表。

但《文选》所体现的上述精神在以后的阐释、接受史上，却越来越表现为文体意义上的骈、散之争，或者更确切地说，区别于经、史、子著的文学独立自觉意识和文体上的骈、散之争纠结在一起。六朝骈文，正如孙德谦《六朝丽指》所说，其文常“气转于潜，骨植于秀。振采则清绮，陵节则纡徐。辑类新奇，会比兴之义；穷形抒写，极绚染之能”。它最集中、最纯粹地体现了《文选》所表达的纯文学美文理想。再加上否定六朝骈文的唐代古文运动的某些矫枉过正，这就使得对抗取法韩、柳古文的桐城派之清代“文选派”，在骈体与文学之间画上了等号，即所谓“凡文者在声为宫商，在色为翰藻”①。把区别于经、史、子著的文学独立自觉意识和具有文体意义上的骈、散之争纠结在一起的这些争论，就为《文选》及其所代表的“六朝文学观念”参与中国文学的现代化进程打入了一个“楔子”，因为五四时期关于文学定义、文学界定的讨论，有很大部分是与文体相关的。

放眼20世纪初的中国文学界，除了西方思潮的大量传入外，代表中国传统文学思想而登场的主要有两个互相对立的流派：秉承儒家“文以载道”传统、倡导义法、推尊韩柳古文的“桐城派”和注重偶词韵语、提倡“沉思”、“翰藻”的“文选派”，外加以章炳麟为代表的朴学派。前二派就是被五四新文化运动的主将们所称的“桐城谬种、选学妖孽”。文笔之

① 阮元：《文韵说》，见《中国近代文论选》（上），人民文学出版社1959年版，第104页。

辨、骈散之争、文学封域的广狭的讨论，这不仅是文选派与桐城派对立的地方，也是文选派同朴学派争论的焦点。[①]

在深受西方科学精神和文学观念影响的20世纪初期的中国文学界，对任何文学问题的“学术研究”，首先面对的就是对“文学”（literature）的界定。正是在这里，“文选”派及其与之相对立、相争执的传统思想获得了与当时涌进中国的西方思想进行对话的空间。在那时的文论研究中，人们在讨论“文学定义”而称引西人戴昆西（De Quicey）、亨德（Theodore W. Hunt）、温切斯特（C. T. Winchester）时，似乎也无法绕过章炳麟在《国故论衡·文学总略》中对文学所下的定义：“文学者，以有文字著于竹帛，故谓之文；论其法式，谓之文学。”章氏的这一主张，曾被胡适称为“推翻古来一切狭陋的文论”。与章氏的意见相左，渊源于六朝、提出于清代的阮元、由20世纪初刘师培等继响的“文选派”，则强调“藻饰”、“对偶”、“声律”为文的主要标志，也代表着中国古代文学传统狭义却关注文学自身美学特征的一路。引人注目的是，刘师培所代表的文选学以辨析文笔、骈散的形式极力凸显了文学不同于其他形态的特点。在《文章源始》中，刘氏强调“文也者，乃经史诸子之外，别为一体者也”。于《论文杂记》中，他亦重申“汉、魏、六朝之世，悉以有韵偶行者为文，而昭明编辑《文选》，亦以沉思翰藻者为文。文章之界，至此而大明矣。降及唐代，以笔为文”，是以悖谬。在其名著《中国中古文学史》中，刘师培通过“考之史籍”，更提出“以文学特立一科者，自刘宋始”、“此均文学别于众学之征也”。[②] 在《美术与征实之学不同论》中，刘氏认定“美术以性灵为主，而实学则以考核为凭。若于美术之微，而必欲责其征实，则于美术之学，反去之远矣”[③]。对文学独立自足性的坚持，是文选派大师刘师培文学批评中一大支点。

刘师培的文学观念在20世纪上半叶产生了重大影响。据有关研究，刘师培关于文学特点的看法对新文化运动主将周氏兄弟影响甚大。鲁迅（周

① 参周勋初：《黄季刚先生〈文心雕龙札记〉的学术渊源》，见其《当代学术研究思辨》，南京大学出版社1993年版。

② 分别见陈引驰编校：《刘师培中古文学论集》，中国社会科学出版社1997年版，第215页、第236页、第66页。

③ 见范文澜：《文心雕龙注》，《夸饰》篇“附录”，人民文学出版社1958年版。

树人）不仅在《魏晋风度及文章与药及酒之关系》的著名讲演中对刘氏中古文学研究称引、推举颇多，而且在其中国文学史建构中特重“文采”、“藻韵”，不同意其师章太炎过于宽泛的文学定义，而主张“文学与学说不同，学说所以启人思，文学所以增人感”。周作人则在写于1908年的《论文章之意义暨其使命因及中国近时论文之失》中痛贬“治文章而心仪功利”的中国文人通病，而认为文章的真正出路在于“别为孤宗，不为他物所统”。[①] 周氏兄弟的这一思想，就与刘师培所强调文学“别为一体”、“别于众学”、“美术与征实之学不同”从理论观点到逻辑理路上有明显的承继关系。有人更明确指出，“周作人走到了当年‘选学妖孽’的位置”、“从阮元到刘师培到周作人，同一传统资源在一百余年间被三度使用，历史在这里显示出惊人的相似性”。[②] 在反对儒家传统的现代语境下，与秉承“文以载道”的桐城派相对立的文选派的理论主张，在很多地方成为新文学运动的一些人的同道，这是很自然的。

我们似乎可以这样认为：文选派尽管在五四时期被当作“妖孽”，但实际上却在处于现代化进程中的中国文学研究界扮演了一个重要的角色。在提倡白话的新文学运动大潮中，“文选派”因其文言载体而与桐城派等作为传统旧文学被“大而化之”地划入打倒之列，而且其用典故、讲对仗，末流更写出许多捧优伶、赞娼妓的下流文字，称之为“妖孽”，时人认为也不为过。但它所代表的文学观念，一则其产生的时代正是儒家正统思想相对薄弱、思想自由空气相对浓厚的六朝，二则其表现出重视文学自身特点的倾向，因此它在很多地方能为深受五四新文化运动的影响、讲究学术规范的现代学者所接纳，并在特定历史背景下获得了新的阐释而融入当时的文学思潮中。在学术研究上，此“妖孽”不仅未被打倒，反而在20世纪的前半叶，出现了一个关注六朝文学、研究中古文学的热潮，以刘师培、黄侃、鲁迅、罗根泽、陆侃如、逯钦立、王瑶为代表的一批学者留下了令人景仰的业绩。即使是被列为“妖孽”的“文选学”，也有黄侃、高步瀛、周贞亮、骆鸿凯诸学者涉足耕耘，并取得可观成就。

---

① 参看陈平原：《作为文学史家的鲁迅》第三部分，见王瑶主编：《中国文学研究现代化进程》，北京大学出版社1996年版。

② 王风：《刘师培文学观的学术资源与论争背景》，见陈平原主编：《中国文学研究现代化进程二编》，北京大学出版社2002年版，第31页。

二、“文学的自觉时代”：中国文学批评史的史识之“眼”

由于“文选派”渊源于六朝，而六朝文学批评极为兴盛，产生了“体大虑周”的《文心雕龙》，因此很自然地，“文选派”的追随者们便通过阐释、研究六朝文论来宣扬“文选派”的理论主张。这样便在20世纪初出现了研究以《文心雕龙》为主体的六朝文论的热潮。如被鲁迅称著“辑录关于这时代的文学评论”的刘师培之《中国中古文学史》、李详的《文心雕龙补注》等。黄侃尽管不是纯粹的“文选派”人物，但他与刘师培亦有师承关系，其《文心雕龙札记》也受刘氏影响不小。这些成为20世纪兴盛的中国文学批评史研究先导。

关于六朝文学观念对中国文学批评史研究的推动，我想怎么强调都不为过。这不仅表现在六朝是中国文学批评史上最为辉煌的一页，构成其最为重要的内容，而且还特别体现于学科体认、“史”识之眼上。

这一时期最受人们关注的是六朝乃“文学的自觉”时代的说法。这一说法最早的版本是鲁迅1927年夏在广州的一个著名讲演《魏晋风度及文章与药及酒之关系》中论曹丕“诗赋欲丽”时提出，认为曹氏“说诗赋不必寓教训，反对当时那些寓训勉于诗赋的见解，用近代的文学眼光看来，曹丕的一个时代可说是‘文学的自觉时代’，或如近代所说是为艺术而艺术（Art for Art's Sake）的一派”①。关于文学的“自觉时代”始于魏晋的说法，近来始有人“发现”这一思想实则最早出自日人铃木虎雄。铃木虎雄的《支那诗论史》于1925年由东京弘文堂出版，后由孙俍工翻译，改题《中国古代文艺论史》，分上、下两册于1928年由北新书局印行。如果我们熟悉20世纪前半程的学术历史，就会发现在30年代的著述中早已有人把这一说法的提出归在铃木虎雄名下。如老舍于30年代初编写的《文学概论讲义》一书，在论到文学的“自觉时代”起于魏时，就注引自铃木

---

① 见吴中杰编选、导读之鲁迅撰《魏晋风度及其他》，上海古籍出版社2000年版，第187～188页。

虎雄的《中国文艺论史》[①]。但不管此说最早由谁提出，以下两个事实却不容忽视：一是这一说法与文选派刘师培“文章之界，至此而大明矣”的观点暗合，且鲁迅在那篇讲演中对刘氏称引颇多、推崇有加，“文学的自觉”时代的说法与文选派可能有很深的渊源关系；二是这一说法极大地凸显、抬高了六朝文学的地位，并且成为此时中国文学批评史建构之“眼”。

1927 年，陈中凡出版了《中国文学批评史》。作为中国学者撰写的第一本批评史著作，陈著非常注重对学科本身的定义探讨，也就是关于什么是“文学”、“文学批评”的论述。因为“文学”（literature）这个词是外来语，中国古代尽管有相关概念（如“文”、“文学”）与之对应，但不完全重合。因此，在科学意识深入人心的世纪之初，文学研究界也就自然要对文学观念作一番定义式的探究。这里蕴涵了天然的中西文论的比较意识。陈著在开篇即立专章讨论“文学之义界”，发现“汉魏以前，文学界域至宽”。至晋宋以后，“是有情采声律者为文，无情采声律者谓之笔。故文学之界画，自南朝而始严也”。降及唐人，古文运动掊击六朝，“文章之界，又复漫漶”。面对以往“异议纷起”的文学定义，陈中凡先生提出了一个非常重要、很有价值的处理方法：“以远西学说，持较诸夏。”他取章炳麟“法式”之外壳，融“文选派”注重辞藻、声律之精髓，而以西人亨德之说为骨干，提出了自己认可的“文学”定义：“文学者，抒写人类之想象、感情、思想，整之以辞藻、声律，使读者感其兴趣洋溢之作品也。”[②] 陈先生的这一文学义界，显然是以西方文学观念传入所形成的现代视野而对中国古典资源进行的深刻反思，也承接了世纪初文选派、朴学派的理论思考。陈先生的“文学”定义，成为其批评史著作在选材、评骘上的一个基础和依据。

值得注意的是，陈中凡的批评史对掊击六朝的唐代文学观念以“漫漶”评之，尽管略带贬义，但与之相对的晋宋以至南朝的文学界画，只概之以“始严”，并无明显的推崇之意。但到了 1934 年出版的更有影响的郭绍虞之同名著作，“六朝文学观念”就不仅被作了明显的正面价值评估，

① 《老舍文集》（第十五卷），人民文学出版社 1990 年版，第 14 ~ 15 页。老舍的《文学概论讲义》写于 1930—1934 年间，由齐鲁大学铅印，1984 年曾由北京出版社印行。

② 陈中凡：《中国文学批评史》，第 3 ~ 6 页。

而且成为其批评史建构中的“史识”之眼。

郭绍虞把中国文学批评史分为三大期：先秦两汉魏晋南北朝为文学观念的“演进期”，隋唐五代和北宋为文学观念的“复古期”，南宋以至清代则是文学批评的“完成期”。而所谓的“演进”与“复古”，是郭先生从深入分析“文学观念”的演变而提出的重要概念。在“演进期”，又分为三阶段：周秦以文章博学即广义的文化为最初的文学观念，两汉则开始区分“文”与“学”，“文学”与“文章”而渐次演进，至六朝则有“文”、“笔”之辨，“‘笔’重在知，‘文’重在情；‘笔’重在应用，‘文’重在美感。始与近人所云纯文学、杂文学之分，其意义亦相似”。这样，经过从周秦到南朝的演进，“文学观念”由混沌渐至明晰。但到了隋唐、北宋，由于反对六朝骈俪文风，以复兴儒家传统文学观念的复古思潮占据了主导地位，“文以贯道”、“文以载道”的主张，又回复到广义的、“混淆”的文学观念，“于是传统的文学观得以形成，而且亦始有其权威”。至此，郭先生认为，中国文学观念基本完成了一个从“由混而析”到“由析而返于混”的“圆圈”。

受到五四新文化运动反传统精神的影响，郭先生认为六朝人所建立的“由混而析”文学观念是“渐趋正确”的，而以否定六朝文风为开始的唐代复古思潮，则“不甚了解文学之本质”，被定性为文学观念演进史上的一种“逆流”。① 郭先生这一“史”观可能受惠于铃木虎雄，该氏就有六朝文学观“渐次进步”、“至齐梁而达于绝顶点”② 的说法。但文选派的影响，则可能更为直接。阮元《与友人论古文书》就言“昌黎之文，矫《文选》之流弊而已。昭明《选序》，体例甚明，后人读之，苦不加意。《选序》之法，于经、子、史三家不加甄录，为其以立意纪事为本，非沉思翰藻之比也。今之为古文者……乃子、史正流，终与文章有别”。刘师培《论文杂记》亦云“汉、魏、六朝之世，悉以有韵偶行者为文，而昭明编辑《文选》，亦以沉思翰藻者为文。文章之界，至此而大明矣。降及唐代，以笔为文”，是以悖谬。五四新文化运动尽管把“桐城谬种”和“选学妖

① 以上见郭绍虞：《中国文学批评史》（上卷），第5～13页。

② ［日］铃木虎雄著，孙俍工译：《中国古代文艺论史》，北新书局1928年版，第140页。

孽”作为传统文学思想的代表而予以否定，但实际上，它们在 20 世纪上半叶文学批评中所遭受的待遇却是很不同的。“桐城派”尽管在 20 世纪初还有许多追随者，但由于其捍卫“文以载道”的封建正统文学观念而遭到五四及其以后的猛烈抨击。而“文选派”则不同，其与“桐城派”对立的姿态，特别是重视文学自身特点的倾向，在很多地方易为深受五四新文化运动的影响、讲究学术规范的现代学者所接纳。郭先生偏爱六朝，因为那时的批评风气“较偏于艺术方面而与道分离”，“反容易使一般人认清了文学的性质，辨识了文学的道路”。[①] 以此学术观念来描述文论大家刘勰，郭著就没有充斥解放后批评史著作的那些“对不良文风的批评”内容的阐发，而是把他列入“时人对于文学之认识”的整体中进行论析。可见，郭先生所谓的“渐趋正确”、“逆流”的说法，体现的正是那个时代的批判精神，并且充分显示了其批评史架构受到文选派影响而崇尚六朝的特点。一个极为有趣的对照是，郭先生在 50 年代“左”的思潮影响下改写的《中国古典文学理论批评史》，以“现实主义”和反现实主义斗争的思维模式来结撰批评史，六朝因是形式主义而成反现实主义逆流，而唐代复古思潮则表现出现实主义倾向而具有“进步性”了。这一对六朝文学观念价值评估的大倒转是很值得玩味的。

1946 年由重庆商务印书馆初版的傅庚生之《中国文学批评通论》，开篇亦首列“文学之义界”章，把六朝定性为“文学观念之进步”，而唐宋则是“文学观念之漫漶”。这一认识显然是同时受到了陈中凡、郭绍虞的影响而来。

三、“最富有艺术精神的一个时代”：现代美学家的“六朝情结”

上述表明，在 20 世纪上半叶的中国文学批评史建构中，六朝或被称为“文学的自觉”时代，或被定性为文学观念“渐次进步”、“渐趋正确”的时代。这在批评史著作以外的文论研究中也有表现。如许文雨的《文论讲疏》，就“收载中国历代各体文论，颇以表彰自然英旨之作为主，藉觇纯

---

① 郭绍虞：《中国文学批评史》（上卷），第 97 页。

粹文学之真谛。其他基于社会观点立论者，少录；基于伦理观点立论者，不录”[①]。从所选14篇来看，体现了“沉思”、“翰藻”的六朝文论就占了其中的8篇，其推崇六朝的意图十分明显。而郭麟阁的《魏晋风流及其文潮》更是那个时期少有的断代文学思想研究专著。该书归纳魏晋文艺思潮之特点：一为独立观念之成立，“至魏晋论文之专著日多，文学之意义遂日渐确定矣”。之后文笔之区分，“文学不仅独立，且变为唯美至上主义之纯文学矣”。二是自然山水之情绪之发达。认为魏晋文士最大之贡献，即引导爱自然之情趣于文学中也。三是悲观享乐，诗人善感，人生无常，非自魏晋始，但至魏晋更甚。[②] 对魏晋以至南朝纯文学观念的发展、唯美风习的滋长，偏爱、玩赏之意，溢于言表！

文学批评与美学极为相邻。看待六朝，从审美的角度与“基于社会观点立论”、“基于伦理观点立论”，必然会得出迥然不同的结论和价值评估。与文论研究极称六朝的学术思潮相应，中国现代美学的建构更是把六朝美学推到了一个至上的位置。或曰“最富有艺术精神的一个时代”，或称“不让位于浪漫运动之于西方”的辉煌时期，使中国现代美学的奠基者朱光潜、宗白华身上或多或少带上了某种意义上的“六朝情结”。

朱光潜受克罗齐、康德、叔本华等西方美学家的思想影响很深，但中国古典艺术精神也同样深刻地哺育并影响了他。庄子的逍遥恣肆、陶渊明及魏晋人的超凡脱俗的人格境界，都对他有着深刻的影响并成为他的美学体系建构中的重要成分。在朱光潜早期的美学著作中，写成于30年代的《诗论》与中国诗学关系最深，堪称20世纪前半叶有关中国诗学研究的有数之作。朱先生自己也特别看重这本书，他在1984年由北京三联书店重版的《诗论》“后记”中说：“在我过去的写作中，自认为用功较多，比较有点独到见解的，还是这本《诗论》。”而《诗论》中对中国古代诗学研究最有意义的，是该书对中国诗走上律诗的道路所进行的美学、文化的分析。这一部分的内容也是朱先生本人最为看重的。该书以世界艺术与美学为参照，从诗与乐关系之合、分历史考察，深刻揭示了“中国诗脱离音乐

---

① 许文雨：《文论讲疏·例略》，南京中正书局1937年版。

② 郭麟阁：《魏晋风流及其文潮》之“结论”，重庆红蓝出版社北平分社1946年版。

而在文字本身求音乐”的时代美学精神，从而对中国诗学上具有重要地位的“声律”说的历史因缘和美学意义进行了极富学理的解说。正是在这一美学的考察上，朱先生极其重视并高度评价“声律说”形成的六朝。他说：

> 一般说诗的人颇鄙视六朝，我以为这是一个最大的误解。六朝是中国自然诗发轫的时期，也是中国诗脱离音乐而在文字本身求音乐的时期。从六朝起，中国诗才有音律的专门研究，才创新形式，才寻新情趣，才有较精妍的意象，才吸哲理来扩大诗的内容，就这几层说，六朝可以说是中国诗的浪漫时期，它对于中国诗的重要亦正不让位于浪漫运动之于西方诗。①

他还说：“后来一般论诗者往往尾随陈子昂、李白，以‘绮丽’二字看成六朝人的大罪状，一味推尊盛唐。”“这种卑六朝而尊唐的传统的看法不但是对于六朝不公平，而且也没有认清历史的连续性。”② 有意思的是，在中国文学批评史、文学思想史之类的著作中最早以“现实的”和“浪漫的”来概括中国文学思想主潮的朱维之，也认为“从魏晋到盛唐五百年之间的中国文艺思潮史可说是浪漫的思想底胜利史”③。朱光潜在这里从“中国诗脱离音乐而在文字本身求音乐”这点上论述六朝在中国诗歌美学史上的意义，从一个新的内容、维度丰富了那个时期推崇六朝的学术话题。

而对于魏晋美学，宗白华的《论〈世说新语〉和晋人的美》（载1940年《学灯》）可以说穿透了20世纪的中国美学、中国文论学界。此后的诸如中古文艺思潮、六朝美学研究，宗先生的这篇论文以及产生于40年代末期的汤用彤的《魏晋玄学论稿》，成了难以绕过的经典！在“中国文学批评”这一学科草创的20世纪上半叶，对产生《典论·论文》、《文赋》、《文心雕龙》、《诗品》的六朝予以极端重视，这本不奇怪。故此，几本重要的《中国文学批评史》著作都以最大的篇幅论及六朝，对六朝文学观念

---

① 朱光潜：《中西诗在情趣上的比较》。该文写于20世纪30年代，1984年三联书店重印《诗论》时，作者把这篇旧文附录于《诗论》相关内容之后。见三联书店版《诗论》，第73～74页。

② 朱光潜：《诗论》，见《朱光潜美学文集》（第二卷），第180页。

③ 朱维之：《中国文艺思潮史略》，上海开明书店1946年版，第73页。

中的个性主义和唯美风习也多采取正面的评价。宗白华的魏晋美学研究也是这个时代大潮的一个组成部分。但宗先生的独特、卓异之处在于，紧紧抓住魏晋这一中国美学历史重要转折时期，深入分析这个时期士人的心理、言行、精神，对其所说的“世说新语时代”的人格美、个性价值之发现、山水审美的展露、清谈与玄理、人物品藻、艺术境界等现象，作了极为精彩的整体“审美文化”透视，揭示了晋人在“把玩现在”的同时追求“事外有远致”的超越的时代审美文化精神。宗白华云：“汉末魏晋六朝是中国政治上最混乱、社会上最痛苦的时代，然而却是精神史上极自由、极解放，最富于智慧、最浓于热情的一个时代，因此也就是最富有艺术精神的一个时代。”“这是强烈、矛盾、热情、浓于生命色彩的一个时代。”这堪称是对这个时期“审美文化”历史背景的经典表述，为以后特别是80年代以来的相关论著所广泛称引。

历数了20世纪上半叶那些对六朝文学褒扬、肯定的阐释，联想到在这之前和之后相当长时间内种种迥异的“定评”，站在六朝的立场上不免感到弥足珍贵。借用鲁迅在那篇关于魏晋风度的讲演中所说，那个时代可能“的确有点异彩”。但更为重要的是，只有“的确有点异彩”的时代方能独具只眼，对那个久远时代“业已存在”的“异彩”内容，发见之！

（刘绍瑾）

第五章

还原与阐释：新时期中国古代文论研究三十年述评

逝者如斯，新时期中国古代文论研究的30年已成为一段学术史。改革开放以来，学术思想和学术研究不断走向解放和创新，这一时期的古代文论研究开拓了崭新的领域并取得了丰硕的成就，是20世纪20—40年代、50—70年代两个时期无法比拟的。

一、思想解放与研究领域的拓展

新时期之初可以说是一个蓄势待发、拓荒起步的时期。首先，20世纪20—40年代的古代文论研究为新时期提供了基础和参照，这主要体现在“诗文评”资料的整理和中国文学批评史的撰写上。从1927年陈中凡撰写的第一部《中国文学批评史》印行，到1934年郭绍虞和罗根泽的《中国文学批评史》（上）、方孝岳的《中国文学批评》，再到1944年朱东润的《中国文学批评史大纲》，为后世的文学批评史写作提供了蓝本。其次，50—70年代的古代文论研究受苏联文论的影响而造成停滞，这是学术史上值得反思的一个镜鉴。这一时期，以建立“民族化的马克思主义文艺理论体系”为指导，往往给研究对象贴上现实主义或浪漫主义、唯心主义或唯物主义、内容与形式等二元对立的标签，忽视了文学本身的规律。因而，卸下思想包袱，检讨机械唯物主义的影响，反思研究目的和实现价值定位，重新回归学术本位，以辨清研究方向，成为新时期古代文论研究迫切需要解决的问题。

纠正思想教条化是一个思想不断解放、研究领域不断拓展的过程。1979年第一次中国古代文学理论学术研讨会召开，这次大会扭转了长期以来对待古代文论遗产及古今、中西对立的态度，把古代文论研究提到了新的日程。在这次大会上成立了古代文学理论学会，这标志着新时期古代文论研究的复苏。《文艺理论研究》杂志1980年第3期对“文艺与政治”问题进行了集中讨论，发表了丁玲、徐中玉、钱谷融、敏泽、黄药眠、白烨等人的系列文章。徐中玉就文学政治化的弊端进行了反思：“在解放以后，特别在五七年以后，由于政治上‘左’的东西越来越多，而且层出不穷，最后发展到了封建法西斯主义，实行文化专制”，文学“‘为政治服务’，‘从属于政治’作为文艺工作的总口号，作为文艺的唯一任务，要求一切文艺作品都要反映一定的政治斗争，都要配合一定的政治任务，理论上显然不合适，实践证明也非常有害”。[1] 1980 年中国古代文论学会第二次年会召开，这次年会就古代文论的现实主义问题进行了热烈讨论。黄保真的《中国古代文学和文学理论研究中的现实主义问题质疑》一文，[2] 就文艺理论界长期以来把“现实主义”奉为唯一圭臬和永恒规律，以“现实主义”裁剪中国古代文论的做法进行了反思。以对“文艺与政治”问题的检讨为开端，学术界就政治控制文学进而把古代文论简单化的错误倾向进行了反思。走出阶级斗争和“政治工具论”对学术研究的遮蔽，为重新认识文艺的自身规律及古代文论的当代意义奠定了思想基础。

思想解放带来了研究领域的不断拓展。

（一）既有文学批评史著作，更有思想史、门类史著作

由黄保真、蔡仲翔和成复旺著的五卷本《中国文学理论史》（1987），意在对文学理论史编写中极左思想的影响进行反思，开风气之先。而以纯文学和杂文学为纲，论述中国文学理论的发展，这是对文学批评史草创时期郭绍虞、罗根泽的《文学批评史》著作的回归和借鉴。复旦大学七卷本的《中国文学批评通史》（1996），是其中阵容最为强大的一部。该《通史》注重对中国文学批评作综合的探索，对时代背景、文学体类和文学批评家与文学批评的关系作了全面的清理。罗宗强主编的《中国文学思想通史》代表了中国古代文论研究史撰写的一种新思路。罗宗强认为，文学思想史与文学批评史、文学理论史既有联系又有区别，其研究目的在于描述文学思想发展演变的面貌，探讨影响文学思想发展演变的各种原因，以及对不同的文学思想进行评判。还有门类史的编写，新时期诗学、词学、小说理论、戏曲理论都出版了史著，体现了中国古代文论作为一门学科其研究逐渐趋于全面和细致。

（二）新时期古代文论研究的另一领域是对专著的校释、考订和对材料分门别类的清理

文论专著研究方面，《文心雕龙》的校注和释义成果最丰。20 世纪初，《文心雕龙》的系统校勘主要有黄侃的《文心雕龙札记》（1914）和范文

---

① 徐中玉：《从实际出发看问题》，《文艺理论研究》1980 年第 3 期。

② 黄保真：《中国古代文学和文学理论研究中的现实主义问题质疑》，《古代文学理论研究丛刊》（第四辑），上海古籍出版社 1981 年版，第 50 页。

澜的《文心雕龙注》(1929)，新时期则有王利器的《文心雕龙校证》(1980)、杨明照的《文心雕龙校注拾遗》(1982)、詹锳的《文心雕龙义证》(1989)、林其锬和陈凤金的《敦煌遗书文心雕龙残卷集校》(1991)。此外，理论研究方面，有王元化的《文心雕龙创作论》(1979)、詹锳的《文心雕龙风格学》(1982)、牟世金的《文心雕龙研究》(1995)。但对《文心雕龙》文体论的重视仍然不足，专著方面仅有林彬的《文心雕龙文体论今疏》(2000)。

钟嵘《诗品》也格外受到关注。曹旭收集了《诗品》的50种版本，他的《诗品集注》(1994)和《诗品研究》(1998)体现了资料全面搜集整理对研究的基础性意义。张伯伟的《钟嵘诗品研究》(1992)不仅重视资料的考证，还从文化的角度对《诗品》与《周易》、儒学和玄学的关系进行了论述。传统方法和释义方法的结合，代表了专著解读的一种新倾向。张伯伟与曹旭《诗品》研究的一个共同点是对海外资料的重视，这也是新时期以来资料整理的一个重点。资料整理与研究密切结合，这是新时期以来古代文论研究的一个重要特点。

值得一提的是新时期以来资料考证的成就，特别是对《乐记》、《诗格》和《二十四诗品》作者问题的考证，使人们从整体上反思传统考据研究方法对于古代文论研究的重要性。张伯伟的《全唐五代诗格汇考》(2002)和《稀见本宋人诗话四种》(2002)、卢盛江的《文镜秘府论汇校汇考》(2006)则参考域外诗学资料对古代文论著作进行了考证和整理。这体现了古代文论研究界对端正学风的高度重视，学者们在注意汲取新方法的理论营养的同时，也同样注重传统研究方法的发扬和学术基本功的锻炼。

资料整理的成就主要体现在对各种文体、各个艺术门类资料的全局性考察上。郭绍虞主编的《中国历代文论选》(四卷本)、陈良运主编的《中国历代文学论著选》，都是系统性的著作；词学方面，有唐圭璋的《词话丛编》(1986)、张惠民的《宋代词学资料汇编》(1993)；小说理论方面，有黄霖、韩同文的《中国历代小说论著选》(1982)，丁锡根的《中国历代小说序跋集》(1996)；戏曲方面，有俞为民整理的《历代曲话汇编：新编中国古典戏曲论著集成(唐宋元编)》(2006)。这些著作对古代文论资料进行了分门别类的清理。

（三）新时期范畴研究得以展开和深入

中国古代文论范畴是整个古代文论之网的理论结晶，是深入研究古代文论理论内涵的一条切实之路。

20 世纪 80 年代初期，范畴研究主要集中在意境、风骨等方面。之后，中国人民大学出版社的“中国古代美学范畴丛书”从美学的角度出发，综合文学艺术、哲学和政治等诸多方面，对各个范畴进行了多角度、多层次的整理。其中陈良运的《文与质、艺与道》（1992）、袁济喜的《和——中国古典审美理想》（1989）、涂光社的《势与中国艺术》（1990）、蔡仲翔和曹顺庆的《自然、雄浑》（1996）、汪涌豪的《风骨》（1996）分别对各个范畴进行了全面的清理。有的学者从文化学的角度对文论范畴进行研究，如赵沛霖的《兴的起源——历史积淀与诗歌艺术》（1987）。范畴的系统研究方面，汪涌豪的《范畴论》（1999）以宏观的视野分析了中国古代文论范畴形成的内部规律，即古代文论范畴与创作风尚、古代文论范畴与文体的关系，剖析中国古代文论范畴的逻辑体系。

（四）研究领域拓展到过去被视为禁区的地方，如形式问题、宗教问题

以前，受政治意识形态的影响，文论界以“革命现实主义”作为文学评价的唯一标准，文学艺术的美的规律被全盘否定了，文学完全成为政治的传声筒。人们往往给注重探讨艺术规律如声律美、形式美和意象美的理论加上“形式主义”、“唯美主义”的帽子，对文学内部规律的忽视，造成了研究中的许多盲点。

新时期对古代文论形式规律（言意、声律、文体等）和美学特质（风格、意象、意境、滋味等）的文学内部研究有所开拓，如吴承学的《中国古代文学风格学》（1993）、《中国古代文体研究》（2000）都是这方面的力作。文学中的宗教问题也得以解禁，过去，司空图、皎然的诗歌理论曾被视为“纯艺术论”、“唯心论”、“反现实主义”和“神秘主义”，而新时期佛教之于古代文论思维方式和美学特质的影响问题受到了特别的重视，并成为学术领域的一个重镇。由于对文学与宗教关系的重视，许多问题得以深入，如白居易的《与元九书》曾被看作是“一篇最全面、最系统、最有力的宣传现实主义、批判形式主义的宣言”，但忽视了白居易的禅宗意识；而萧驰的著作《佛法与禅境》（2005）剖析了白居易诗中“不为物所转”的思想，认为这一个案显示出禅宗思想推动了中唐诗人突破魏晋以来

“感物”诗学传统,[①] 不仅将白居易的文论思想研究推向了深入，更将“感物”理论的研究推向了深入。

二、研究方法的多元化与研究目标、研究价值的多元化

新时期之初，对西方心理分析方法、原型批评方法、语言学方法、现象学方法、解释学方法、接受美学方法的借鉴，为文学创作和文学理论研究拓展了思维空间。中国古代文论研究的文化学方法、比较方法以及阐释学方法，都是在这一时期被明确地提出和加以实践的。

(一) 文化学的研究方法为古代文论研究开辟了新思路

中国古代文论的文化学研究是对中国古代文论进行哲学、宗教、社会心理等多方面的考察，这符合中国传统文化文史哲不分家的特点。80年代初，王元化提出了中国古代文论研究的“综合研究法”，即古今结合、中外结合、文史哲结合,[②] 正是基于对这一传统的深刻认识。

具体而言，中国古代文论赖以成长的文化语境主要有儒家、道家、佛教思想，理清中国古代文论和诸家思想的内在关联，成为研究之重镇。陆晓光的《中国政教文学之起源——先秦诗说论考》、李炳海的《周代文艺思想概观》都是对儒家文论起源的有力阐述。刘绍瑾的《复古与复元古：中国古代复古文学理论的美学探源》(2001) 对由儒道思想产生的中国复古文化及复古文学理论进行了追根溯源。佛教与古代文化之关系方面，曾祖荫的《中国佛教与美学》(1991)，蒋述卓的《佛经传译与中古文学思潮》(1990)、《佛教与中国文艺美学》(1992) 就佛教观念和思维方式对中国古代文艺美学之影响的探索，开风气之先。皮朝纲的《禅宗的美学》(1995)、张节末的《禅宗美学》(1999) 是对禅宗思想与美学关系研究的扛鼎之作。萧驰的《佛法与禅境》(2005) 对佛教之“境”与文学之“境”的研究，资料细密翔实，对意境范畴发生的历史渊源进行了重新的检讨，是新近不可多得的力作。

---

① 萧驰:《佛法与禅境》，中华书局2005年版，第166页。

② 王元化:《论古代文论研究的“三个结合”——〈文心雕龙创作论〉第二版跋》,《社会科学战线》1983年第4期。

关于士人心态、生命精神与古代文论关系的研究，是80年代以来研究向深层方向发展的结果。首先，是对古代文论生命精神的发现。袁济喜的《六朝美学》（1989）、罗宗强的《玄学与魏晋士人心态》（1999）重在描述魏晋玄学的士人心态的面貌；朱良志的《中国艺术的生命精神》（1995）对中国艺术的生命精神进行了系统、全面的阐释。其次，是对古代文论与当代人文精神建设之关系问题的探讨。张少康的《走历史发展必由之路——论以古代文论为母题建设当代文艺学》（1997）、袁济喜的《文化关注：中国古代文论研究的新增长点》（2001）、蒋述卓的《禅与中国当代文艺精神的建构》（1999）探索了古代文论生命精神和当前人文精神的建设问题，从精神层次就古代文论的传承问题进行了积极的探索。

（二）比较的研究方法对古代文论研究的启示

新时期以来，比较诗学作为一门学科开始进入人们的视野。钱钟书的《管锥编》（1979）、王元化的《文心雕龙创作论》（1979）都标志着比较诗学的复兴。

比较诗学理论的系统建构方面，曹顺庆的《中西比较诗学》（1988），黄药眠、童庆炳的《中西比较诗学体系》（1991），饶芃子的《中西比较文艺学》（1999）都在比较诗学影响研究特别是平行研究方面取得了成绩，说明比较诗学在自觉向系统性比较的方向迈进。

台湾和海外华人学者对庄子的阐发研究，也是这一时期的一个重要景观。20世纪60年代以来，徐复观、刘若愚和叶维廉都尝试以现象学阐释《庄子》。在比较诗学理论的建构中，叶维廉的《比较诗学》（1983）主张把双线或单线文化的探讨导归语言、历史、文化三者的复合体的中心，以此作为重新考虑批评理论的解构和再构的主要途径，体现了海外华人学者对比较诗学理论的自觉建构。

文化研究、比较研究的实质是一个阐释问题，不能片面地否定古代文论的现代阐释只是东附西攀，因为只有在这种交流和汇通中，才谈得上当代文论的建设，才谈得上古今、中西文论的有效沟通。

（三）借鉴西方的阐释学、系统论等新理论、新方法对古代文论进行研究，在新时期以来形成一个潮流

70年代末80年代初期，钱钟书以及海外华人学者张隆溪、叶维廉、叶嘉莹开始接触西方的阐释学和接受理论。80年代，叶维廉在台湾发表了

《秘响旁通——文意的派生与交相引发》、《中国古典诗中的阐释活动》、《与作品对话——传释学初探》等系列文章，尝试建立中国的“传释学”。这一时期，运用阐释学思想解读古代文论，如对“味”范畴、“诗无达诂”思想的解读，成为研究的热点。另一个热点是对中国文学阐释学的建构。1998年，汤一介开风气之先，提出了“能否创建中国的解释学”问题，[1]并在随后的文章中对这一问题进行了深入讨论。著述方面，李清良的《中国阐释学》（2001）、周光庆的《中国古典解释学导论》（2002）、周裕锴的《中国古代阐释学研究》（2003）都对中国古代的阐释学思想进行了系统研究，是对中国阐释学理论体系的自觉建构。系统论也是古代文论研究中的重要理论和方法，它为古代文论做了一种整体性思维。上述中国阐释学的创建就是系统论思想整体思维方式的运用，又如张利群的《庄子美学》（1992）就对庄子的内在体系进行了剖析。这些新理论、新方法拓展了古代文论的研究领域，对发掘古代文论的现代价值做了有益的尝试。

以多学科、多角度、多方法的跨文化的视野研究中国古代文论，是一种新的价值取向，它意味着学界对一元中心或二元对立思维方式的反思，如钱中文所言：“当今的现代性，应当是一种排斥绝对对立、否定绝对斗争的非此即彼的思维，更应是一种走向宽容、对话、综合、创造，同时包含了必要的非此即彼、具有一定价值判断的、亦此亦彼的思维。”[2] 古与今、中与西是处于流动状态之中的，食古不化或唯我独尊都不利于拓展研究视野。价值取向的多元，是对机械唯物主义的拨乱反正，它为正确处理古与今、中与西的关系提供了有益的借鉴。

三、对中国古代文论现代价值的重新发现

中国文论由“失语”而引发的“现代转换”问题，是20世纪90年代后期以来学界探讨最为持久的一个问题。1996年，曹顺庆《文论失语与文化病态》一文指出当代文艺理论研究最严峻的问题是“文论失语症”，中国文论界“失语”是由于中国古代文论面对当代文学的缺席。曹顺庆的这

---

① 汤一介：《能否创建中国的“解释学”?》，《学人》1998年第13辑。

② 钱中文：《文学理论现代性问题》，《文学评论》1999年第2期。

一思路可概括为由“失语”到对“现代转型”和“重建中国文论话语”的关注，其实质是对古代文论现代价值的探索。

1996年在陕西召开的“中国古代文论的现代转换”研讨会，就“古代文论现代转换”问题进行了集中的讨论。讨论这一问题的出发点在于：古今相通与对接的基础和起点在哪里？“转换”的有效性在哪里？从何处出发去转换？“转换”牵涉的问题是多方面的。陈洪、沈立言《也谈中国文论的“失语”与“话语”重建》（1997）一文认为，传统文论因为自身的弱点妨碍其直接转化为现代意义的文论话语系统。王志耕《“话语重建”与传统选择》（1998）一文提出中国古代文论在今天的语境已经缺失，只能作为一种背景的理论模式或研究对象存在，但古代文论所栖居的文化家园将永远是我们的母体。朱立元《走自己的路——对于迈向21世纪的中国文论建设问题的思考》（2000）一文则就此提出不同的看法，他认为：当代文论的根本危机不是“失语”，而是疏离文艺发展的现实；建设新世纪的文论只能立足于现当代文论新传统，而无法以中国古代文论为母根；现当代文论传统本身就是古代文论不断进行现代转换的动态过程。对于迈向21世纪的中国文论，重要的是立足当代，古今对话，中西融通，综合创造。

进入20世纪90年代末，学术界就20世纪中国文论对现代性追求的历程进行了讨论。钱中文从文学理论的现代性出发，认为文学理论的建设面临三种文论传统，建设新的文学理论就应从现实的传统起步，以现代文论为主导，充分融合古代文论和西方文论。古代文论的现代转换，正是文学理论现代性的要求。体现现代性的文学理论，应该是一种建立在平等、对话的人文精神的基础上的文学理论。[①] 以20世纪中国文论的现代性历程这一历史整体和理论高度观照古代文论，古代文论的民族特色问题、古今传承问题被赋予了新的内容。强调有机汲取古代文论的内容以建设当代文艺学，成为学术界的一个共识。

更深层的问题在于，如何实现古与今、中与西的对接。党圣元受西方哲学阐释学的启发，从价值哲学的角度对古代文化研究中存在的古与今、

---

① 徐新建：《面对现实，融汇中西——“西方文论与中国文论建设”学术讨论会综述》，《文学评论》1999年第1期。

中与西的问题进行反思，认为在中国传统文论研究中，古与今、中与西的视界融合对于传统文论经典诠释具有重要的学术意义。他说："超越'荣今虐古'与'荣古虐今'之二元对立之途径，只能是对文化视界融合的高度重视，并把这种融合不断推向深入，在不断的良性的深度的视界融合与古、今思想之间不断的诠释学循环中，古文论思想的无限丰富性才会不断得以展现，同时中国现代文论的理论视界才会不断得以拓展，中国现代文论视界之自主性才会不断地得到加强，进而才可能成为丰富世界诗学思想的一支重要的文化精神力量。"① 基于对20世纪以来中国文论研究中中与西、古与今问题的反思，提倡在多元对话中实现中国古代文论当代性的意义，这是对实现古代文论当代价值的进一步探索。

"古代文论的现代转换"绝不是一个伪命题。它所提出和要解决的问题意义重大而深远，它是从对20世纪中国文论历程的深刻检讨中得出的命题，又贯串着对中西文论交汇价值取向的思索，其着眼点与归宿是当代文艺理论的建设，它牵涉到的其实是中国文论历史的纵深和未来的走向。20世纪初以来，王国维、郭沫若、朱光潜、闻一多、宗白华面对民族的文化现状和现实生存，在古代文论的基础上，融入了自己的时代感受和美的想象，他们的文论建设与那一时期社会的现代性进程是一致的。中国现代理论学者在中西方思想的交汇中成就了自己的文论话语，现当代文论的历史一直在多元综合中继承和延续着传统文论，选择和接受着西方文论。新时期，传统文化精神也有一定的承续，因而古代文论仍有其用武之地，如对废名的诗歌，如果不从佛教的空观入手进行解读，就很难获得至解；而对当代"新道家"作者如汪曾祺、阿城的作品进行解读，如果不去追溯道家"喜怒哀乐不入于胸次"的自然境界，则不能探得深髓。因此，古代文论在一定程度上并未完全失语，它依然存活在今天的文学世界。

综观新时期的古代文论现代价值讨论，从20世纪50—60年代以建立"民族化的马克思主义文艺理论体系"为指导，到80年代对古代文论民族特色的强调，再到80年代后期对"建立具有中国特色的马克思主义文艺理论"的探讨，以及90年代下半期以来的现代转换讨论和对古代文论当

---

① 党圣元：《传统文论诠释中的视界融合问题》，《中国社会科学院研究生院学报》2006年第6期。

代价值的探索，其核心是古代文论能否及如何通向现代。对古代文论当代价值的探索，其核心在于如何处理古与今、中与西的关系，这是全球化时代赋予古代文论研究者的文化责任。这一问题为我们重新认识和评价中国古代文论的民族特色和现代意义提供了新视角，也为实现中西文论的比较和对话提供了一个平台。民族特色不会成为文化交流的障碍，中外文化交流史上，佛经翻译理论就“可以看作是植根于中国文化传统中的文学理论与美学理论”[①]。文化间的交流往往会形成不同文化对话的一些共同论题，进而实现理论的整合和创新。

四、结语

当前古代文论研究必然要面对两个方面的工作。首先是理论还原，正如罗宗强所言：“第一步而且是最重要的一步工作便是还原。”[②] 即还原古代文论的理论面貌和文化语境，这是最为基础的工作，没有还原的现代转换只能是蹈空。其次是理论阐释，中国古代文论研究是一个古代文论作为传统文化走向现代的过程，处理古与今、中与西之间的矛盾的办法不在于抛弃传统或背离西方。我们应该以整体的眼光、对话的姿态实现中西文论的互通。以现代文艺学的视野，以多学科、多视角、多方法的融合，寻找古与今、中与西之间的结合点，对古代文论的价值进行更深入的研究，这是适合于当今的文艺批评体系建构的基点。当代文学创作实践对文学理论提出了新的挑战，当代文论正处于新变之途中，正如释皎然在《诗式》中所言：“作者须知复变之道。反古曰复，不滞曰变。”从这个意义上说，理论是处于生长过程中的，它有着传统的基因，更有着时代的新质，而它的生命力就取决于它应对新的文化现象的能力。

展望未来，我们应该继承古代文论中富于人文精神的部分，这正是现实赋予传统的活力之所在。中国古代文论对诗性体验的追寻，对自然意趣的激赏和对和谐精神的崇尚，都是当代人文精神建设中不可或缺的资源。

---

① 蒋述卓：《佛经传译与中古文学思潮》，江西人民出版社 1990 年版，第 6 页。

② 罗宗强、卢盛江：《四十年代古代文学理论研究反思》，《文学遗产》1989 年第 4 期。

不同于当代大众文化的平面化，古代文论往往直指心灵幽深之处的澄明，从而在自然和自我之间搭建起默契的桥梁。从这一意义上说，研究古代文论，意味着继承合理的精神遗产以弥补当代文化生态的空虚，意味着新时期的文论建构必然成为连接过去与未来的创造性活动。

（蒋述卓）

第六章

1980年代以来中国古典文论文化学研究的成就

文化研究是在20世纪80年代初酝酿并在80年代中期兴起的。它是在当时文化热和方法热的背景下，学人们对以往研究进行反思和超越的结果。中国古典文论的文化学研究即把中国古典文论放在其得以发生、生长、言说和行动的历史空间和文化语境之中，对其进行哲学、史学、社会心理等多方面的考察。这符合中国传统文化文史哲不分家的特点。80年代初，王元化先生提出中国古代文论研究的“综合研究法”，即古今结合、中外结合、文史哲结合，[①] 正是基于对这一传统的深刻认识。思维和方法的更新使人们对传统的观照具有整体的视野和文化的眼光，80年代以来的一系列成就说明了这一点。

具体而言，中国古典文论赖以成长的思想资源主要有儒家、道家、印度佛教。儒家、道家思想的发展及其与印度佛教的渗透和交融，构成了中国古代文论广阔的文化背景。因此，理清中国古代文论和诸家思想的内在关系，可以更深刻地了解古代文论的生长基因和民族特色。

实际情况是，这一时期各个学科的研究往往呈现出一种交叉的态势。因此，在具体清理80年代以来古代文论文化学研究的成就时，我们的表述不仅仅局限于以“古代文论”命名的著作和论文，而是以古代文论为着眼点，不可避免地涉及相关学科（如美学、文艺学）就同一问题的研究。

一、儒家思想与中国古典文论研究

受儒家正统文艺观的影响，对儒家思想与中国文论关系的研究长期以来一直是古文论研究中的重头戏。80年代以来，对儒家文论研究的深入表现在揭去了五六十年代所谓“现实主义”的标签，把它置于更广阔的文化背景中，以更为贴近历史真实的态度和方法对其发生、发展和演变的脉络重新进行把握。

陆晓光《中国政教文学之起源——先秦诗说论考》[②] 认为中国文学与

---

① 王元化：《论古代文论研究的“三个结合”——〈文心雕龙创作论〉第二版跋》，《社会科学战线》1983年第4期。

② 陆晓光：《中国政教文学之起源——先秦诗说论考》，华东师范大学出版社1994年版。

批评的政教传统起源于先秦。它不仅起源于诗歌以及对诗的批评，而且起源于这些诗歌和诗说所赖以产生形成的整个社会历史与思想文化背景。因此，对它的研究不能撇开它所产生的思想体系与特定的社会历史背景。中国文学批评的政教传统起源于先秦的诗学法则，因此，作者从对《诗经》所代表的诗学法则的剖析入手进行研究。作者是从西周、春秋的社会政治文化背景出发分析以《诗》说为代表的儒家观念的，所以能够在还原历史事实的基础上立论。这足以说明，《诗》的政治化、孔子《诗》说以及中国政教文学之起源不仅是一个文学现象、一个文学批评现象，它更是一个政治现象、一个社会现象。

李炳海《周代文艺思想概观》[①] 一书认为，就意识形态本身的特点而言，政治的、法律的、道德的、宗教的、哲学的、文艺的观念总是互相影响、彼此渗透的。尤其在周代社会这个历史阶段，文学作品与学术著作、文艺思想与其他意识形态，很大程度上还处于鸿蒙未开的浑然状态。这就需要把文艺思想同当时社会的普遍思潮联系起来，而不能仅仅局限于就文艺论文艺，或就文论论文论。在周代的社会意识形态中，尤以政治、道德、哲学、宗教对文艺思想的影响最为明显。政治、道德归结为礼；哲学、宗教归结为自然天道观。该书分两编对礼、自然天道观与周代文艺思想的关系进行了论述。根据周代文艺发展的历史现实，作者对周代文艺思想进行了宏观的社会学考察，没有把研究局限于纯粹的文学理论，所以其立论较为深刻。

对于原始文化与中国文论之间关系的考察也是这一时期研究的一个重要方面。赵沛霖《兴的源起——历史积淀与诗歌艺术》[②] 一书从文化学的角度对“兴”这一古代文论范畴作了发生学的探索。“兴”的源起，是一个“宗教观念内容积淀为艺术形式”的历史过程。对“兴”的溯源填补了学术空白；不仅如此，这种研究思路对于古代文论的其他范畴、古代文论的民族特色的研究无疑具有启示意义。

《兴的源起》一书从“积淀说”出发，从更为久远的原始文化的角度出发对“兴”的起源作了考察。与它相比，《诗经的文化阐释——中国诗

---

① 李炳海：《周代文艺思想概观》，东北师范大学出版社 1993 年版。

② 赵沛霖：《兴的源起——历史积淀与诗歌艺术》，中国社会科学出版社 1987 年版。

歌的发生研究》[①] 对儒家文论的研究显示了更为广阔的思路和眼界。《诗经的文化阐释——中国诗歌的发生研究》用文化人类学的观点方法对《诗经》的文化蕴涵作了前无古人的发掘和理论阐发。如对于“兴”的跨文化考察，作者指出“兴”用于诗歌创作，最初并非出于修辞学上的动机，而是由它所代表的诗的思维方式所决定的，它是一种类比联想的思维推理方式，以“引譬连类”为特质，论述了“引譬连类”的思维方式与神话思维、巫术取向的渊源性联系。这就认识到中国思维传统（诗性智慧）的原始根源及其形成过程。引发我们思考的是，“引譬连类”的诗性智慧与西方的逻辑理性之间有无沟通和融合的可能？中国诗性文化将对人类思维的未来提供怎样的启示？

叶舒宪的研究主要借用文学人类学的方法，以人类文化中共有的原型意象、宗教礼仪、神话思维模式互相参照，将它们放到其产生的文化环境中去，从而形成其与世界文化的共时性联系，在整体、宏观的把握中进行互释和互证。这种文学人类学是文化人类学与文艺学交叉的产物，它在王国维所言的“二重证据法”（即“纸上材料”与“出土文献”的互证）的基础上，强调以“三重证据法”（再加上运用世界人类学材料）突破单纯的考据学的历史局限，从而将国学与西学进行互相阐发。具体而言，文学人类学作为一种方法其特点如下：首先是原始与现代相联系的历时性，其次是中外相结合的共时性，以及文学与文化人类学的汇通。叶舒宪谈到文学人类学的历史使命在于，改变中国文化一直处于西方人类学田野作业主流以外的现状，在协调中西、内外、古今、主流与支流、弱势话语与强势话语方面作出贡献。[②] 这种方法的历史意义在于，它所具有的开放性、包容性和跨文化的特点使其超越了传统考据学单一封闭的文化视野，将中西共同的人类学材料进行互证，是使西学化入国学并使之更新的同时，又使国学化入世界学术总体的一种极好途径。它标志着具有中国特色的艺术与人类学研究学派的崛起。[③]

总观上述研究，可以看出社会学、宗教学、文化人类学等学科向古代

---

① 叶舒宪：《诗经的文化阐释——中国诗歌的发生研究》，湖北人民出版社 1994 年版。

② 叶舒宪：《文学人类学：田野与文本之间》，《学术研究》1997 年第 1 期。

③ 蒋述卓：《跨学科比较文学研究的前景展望》，《中国比较文学》1995 年第 1 期。

文论研究的渗透。在文化视野的观照之下，以往那些片面的、零碎的、分散的研究正日益趋于全面和丰实。

二、道家思想与中国古典文论研究

与对儒家与古代文论研究的重视相比，人们对于道家与古代文论的研究相对较为薄弱。20 世纪 20 年代陈中凡先生的《中国文学批评史》、朱东润先生的《中国文学批评史大纲》并没有关于道家的章节。其后郭绍虞先生的《中国文学批评史》、罗根泽先生的《中国文学批评史》、敏泽先生的《中国文学理论批评史》等专著陆续涉及庄子或老庄，但极为简略。六七十年代，关于道家思想的研究又仅仅限于“唯心”或“唯物”的定位，未能深汲其思想之本源。可以说，离开道家思想的研究，古代文论的研究只是冰山之一角，其局促是不言而喻的。80 年代以来，关于道家思想与古代文论的研究逐渐打破了过去的僵局，从总体角度探索的论文和专著渐渐多了起来。漆绪邦的《自然之道与“以自然之为美”——道家思想与中国古代文学理论探讨之一》①、朱良志的《论中国古代美学中的“虚静”说》②、许结的《老子与中国古典诗论》③ 等文章相继对道家与中国古代文论的相关范畴、思想倾向的关系进行了研究。道家思想的审美特质越来越受到人们的重视。

60 年代和 70 年代，台湾学者对庄子进行了“阐发研究”，如徐复观、刘若愚和叶维廉都对道家思想与现象学的相通之处作了研究。

徐复观 1996 年在台湾出版的《中国艺术精神》一书中认为，庄子美学思想和他所创造的艺术化的生活态度及生存方式，始终是主导中国艺术主流的内在精神。他对中国哲学、乐论、画论和书论进行了阐释，认为由庄学所演变而来的魏晋玄学以及中国绘画理论都不期然而然地继承了庄学

---

① 古代文学理论研究编委会:《古代文学理论研究丛刊》(第九辑)，上海古籍出版社 1984 年版。

② 古代文学理论研究编委会:《古代文学理论研究丛刊》(第十五辑)，上海古籍出版社 1991 年版。

③ 古代文学理论研究编委会:《古代文学理论研究丛刊》(第十六辑)，上海古籍出版社 1992 年版。

的艺术精神。徐复观先生不仅把庄子思想与中国艺术的研究结合起来，还把庄子思想与现象学进行了比较，指出了它们之间的相通之处。在台湾，把庄子美学与现象学进行比较，以徐复观先生的研究最早。

刘若愚先生致力于中西批评观念、方法和标准的综合。他将道家关于"道"的论述归于他所谓"形上理论"，认为这些理论提供了最有趣的论点，可与西方理论进行比较，而对于最后可能的世界性的文学理论，中国人的特殊贡献最有可能来自这些理论。[①] 刘若愚认为道家思想与西方现象学理论根本哲学有着相似性，"中国传统的思考是朝向现象学论的，而非起源论的"[②]。

叶维廉先生从比较中西语言表现的潜能及限制入手，认识到语言的活动与运思的方式是息息相关的。不同的观、感外物的方式会产生不同的语意行为。他把道家美学与现象学进行汇通，把道家美学与理性主义美学进行对比，认为中西感应和接受宇宙现象的不同可概括为"以物观物"和"以我观物"。庄子"以物观物"所包含的"对人、宇宙万物和语言的相互关系的认识，是道家影响下的中国美学诗学的据点"[③]。它避免了西方概念化理性规矩天机的做法。在此，西方的工具理性和科学的减缩主义对语言、思想的损害，与中国道家思想形成了鲜明的对比。

港台对道家与西方美学思想的比较中，某些方面虽有过度拔高之嫌，但总体上其融汇中西、寻找新的结合点的努力为大陆提供了参照。思想的解放、观念的更新，促使人们以不同于过去的宽广视野重新面对这一课题。或把《庄子》与西方美学思想进行比较，或从系统论出发挖掘《庄子》美学的内在体系，逐渐成为大陆庄学研究的新动向。

《庄子与中国美学》[④] 从中国美学史的整体探讨庄子思想对后世美学理

---

① ［美］刘若愚著，杜国清译：《中国文学理论》，（台北）联经出版事业公司1981年版，第27页。该书的英文版 *Chinese Theories of Literature* 于1975年由美国芝加哥大学出版。

② ［美］刘若愚著，杜国清译：《中西文学理论综合初探》，见《中国文学理论》，第303页。

③ 叶维廉：《无言独化·道家美学论要》，见《中西比较文学论集》，（台北）时报文化出版事业有限公司1980年版，第42页。

④ 刘绍瑾：《庄子与中国美学》，广东高等教育出版社1989年版。

论的启发以及后世美学理论对这些启发性思想所作的创造性发展。关于《庄子》哲学与美学的关系，作者认为两者在《庄子》一书中是浑然一体的。“《庄子》一书的美学意义，不是以美和艺术作为对象进行理论总结，而是在谈到其‘道’的问题时，其对‘道’的体验和境界与艺术的审美体验和境界不谋而合。由于这种相合，后世很自然地把这些带有审美色彩的哲学问题移植到对艺术的审美特征的理解中，从而使庄子的哲学命题获得了新的意义。从这个意义上，我们认为《庄子》中所蕴藏的文艺思想、美学理论，并不是以其结论的正确性取胜，而是以其论述过程中的启发性、暗示性、触及问题的深刻性见长。”这就看到了《庄子》哲学与美学相通的原因。比之于就哲学谈哲学、就美学谈美学，该书的思索是具有深刻意义的。

《庄子美学》[①] 重在剖析《庄子》的内在体系。作者认为《庄子》集哲学、政治、自然、人生、艺术于一体，但其所体现的精神实质是审美的。庄子美学的许多概念往往渗透在他的哲学观、人生观、政治观、历史观、艺术观中。作者以庄子的“物化”说为基础建立起庄子的“物化”审美理论体系：以“物化”为审美基础，以道为审美本质，以“自然”为审美特征，以“贵真”为审美标准，以“心斋”为审美心理过程和特征，以“天游”为审美境界和理想，以“物物”和“顺物”作为审美形象创造的基本条件，以“无为”作为审美表达方式。这一体系在“物化”的基础上形成了循环、互补、变化的运动程序和轨迹，从而组成完全齐备的审美理论体系。

与上述两本专著不同，陶东风《从超迈到随俗——庄子与中国美学》[②] 一书是从剖析《庄子》的超越性结构入手的，认为庄子哲学是人生哲学，不是认识论，也不是宇宙论。关于庄子哲学向美学的汇通，作者认为从“审美是一种人生境界”这一本体论角度谈美学时，才能说庄子哲学是美学。仅仅从心理学、文艺学方面看庄子的与艺术和审美有关的言论而不联系其人生哲学，是片面的。庄子哲学之所以是美学，还因为庄子对“道”、“游”、“虚静”等的描述在形式上与审美体验、艺术创造、艺术欣赏的相

---

① 张利群：《庄子美学》，广西师范大学出版社 1992 年版。

② 陶东风：《从超迈到随俗——庄子与中国美学》，首都师范大学出版社 1995 年版。

通与同构。作者批评了《庄子》研究中把庄子“后现代化”的做法，认为不能抽掉一种理论的具体历史语境而大谈其与另一种理论的所谓相似之处，因为正是语境为我们提供了正确理解文本的唯一途径。

从总体上看，关于《庄子》的研究正从对它与西方的比较、对其潜在理论体系的总结走向更为理性的认识，如陶东风说：“我们在分析评价传统文化包括老庄哲学时，首先要做的工作是切实地、理性地站在脚下的土地上确定中国与西方、甚至大陆与港台所面临的不同的问题，然后再确定我们历史的理性眼光和价值尺度。如果照搬西方人的价值尺度（尽管它表现出对东方文化的偏爱），那么这实际上是另一种形式的对于西方文化霸权的默认。”

与上述对道家的研究路数不同，叶舒宪吸取海外和港台研究的成果，主张从“神话思维”——以庄解庄的角度切入研究《老子》[①]、《庄子》[②]。其民俗学、神话学的倾向显示了作者开阔的视野，可以说是一种“民间意识”与“世界眼光”。其广阔的跨文化视野让人领略了全球化进程中西文化沟通、交汇形成的壮丽风景。

从上面可以看出，对道家思想的研究逐渐趋于更为开放的视野和更为理性的态度。对于古代文论的研究而言，这无疑是一股活跃的空气。古代文论诸多与道家思想有关的命题，诸如自然、虚静、缘情、滋味、意境等，如果不从文化研究入手，就很难揭去其神秘主义的面纱，很难达到对于前人研究的超越。

三、佛教思想与中国古典文论研究

不仅探索中国固有儒道两家对古代文论的影响，而且将古代文论与佛教思想联系起来，在本土文化与异质文化的交流这一更为宏大的文化视野的观照下进行研究是这一时期研究的一个重大突破。

---

① 萧兵、叶舒宪：《老子的文化解读——性与神话学之研究》，湖北人民出版社1994年版。

② 叶舒宪：《庄子的文化解析——前古典与后现代的视界融合》，湖北人民出版社1997年版。

70年代末80年代初，关于佛教哲学思想的探讨非常活跃，专著的出版也盛况空前，如吕澂的《中国佛学源流略讲》、《印度佛学源流略讲》、《新编大藏经目录》，郭朋的《隋唐佛教》，汤用彤的《隋唐佛教史稿》等。佛学专著的出版为从美学、文艺学角度对佛教与中国文化的关系进行探讨奠定了史的基础。

对佛教与古典文论内在联系的研究是一个新的领域。80年代以来，古典文论对这一领域的开拓是这一时期的新气象。如关于严羽的研究，过去的研究往往不能深入探究他的诗论与佛教和禅宗思想的内在关联，所以对他的批评往往流于表面。郭绍虞认为严羽所谓以禅喻诗、以悟论诗，认识到了形象思维对于诗歌创作的重要性及其含义，却没有看到反映现实的问题，与现实主义距离很远，其病根在于当时学古的纯艺术论的风气和严羽的唯心论的见解。严羽的诗论不过是以神韵说的骨干，加上了一件格调说的外衣。①

刘纲纪先生则肯定了严羽以禅喻诗的成就，并进一步肯定了禅宗美学在中国美学史上的意义。“只有严羽才第一次集中而系统地运用禅理来研究诗歌艺术的本质问题，并且正面地、深刻地论述了在美学上有重要意义的一个根本问题，即审美与艺术同理智的认识的区别和联系问题，非常明确而大胆地指出审美与艺术不同于理智的认识。严羽有着极大的勇气，他可以说是建立发展禅宗美学的一名真正的战将。”② 刘纲纪先生把中国古典美学分为四个派别，即儒家美学、道家美学、屈骚美学和禅宗美学③（在与笔者的交谈中，刘纲纪先生说四大派别的划分是他同李泽厚先生商榷的结果。刘纲纪先生认为中国古典美学应分为六大块，即在儒家美学、道家美学、屈骚美学、禅宗美学的基础上加上魏晋玄学美学和明中叶以后的自然论美学）。刘纲纪先生最早把禅宗美学放在中国古典美学的大背景中进行描述，并对禅宗美学的美学内涵进行了探论。刘纲纪先生认为禅宗关于个体的“心”对外物的决定的强调，它对通过个体的直觉、顿悟而达到一种绝对自由的人生境界的追求，在唯心主义的神秘形态下，包含着对同审

① 郭绍虞：《〈沧浪诗话〉校释》，人民文学出版社1961年版。

② 蒋孔阳主编：《中国古典美学概观》，《美学与艺术评论》（第一集），复旦大学出版社1984年版，第75页。

③ 蒋孔阳主编：《中国古典美学概观》。

美艺术创造极为类似的心理特征的深刻理解。禅宗不仅包含着自己的美学思想，在有关审美与艺术的特征问题上使中国美学得到了深化发展，它还代表了一种不同于儒、道两家的审美理想。

《中国佛教与美学》[①] 是较早系统研究佛教与中国美学关系的著作。该书肯定了佛教哲学对中国传统美学思想的影响和渗透最为直接，也最为广泛这一历史事实。上编介绍佛教文化的基本内容以及它与中国传统思想文化包括艺术的关系，即佛教与儒学、道学、玄学、理学等的相互消长和融合的过程。下编研究中国佛教对传统美学范畴的影响，涉及佛教与中国美学妙悟说、虚静说、言意说、境界说、形象说的内在联系和这些范畴的形成过程。

80 年代初，胡经之先生提出了“文艺美学”的学科建设问题。[②] 在当时的学术背景下，旨在强调艺术活动的审美特质和审美规律，以期解决艺术实践中的复杂问题。专门探讨佛教与中国文艺美学的关系成为一个新的研究课题。《佛教与中国文艺美学》[③] 是第一部系统研究佛教与中国文艺美学关系的著作。作者着重探索佛教观念、精神与思维方式对中国文艺美学的影响，从宏观和深层文化意识方面去揭示其内部联系，认为佛教对于中国文艺美学思维空间的拓展、思维色彩的加强、理论内涵的加深具有推动作用。这种影响不是凭空假设的，是作者在考察佛教影响中国文艺美学的中介的基础上得出结论的，这中介或者是社会生活风尚，或者是社会文化思潮，对此作者作了细节的证实，力图将宏观审视与微观考察结合起来。该书广阔的视野拓展了中国文艺美学的研究：这不仅表现在对中国文艺美学许多范畴、概念（涉及创作心理、审美倾向、创作原则等方面）的探讨上，表现在其探讨的时间跨度上（从中国文论自觉的魏晋到近代），还表现在对宗教与文艺美学关系的研究方面。关于古代文论与文艺美学的辩证关系，作者认为，“文艺美学”概念的出现和使用合乎中国古代文论研究的实际，其原因有三：一是因为中国古代文论、文艺美学的很多概念具有相通性，因而在实际研究中，也必须把文论、乐论、画论结合起来；二是

---

① 曾祖荫：《中国佛教与美学》，华中师范大学出版社 1991 年版。

② 胡经之：《超越古典：文艺美学新方法》，《文艺研究》2000 年第 1 期。

③ 蒋述卓：《佛教与中国文艺美学》，广东高等教育出版社 1992 年版。

由于基于中国文化基本精神的影响，诗、文、画、乐在创作和评论上彼此沟通、互相通盘渗透，提供了整体观照的必要及可能；三是出自实际运用的需要。①

在对儒、道、释三家的哲学和美学思想进行研究的基础上，对禅宗——印度佛教在中国本土化的产物进行阐释则显示了研究在整体上的前进。这种路向说明，以综合的视野加以观照，从影响和接受两个维度探究禅宗及其与儒、道、释诸种思想的关系，理清其本源和旁枝，才会使已有问题的研究得以深化。但进一步而言，过去的研究对禅宗在中国美学史上的发生轨迹缺乏宏观史的勾勒和微观美学的描述。新的成果往往在过去研究的局限中诞生，这以下面两本著作的完成为标志。

《禅宗的美学》② 着重描述禅宗在发展过程中从佛学禅向美学禅的发展历程，以美学范畴和美学命题为纽结，对禅宗美学的重要范畴作了清理。作者认为禅宗美学是生命美学——体验美学，禅宗是以内心精神自我解脱为核心，以哲理思辨为主要形式的哲学佛教类型，它在情趣高雅的士大夫中广泛流行并且深深扎根，成为他们的人文主义宗教。中国封建文化的文化主体正是这些士大夫，因此佛教禅宗与中国文化的关系极为密切，在心理、性格、思维方式、艺术观念、美学传统等方面都留有其深刻印记。在中国封建社会后期，禅宗的出现使中国人的心理结构获得了另一次的动荡和丰富，并且在宏观上促成了中国美学传统的完形。

当前美学理论界的一个倾向是，由形而上的问题转向审美关系或审美经验等方面上去，以此为基础拓展美学研究的广度和深度。《禅宗美学》③一书正是从禅家论心、物及其关系入手，以审美突破为史的着眼点进行研究的。这是该书与以往以禅宗美学或佛教美学命名的著作的不同之处。作者把中国美学定位于“哲学美学”。其美学研究过程中所选基础文本重于哲学方面，而非艺术方面。由此引出的问题是，中国美学是以哲学还是以文学为重心。“文艺美学”的提出旨在强调文艺的审美特性，“哲学美学”的提出重在强调中国古代美学的哲学基础。两者出现的现实语境不同，考

① 刘绍瑾、李凤亮：《文艺美学的反思》，《学术研究》1999 年第 12 期。
② 皮朝纲、董运庭：《禅宗的美学》，（高雄）丽文文化事业股份有限公司 1995 年版。
③ 张节末：《禅宗美学》，浙江人民出版社 1999 年版。

虑问题的角度也不同。无疑，这两种提法对于全面深入研究中国美学具有重要启示意义。

《禅宗美学》一书是在现象寻绎和还原的基础上，对中国美学史审美突破的把握中给禅宗美学以历史定位的：从庄到玄，再到禅，中国古代美学经历了两次大突破。这是一个从无到空，从物化到境化，从逍遥到解脱的过程；古代美学的自然主义传统开始大步走向心化、虚化和境化，逐渐向现象主义新境界转换。它重新塑造了中国人的审美经验，使之变得极度心灵化。从对感性经验的描述出发，作者认为“意境”是禅宗美学突破的产物。对于中国美学心与物（人与自然）关系这一问题，美学界普遍的做法是以“天人合一”为定论，但缺乏具体史的研究。该书的探索从禅宗这一在中国美学史上具有转折意义的事件出发，在对现象寻绎的基础上实现还原，进而从整体上把握了历史的变迁。

范文澜先生的《唐代佛教》认为，禅宗思想不外是老庄思想披上了一件佛教的外衣。上述关于佛教或禅宗对中国古代文论、中国美学思想影响的研究以及佛学与玄学相互融合的研究，理清了佛教与中国传统思想的不同之处以及结合点，在历史的把握中使它们彼此融合的整个过程极富层次感。研究的进步是显而易见的。

敏泽先生认为，汉代传入中国的佛教，特别是后来兴起的禅宗，只是从某些方面补充和发展了中国的美学思想体系，并未从根本上动摇中国型的文化特色，也未从根本上动摇我国独特的美学思想体系。[①] 相比而言，近年来的研究对禅宗之于中国美学的影响倒是更为肯定。中国美学是受儒、道、佛的影响而逐渐发展的，只强调前两者而忽视后者，无疑忽视了中国文化在吸收外来文化过程中的变异。角度的多元、价值的多元使人们放弃了以往单一的视角，逐渐以中国文化的整体背景为参照去透视过去那些在平面研究中往往趋于呆板的问题。

另外，从总体上探讨儒、道、释三家对于中国美学、文艺的影响的著作有张文勋的《儒道佛美学思想探索》[②] 和周群的《儒释道与晚明文学思

① 敏泽：《中国美学思想史》（第一卷），齐鲁书社 1987 年版，第 88 页。
② 张文勋：《儒道佛美学思想探索》，中国社会科学出版社 1988 年版。

潮》[①]。《儒道佛美学思想探索》认为我国具有民族特色的美学思想，是在儒、道、释三家学说的相互渗透和相互融合中产生和形成起来的。该书从个案研究出发，从不同侧面研究了儒、道、释三家的审美观念、审美体验、审美趣味的异同，阐明了这三家学说相互对立、相互交融的发展情况及由此形成的中国古典美学思想的特色。《儒释道与晚明文学思潮》这部著作与一般从文学批评史、文学史的纵向角度研究晚明文学思想不同，它侧重于同时代的文化背景对晚明文学思潮的影响这一横向研究。通过研究晚明文学思潮中最具代表性的文学批评家，作者得出结论：儒、释、道名曰三教，但影响文学，尤其是文学思想的，主要是其学术思想而非宗教践履。儒、释、道之于晚明文学思潮本质上是哲学思想或宗教思想，晚明文学思潮的核心是批评理论。它们之间存在着最为直接的联系。作者是从哲学与宗教思想的研究入手来研究晚明文学思潮的，其综合视野在于研究中将文学与哲学、文学批评与文学创作、文人性格与审美兴趣相结合。

从整体上探讨中国文化与中国古代文论乃至中国美学理论关系的著作也越来越多，如韩经太的《中国诗学与传统文化精神》[②]、张文勋的《华夏文化与审美意识》[③]、祁志祥的《中国美学的文化精神》[④]、张皓的《中国美学范畴与传统文化》[⑤] 等。

可见，随着对佛教特别是禅宗美学地位的肯定，学术界改变了过去只注重儒家或儒道两家研究的格局，全面综合的文化视野的形成是研究进展的必然，它无疑具有更为客观和审慎的立场。

四、士人心态、生命精神与文论

关于士人心态、生命精神与古代文论关系的研究，是20世纪80年代以来研究向深层方向发展的结果。学理的东西落实于对生命意趣的追求，才会在更高的层面实现学术研究的价值。从儒家、道家和佛教的角度阐释

① 周群：《儒释道与晚明文学思潮》，世纪出版集团、上海书店出版社2000年版。
② 韩经太：《中国诗学与传统文化精神》，四川人民出版社1990年版。
③ 张文勋：《华夏文化与审美意识》，四川人民出版社1990年版。
④ 祁志祥：《中国美学的文化精神》，云南人民出版社1992年版。
⑤ 张皓：《中国美学范畴与传统文化》，上海文艺出版社1996年版。

古代文艺思想，大体上可以说是一种外部研究，在外部研究的基础上提供对古代文论阐释的多种可能。而从士人心态、生命精神的角度探讨文论，可以说是上述研究向深层的钻探。这种对精神实质的探讨，是对传统文化之于国人心灵的馈赠的寻觅。

袁济喜先生《六朝美学》[①] 认为魏晋时期美学的最大特点是人生与审美的贯通，魏晋六朝的艺术和美学，恰恰是人们对人生问题的解答和思考。审美成为人生的寄托和目的，这决定了六朝美学以对人物才性的辨析为其逻辑起点。与人生观相关的美学思想也具有鲜明的时代特色。该书从人物品藻、玄学思潮和佛教哲学对美学的浸润等方面去解析六朝美学特征，是第一本专题论述六朝美学的著作。

在士人心态与文学思想史研究方面取得突出成就的是罗宗强先生。《玄学与魏晋士人心态》[②] 重在描述魏晋玄学与士人心态的变化历史轨迹。在写作《魏晋南北朝文学思想史》的过程中，罗宗强先生领悟到，要真正确切地阐释文学思想发展的主要原因，必须研究士人心态的演变轨迹。研究士人心态，是为了更深层地探讨文学思想演变的原因，研究文学创作所包含的生活理想、艺术追求形成的社会因素与作家的心理因素。其立足点是在大量史料的搜集与辨析的基础上，对牵涉到形成士人心态发展的具体事件、社会思潮及其前因后果和发展脉络，作细致的、个案式的清理与研讨。罗宗强先生认为，文学思想不仅反映在文学批评和文学理论著作里，它还大量反映在文学创作中。因此研究文学思想史，除了研究文学批评的发展史和文学理论的发展史之外，很重要的一个内容，便是研究文学创作中反映出来的文学思想倾向。《隋唐五代文学思想史》以及其后的《魏晋南北朝文学思想》都考察了各个历史时期文学理论、文学批评的史的发展，也考察了文学创作实际中反映出来的文学思想的史的发展。傅璇琮先生在《玄学与魏晋士人心态》一书的序中说："《隋唐五代文学思想史》把创作中反映出来的文学思想与理论批评著作结合起来，从而把文学思想史的研究真正安放在科学的基调上。"文学思想史的研究是在古代文论与古代文学史的结合中进行的，这就把古代文论与文学思想史的研究区别开

---

① 袁济喜：《六朝美学》，北京大学出版社 1989 年版。

② 罗宗强：《玄学与魏晋士人心态》，浙江人民出版社 1991 年版。

来。对于古代文论的研究而言，如果不结合文学史的事实、背景，不结合其具体的批评对象，就很难把握其真实含义、理论取向和不同观点之间的内在联系，从而就很难把握整个史的流程。

关于文学思想史、士人心态的研究拓展了古代文论疆界之外的领域。对于古代文论研究而言，这一领域是更为广阔的视阈，它为古代文论研究提供了形而下的关于士人心态与历史风貌的图景，为古代文论研究打破其自身的封闭界限，走向更为生动、开阔的研究提供了新的范式。

另外，王钟陵的论文《玄学的“简约”风尚与文学的“以少总多”》[①]、《哲学上的“言意之辨”与文学上的“隐秀论”》[②] 研究了形成玄学的社会文化风尚以及士阶层的文化心理，在此基础上对玄学与古代文学理论若干命题的关系进行了深入探索。

关于士人心态的研究实质上是关于古代士人生命、生存状态的研究。古代艺术、艺术理论作为士人生命活动的产物，是以传达生命意味为内在核心的。徐复观先生主张“在人的具体生命的心、性中，发掘出艺术的根源，把握到精神自由解放的关键”[③]。艺术家的生命活动和艺术理论、艺术作品的生命精神是有机的整体。

早在20世纪30年代，钱钟书先生就指出，中国固有的文学批评的一个特点，是把文章通盘的人化或生命化，把文章看成我们自己同类的人。[④]吴承学《生命之喻——论中国古代关于文学艺术人化的批评》[⑤] 一文称这种批评为“生命之喻”，即用人体及其生命运动比喻文艺作品；文学批评中的“生命之喻”，从哲学上看，是受了中国古代“近取诸身，远取诸物”的象征性思维方式影响而产生的，以人拟文正是“近取诸身”的自然而然的结果；从文化背景上看，“生命之喻”所接受的影响是多方面的，如古

---

① 古代文学理论研究编委会：《古代文学理论研究丛利》（第十二辑），上海古籍出版社1987年版。

② 古代文学理论研究编委会：《古代文学理论研究丛刊》（第十四辑），上海古籍出版社1989年版。

③ 徐复观：《中国艺术精神·自叙》，春风文艺出版社1987年版。

④ 钱钟书：《中国固有的文学批评的一个特点》，《文学杂志》1937年第1卷第4期。

⑤ 吴承学：《生命之喻——论中国古代关于文学艺术人化的批评》，《文学评论》1994年第1期。

代的中医理论、汉代以后的相术和人物品评等。而韩湖初先生《“生命之喻”探源——对一个中、西共同的美学命题的认识与思考》[①] 一文则从艺术人类学的角度，进一步探溯了“生命之喻”的源头：最早的审美是对人体生命的观照，“生命之喻”最早源于人类对自身人体和生命运动的观照，把“生命之喻”的源头推向更为久远的原始文化。

对中国艺术的生命精神作系统、全面阐释的是朱良志的《中国艺术的生命精神》[②] 一书。该书从中国艺术的重要范畴入手，打通哲学和艺术，儒、道、佛各家思想，诗、书、画等艺术部类，对中国艺术的生命精神作了体系上的探索。中国艺术的发生和哲学思想、思维方式具有内在联系，因此作者从早期文化、中国哲学谈起。天地自然和人都以生命为其根本特点，这种思想的根源是早期社会的生命崇拜，经从先秦到宋明的哲学讨论，转化为哲学领域中“生之为性”的命题。“生为万物之性，艺术作为宇宙生命的最形象的表现形式，理所当然地将生命作为艺术表现的最高目标。”该书以“生命”为核心研究中国艺术，是从中国哲学、中国艺术的特质出发，“以中释中”阐发中国艺术的独特韵味。在尊重传统的基础之上对传统思想作当代诠释，发掘其精神价值，对于当代艺术创作、艺术批评理论的建构无疑具有重要意义。

对中国美学、艺术的生命精神研究的自觉过程中，古代文论界已有意识地将这一命题纳入体系的建构之中。“中国古代文学理论体系”之一的《原人论》[③] 以“人”为中国古代文学和文论的本源，从“心化”、“生命化”和“实用化”三个层面来阐发人的本源意义及其在古代文论体系中的展现。相应地该书分为三章，即“心化论”、“生化论”和“实化论”。“生化论”一章对“文论的生命化”、“文学作品的生命精神论”、“文学作品的生命形式论”以及“文学风格与作家生命”进行了论述，对古代文艺理论、文学作品、文学风格中所体现的生命意识作了全面总结。这种理论上的进步正如该书所言：“生命化文学论作为一个内涵丰富、意义深刻的文学理论命题，它不是仅从语言媒介这种文学的表层去认识文学，并把无

---

① 韩湖初：《“生命之喻”探源——对一个中、西共同的美学命题的认识与思考》，《文学评论》1995 年第 3 期。

② 朱良志：《中国艺术的生命精神》，安徽教育出版社 1995 年版。

③ 黄霖、吴建民、吴兆路：《原人论》，复旦大学出版社 2000 年版。

限丰富的文学简单地界定为‘语言艺术’，也不是仅从认识论、反映论出发，把文学界定为‘现实生活的反映’而忽视文学中极其复杂的人的存在和生命的存在。‘生命化’文学论是着眼于文学作品的实质内容，而对作品本体所作的本质概括。这种概括反映了文学作品在内容和形式方面的无限丰富性和深刻性。”[①]

反观80年代以来中国古代文论文化学研究的历程，可以看出其现实出发点在于，从反省意识到对民族特色的追寻，从民族特色的追寻到对当代文论重新建构的渴望。从80年代中期的“寻根”热潮到对古代文论民族特色的探讨，其直接触发点在于由中西文化碰撞引起的民族反省意识。反思传统文化价值，反思当前文化处境，反思当前生存方式，成为新时期文化建设理性精神的体现。在多种文化、多种观念、多种理论交汇的十字路口，作出恰当选择的前提是具有反省意识。扎根于这片土地，许多学者认为离开传统盲目跟着别人走是缺乏现实意义的。解决中国文论界失语现状的关键，在于重新建立适用于当代文化建设的新的文艺理论体系，这是普遍的共识。建构的宏愿来自紧迫的文化使命。

中国古代文论的文化学研究实质是一个古代文论、传统文化走向现代化的过程。大体而言，它是在面临如下背景和危机的情况下产生的：

一是古今对话、中西对话的必要。中国的现代化不仅包括经济领域，还包括文化领域。文化的现代转型使得古代文论、古代文化不可能与当代中国和世界的文学批评、文化现象完全衔接。古与今的矛盾、中与西的矛盾是纠缠在一起的，如叶舒宪所言，西方人文学科的理论阐释方法作为“‘完全非期待的语词类型或表达类型’，已经将一整套与我们的传统迥异的意义的范型摆在我们面前，在两个‘要么’之间作出抉择已迫在眉睫而且无法避免”[②]。处理古与今、中与西之间矛盾的办法不在于抛弃传统抑或背离西方。而以西方文论或中国文论为中心，或以为两者是对立的，亦是不可取的。积极的态度是面向中西方文论交汇的实际问题，抛却一元中心或二元对立的立场，以整体的眼光、对话的姿态实现中西文论的互通。80年代以来，古代文论的文化学研究力图以多学科、多视角、多方法的努力

---

① 黄霖、吴建民、吴兆路：《原人论》，第160页。

② 叶舒宪：《庄子的文化解析——前古典与后现代的视界融合·自序》，第2页。

寻找古与今、中与西之间的结合点。而适合于当今的文艺批评体系以此为基点才得以建构。

二是当代人文精神建构的问题。精神的失落是当代文化现象中一个突出的问题。基于此，有的学者提倡继承中国古代文论、中国传统文化精神。张少康先生就“中国古代文论的主要精神和当代价值”问题进行了探讨。[①] 袁济喜先生认为，中国古代文论的研究时至今日，亟待从文化的角度去用心关注和激活。古代文论的精髓，在于有深厚的文化精神作为底蕴，是服从于中国文化的总体格局的；而我们目前的研究，却恰恰是在表面上做文章，未能深入其底蕴，这样就难以突破工具论的束缚，上升到形而上的精神价值内核，从而使中国古代文化的研究未能成为“通古今之变，成一家之言”的精神承传活动。[②]

当前物质刺激的增强、大众文化的喧嚣在一定程度上使人们沉溺于感官的享受而与自我本心愈来愈远。正如笔者在谈到“禅与中国当代文艺精神建构”时所言，当代艺术中缺乏静观的澄明境界；而20世纪以来的西方批评理论往往重视文学作品的语言分析和结构分析，结果把一部富于生命的作品进行了肢解。因此，“中国当今的文学批评应该重新审视自己的东方视野与东方立场，尤其在思考如何发扬中国文学批评东方思维的长处，多从如何体悟艺术境界的澄明下工夫。艺术境界的澄明是整体的，批评对部分的分析必须置于整体的观照下，才能真正把握艺术美的精髓”[③]。从精神实质的角度提倡发掘和弘扬传统文化的精髓，表明批评界正以前所未有的开阔胸襟审视传统和西方，以深沉冷静的客观态度关注当下生存境遇。

文化学研究提供了传统文化现代化过程所必需的广阔视野。传统的以文论论文论，在古代文论内部迂回的做法不仅不利于研究向深度和广度的方向的探索、拓展，其封闭视野还会使眼前的研究窒息。文化学研究的必要性在于我们的研究对象——中国古代文论本身是一个复杂的文化组合体，其文化身份决定了仅仅局限于现代学科（哲学、美学、伦理学、社会

---

① 张少康：《走历史发展必由之路——论以古代文论为母体建设当代文艺学》，《文学评论》1997年第2期。

② 袁济喜：《文化关注：中国古代文论研究的新增长点》，吴思敬、赵敏俐：《文学前沿》（第二辑），首都师范大学出版社2000年版，第187页。

③ 蒋述卓：《禅与中国当代文艺精神建构》，《东方》1999年第7期。

学、语言学、心理学）的划分而进行研究显然是达不到广度和深度的。古代文论的文化学研究，其基点不在于古代文论的不确定性，而在于古代文论作为研究对象的复杂内涵。以综合性的文化学视野，对古代文论进行多种学科、多种角度、多种方法的综合研究是研究路程的必然转向。或从文论中阐发相应的文化内涵，或从文化活动空间中探究古代文论的内在发生和发展机制，才会使研究深入进行下去。文化学研究的开放性和实践性品格决定了古代文论研究在开阔的理论视野中对问题的深入、对当下的审视和介入。

就当前中西文论的对话问题，一些学者提出了“文化诗学”的命题。①“文化诗学”旨在以多学科、多角度、多方法的跨文化的视野沟通中西文论和建构当代文论。这一命题的提出，标志着学术界对于用文化学的方法探索中西文论的自觉。文化意识的自觉和文化视野的展开，不仅是一种学术态度，还是一种新的思维方式，如钱中文先生所言：“当今的现代性，应当是一种排斥绝对对立、否定绝对斗争的非此非彼的思维，更应是一种走向宽容、对话、综合、创造，同时以包含了必要的非此即彼、具有一定价值判断的、亦此亦彼的思维。”②

中国社会和文化的现代化进程是不可阻挡的，古代文论研究也因此遇到了前所未有的机遇和挑战。对现代性的追求是当前文论界文化学研究的核心问题，它也将是21世纪中国文论发展的必然趋势。

（蒋述卓　闫月珍）

---

① 相关文章和讨论见蒋述卓：《走文化诗学之路——关于第三种批评的构想》，《当代人》1995年第4期；童庆炳：《中西比较文论视野中的文化诗学》，《文艺研究》1999年第4期；童庆炳：《文化诗学是可能的》，《江海学刊》1999年第5期；郦因素：《文学理论：留给21世纪的话题——1999世纪之交：文论、文化与社会学研讨会综述》，《文学评论》1999年第4期；陈太胜：《文化研究：文艺学研究的挑战和机遇——文艺学与文化研究学术研讨会综述》，《文艺报》2000年6月6日第3版。

② 钱中文：《文学理论现代性问题》，《文学评论》1999年第2期；另见《再谈文学理论现代性问题》，《文艺研究》1999年第3期。

第七章

1980年代以来的中西比较文论研究

20 世纪 80 年代以来，随着经济体制、思想意识方面拨乱反正的转型，学术研究呈现出一派新景象。比较文论（或按当下之称为“比较诗学”）作为一门学科，在新的时期开始重新实现其历史定位。

一、比较文论的起步

20 世纪 70 年代末 80 年代初，随着改革开放的步伐，文艺思想渐趋活跃。西方现代文论的引入使人们对传统文论，对按苏联模式建立起来的文艺理论进行重新审视。这是一个中与西、古与今再度交锋的时代。比较文论作为一门学科，与比较文学的自觉同步，进入了人们的视野。如赵毅衡所言，“一九七九年，或许是我国的比较文学研究进入‘自觉期’的一年：钱钟书《旧文四篇》及《管锥编》前四卷、杨绛《春泥集》、范存忠《英国文学语言论文集》、王元化《文心雕龙创作论》，这些解放后出版的中西比较文学内容最集中的书籍，都出现于一九七九年”[①]。

“比较诗学在中国的复兴是以钱钟书的巨著《管锥编》1979 年在中国的出版为标志的。”[②] 与写于 30 年代的《谈艺录》一脉相承，《管锥编》以片断式的札记写成。之所以以札记的形式进行写作，是因为钱先生认为，“倒是诗、词、随笔里，小说、戏曲里，乃至谣谚和训诂里，往往无意中三言两语，说出了精辟的见解，益人神智”[③]。钱先生认为，寻找那些“隐于针锋粟颗，放而成山河大地”的文艺规律比单纯去建立庞大的体系更具有实际意义。比较从思想片断开始，却甚有价值，较之于动不动就以体系进行比较要来得深入精到。

《管锥编》之于比较文论的启示意义在于，它自觉应用了比较的方法。首先是学科间的比较。《管锥编》沟通了哲学、文学、史学、考据学等学科，这是立足国学进行比较的前提。钱先生曾指出，要把作品放在其生成的文化传统、社会背景、时代心理和个人心理等因素即更大的文化背景中

---

① 赵毅衡：《〈管锥编〉中的比较文学平行研究》，《读书》1981 年第 2 期。

② 北京大学比较文学研究所中国比较文学年鉴编委会：《中国比较文学年鉴（1986 年）》，北京大学出版社 1987 年版，第 17 ~ 18 页。

③ 钱钟书：《读〈拉奥孔〉》，《七缀集》，上海古籍出版社 1985 年版，第 29 页。

综合起来加以考虑。① 其次是跨国界的比较。钱先生强调“邻壁之光，堪借照焉”，他打通了英、法、德、西班牙和拉丁文著作的语言和国别界限，应用了国外系统学、风格学、心理学、单位观念史、文化人类学、语义学等学科的方法，把上述典籍全部上升到比较诗学的高度进行比较，发掘它们在文学观念、哲学观念、艺术规律等方面所具有的共同的“文心”和“诗心”。钱钟书先生特别强调中西文论的比较，认为“文艺理论的比较研究即所谓比较诗学（comparative poetics）是一个大有可为的研究领域。如何把中国传统文论中的术语和西方的术语加以比较和互相阐发，是比较诗学的重要任务之一”②。《管锥编》以其渊博精辟的见解显示了钱先生作为通人的风范。王元化的《文心雕龙创作论》既是在《文心雕龙》研究方面的突破，也是中西比较文论研究方面的新尝试。《文心雕龙创作论》第一次用科学、系统的方法把《文心雕龙》放在世界文艺理论的总体范围内进行考察，把《文心雕龙》的范畴、意蕴和体系在“释义”的基础上与西方文艺理论进行比较，从而探讨中外相通、带有最根本普遍意义的艺术规律和艺术方法。王元化先生倡导的“古今结合、中外结合、文史哲结合”的综合研究法，不仅对古代文论的研究，就是对于更广阔的文艺理论的研究也是很重要的。③ 以附录的形式进行比较，可以说是一种潜比较。王元化先生说：“为了慎重起见，我觉得与其勉强地追求融贯，以致流为比附，还不如采取案而不断的办法，把古今中外我认为有关的论点，分别地在附录中表述出来。”④ 比较不是比附，这一思想在王元化先生的著作中提得最早。

80 年代以来，海外学者有关比较文论的著作开始译入中国。刘若愚（James. J. Y. Liu）的《中国文学理论》（*Chinese Theories of Literature*）是海外第一部中西比较文论的代表作。它是一本向西方读者介绍中国文论的著作，它的出版在中国和西方产生了极大的影响。作者从文学本体的角度将中国传统文论与西方相关理论进行比较，通过对中国传统文论进行现代阐

---

① 张隆溪：《钱钟书谈比较文学》，《读书》1981 年第 10 期。

② 张隆溪：《钱钟书谈比较文学》。

③ 王元化：《论古代文论研究的“三个结合”——〈文心雕龙创作论〉第二版跋》，《社会科学战线》1983 年第 4 期。

④ 王元化：《文心雕龙创作论·后记》（第 2 版），上海古籍出版社 1984 年版。

释，旨在为中西批评观的沟通和综合铺出一条道路，从而为中国文学的实际批评提供一个坚实的基础。如译者所言，“由于这本书的出现，西洋学者今后不能不将中国的文学理论也一并加以考虑，否则不能谈‘普遍的文学理论’（Universal Theory of Literature）或‘文学’（Literature），而只能谈论国别或各国的‘文学’（literature）和批评（criticisms）而已”[①]。该书的历史意义是明确提出比较诗学的意义在于探求超越文化和历史差异的普遍性文学理论，以打破“神秘的东方”和“不可测的中国人”的神话。

在台湾，阐发学派早就在进行，而其中对大陆影响最大的则是叶维廉。在这一领域其主要代表著作有《比较诗学》[②]、《寻求跨中西文化的共同文学规律——叶维廉比较文学论文选》。叶维廉主张通过比较诗学的研究来寻求跨文化、跨国度的共同的文学规律（common poetics）和共同的美点（common aesthetic grounds）。他提出了作品产生前后的五个据点：作者，作者观感的世界，作品，读者，作者所需要用以运思表达、作品所需要以之成形体现和读者所依赖来了解作品的语言领域。在探讨西方文化应用到中国文学研究上的可行性问题方面，叶氏提出了比较研究中的“模子”问题，“我们必须放弃死守一个‘模子’的固执，我们必须要从两个‘模子’同时进行，而且必须寻根探因，必须从其本身的文化立场去看，然后加以对比，始可得到两者的面貌”[③]，从而避免研究中的垄断原则。叶氏强调把双线或单线文化的探讨导归语言、历史、文化三者的复合体的中心，以此作为重新考虑批评理论的解构和再构的主要途径。但是他也注意到导向文化历史理论，易把研究完全引向作品之外，在社会文化素材上进行批评，走向实用论和机械论的倾向。

中西比较文论在国内、海外和港台的兴盛对于大陆学者的意义在于，

---

① ［美］刘若愚著，杜国清译：《中国文学理论》，第332页。

② 台北东大图书有限公司1983年版，该书被收入了“比较文学丛书”（台北东大图书有限公司出版）。除《比较诗学》之外，该丛书还包括周英雄的《结构主义与中国文学》、王建元的《雄浑观念：东西美学立场的比较》、古添洪的《记号诗学》、郑树森的《现象学与文学批评》、张汉良的《读者反应批评》等，这些书显示了当时台湾比较诗学的最高成就。

③ 叶维廉：《东西方比较文学中的模子问题》，《寻求跨中西文化的共同文学规律——叶维廉比较文学论文选》，北京大学出版社1987年版，第11页。

它提供了一种新的参照，即在整个西方文论视野的观照下去思考中国文论，在总体文论的考察中沟通中西文论的共同点。如刘若愚所言作“更有系统、更完整的分析，将隐含在中国批评家著作中的文学理论提抽出来”①。在这种入思方式的启发下，大陆学者的研究逐渐走向系统和深入。

20 世纪 80 年代以来，比较诗学与比较文学同步进行。如果说比较文学在 20 世纪 80 年代的复兴顺应了世界文化互相交流、互相对话的历史趋势，那么比较诗学的起步则顺应了比较文学理论研究转向。法国学者艾金伯勒 1963 年撰写的《比较不是理由》一文指出：“历史的探寻和批判的或美学的沉思，这两种方法以为它们是势不两立的对头，而事实上，它们必须互相补充；如果能将两者结合起来，比较文学便不可违拗地被导向比较诗学。”② 在诗学的层面上进行比较，更容易把握中西文化本质的东西。随着比较文学研究的发展，它将不可避免地走向比较诗学。1985 年中国比较文学学会成立大会暨首届年会在深圳举行，“比较诗学”和“比较美学”是大会的专题，在会议收到的 121 篇论文中，首先最值得称道的当然是比较美学和比较文艺学所取得的成就。③ 比较诗学孕育于比较文学的母胎，可它又最终成为比较文学研究的核心内容和前沿阵地。这决定了它们的发展是互相依存、互相促进的。

在起步阶段，比较文论学者们所倡导的跨国界的研究方法对于后来的研究具有理论的先导意义。这一阶段，学者们立足国学文本，对国学文本的阐释以平行研究为主，注意到了共通的“文心”的客观规律性。中西文论有着各自的体系却又有着相似性和共通性，这决定了平行比较的可能性。这是对有案可稽的影响研究的超越。中西文化体系之异，中西比较文论的历史使命，注定了平行比较的历史意义——对共同的“文心”的找寻。这一阶段，海外学者是以西方文论为总体参照来对中国文论进行阐释的，因此对中国文论的理论划分往往以西概中、以西套中，这就陷入了诠释过程中向西方倾斜的泥潭。总体而言，比较文论作为一门系统性的学

---

① ［美］刘若愚著，杜国清译：《中国文学理论》，第 6 页。

② 干永昌等编：《比较不是理由》，见《比较文学研究译文集》，上海译文出版社 1985 年版，第 116 页。

③ 乐黛云：《中国比较文学的现状与前景》，《比较文学与中国现代文学》，北京大学出版社 1987 年版，第 19 页。

科，有待更加自觉的学科意识和更加广阔的理论视野。

二、比较文论走向系统的趋势

在整个社会的现代化进程中，中国古代文论能否适应新的文化环境，能否具有新的生命，成为人们关注的问题。中西文论的沟通和比较成为一个时代性的课题。

从学科建设的角度看，80 年代以来，比较文论这一学科是由中国传统文论的民族性、现代化问题发展而来的。西方文论的译介使人们对受苏联模式影响而产生的文学概论作了新的审视。新的理论视野使人们自觉地以世界眼光重新观照中国文论。一方面以西方文论为参照探讨中国文论的民族特色，另一方面通过比较发现中西文论可供沟通的共同话语。80 年代初，国内学者围绕中国古代文论研究和建立马克思主义文艺理论的问题进行了探讨。[①] 1983 年召开的中国古代文论学会第三次年会也以中国古代文论的民族特点和马克思主义文艺理论的民族化为议题，强调把马克思主义原理同我国文学发展的历史实际和当前创作实际结合起来。对于古代文论的重要概念和范畴，要弄清它们在特定历史条件下的内容，防止以古代文论的概念硬套现代的概念。中西文论只有经过深入研究，作出比较，才能揭示理论实质，找出共同规律。在新视野之下，人们对中国文论、西方文论和马克思主义文论之间的关系进行了探索。比较研究要向系统性进展，首先要处理好中学、西学和马克思主义学说诸种理论的关系，以世界的眼光看待各种文论的丰富性和多样性，以马克思主义文论替代世界文论的多元性是狭隘的。

1988 年，曹顺庆的《中西比较诗学》出版，这是国内第一本系统比较研究中西文论的专著，这本书从范畴和观念入手，对中西文论作了整体全面的比较。它标志着中国古代文论界自觉地将中西文论放在一个可供比较的文论系统中进行阐释，以寻求共同的规律和观念。如作者所言，“比较不是理由，只是手段。比较的最终目标，应当是探索相同或相异现象之中

---

① 《中国古代文论研究和建立民族化的马克思主义文艺理论问题（座谈纪要）》，《文史哲》1983 年第 1 期。

的深层意蕴，发现人类共同的‘诗心’，寻找各民族对世界文论的独特贡献，更重要的是从这种共同的‘诗心’和‘独特的贡献’中去发现文学艺术的本质特征和基本规律，以建立一种更新、更科学、更完善的文艺理论体系”①。他在该书绪论中探讨了中西社会文化对中西文论的影响，在正文中对中西文论的艺术本质论、艺术起源论、艺术思维论、艺术风格论、艺术鉴赏论的异同作了比较。艺术本质论方面，作者通过典型论与意境论的比较，分析中国古代文艺的意境论的基本内涵，通过比较厘清了受苏联影响的文艺本质特点为“形象”的教条说法，也比较了中西文论关于形式美的概念“和谐”和“文采”。艺术起源论方面，从“物感说”与“摹仿说”的比较来澄清文论界对中国艺术起源的含糊说法。艺术思维论方面，作者重在比较“神思”和“想象”两种理论的历史发展和异同。艺术风格论方面，作者比较了中西“风格”与“文气”两个命题，并对“风骨”与“崇高”的共同内涵进行了探讨。艺术鉴赏论方面，重在从“滋味”与美感的角度进行比较。当然上述范畴能否“等量”还是目前学术界存疑的问题，而把它们放在一起“齐观”，从跨国界的角度探索世界文学艺术与美学理论的共同规律的贡献是值得肯定的——“这种相异又相同的状况，恰恰说明了中西文论沟通的可能性和不可互相取代的独特价值：相同处愈多，亲力愈强；相异处愈鲜明，互补的价值愈重大”②。这种比较正说明了中西文论的沟通性和不可互相取代的独特价值。这本书虽属于草创之作，但思维的开阔和活跃使得它具有开拓性的意义。

比较文学学科的进步促进了比较文论的发展。1988 年出版的《中西比较文学教程》（乐黛云主编）和 1989 年出版的《比较文学原理》（乐黛云著）是比较文学界两本系统性的具有学科开拓意义的专著。这两本书吸收了西方最新理论成果，注意联系中国的具体文学实际，反映了当时比较文学学科的最新成就。这两本书的特点如下：首先，是把比较文学放在宏观的文化背景和文化发展中加以考察，从而具备了一种整体的眼光和发展的观点。其次，这两本书都注意到了比较文学作为一门学科的系统性，并对学科的性质、意义加以界定，对其研究方法和研究内容作了系统性的整

① 曹顺庆：《中西比较诗学》，北京出版社 1988 年版，第 271 页。
② 曹顺庆：《中西比较诗学》，第 269 页。

理。之于比较文论，这两本书具有启示意义：在新阶段，比较文论研究的突破应在系统研究的基础之上，从跨文化的角度进行深入。

1991 年，由黄药眠、童庆炳主编的《中西比较诗学体系》由人民文学出版社出版。该书指出，中西方诗学跨文化比较首先注重中西诗学文化背景比较的必要性，并对中西诗学的民族精神、文化背景、哲学背景进行了分析。该书的很多范畴的比较是曹顺庆《中西比较诗学》中所未提到的。这本书在影响研究特别是西方思想对中国的影响方面作出了尝试。

这一阶段比较文论界的学者们从中西文论体系的具体内容入手，自觉向系统性比较的方向迈进，但这种比较是不成熟的。这种系统性比较的不成熟性在于系统不成为比较的系统。比较限于文化背景的比较、范畴的比较。文化背景的比较旨在说明范畴比较的互通性和差异性，所以这种系统是以范畴的比较为核心的，倒不如言之为“范畴的系统比较”。中西文论各有其文化体系、范畴体系、方法体系以及与之相关的思维体系这一总体系统。单纯的范畴比较似乎自成系统，但距离整体、全方位的在大系统中的比较是遥远的。之于历史的召唤，比较文论的前进显得步履蹒跚。它需要克服自身视角的单一性，立足于更为广阔的文化历史背景，从外部入手，寻找中西文论各自的历史、文化之根。

三、专题性比较的深入

20 世纪 90 年代以来，比较诗学研究的新趋向是以跨文化研究为核心，通过多种文化、具体文本的比照、对话发掘各国诗学的民族特点和共通意识。

乐黛云在《中西诗学中的镜子隐喻》中通过对西方、中国和印度诗学中“镜子”这一隐喻的分析，试图在跨文化的总体文学中寻求各种文化沟通的可能。[①]

叶舒宪著的《诗经的文化阐释》、《老子的文化解读》、《庄子的文化解析》主要借用文学人类学的方法，以人类文化中共有的原型意象、宗教

---

① 乐黛云：《中西诗学中的镜子隐喻》，《欲望与幻想——东方与西方》，江西人民出版社 1991 年版。

礼仪、神话思维模式互相参照，将它们放到其产生的文化环境中去，从而形成其与世界文化的共时性联系，在整体、宏观的把握中进行互释和互证。这种文学人类学是文化人类学与文艺学交叉的产物，它在王国维所言的“二重证据法”的基础上，强调以“三重证据法”（运用世界人类学材料）突破单纯的考据学的历史局限，从而将国学与西学进行互相阐发。

比较文学向比较文化方向的发展，引起了一些学者的困惑。趋向比较文化研究是“淹没”还是“深化”了比较，是“危机”还是“契机”？叶舒宪认为，“比较文学研究者的‘危机’意识完全是学科本位主义的产物。‘淹没’表象背后的实质是文学研究的深化。文化绝不只是文学背景或‘语境’，也是文学构成的整合性要素”。“文化”视角的引入是解放学科本位主义囚徒的有效途径，使研究者站得更高、看得更远，因而是利而非弊，它带来的将是新的“契机”而非新的“危机”。这种向“文化研究”方向的转向，正标志着比较诗学研究方法、研究范式的转变。它给研究带来了新的视角和独特的内容。这种方法的历史意义在于，它所具有的开放性、包容性和跨文化的特点使其超越了传统考据学单一封闭的文化视野，将中西共同的人类学材料进行互证，是使西学化入国学并使之更新的同时，又使国学化入世界学术总体的一种极好途径。它标志着具有中国特色的艺术与人类学研究学派的崛起。①

1999 年由饶芃子主编的《中西比较文艺学》由中国社会科学出版社出版，这是国内第一本以“比较文艺学”命名的专著。这本书以“文艺学”来涵盖西方“诗学”和中国“文论”，“以有效避免‘中西比较诗学’或‘中西比较文论’的褊狭造成的遮蔽”。同以往的专著相比，这本书的特点在于它对中西的比较更加趋于反思性和专题性：首先，从中西方的文化视野出发，注重对各个论题各自的理论依据的反思和说明，注重可比性与不可比性的现实，避免单向的欧洲中心主义或中国中心主义，以达到比较的有效和深入；其次，重在对中西文艺学的观念、命题、范畴的比较，从而克服了全方位比较体系上似乎完整而具体问题分析不足的弊病。在专题研究方面具有突破性进展的专著有张隆溪的《道与逻各斯：东西方文学阐

---

① 蒋述卓：《跨学科比较文学研究的前景展望》，《中国比较诗学》1995 年第 1 期。

释》。张著针对西方后现代主义中的"新殖民主义"①倾向过分强调文化、种族等差异，拿中国做西方的非我或陪衬的观念，在研究中跨越东西文化通过对同一性的探索展开东西方对话。作者认为，中西文学的实际接触和相互影响当然值得研究，但超出影响研究之外，以理论问题作为比较的基础，则可能天地更为广阔，意义更为深远。值得一提的是作者的研究不是简单的类比求同，它显示的是一种批判性的精神，"比较诗学不应该仅限于把西方概念和西方方法运用到非西方的文本上去，而应该以融汇了东方与西方的批判性眼光去审视和考虑理论问题"②。这本书是跨文化比较中的个案研究或专题研究。这种研究是以中西方文论言语与解释的"关系"为着眼点的，因而"道"与"逻各斯"之间有着可比性。它之于比较文论的启发在于，跨文化比较中比较的对象是基于何种着眼点的，这决定了对象是否具有可比性的理论依据。

张隆溪的《道与逻各斯：东西方文学阐释》一书是在西方拼音语境下写成的。与张隆溪相应，大陆的杨乃乔在东方写意语境下写作了《悖立与整合：东方儒道诗学与西方诗学的本体论、语言论比较》。比之于张著，这部书的理论体系是整体和庞大的。在这本书中，杨著对张著进行了反驳：杨氏不同意张氏把"道"等同于"逻各斯"，认为这两个范畴的本质是不同的。作者对东方诗学中经学、玄学、理学和心学与西方诗学中逻各斯中心主义进行了综合的考察，从而进行了整体性的、体系上的比较。跨文化的外部比较是建立在整体的内部观照基础上的，从而使外部比较和内部比较都具有体系性，这就避免了一叶障目不见森林的后果。杨氏认为比较诗学不是诗学比较，它的意义在于"把不同文化系统中的'文学理论'置于同一平台上来完成意义的多元沟通"③。

总观专题性比较方面的成绩，可以说走向文化比较是比较文论发展的一个历史趋势。曹顺庆的《中外比较文论史·上古时期》从文论范畴的比较走向了文化探源式的跨文化比较，在东西方文论的横纵比较中寻找共同

---

① 张隆溪著，冯川译：《道与逻各斯：东西方文学阐释》，四川人民出版社 1998 年版，第 11 页。

② 张隆溪著，冯川译：《道与逻各斯：东西方文学阐释》，第 22 页。

③ 杨乃乔：《悖论与整合：东方儒道诗学与西方诗学的本体论、语言论比较》，文化艺术出版社 1998 年版，第 11 页。

与差异，可以看出其在总体构架与具体比较方法上的创新。

专题研究方面的论著还有狄兆俊的《中英比较诗学》、朱徽的《中英比较诗艺》等。可以看出，对跨东西方文论中具体问题的研究成为学科得以前进的极有力的推动。第一步或许是稚嫩的，但没有第一步就没有第二步的更正性、批判性的进步。对于目前理论界过分强调一般性的理论、原则、方法的倾向，专题研究的实绩至少说明了，从具体问题入手才是比较文论这一学科得以最终走向成熟的第一步。

当前国际比较文学（包括中国比较文学界）的发展趋势是从比较文学向比较文化转移。[①] 比较文学中的文学本体正在失落，这似乎已经危及比较文学作为一门独立学科的存在；当前西方比较文学的另一个发展趋势是从比较文学向文学理论方向转移。[②] 比较文学成为“被压在理论大冰山之下”的部分，比较文学存在被文论“消解”的危险。总之，国际比较文学学界存在着向比较文化发展和向比较文论侧重的现状。无疑，中国的比较文学和比较文论研究会受到这种国际潮流的冲击，但就中国具体情况而言，这种研究又有许多特殊性。

中国当前比较文论向比较文化的发展，表面上看似乎与国际比较文学的趋势相一致即向文化研究与文学理论方向进展，是两种趋势的交叉和综合。但我们认为，文论 + 文化 ≠ 比较文论，我们的比较研究具有其自身的现实背景和现实意义。

首先，我们所谓的比较文论不是西方的文艺理论。西方有的学者认为文艺理论研究已经具有比较文学的意义，已经没有必要谈比较文学理论甚或比较文学作为一门独立学科的意义。事实上，经过第一代学人和第二代学人的探索，20 世纪 80 年代以来比较文论之所以能被继承下去，正是由于新的历史时期、新的文化碰撞引起的。它是中国传统文化在当代实现其现实意义，进行中西对话的现实背景。西方的文艺理论是我们进行比较文论研究的外在激发性力量，可以作为我们研究的参照，作为我们与之对话的一方，它不能代替世界文艺理论的全部。

---

① 谢天振：《从比较文学到比较诗学——对当代国际比较文学研究趋势的思考》，《中国比较文学》1996 年第 4 期。

② 孙景尧：《消解还是被消解——当代文论发展和比较文学发展的管见》，《中国比较文学》1996 年第 4 期。

其次，我们所谓的“跨文化”不是“泛文化”。人是文化中的人，其精神产品——文论也是文化中的文论。因此走向文化比较，意味着着眼于“文化中的文论”和“文论中的文化”。文论比较的跨文化研究是一个思维方式的问题。我们要改变过去那种只抓住中外文论一些表面类似的命题进行比较，而不注意其命题背后所体现出来的民族思维方式、文化性格和文化环境的比较。跨文化的探索是深化问题研究的桥梁。“跨文化”是双向的，而非单向的文化输入或输出。因此我们所谓“跨文化”是学科建设的需要，是中西方实现沟通的前提，并非为了单纯的文化比较而“泛文化”。

再次，跨文化的中西文论比较不会也不可能取代比较文学研究。文论比较是比较文学研究的前沿，它的进步可以促进比较文学的进步，可以激活比较文学的生命，可以开阔比较文学的理论视野。以理论比较取代文学比较，或以文化比较取代文学比较，抹杀了文学作为人类思想文化产物的独立性，抹杀了人类艺术形态的多样性，它只是一种“乌托邦”罢了。

四、二十年来中西比较文论研究的总体评价与展望

自20世纪上半叶西学东渐，传统文化与西方现代思潮的相遇和碰撞无疑暴露了中国文化的困境。自那个时代起，中国的一代代学人们就一直处于阐释中国的焦虑之中，围绕中国文化的现代性和民族性进行了长期的摸索。严复、梁启超、王国维、鲁迅等都留下了他们的足迹。而这种阐释的焦虑由于20世纪后半叶新的政治、文化格局而中断，它所显示的是一种新的困境：迷乱地奔波于政治的浓雾，以政治的乌托邦取代思想文化的多元、交流和开放。经过三十年的疲惫，重新回到真实自身的自由状态。在西方现代、后现代思潮的冲击下，重新阐释自我与他者的关系从而重新进行自我文化定位已成为一个紧迫的课题。80年代以来比较文论的起步与走向从一个具体学科的角度显示了这一点。

反观这种从对现代性的追求到被后现代性的围困，我们有理由对中西文论各自的历史处境作一重新的还原和审视。在这种对中西学术的反思中，我们有必要把余虹的《中国文论与西方诗学》一书作为对近年来“中西比较诗学”这一课题进行反思的重要成果。作者指出适当的研究姿态与策略是在承认双方的结构性差异的前提下，既不从中国古代文论入手，也

不从西方诗学入手，而是站在两者之间去进行研究——在第三者的支点上确定两者局部的、深度的交汇处，从而成为审视比较双方的参照坐标。

先在地将中国“文论”与西方“诗学”假定为同一的根源，一方面受制于“西方中心主义”的潜在心理；另一方面与中国人对西方文化的解读方式有密切关系。最近新出的《选择·接受与疏离——王国维接受叔本华、朱光潜接受克罗齐美学比较研究》从个案出发，把比较的研究重心从“他者”转移到“自身”，从“他者”的影响转移到“自身”的接受，这其中可以看出作者重新阐释接受他者文化过程的自觉性和反思意识。作者认为中国一百年来在接受西方文化的过程中存在着某种至今很少被人重视的先天性缺乏，即缺乏真正冷静的、理性的客观精神。这也是直到今天中国学术界对西方文本误读的症结所在。

综上所述，虽说比较文论界已认识到跨越“第三堵墙”即文化之墙，是比较文论走向的必由之路，但前进和反思的交替说明中西比较文论仍处于未成熟阶段。这种不成熟性首先在于中西文论对话条件的不成熟性，其次是学人知识背景的问题。

在全球化的格局之下，中国知识分子一方面是对西方文化的学习和传播；另一方面是对传统文化的民族性的发掘和论证。可以说，西方文化的扩张导致了中国文化民族性的自觉。对自身文化的整理和阐释使之在世界文化中自成一体，并成了一个历史课题。这种被动的现实决定了我们所走的道路是漫长的。所以对话条件的不成熟性的根源就在于这种被动的角色。中西方在当前文论语境中有着明显的处境反差，即中国文论处于西方主流文论话语之外，西方文论的喧嚣和中国文论的沉默形成了一起一伏的态势。作为第三世界文化地位的中国文化，首先面对的是不平等的世界文化格局，西方发达国家文化的优势地位和文化霸权，往往使其不自觉地处于选择的两难处境。选择他者和保留传统似乎成了一个悖论。对话的不成熟性还在于对话的语境差异问题，即对话的语言沟通缺乏一定的平行度。首先，我们的文论话语已经是过去，古代汉语和现代汉语语词之间的断裂，文言文和白话文之间的断裂，把我们推到了古代汉语与现代汉语的对接问题上。从历史的角度看，这种断裂是文化的演进过程中新与旧的断裂，它是一种文化内部的断裂，所以以现代汉语阐释古代文论，是有着实现的可能的。近年来对古代文论一些范畴的清理说明了这一点。其次，中西语言的隔阂不仅是现代汉语和古代汉语的隔阂，而且是古代汉语与西语、现代汉语与西语的隔阂。疏通这种隔阂的第一步应该是中国文论有效地被现代汉语所阐释，实现其现代意义，在这个基础上才谈得上中西文论的沟通和融合。要不然我们只是盲目地以己之古对他人之古或以己之古对他人之今。有的学者提出建立“现代汉语诗学”的必要性：中国古典文学的终结意味着 19 世纪末以来的“中国文学”其气质已难以纳入纯粹的“中国文学”范畴。因此以惯常的学术思路和语汇加以诠释往往会遮蔽许多本质性因素。[①] 但是所谓建立“现代汉语诗学”又怎样付诸实现呢？

事实上，中西文论对话的问题是与中国内部古与今对话的问题纵横纠缠在一起的。时下文艺理论批评界的失语现象表明了建立中国当代诗学的迫切性。一方面，批评家面对多元的创作找不到对应的理论与方法进行批评，传统的批评话语似乎显得很尴尬；另一方面，持后现代主义理论的批评家们完全套用西方文论的话语，这种对外来术语与理论的引进完全不顾东西文化背景之差异，完全不顾中国当代文坛的现状。而我们认为，对外来术语与理论的引进不能不顾东西方文化背景的差异而简单地移植与套用，输入它们必须得到本土文化的认可、融合，并且有助于激活本土文化中的文学理论与文学批评，从而在本土语境中实现新的创造。如果引进与移植仅仅停留在理论独白的角色，而不进入本土文化的语境，这种引进与移植就很可能是昙花一现。引进外来术语与理论是为了重建自己的文化与阐释系统，包括批评系统。

在中与西关系的问题上，我们有必要对比较文学的阐发学派进行重新估价。阐发研究是由比较文学的“中国学派”提出来的，主张把中国文学的精神、特质透过西方文学的理念和范畴发扬出来，而中国学派的特色就是“阐发研究”。针对这种以西释中的片面性，陈惇、刘象愚在《比较文学概论》中提出了“双向阐发”的问题，该书指出，“阐发研究”无疑应该在比较文学的方法中占一席之地，但他之所以遭到批评，症结在于其提法尚有不周密、不完善之处，阐发研究应该是双向的、互相的。一直处于建立过程中的“阐发学派”对于比较文论的建设有其积极意义。可以说，

---

① 费勇：《汉语·汉语理论·现代汉语诗学》，《思想文综》（总第一期），暨南大学出版社 1995 年版。

比较文学在港台兴起阶段，阐发研究是其方法论的基础，也正是阐发研究，使得比较文论的研究在起始阶段就有了一种西方的视野，一种参与世界文化总体格局的自觉意识。“阐发法”虽然“不比较”或不直接比较，但却因“跨文化”而获得了与比较文学研究相一致的“效果”。[①] 但另一方面，单纯“援西释中”又容易走向一边倒。我们认为，以中释西或以西释中都是片面的，我们需要的是一种整体性的、世界性的、动态性的眼光。不仅要看到东方的传统，还要看到西方的传统；不仅看到差异性，还要看到差异的流动性；不仅要看到共同性和差异性，还要看到共同性背后的差异性和差异性背后的共同性。

从 19 世纪 90 年代的中国第一代知识分子、20 世纪初的第二代知识分子到新中国建立以来的第三代知识分子，其学术背景有着明显的差别。第一代知识分子即旧式士大夫从根本上并没有认识到传统价值观念的危机，第二代知识分子即新文化运动的代表人主张彻底否定中国传统文化。[②] 第三代知识分子同样处于中西文化交汇碰撞的困境之中，他们首先需要置身于这种矛盾之中，还需要解决这种矛盾的勇气。轻视自己的传统和创造而亦步亦趋地追随西方思潮的兴迭，或者无视西方思潮的存在，一味在对传统的原意中回避现实都是不可取的态度。其次，置身于古今中西的纵横视野，需要更为高远的眼光，这就要求学人的知识背景、知识深度都有相应的水准。中学既精、西学又通，不仅是一个艰难的积累的过程，更是一个流动变化的过程。前者和后者均属不易，这就对我们目前的研究提出了挑战。没有开阔的视野和理论的洞察力，比较研究只是一句空话。更为重要的是，如前所述，比较研究需要一种更为理性的精神，这是比较之为比较从而达到创造的关键。当前的老、中、青三代知识分子由于受西方思潮的冲击和影响已开始自觉地重新进行比较文论学科探索，但这只是一个开端。

比较永远还是立场的比较，视界的融合。中西比较文论不可能走向完全的融汇，否则比较就会消亡。首先，比较有一个东方立场的问题。钱钟

---

① 杨周翰语，转引自曹顺庆：《中外比较文论史·上古时期》，山东教育出版社 1998 年版，第 202 页。

② 陶东风：《社会转型与当代知识分子》，（上海）三联书店 1999 年版，第 295 页。

书先生说："在某一意义上，一切事物都是可以引合而相与比较的；在另一意义上，每一事物都是个别而无可比拟的。"① 我们的文论比较不能割断历史，它须立足于传统和现实。比较是为了在寻求相异性的基础上实现文化的互补，"共同诗学"意味着将取消文化多样性和民族性。比较之所以存在，其最根本的原因在于各种文化的民族性、独特性。其次，比较又是一个阐释的问题。古代文论作为一个传统，处于阐释的不断变动之中，它是一个从传统走向现在，又从现在走向未来的不断被赋予新内容的历史存在。因此，现代意义上的阐释是有其必要的。古今对话、中西对话是传统与现代、中方与西方视界的融合，只有在这种融合中，才谈得上当代文论的建设，才谈得上中西方文论有效的对话。展望新世纪的比较文论研究，我们认为切实恰当的途径是展开中西文论的对话，其中中西语言的沟通和文化语境的互比是展开对话的基础性问题。通过文化对话、交流，走向融合。从历史上看，各个民族传统的文化往往以其独创性和特殊性而在世界文化中独占一席之地，各个民族的文化又往往通过互相碰撞、融合形成文化的新质。不同文化之间的交流往往会促进它们各自的发展，丰富它们的内涵，激活它们的生命力，使其达到新的建树。

（蒋述卓）

① 钱钟书为《比较文学年鉴（1986年）》所题的寄语。

第八章

西方阐释学、接受理论的视野观照

——二十多年来中国古代文论研究的一种重要思潮

漫长的中国古代文学史，散落着大量与现代西方阐释学、接受美学理论相似的阐释思维、经验和实践。诚如一位理论界前辈所言："中国虽无接受美学之名，早有接受美学之实。"① 童庆炳先生更认为："接受美学的幼芽产生在中国。"② 在对《诗》、《骚》等古代文学经典的阐释过程中，中国形成了一套独特的阐释思想和方法，如"以意逆志"、"诗无达诂"、"释义"、"玩味"等都是富有中国特色的读者阐释理论。中国文学批评史上，尽管也曾出现如南宋蔡梦弼《草堂诗话》、清代温汝能《陶诗汇评》及北京大学编《陶渊明诗文汇评》（中华书局1961年）等体现了接受者立场的著作，但其"汇编"性质的特色注定了这些批评在自觉的理论建构上的茫昧。只是到了20世纪80年代后，随着西方阐释学和接受理论的传入和引进，中国的文学阐释学研究才开始出现了突破性的变化。现今，尽管当年那些被同时引进来的新理论和新方法已开始消退，但站在现代理论的高度，借鉴西方阐释学和接受理论，对中国古代文学阐释学的各种观点进行梳理、发掘和阐释的研究仍呈现出旺盛的态势，并正在孕育中国特色的文学阐释学和接受美学理论。

一、第一读者的尝试：比较诗学学者的早期实践

阐释学与接受美学是西方20世纪文论的重要组成部分，它们研究的中心是作品和读者的关系，认为文学研究不能仅从作品入手，还应把读者纳入文学研究的视野。西方阐释学的核心是理解，理解如何成为可能是它要解决问题的关键，为此以伽默尔为代表的本体论阐释学提出了"偏见"、"前理解"、"视界融合"等重要概念。在阐释学哲学基础上，姚斯和伊瑟尔开创了接受美学理论，主张研究文学与文学史必须侧重读者的接受过程。他们分别从宏观的关注读者审美经验的文学史研究和微观的文本召唤结构研究，确立了读者的本体地位。1991年，金惠敏等人在翻译完伊瑟尔的《阅读行为》后，在译序中曾预言："把这部晦涩的德国现象学著作译

① 吴奔星：《一门新兴的审美学科的兴起》，《江海学刊》1989年第1期。

② 童庆炳：《中国古代接受诗学·序》，见邓新华：《中国古代接受诗学》，武汉出版社2000年版。

介给中国读书界，我们不敢奢望它会引起一场震动，颠覆根深蒂固的解读习俗，但相信它会给中国古典阐释学以一个冲击，至少会洞开一扇户牖，透进些新鲜空气。"[①] 正如译者所料，阐释学和接受美学很快就在中国文学阐释领域找到用武之地，这是因为中国文学阐释史中存在着大量可与它们互证、互识、互补的资料。当中国学者的古代文学阐释经验与之相遇，相见恨晚的情绪就会自然流露。

其实，西方阐释学、接受美学理论在中国的影响和实践，早在它被译介前就开始了。钱钟书以及深具西方背景的华人学者张隆溪、叶维廉、叶嘉莹，至迟在20世纪70年代开始接触西方的阐释学和接受美学理论。良好的外语基础和所处地带的文化环境，让他们具备成为"第一读者"的条件；而渊博的中国古典文学知识，则让他们走在中国大陆大多数古代文论研究者的前头。他们从中西诗学比较的角度，对西方阐释学、接受美学理论在中国古代文学阐释学研究的实践中积极垦拓，直接影响了后来的研究者。

钱钟书在《管锥编》中引用西方解释学的阐释循环，互证乾嘉"朴学"的"知字、识句、通篇"方法："积小以明大，而又举大以贯小；推末以立本，而探本以穷末；交互往复，庶几乎义解圆足而免于偏枯，'所谓阐释之循环（Derhermeneatische Zirkel）者是矣。'"[②] 这种中西阐释学理论的互证互识方法，启发了后来的相关研究。

受钱钟书鼓励，时在美国哈佛的张隆溪80年代初连续于《读书》上介绍20世纪的西方文论，其中就有阐释学和接受美学。1983年《文艺研究》第4期发表了他的《诗无达诂》，该文第一次从比较诗学的角度，运用丰富的中国传统文论知识，较详细地对中西阐释学和接受美学思想进行互证、互释。中国的"诗无达诂"思想，经此文阐释，焕然一新，引起了大陆学者对中国阐释学思想的浓厚兴趣和极大关注。1984年3月《读书》又刊登了他的《仁者见仁，智者见智——关于阐释学与接受美学》，粗线条勾勒了西方阐释学、接受美学及读者反应理论的主要观点和流派。他目

---

① ［德］沃·伊瑟尔著，金惠敏等译：《阅读行为》，湖南文艺出版社1991年版，第3页。

② 钱钟书：《管锥编》，中华书局1986年版，《补订》第146页。

的明确，即通过认识借鉴西方文论，“激发更多读者开展中西文论比较研究，最终达到中西文论互相补充而充实完备”。

1984 年，旅居美国的华裔学者叶维廉在台湾发表了《秘响旁通——文意的派生与交相引发》（《中外文学》1984 年第 13 卷第 2 期），其后又分别于 1985、1986 年在《联合文学》上发表了《中国古典诗中的传释活动》、《与作品对话——传释学初探》。这三篇论文后来都被收进三联书店出版的《中国诗学》（1992 年）。作者借这些文章，试图建立中国的传释学。他认为不用西方的“诠释”（hermeneutics）而用“传释”，是因为“诠释”往往只从读者的角度出发去了解一篇作品，而未兼顾到作者通过作品传意、读者通过作品释意（诠释）这两轴之间所存在的种种微妙的问题，他所要探讨的是作者传意、读者释意这种既合且分、既分且合的整体活动。[①] 这样，叶维廉不仅从理论上发掘了中国古代阐释学的内在精神、思维形式、阐释路径，还进行了具体的批评实践，开辟了古代文论现代转型的道路。

1986 年 12 月至 1988 年 6 月，同在海外的著名词学家叶嘉莹在《光明日报》分别撰写《从现象学到境界说》、《“比兴”之说与诗可以兴》、《三种境界与接受美学》等系列论文，后由岳麓书社在 1992 年结集为《中国词学的现代观》。作者借用西方阐释学和接受美学的理论来反观中国传统词学理论，认为两者有颇多暗合之处，并以此分析了“兴于微言”与“知人论世”、“比兴”说与“诗可以兴”等古老的中国阐释学问题。她分析王国维与张惠言对美学客体的不同解释，认为王氏说词是属于对美学客体的一种哲学诠释，而张氏则是一种政治、道德诠释。这种借用西方文论反思中国传统文论的努力是显而易见的。

上述四位名家在引用西方的阐释学、接受美学理论研究中国古代文学与古代文论时，侧重的方向各不相同，具体来说，钱钟书侧重中西互证互释，以期达到中西融通的效果；张隆溪则从互证互补的角度，充分调用中国古代文论的理论资源，比较中西阐释理论的异同，以中补西；叶维廉在中西诗学比较的实践中，执著地设想建立中国传释学的理论，融西于中；叶嘉莹则为我所用，借鉴西方理论发现中国特色的读者理论，借西释中。

---

① 叶维廉：《中国诗学》，（北京）三联书店 1992 年版，第 117 页。

尽管他们的研究有所不同，但他们又都是在比较诗学这一视野下所进行的阐发。四位名家的研究方法和视野，对后来的研究深有启发。80 年代中期后，西方的接受美学、阐释学理论纷纷译介到中国，中国文学批评的研究空间也悄然开阔起来。

二、接受的初期：理论的引入与视界的融合

与上述学者得天独厚的外语能力和西方经验相比，中国大陆的文学批评研究者大多必须借助译介的西方理论文本，因此，在借鉴和比较中，他们不可避免出现诸多的“隔”。但西方阐释学和接受美学理论一旦正式进入他们的视野，则比任何一种西方理论都更易为研究中国文学批评的学者所接受。

为“引起研究文艺理论和文学史方法论的同志注意外国当代文论的新动向”①，1983 年张黎发表了《关于“接受美学”笔记》，该文被认为是较早介绍接受美学理论的论文。对接受美学简单介绍的同时，对有关的论文、著作的翻译工作也在展开。1987 年由周宁、金元浦翻译出我国第一本接受美学论著《接受美学与接受理论》（辽宁人民出版社），为我国学术界开始直接阅读接受美学著作，从宏观本体上把握接受美学提供了一个可靠的理论文本。1987 年辽宁人民出版社出版了伽达默尔代表作《真理与方法——哲学解释学的基本特征》，因译文准确性的原因，少为学术界引用。但 1986 年张汝伦的《意义的探究——当代西方释义学》（辽宁人民出版社），1988 年殷鼎的《理解的命运——解释学初论》（北京三联书店），都为人们打开了一扇了解西方阐释学理论的窗口。1992、1994 年，上海译文出版社分别出版伽达默尔的《真理与方法》、《哲学解释学》，终于让学界较全面地了解了西方阐释学的理论。随着相关论文、著作的翻译，西方阐释学、接受美学很快在中国古代文学研究中找到生存空间，大大开拓了中国文学批评的研究领域。

（一）中西接受理论的互证互识

与前面四位学者相比，初识这一理论的大陆学人，或许是对西方理论

① 张黎：《关于“接受美学”笔记》，《文学评论》1983 年第 6 期。

的把握不深，或许是对中国文学接受理论的不自信，他们在质疑中，小心翼翼地进行中西互证、互识、互补，做着发现和整理中国古代接受理论的工作。

1. 中国特色接受美学术语的发现

国内较早借鉴西方阐释学、接受理论来研究中国问题的，大多是从中国古代文论的接受术语开始。较典型的如董运庭的《中国古典美学的“玩味”说与西方接受美学》（《四川师范大学学报》1986 年第 5 期）、邓新华的《“品味”论与接受美学异同观》（《江汉论坛》1990 年第 1 期）、程地宇的《空纳万境，白多余韵——艺术空白论之一》（《探索》1990 年第 6 期）、王志明的《“诗言志”、“以意逆志”说和接受理论》（《文学遗产》1992 年 6 期）、樊宝英的《中国诗论“入出”说的审美接受意蕴》（《文史哲》1996 年第 5 期）、周若金和樊宝英的《作者得于心　览者会以意——谈中国古典诗学的“自得”说》（《齐鲁学刊》1997 年第 2 期）、张胜冰的《接受美学与“道”》（《思想战线》1998 年第 1 期）等，通过比较，他们发现中国的读者接受理论不仅可与西方的接受美学相媲美，而且还在某些方面弥补了接受美学的不足。中国古代接受思想虽然不及西方接受美学与读者反应批评那种片面深刻，但更为全面和辩证；中国美学的意味品鉴比西方美学的意义阐释更接近艺术的真谛。

2. 中西接受理论的互证互识

在对古代文学阐释学的接受意蕴发掘的同时，学者们也开始从宏观的读者接受角度比较中西读者理论的差异。如殷杰、樊宝英的《中国诗论的接受意蕴》（《华中师范大学学报》1992 年第 3 期）、龙协涛的《中西读解理论的历史嬗变与特点》（《文学评论》1993 年第 2 期）、紫地的《中国古代的文学鉴赏接受论》（《北京大学学报》1994 年第 1 期）、唐德胜的《中国古代文论与接受美学》（《广东社会科学》1994 年第 2 期）、樊宝英的《略论中西文论接受思想的异同》（《齐鲁学刊》1999 年第 4 期）等，这些论文通过考察中国古代文论重视读者接受过程中形成的接受和鉴赏术语发生、演变的过程，发现了中国古代诗论的特征：一是在中国古代诗论中，作者、作品、读者三者往往是三位一体的。诗论家从来不脱离作者和读者的接受关系来孤立地考察和研究诗作品，这与西方接受美学专注于读者中心，忽略了文学作品的生成有所不同。二是中国诗论本身是一种泛美学接受，它自始至终蕴藏着强烈的读者意识。它既关乎诗歌的生成论，又关乎诗作的接受论，如“滋味”、“兴趣”、“神韵”等术语具有创作与接受的双重内涵。三是按文学艺术的发展规律，是先有创作，后有鉴赏，但中国古典文论中的一些重要命题如“诗言志”等，最早并非是从创作中总结出来的，而是先从鉴赏中总结出来，以后才演变为指导创作实践，成为创作经验总结。

（二）中国古代文学阐释学思想的整理

中国古代在对经典的解读中，产生了许多富有特色的文学阐释学思想。在西方阐释学、接受美学理论引进中国后，发现、整理古代经典的阐释思想成为中国文学批评关注的热点问题。

1.“诗无达诂”诗学思想的再探讨

自张隆溪的《诗无达诂》发表后，国内学者开始关注这一在古代文论中有关文学释义的纲领性理论命题。1992 年广东省古代文论研究年会曾以笔谈“《诗》无达诂”作为年会主题，要求着重探究阐释学、符号学和接受美学等西方读解理论与“诗无达诂”的联系，以期有批判地借用西方的理论来整理、论析“诗无达诂”的诗学意义和创作欣赏的实践意义。① 因为笔谈的学者大部分都是古代文论的研究者，且当时西方阐释学、接受美学理论还处于刚引入中国学界的状态，这种情况限制了他们深入探讨“诗无达诂”这一中国阐释学术语的可能性。他们的讨论仅限于借用西方理论的名，来发现中国“诗无达诂”阐释理论之实。但即使如此，他们还是从分析的实践中发现了这样一个事实：并不是所有的诗都不可达诂，在中国古典文学中，实际上“有达诂”的诗，是比“无达诂”的多的。笔谈的论文后来收入《岭南古代文艺思想论坛》第一辑。此后，“诗无达诂”的讨论开始走向深入，如孙立的《“诗无达诂”与中国古代学术史的关系》（《学术研究》1993 年第 1 期），作者从学术史的角度，梳理“诗无达诂”内涵在中国历代的演变及发展。邓新华的《论“诗无达诂”的文学释义方式》（《宁夏大学学报》2000 年第 4 期），通过讨论“诗无达诂”的释义特点和规律，指出它不仅高扬解释者在文学释义活动中的主体地位和能动作

---

① 广东省古代文学理论研究会：《岭南古代文艺思想论坛》（第一辑），暨南大学出版社 1993 年版，第 315 页。

用，赋予解释者参与作品意义重建的权利，而且还能正确认识和处理释义活动中解释者与对象之间的辩证关系，从而较好地解决了西方现代释义学无法解决的文学释义的客观性和有效性问题。青年学者李凯更是认为“从阐释学的角度来分析中国诗学应该是了解和认识中国诗学，尤其是儒家诗学的必然选择”[①]。他分析儒家元典在阐释形态中最有影响的几个命题，其中一个首推“诗无达诂”。

2. 中国古代阐释理论初探

对中国古典文学的释义特色的探讨，向来不为国外汉学家所重视，但从台湾学者李淑珍的论文《当代美国学界关于中国注疏传统的研究》中，我们发现，其实海外的汉学者较早就关注这一论题，“他们对文献的掌握或许不如中国学者周洽，但方法论上的反省大抵深刻犀利，对国人饶富启发”[②]。如美国学者韩德森著有《典籍、正典与注疏：儒家与西方注疏传统的比较》[③]，范佐仁也著有《诗与人格：传统中国经解与诠释学》[④]。两位美国学者首开风气，分别从比较宗教及诠释学角度探讨中国阐释学传统。韩德森从宏观角度鸟瞰中西文化典籍及文化传统，揭露了我们习焉不察的儒者读经假定与解经策略。范佐仁则把焦点放在《诗经》的精读上，认为《诗经》的重点在追溯诗人之志，借以改变读者人格。

相比之下，大陆学者对中国古代文学阐释学的重视还要晚一些。1994年普慧发表《试论中国古代文学批评中的解释学思想》一文，较早认识到“如果结合西方现代解释学的理论，重新审视中国古代文学批评，就可以发现，在我们传统思想中，已经孕育着现代解释学的强烈胎动”[⑤]。1998年汤一介在《中国社会科学》第1期上刊登了《辩名析理：郭象注〈庄子〉的方法》，文章对郭象注释《庄子》的两种方法“寄言出意”和“辩

---

① 李凯：《儒家元典与中国诗学》，中国社会科学出版社2002年版，第288页。

② 李淑珍：《当代美国学界关于中国注疏传统的研究》，《中国文哲研究通讯》1999年第3期。

③ John B. Henderson. *Scripture, Canon, and Commentary: A Comparison of Confucian and Western Exegesis*. Princeton: Princeton University Press, 1991.

④ Steven Van Zoeren. *Poetry and Personality: Reading, Exegesis, and Hermeneutics in Traditional China*. Stanford: Stanford University Press, 1991.

⑤ 普慧：《试论中国古代文学批评中的解释学思想》，《文艺理论研究》1994年第2期。

名析理”作了具体的分析，并在最后提出有关“创建中国解释学的理论与方法问题”。其后他又先后发表了《能否创建中国的解释学》（《学人》1998 年第 13 期），《再论创建中国解释学问题》（《中国社会科学》2000 年第 1 期）等文章，提出创建中国解释学的问题。他认为这是“基于中国有长期而丰富的‘经典注释’的传统”。真正的“中国解释学理论应是在充分了解西方解释学，并运用西方解释学理论与方法对中国历史上注释经典的问题作系统的研究，在对中国注释经典的历史（丰富的注释经典的资源）进行系统梳理之后，发现与西方解释学理论与方法有重大的甚至是根本性的不同，并自觉地把中国解释问题作为研究对象”①。此外，周光宪、郜积意、李清良、杨乃乔等人，长期从事中国特色的阐释学和解释学的理论研究，他们或从大处着眼，对中国古代解经方法进行梳理，或从小处着手，探讨中国阐释学特色的概念、术语，都取得一定的成绩。

3. 哲学界的两次集中讨论

在中国解释学逐渐为学界所熟悉和认同后，中外学者开始对中国解释学进行更深层次的研究。中国经典的阐释问题，首先引起了哲学界学者的关注。对中国经典阐释的哲学研究，反过来又启示着中国古代文学阐释学的研究。1999 年台湾的《中国文哲研究通讯》发表了一辑专以中国经典阐释传统为主题的论文。如前面提到李淑珍的《当代美国学界关于中国注疏传统的研究》，集中介绍了西方学者对中国注疏传统的研究，让人领略在外来文化观照下的西方学者的独特视角和观点。张隆溪的《经典在阐释学上的意义》，看到经典的超越历史性，认为经典之所以是经典，就在于它不仅属于某一特定的时间和空间，而且能克服历史距离，对不同时代甚至不同地点的人说话。张鼎国的《“较好地”还是“不同地”？——从诠释学论争看经典注疏中的诠释定位与取向问题》，认为经典的权威除了自身外，还有一个历代注疏者随着时代的要求而建立的权威，所有诠释理解活动，必然包含传统经典的新生与传承，以及期望令其持续发挥实效及影响的努力。洪汉鼎的《从诠释学看中国传统哲学“理一而分殊”命题的意义变迁》，则从本体论的角度，探讨中国传统的哲学问题。

两年后，中国大陆的《学术界》（2001 年第 4 期）开辟“中国经典解

---

① 汤一介：《论创建中国解释学问题》，《学术界》2001 年第 4 期。

释学研究”专栏，据编者按其目的是“希望能对狭义‘解释学’（中国经典解释学），进而对广义‘解释学’（包括其他的解释学）的研究与批判，注入新的活力，从而推动当代中国哲学社会科学解释原则的创新”。其中汤一介的《论创建中国解释学问题》，就是希望借鉴西方的解释理论与方法来讨论中国的“解释学”问题。他详细分析对经典著作解释产生的解释方法，认为《左传》对《春秋经》的解释，可称为历史事件的解释；《系辞》对《易经》的解释，可称为整体性哲学解释；《韩非子》的《解老》、《喻老》，可称为实际（社会政治）动作型的解释。周光庆的《中国古典解释学方法论反思——兼与杨润根先生商榷》，反思中国古代解释学的解释方法论，认为在“述而不作”亦即“寓作于述”解释宗旨的作用下，中国文化经典解释的基本方法是语言解释方法、历史解释方法和心理解释方法，它们相互结合，不断发展，从一个角度成就了中国文化经典解释曾有过的辉煌。而王中江的《“原意”、“先见”及其解释的“客观性”——在“方法论解释学”与“哲学解释学”之间》，站在中西解释学的比较视野，考察中西解释学对“原意”、“先见”和“客观性”所持的基本立场，以缓解方法论解释学与哲学解释学之间的紧张关系。

三、西方文论的中国化：中国阐释学理论体系的建构

在西方接受理论、阐释学传入并引发中国接受诗学研究大潮的驱动下，在哲学界建立中国阐释学的倡导感召下，中国文学批评学术界出现了一个以读者研究为中心的中国古代文学阐释学理论体系建构热潮。这既与20世纪末关于传统文论现代转型的热点问题讨论有关，也是中国学者接受、消化西方理论并对中国古代文论中丰富的读者思想的资料收集整理、深化研究的结果。

较早借用西方阐释学、接受美学理论来分析古代文学的著作除前面提到叶嘉莹的《中国词学的现代观》外，还有张思齐的《中国接受美学导论》（巴蜀书社1989年）、龙协涛的《文学读解与美的创造》（时报文化出版有限公司1992年）、董洪利的《古籍的阐释》（辽宁教育出版社1993年）、樊宝英与辛刚国合著的《中国古代文学的创作与接受》（中国石油大学出版社1997年）、徐应佩的《中国古典文学鉴赏学》（江苏教育出版社

1997 年)、金元浦的《文学解释学》(东北师范大学出版社 1997 年)等，这些著作从不同的角度论述了中国古代文论中阐释学理论的特色，为后来古代文学接受史的撰写和中国接受诗学、中国文学阐释学理论体系建构奠定了基础。

1. 文学接受史撰写的兴起

1998 年陈文忠撰写的《中国古典诗歌接受史研究》(安徽大学出版社 1998 年)把接受史方法引入古典诗学的研究，以作为接受史料的历代诗话为学术基础，考察经典作品的接受史及其诗学意义。这种新的研究范式的尝试，有力地回应了从读者角度撰写文学史的怀疑论。著作既是具体作品接受史的微观研究，又是接受史研究理论方法的总结概括，其中不乏精辟论点，如对接受美学“第一读者”的互识互补，对建立中国古代接受史架构的理论设想，都富有启发性。它通过对“单个作品”的微观接受史研究的实践，提出通过不同种类、不同性质作品接受史的考察，揭示接受史研究的多种方法、途径的可能性，并为古典文学具体作品的接受史写作提供了很好的范例。

如果说陈文忠的著作是文学史撰写的理论建构和微观实践的话，尚学锋等人合著的《中国古典文学接受史》(山东教育出版社 2000 年)则是首开撰写中国古典文学接受史的先例。它采用读者的视角，从历时性的角度探讨历代文学接受的历史文化情境，读者的接受方式和接受特点，总结古典文学接受理论的形成与发展；从共时性的角度贯穿了历代对《诗》、《骚》、陶、杜等文学经典和名家的阐释以及接受特征。

李剑锋的《元前陶渊明接受史》(齐鲁书社 2002 年)是一部单个作家的接受史。著作以西方为主要参照，兼用旧的方法搜集梳理资料，对元代以前陶渊明接受史的轨迹进行描述和探因。通过具体接受实践的分析，作者比较中西读者理论的差异，发现了中国接受理论的三大特色：一是体现在理论的表现形式上，中国阐释学理论不注重理论体系的建构，但历代读者审美鉴赏经验的层积却为理论体系的形成不断添砖加瓦；二是体现在中国特色接受现象上，历代诗人学陶、仿陶成为陶渊明接受史普遍而重要的现象；三是体现在中国特色的理念术语上，在陶渊明的历代接受中，形成了真古、旷远、平淡、豪放、自然、闲雅、趣、味、韵等一系列有中国特色的理念术语，这些术语不像西方文论那样内涵精确、界说分明，却能较为传神地与批评对象相吻合。

2. 中国接受诗学、中国阐释学理论体系的建构

自西方阐释学、接受理论逐步为中国学者熟悉以来，尽管有不少学者提出建立中国解释学的设想，但从读者的角度深入研究中国古有的文学阐释学理论的著作却并不多见。青年学者邓新华首开其风，他在20世纪80年代末就开始在全国各种学术刊物上发表论文，以西方接受美学、阐释学作为理论启导和比较参照，发掘、整理、阐发中国古代富有民族特色的接受理论。他的《中国古代接受诗学》（武汉出版社2000年），从历时和共时两个角度，首次系统地对中国古代接受诗学史进行清理、挖掘和阐发，并尝试建立起具有鲜明的民族文化特色的中国接受诗学体系。

另一位更为年轻的学者李清良的《中国阐释学》（湖南师范大学出版社2001年）从中国文化的基本观念出发，系统清理了中国阐释学理论，全书分为“导论”、“语境论”、“‘时’论”、“理解根据论”、“理解过程论”、“阐释论”六大部分。以西方阐释眼光观照中国传统文化的阐释学思想，他发现具有中国特色的“中国时论”、“双重还原”法、“解喻结合”等阐释方式、方法，对中国古代阐释理论的建构具有开创性的意义。

2002年，周光庆在多年来一直从事中国古典解释学研究的基础上，出版了《中国古典解释学导论》（中华书局2002年）一书，该书宏观上对中国古典解释学的历史存在和发展进行探寻，微观上则对中国古典解释学进行个案研究，清晰地显现了中国古典解释学的主要研究目的、方法和效果。

2003年，知名学者周裕锴出版了《中国古代阐释学研究》（上海人民出版社2003年），该书是他所承担的国家社科基金项目的结题成果。周氏在前言中认为阐释学并非西方的专利，尽管“阐释学”一词译自西文，阐释学作为一种理论主要是由德国传统发展而来，“但这并不妨碍中国文化中同样存在着一套有关文本理解的阐释学思路”。著作中，他试图通过收集分析散见于各种典籍中有关言说和文本的理解与解释的论述，发现各个历史时期经学、玄学、佛学、禅学、理学、诗学中蕴藏着丰富的阐释学理论内涵，并由此揭示出中国古代阐释学理论发展的内在逻辑以及异于西方阐释学的独特价值。

李咏吟近年来连续出版了与解释学有关的系列著作，如《诗学解释

学》（上海人民出版社 2003 年）、《创作解释学》（广西师范大学出版社 2003 年）、《解释与真理》（上海译文出版社 2004 年），这些著作虽侧重于哲学方面，但在对西方解释学理论透彻理解的基础上，他开始了对诗学解释学的沉思。他讨论中国古典解释学与诗学解释学的问题，指出中国古典诗学解释学的两条路向，一是儒家诗学解释体系，另一个则是诗骚解释体系。

有人曾感叹中国 20 世纪下半叶的文论一直是“负债经营”，从非文学理论和西方文化中“借贷”数额巨大，赤字过高，认为文论必须在新世纪里通过对文学史和文学批评等的综合研究提高质量，变“输血”为“造血”，改变现有局面。[①] 回顾西方读者理论 20 多年来在中国古代文论研究的实践，正如乐黛云先生在为刘耘华的《诠释学与先秦儒家之意义生成——〈论语〉、〈孟子〉、〈荀子〉对古代传统的解释》一书作序所云，从选题到论证“都受到西方诠释学的‘照亮’和启发，借助他种文化的光亮对自己的文化进行了新的、与现代文化接轨的解读，促进了中国传统文化的现代转型，同时又以中国的诠释实践以及从这种实践所产生的新的理论丰富和改造了西方诠释学的内容”[②]。这一学术努力堪称是变“输血”为“造血”的成功尝试。

（刘绍瑾　刘上江）

---

① 张首映：《西方 20 世纪文论史》，北京大学出版社 1999 年版，第 293 页。

② 乐黛云：《诠释学与先秦儒家之意义生成——〈论语〉、〈孟子〉对古代传统的解释·序》，上海译文出版社 2002 年版。

下　篇

文化视野下中国古典文艺美学民族精神之阐发

第一章

中华文艺理论的人文精神

中华文艺理论源远流长，博大精深，具有浓厚的民族色彩，是世界文艺理论宝库中灿烂的明珠。它所体现的人文精神滋润了无数艺术家的艺术创作。

人文精神是中国传统文化最显著的特征之一，它表明中国传统文化具有强烈的人文关怀与道德追求，同时又具有鲜明的艺术化或情感性成分，是一种重仁讲情、崇艺重生、强调和谐的文化。有的文化学者甚至认为中华传统的人文精神也就是艺术精神。[①] 的确，中华文化的人文精神在中华文艺创作与理论方面体现得最为充分。中华文艺理论人文精神的表现，主要有以下三个方面。

一、对艺术生命的高度重视

在中国人的观念中，“文”与天地自然之“道”相通，与山川草木息息相关，是充满勃勃生命的创造物。刘勰《文心雕龙·原道》论“文”，说天地山川草木乃“道”之文，而人之文乃为“天地之心”、“五行之秀”的人所创造，仍然是“道”的体现。“辞之所以能鼓天下者，乃道之文也。”按照当时宇宙论的构架，在“人文”与“道”之间的中介乃是“气”，“通天下一气耳”[②]。道—气—人—文的运行路线，也就是表明文亦是气所激荡、鼓动的结果。《易传》认为“一阴一阳之谓道”，阴阳二气互动而生生不已，演化出大千世界。因此，宇宙间的万物都充满着“气”，有气则生，无气则亡，气成为万物的生命所在。这是中华传统文化中生命主义的重要观点。

那么，文之气自然也是文的生命所在了。“观于人身及万物动植，皆全是气所鼓荡。气才绝，即腐败臭恶不可近。诗文亦然。”[③] 古人论文非常强调气，论文先论气，并推崇“以气为主”的作品为至品。“气”成为艺术生命力的代名词。

---

① 吴森：《从“心理距离说”谈到对中国文化的认识》，《比较哲学与文化》，（台北）东大图书公司 1993 年版。

② 《庄子·知北游》。

③ 方东树：《昭昧詹言》卷一。

与这种"文气"论相关，艺术创造就非常重视取法自然，所谓"外师造化，中得心源"，"搜尽奇峰打草稿"等，都是主张从自然万物中获得生命的灵气，以充实与壮大艺术的生命机能。同时，古代文艺理论中的"物感"说，主张艺术家的心灵因受到自然万物乃至四时气候的感应而产生创作冲动，即是突出一种万物与人之间的生命共感。这既是古代哲学"天人合一"观的表现，同时又是古代文艺理论突出艺术家主体作用的表征。正是在生命共感的基础上，进入艺术家眼中与笔下的自然往往被人格化、感情化，而成为创造艺术生命的有机组成部分。"岂独山水，虽一草一木亦莫不肖其性情，若含蕊绿叶，若披枝行干，虽一花而含笑，或大放，或背面，或谢，或未谢，俱有生化之意。画写意者，正在著此精神"[①]。天下山水本为气所积聚而成，自有生气贯乎其间。因此，草木山水自有其趣灵性情，自有"生意浮动"之生命。于是，艺术家笔下的山川景物的生命，"就绝不仅仅是艺术家本人的主观生命情调的投射或移情，也不仅仅是代山川而立言，确切地讲，是艺术家的生命与大自然的生命融为一体。而只有生命与生命的对接与融洽，才可能造就艺术灵动的生命"[②]。

不仅如此，中华文艺理论还将艺术的有机生命比作人的有机生命，即认为艺术作品像人一样，有血、肉、筋、骨、气，几者缺一不可。如说诗，"诗有肌肤，有血脉，有骨骼，有精神。无肌肤则不全，无血脉则不通，无骨骼则不健，无精神则不美。四者备，然后成诗"。[③] 古人认为艺术自有其生命的律动法则，天地氤氲，万物化醇，艺术作为人的生命的精神投射物，自然也具有生生不息的生命。因此，这种比喻绝非任意和无逻辑的，在它的背后有着强大的文化哲学作为依托，那就是"生生之谓易"。

中华文艺理论的这一艺术生命观和自然生命论与西方文艺理论是截然不同的。西方古希腊的亚里士多德也讲艺术品的有机统一性，但往往是先部分后整体，更多的是从解剖学的意义上去说的。而中国讲艺术的有机统一，往往是先整体后部分，是从和谐互动的宇宙观上把握的。西方美学家黑格尔也讲"生气灌注"，但他认为自然是没有生命之美的，只有靠人的

---

① 唐志契：《绘事微言》。

② 蒋述卓：《说"飞动"》，《文学遗产》1992 年第 5 期。

③ 吴沆：《环溪诗话》。

心灵“灌注”给它生气，才获得生命之美。其主客是分离的，而中国文艺理论家认为自然本身就充满生命，人与自然的生命共感造成了艺术的生气勃勃与神气远出的生命形式，主客是合一的。由是而观，中国人对艺术生命的体会与重视是非常独特的，而且更切近自然与艺术的关系。

中华文艺理论还把对艺术技巧的运用也纳入艺术生命创造的范围内来论述。如艺术对虚实、动静、浓淡、远近、明暗的处理，对起承转合的章法结构的重视，乃至于对前人句、意的继承与革新等，都与艺术意境、韵味、风神的创造紧密相连。像绘画中的“以白计黑”，黑白的互相结合成为艺术作品具有充实生命力的要素。像书法中行笔的“行”与“留”，强调行处留、留处行的相互依存。虽讲的是笔法，但涉及书的韵与势。清包世臣《艺舟双楫·述书》中说：“余见六朝碑拓，处处皆留，留处皆行。凡横、直平过之外，行处也，古人必逐步顿挫，不使率然径去是行处留也；转折挑剔之处，留处也。古人必提锋暗转，不肯魔笔使墨傍出，是留处皆行也。”这种动静结合、虚实互补又正是源于古代哲学阴阳互动、刚柔结合的思想。文艺之道的刚柔相济、动静互渗亦体现出宇宙的生命之道。至于在对前人句、意的继承与革新的论述方面，古人亦用所谓“死法”与“活法”来概括。墨守成规、不具变化的袭用被看作“死法”，灵活自由、富于变化与创造的谓之“活法”。“活法”与“死法”关系到一个艺术家是否具有艺术创造力和其作品艺术生命力能否形成的问题。

二、对高尚人格的极力推崇

中华文艺理论从人文关怀出发，非常重视艺术家情感的抒发性以及艺术作品的情感穿透力。《文心雕龙·明诗》说：“诗者，持也，持人情性。”《诠赋》篇又说：“原夫登高之旨，盖睹物兴情。情以物兴，故义必明雅；物以情观，故词必巧丽。”钟嵘《诗品序》也说诗重在感物而抒情言志。中国诗歌理论的开山纲领虽主张“言志”，但经过后人的发展与诠释，也变成“在己为情，情动为志，情、志一也”（唐·孔颖达语）。情志的合一表现出了艺术家的仁爱之心，即把个人感情与社会之志糅合为一体，把对社会的人文关怀当作艺术家的责任，而不仅仅是个人情感的宣泄。所以，文论史上的“发愤著书”与“穷而后工”论，强调的绝不只是个人的怨、愤，而是强调个人的遭遇、感受与社会、时代的情绪相通，并起到对社会的针砭与矫正作用。文学史上屈原的《离骚》就是最典型的例子。而围绕对屈原的评价，又引出了对人格的重视问题。司马迁说：“屈平正道直行，竭忠尽智以事其君，谗人间之，可谓穷矣。信而见疑，忠而被谤，能无怨乎？屈平之作《离骚》，盖自怨生也。……其志洁，故其称物芳；其行廉，故死而不容自疏。濯淖污泥之中，蝉蜕于浊秽，以浮游尘埃之外，不获世之滋垢，皭然泥而不滓者也。推此志也，虽与日月争光可也。”① 因此，艺术家创作之情的抒发，也就与艺术家人格的高下清污相关。中华文艺理论在此基础上形成的“文品即人品”的理论，突出地强调了人与文的统一以及艺术作品的美善统一。

同时，中华文艺理论强调要注重对艺术家人格的培养，其“养气”理论就成为别具一格的道德人格培养论。孟子倡养“浩然之气”，而此“气”乃“配义与道、集义所生”，“气”实际上成了一种道德力量与人格力量的象征。养气是为了正身，正身之后方可为文，反过来，为文又必须以养气为本。宋代的陆游说：“文之不容伪也，故务重其身而养其气。”② 诚于中而形于外，心中有真气、正气，文自然如其人。道德人格的培养也就在艺术创作论中占有极其重要的地位。当然，在艺术创作中，人品与文品未必一定能做到相符与统一，文学史上也出现过人格拙劣而作出清高诗文的例子，但是，中华文艺理论中这种注重艺术家的内在修养以及追求人格完善的理论，却是具有积极意义的。

即使是论文章内容与形式的关系，古人也把它与人格联系起来。《论语·雍也》载，子曰：“质胜文则野，文胜质则史，文质彬彬，然后君子。”孔子把“文质彬彬”的得体比拟为“君子”应具的风度，实则亦主张为文之人的品性应具有较高的修养，成为君子。孔门弟子进一步发挥孔子的思想，将文质的统一看作是“礼”的组成部分，并把它视为君子内在美与外在美相统一的人格表现。《大戴礼记·表记》说：“君子服其服，则文以君子之容；有其容，则文以君子之辞；遂其辞，则实以君子之德。是

---

① 《史记·屈原列传》。

② 《上辛给事书》。

故君子耻服其服而无容；耻有其容而无其辞；耻有其辞而无其德；耻有其德而无其行。”服饰、文辞等都与君子的德行的要求融汇在一起，其德（质）应与服饰、文辞（文）等相统一。否则，那种掩恶之“文”和饰过之“文”是令人厌恶的。《中庸》甚至认为：“君子之道，暗然而日章；小人之道，的然而日亡。”有内在之质就必然发于外在之文美。所以，文质彬彬的艺术审美观同样涉及政化与修身，并与仁义、礼乐相联系。

另外，在儒家的思想与学说中，音乐艺术也是人格完善的重要途径。孔子就非常重视诗歌与音乐修养在“成人之道”中的作用。孔子说：“兴于诗，立于礼，成于乐。”① 乐成为一个人人格境界完成的标志。同样，对音乐的学习，也要由技艺层面进入精神层面，更进而达到具体人格的把握方面。《史记·孔子世家》记载着一个孔子学琴的故事，内中记载孔子对于“习乐”的要求，是由“习其曲”到“习其数”，再到“得其志”，然后“得其人”的，这样一个过程的终结是把人格融入音乐，在习乐之中得到人格的升华。荀子也把音乐、舞蹈、诗歌的教育看作是人格修养日趋完美的必要手段。乐教能够清除邪污之心，感发善心，所以成人之道必须用雅颂之声来加以配合。总之，艺术理想的追求是与人格的完善相一致的。

三、对艺道合一的不渝追求

中华文艺理论很强调载道、弘道和所谓道艺的合一。中国学说与思想中的“道”，包含有哲学之道与艺术之道。天道、地道、人道属哲学之道，天道、地道之“道”既指宇宙的本体，又指宇宙变化的总规律。人道则主要指社会伦理的仁义之道。艺术之道则指艺术创作的规律。然而，在古人看来，这三者是相通的。孔子说：“志于道，据于德，依于仁，游于艺。”②《庄子·天地》则说：“通于天地者，德也；行于万物者，道也；上治人者，事也；能有所艺者，技也。”道与艺的关系，成了一种体用关系。天地之道，不仅体现在具体的社会制度（如礼乐制度）与生活方式中，还体现在具体的艺术创作中。

---

① 《论语·泰伯》。

② 《论语·述而》。

这种体用关系当然可以表现为若干方面。从与艺术相关的方面看，至少有这样两个方面。一个是说艺术作品可以体现天地自然之道。艺术家通过艺术创作可以“直指天地之心”，获得哲理的启示。南朝宋时的画家宗炳在《画山水序》中说：“山水以形媚道。”画家的山水画创作就在于写了山水之理与画家之“神”（意）。在这个层面上言，艺术创作成为“体道”、“悟道”的重要途径。另一个则是说艺术家通过创作完成其仁义之道的实现。韩愈说其为文“本志乎古道”[1]，他的“道”即指孔孟的仁义之道。朱熹则说：“三代圣贤文章，皆从此心写出，文便是道。”[2] 陆九渊说：“棋所以长吾之情神，瑟所以养吾之德行。艺即是道，道即是艺。”[3] 这是把明道、载道的艺术创作与个体人格的实现牵连起来，从艺实际上又成为一种具体的道德实践活动。从这一层面上看，人生的过程又是一种艺术化的过程，人生的艺术化又成为道德完善的至高境界。因此，能真正体道者，也就成为圣人、贤人。不过对于人生的艺术化，儒、道、佛三家有不同的理解，但在追求理想人格的完善上却是一致的，在“弘道”的目标追求上也是一致的，只是“道”的具体含义依各家有异而已。

至于在对艺术之道的把握上，古人则从“道法自然”的角度强调“以天合天”的理想，从“忘乎技”的角度强调道在技中。《庄子》通过庖丁解牛与梓庆削木为锯的故事，说明了技巧的最高境界也就是心物合一、天人合一。唐画家符载说：“物在灵府，不在耳目。”[4] 自然对象必须经过人的精神观照，在艺术家“澄怀味像”之中达到人与自然的高度融合。只有在这种精神熔铸的前提下，技艺的操作才会真正做到“得心应手”。对艺术之道的掌握，艺术家的“灵府”往往是更重要的。孔子说：“人能弘道，非道弘人。”艺术家对道艺合一的追求正是要表现出人的精神，要符合于天道、人道的要求，在艺术创造与生活的实践中，领略天地造化之功和人生的意义。艺术追求“天人合一”的境界，说到底还是追求做人的至高境界，即真、善、美合一的境界。

---

① 《题哀辞后》。

② 《朱子语类》卷一百三十九。

③ 《语录》，《象山先生金集》卷三十五。

④ 《观张员外画松石序》。

因此，对艺术生命的高度重视，对高尚人格的无限推崇以及对道艺合一的不渝追求，其核心问题还是人，它所表现出来的是对人的生命的高度重视和对做人的高度重视。这正是中华文艺理论人文精神的精髓。

（蒋述卓）

第二章

中国古典美学表达方式的东方特性

中国古典美学是在东方文化的土壤中培植生长起来的绚丽之花，它在审美观照方式、内容与形式的结构、表达方式以及内在精神等方面有着鲜明的东方特性，表现出了丰富的中国文化内涵。本文只择取中国古典美学表达方式的东方特性进行论述。

本文认为中国古典美学的表达方式有如下三方面的特色，它们的形成均体现了中华民族的思维方式与东方特性。

一、具象表达方式

中国古典美学常用具象来表达审美感觉，而不像西方古典美学那样靠抽象的理论概念进行逻辑推演来表达审美判断。因此，在中国古典美学中，我们很少看到美学批评家使用判断来作审美评价，其表达审美评价的主要手段是批评家和读者共同进行的“品”。“品”加“评”所构成的“品评”则成为中国古典美学最主要的审美评价方式。

“品”的方式来源于中国人对烹饪的鉴赏，即起源于中国人的味觉美。日本美学家笠原仲二曾经从“美”字乃“羊”和“大”的组合推论出“美”字起源于对“羊大”的感受性，并进而指出：“中国人最原初的美意识是起源于‘甘’这样的味觉的感受性。”[①] “品”字从口，常与“从口，未声”的“味”字相联系，品味“甘”的饮食也就成为中国人最初的审美意识，而且奠定了其最初使用的手段是官能性的感受。

这种官能性感受发展到汉代产生了品评人物的方式。品评人物主要还是靠“目”测，在魏晋时期，品评人物即对人物的审美评价也主要依赖物象让观者去感受。《世说新语》载：“世目李元礼，谡谡如劲松下风。”（《赏誉》）“王公目太尉，岩岩清峙，壁立千仞。”（《赏誉》）“时人目王右军，飘若游云，矫若惊龙。”（《容止》）“有人叹王公形茂者，云：‘濯濯如春月柳。’”（《容止》）又有人评嵇康“岩岩若孤松之独立，其醉也，傀俄若玉山之将崩”。（《容止》）这些评语都是重形象的审美性描绘，而不是作出判断，它表达的是评赏者的感受，同时也让读者自己去感受并

① ［日］笠原仲二著，魏常海译：《古代中国人的美意识》，北京大学出版社1987年版，第2页。

完成。

这种依靠感受、重视感受的审美方式表现于南北朝时期的艺术品评中，同样呈现为以具象方式去表达审美感受的形式。如萧衍评书法，“王羲之书字势雄逸，如龙跳天门，虎卧凤阙”；“索靖书如飘风忽举，鸷鸟乍飞”；“钟繇书如云鹤游天，群鸿戏海”。[①] 钟嵘以品论诗，标举的也是“滋味”，尤其推崇诗的辞藻，“干之以风力，润之以丹彩，使味之者无极，闻之者动心”。[②] 他所重视的仍然是读者的官能（视觉与听觉）感受。他对诗的品评，仍然运用具象方式来表达，如评曹植诗是“骨气奇高，词采华茂，情兼雅怨，体被文质”，并用比喻评他的诗文“譬人伦之有周、孔，鳞羽之有龙凤，音乐之有琴笙，女工之有黼黻”。又说：“孔氏之门如用诗，则公干升堂，景阳、潘、陆，自可坐于廊庑之间矣。”[③] 这些都是推崇曹植“卓而不群”的赞语，但都采用了具象的说法，尤其是用刘桢只能登堂，另外三人张协、潘岳、陆机只能坐于厢房之间，而只有曹植不仅登堂而且已入室相比较，给读者强烈的印象，并留下可以联想的空间。又如评范云与丘迟之诗，也用自然物象作比喻，说“范诗清便宛转，如流风回雪。丘迟点缀映媚，似落花依草”。[④] 从魏晋南北朝时的人使用的一些诗评来看，他们大致也是采用这种具象表达法的，可见当时评诗的一般风气。《世说新语·文学篇》载：“孙兴公云：‘潘（岳）诗烂若披锦，无处不善；陆（机）文若排沙简金，往往见宝。”又如钟嵘《诗品》所载汤惠休评诗，说：“谢（灵运）诗如芙蓉出水，颜（延之）如错彩镂金。”[⑤] 此种说法还见于《南史·颜延之传》：“延之尝问鲍照己与灵运优劣。照曰：谢五言如初发芙蓉，自然可爱；君诗如铺锦列绣，亦雕绘满眼。”

这种具象表达方式延伸而下，经过唐而直至明清，其形式虽略有变化，但形成的传统却保持始终，从而构成了中国古典美学独特的表达方式。

---

① 《书法钩玄》卷四《梁武帝评书》，《中国美学史资料选编》（上册），中华书局 1980 年版，第 210 ~ 211 页。

② 钟嵘：《诗品·序》，《中国美学史资料选编（上册），第 213 页。

③ 钟嵘：《诗品》，《中国美学史资料选编（上册），第 215 页。

④ 钟嵘：《诗品》，《中国美学史资料选编（上册），第 216 页。

⑤ 钟嵘：《诗品》，《中国美学史资料选编（上册），第 216 页。

这种具象表达方式虽依赖于感觉，依附于感觉，但并不仅仅局限于感觉，而是通过诉诸感觉激发读者的审美想象，从而达到一种审美观念的表达。日本比较思想家中村元曾经指出，中国人的思维方式是“以具体形式表达的复杂多样性”[①]。因为具体，才有个别；因为有个别，才更能体现审美意象的复杂多样性。具象不像概念，它是无定性的，它所表达的审美意象也就更具备暗示性、象征性与启发性。这也就是说，用具象更有生发力和想象的空间。中国古典美学提倡的最高审美方式是“象外之象”、“味外之旨”，它所运用的方法乃是“得意忘言”。因此，具象之使用并不是目的，而只是手段，舍具象之筏而登审美意象之岸，才是中国古典美学品评方式的真正目的。

应该说，中国古典审美意识主要还是一种具象性意识，它运用比喻、象征等手段，把具体物象与抽象性道理融合在一起，具象不仅体现抽象的宇宙之理（道），而且也通向人的心灵宇宙。从庄子到魏晋时期的郭象，都认为山水即天理（道），从“以玄对山水”到“庄老告退而山水方滋”，中国古典美学重视具象性的意识的审美传统变得更为牢固。相传为晚唐司空图所作的《二十四诗品》，将中国古典美学这种“随象运思”、“思与境偕”的方式推向极致，他评各种诗歌的美学风格和意境，都是通过一个具体形象体系的描绘来完成的。可以说，司空图的论诗是将具象、哲理、美学、诗融合成一体的典范之作。而司空图的论诗，其基础还是在于“辨味”，他认为“辨于味，而后可以言诗也”[②]。可见，他重视的还是一种强烈的感官感受。不同于钟嵘的是，他认为对“味”的理解还不能停留在诗的表面的感官感受，还应该达到它的深层含义，所以他特别强调诗的“醇美”，认为“醇美”之“味”才能具有“韵外之致”和“味外之旨”。这种具象性意识正好符合中国古典美学追求含蓄、隽永的要求，也体现了东方民族综合型思维而非分析型思维的特点。

此外，由于中国古典美学的具象性意识不是从概念到概念的细绎，故始终不脱离感性生命。这不仅表现在它所用以描绘审美意识的自然物象往

---

① ［日］中村元著，林太、马鹤译：《东方民族的思维方法》，浙江人民出版社1989年版，第141页。

② 司空图：《与李生论诗书》，《中国美学史资料选编》（上册），第316页。

往是活泼律动、充满生命动感的生命有机体，而且还表现在它运用拟人化方法来论诗评诗的方式上。如用人身体的各部分作比喻来表达审美意识，说诗、文、书法、绘画等都有“气”、“血”、“筋”、“骨”、“肉”、“神”等，认为气必须贯串于艺术作品全部，就好比是人，“一肢不贯，则成死肌，全体不贯，形神离矣”。[①] 总之，中国古典美学所运用的喻象都是非常强调生命感的。

二、辩证灵活的表达方式

中国古典美学表达方式的特殊性还表现在它常常使用辩证的、流转变化的范畴。这些范畴如同中国语言传统中的对偶艺术一样，往往是两两相对的，如“阳刚”对“阴柔”，“形似”对“神似”，“虚”对“实”，“巧”对“拙”，“动”对“静”，“雅”对“俗”等。这些范畴看似相互对立，但在中国古典美学的范畴论述中，并不看重它们之间的对立关系，而更看重它们之间的相互转换变化、相互包容和相反相成的关系。如“虚实相成”、“刚柔相济”、“静中有动，动中有静”、“化俗为雅，雅俗相和”、“大巧若拙”等。再推而广之，还产生一些对偶性的理论命题，如“诗中有画，画中有诗”、“以形写神，形神兼备”、“不似之似似之”等。

辩证灵活的表达方式所使用的概念和范畴都是流动变易的，表面看来是缺乏准确的纯逻辑的界定性阐述，但由于它着重揭示范畴之间相互转换变化的关系，反而更能把握艺术内部的联系，从更深一层来说，相对性的范畴具有它内在的合理性。中国哲学家方东美认为，中国哲学有生之理、爱之理、化育之理、原始统会之理、中和之理、旁通之理。而“旁通一词统摄四义：一、生生条理性；二、普遍相对性；三、通变不穷性；四、一贯相禅性”[②]。中国古典美学范畴的辩证性深得旁通之理。正是在概念与范畴的辩证运动中，审美意义才得以生成。这正是中国古典美学相对性的妙缔。比如中国绘画美学认为，画中之空白也是画的有机组成部分，白是

---

① 归庄：《玉山诗集·序》，郭绍虞主编：《中国历代文论选》（第三册），上海古籍出版社 1980 年版，第 291 页。

② 方东美：《哲学三慧》，《方东美集》，群言出版社 1993 年版，第 349 页。

虚，黑是实，但只有虚实相合才成为一幅完整的画。也只有虚实的相互运动，才有绘画的无穷韵味。也正是从这个意义上说，白即黑，黑即白。中国绘画“以白计黑”的独特美学原则成为美学创造与表达方式相对性的典型之一。

中国古典美学追求和谐的境界，其辩证的思维方式和表达方式使其超越一般的相对性意义和折中意义，成为圆满之中又充满灵动的美学。中国古典美学追求生命质感，其辩证思维方式和表达方式使其在揭示范畴之间的流转变易与相互包含的复杂且生动的关系中，范畴的意义动态形成，并且富有生生不息的生命延伸感。

也正是从这一点出发，我们透过中国古典美学辩证灵活的表达方式触摸到中华民族审美思维的元结构：太极思维。从那酷似阴阳二鱼流转运动的太极图像中，我们能解读出上古时期中华民族重视生命律动和变易决定一切生命的思维模式。一阴一阳之谓道，阴阳交替，产生消息起伏、循环往返的宇宙，产生相接相续的四时，产生出动态万千的艺术世界。太极思维包含着阴阳的相反相成、矛盾互补、对立统一并且互相转换的丰富哲理。

三、言简意丰的表达方式

中国古典美学在语言的表达方面崇尚简洁。由于它的许多理论术语与概念都是从其他领域如哲学、军事、饮食以及自然界借用而来，而且不少还采用的是喻象方式，因而使得其理论术语和概念留有较大的意义联想与扩张空间，具备了实现意义超越语言的可能性。比如，“味”、“态”、“势”、“趣”、“神”、“兴会”、“妙悟”等，都是简洁而意义非常丰厚的理论术语。就“神”而言，从哲学之“神”到艺术之“神”，具有多种相互转移、借用的意义，其内容在不同的时空环境中有着不尽相同的理论内涵。哲学界的“神”乃是“精气”活动的结果，在医学领域同“精”连为一体为“精神”，特指主宰人的生命现象，在宗教界则指与形体相对立的灵魂。到了艺术领域，顾恺之的“传神”指刻画对象的精神实质，宗炳的“畅神”之“神”指创作主体的精神与感情，“应会感神”之“神”指的是艺术构思过程中的艺术想象活动。又比如“一”，哲学之“一”与

"气"、"道"相等同，《淮南子》云："道者，一立而万物生矣。是故一之理，施四海；一之解，际天地。"清代画家、画论家石涛据"一"与"道"通的理论，提出"一画"说，看似简单，却包含多重含义。他认为，"一画"是万物的本原和法则，"一画者，众有之本，万象之根"。[①] 画家应以"一画"为根据去描绘刻画万物，才能描绘出事物的真实形态，才能传神；"一画"又从属于艺术家之心，艺术家掌握了"一画"的法则才能达到主客体的相互融通；画家还应以"一画"贯串于创作过程的始终。可以说，"一画"之理统摄绘画之道，"一画"之理不明，对画之法则就不明。"一画"之说具有深刻丰富的艺术哲学道理。石涛借用道、佛思想说"一画"，从绘画最基本的"一画"（线条或一字）论起，阐明了"一画"即包含绘画所有法则的道理。故他说："我有是一画，能贯山川之形神。"[②]

中国古典美学的这种表达方式自然与汉语言文字的特征密切相关。汉字是属于表意体系的文字，字形和字义有密切关系，汉字形体的构造就有"六书"的说法，即象形、指事、会意、形声、转注、假借。象形是汉字构造最基本的原则，会意、形声在多数情况下以象形为基础。这种构造方式使得汉字本身逐渐有了本义、引申义的区别，存在着一字多义的现象，汉语言在发展过程中也存在着言简意繁的状况。《周易·系辞》很早就指出："书不尽言，言不尽意。……圣人立象以尽意。"随后，便产生了言、象、意三者之间关系的讨论。到了魏晋，玄学还将言、象、意关系的讨论上升到形而上的哲学高度。王弼《周易略例》亦云："夫象者，出意者也；言者，明象者也。尽意莫若象，尽象莫若言。"由于汉语言及汉语文学本身有着"言不尽意"和"得意忘象"的特征，故在理论术语和概念的表达上也认为"言"在传达功能上是有局限的，不如"象"在内涵和指向上比"言"更宽泛、更精致。而"象"却是比"言"更简化的，建立在"象"基础上的"言"也不得不趋于简易，所以中国古典美学不仅注重具象的表达方式，而且在概念、范畴的表述上也力求以简易为上，并力求多用形象去表达，但意义却可以多层而繁复。这也是中国古典美学重视隐秀、含蓄

① 《石涛画语录·一画章》，《中国美学史资料选编》（下册），中华书局 1981 年版，第 327 页。

② 《石涛画语录·山川章》，《中国美学史资料选编》（下册），第 332 页。

的重要原因。

此外，中国古典美学的这种表达方式还与中国经学中的解经传统相关。中国经学中的解经是一种典型的具有东方特色的阐释方式。经是原典，围绕着原典，中国的经学解释可以作出多种的延伸性阐释，其中包括各种无意或有意的误读。如对《周易》的阐释，解易家围绕着卦象可以展开丰富的联想，引发出多重的成系列的意义。如对《诗经》的阐释则有“诗无达诂”的说法，围绕着《诗经》中某句诗可以延伸出历史、道德等多层含义。在中国的解经传统中，作为原典的“经”是“简”的，但阐释却是可以“繁”的。圣人之言是“简”的，阐释圣人之言可以是“繁”的，解经正是要将原典和圣人之言的意义扩大和延伸。正是在这一阐释传统的延续中，中国古典美学尤其是原创性美学的表达方式往往是遵循言简而意丰的原则的。

四、结论

从总体上说，中国古典美学的表达方式是诗化的，它不仅是一种自然之思，而且是一种诗语之思。它不追求对美学概念和理论命题作逻辑性的、界定性的阐述，而追求在具象和观念、具象和意义之间的融合，从而留下更多的意义空白，让读者去体验，去想象，去扩充。这种具象性表达方式还始终充满感性生命，它运用的喻象不仅体现抽象的艺术哲理，而且通向人的心灵和精神；中国古典美学范畴不是固定不移的，而是可以在概念的相互转换、相互包含之中构成相反相成的关系，它体现出艺术内部的内在联系，其意义在动态中生成与延伸；中国古典美学在语言表达方面崇尚简洁，却蕴涵着较大的意义联想与扩张空间，具有超越性与开放性。原创性的经典著作的表达往往遵循着言简而意丰的原则。

（蒋述卓）

第三章

中国古典诗词的生命精神和哲学智慧

今天的讲演是基于笔者在《羊城晚报》“花地”这一两年来开的《诗词小札》专栏，这个《诗词小札》现在已经由中国青年出版社出版了。做《诗词小札》的想法，一是想偏重从现代视角去领悟和解读古典诗词的内涵，探讨中国古典诗词当中的生命精神和它所体现出的哲学智慧，并从审美的角度去感受诗词，同时也对诗词当中的中国文学的意象有所揭示。我们的古典诗词为那么多人所喜爱，因为它确确实实体现了古人的生命感和哲学智慧。它能够历经千古一直流传到现在，让我们读来还有一种生命激情，似乎感觉到唐人、宋人都离我们不远，这就是因为古人与我们在精神上相通，在文化血脉上一脉相承，在生命感受上相通。在中国古典诗词中生命精神与哲学智慧是最充实的，二者相互融合又相互映衬，从而构成中国的诗性智慧。

一、诗的悲情体现生命精神

诗来自现实和理想的冲突、来自生命的悲情和抗争。诗起源在哪里？《礼记》的《乐记》，以及最早的《尚书》都谈到过，就是来自生命的冲动。诗是心灵被感荡的产物，尤其是在有着生命的悲情、冲突、抗争的时候，诗就产生出来了。

马克思讲过“痛苦出诗人”，其实有悲愤、有不平就要发泄，这是中国古典诗词当中最主要的一种起源。《诗经》里有老百姓的怨气透露，所谓“饥者歌其食，劳者歌其事”与“诗可以怨”讲的就是原始诗歌的起源。钟嵘的《诗品》又讲到：“嘉会寄诗以亲，离群讬诗以怨。或骨横朔野，或魂逐飞蓬；或负戈外戍，杀气雄边；塞客衣单，孀闺泪尽；或士有解佩出朝，一去忘返；女有扬蛾入宠，再盼倾国。凡斯种种，感荡心灵，非陈诗何以展其义，非长歌何以骋其情？”诗人有了内心的悲情冲动，就有了诗了。从“诗可以怨”到“骚言志”再到“诗穷而后工”构成了中国古典诗歌理论的悲情传统。

（一）悲情之一：伤时

中国是一个农业社会，对于季节的感受非常敏感，所以中国有二十四节气，这二十四节气中每一个节气人们的感受都是非常深刻的。动物也有季节感受，但是动物不会思考，人却会思考时间，时间的难以挽留就预示着人生的难以长存。想到这，尤其是要有所作为的人，更是会感觉到事业未成、时光难在，悲情就出现了，于是就有了孔子的“逝者如斯夫！不舍昼夜”与曹操的“对酒当歌，人生几何？譬如朝露，去日苦多”的咏叹。日子过得太快，人就像早上的露水一样一晒就没有了。当曹操把握不住时间，又大业未成的时候，他就要慷慨激昂、横槊赋诗，呼唤英雄的归来，以期帮助他事业成功，“青青子矜，悠悠我心。但为君故，沉吟至今。呦呦鹿鸣，食野之苹。我有嘉宾，鼓瑟吹笙。明明如月，何日可掇？忧从中来，不可断绝”。这就有了一种生命的忧思与追求。

从宋玉开始到屈原、曹丕，再到杜甫，悲秋成了中国文学当中一个永恒的主题。杜甫的《秋兴》八首就是悲秋的典范之作，其中第一首：“玉露凋伤枫树林，巫山巫峡气萧森。江间波浪兼天涌，塞上风云接地阴。丛菊两开他日泪，孤舟一系故园心。寒衣处处催刀尺，白帝城高急暮砧。”他的悲秋不仅仅是伤己，还是以小观大，从夔州、巫峡联想到江间塞上、天地之间以及国家的安危。他在生命的漂泊中无不挂系着国家，这是生命的大孤独，又是生命光辉的大放射。所以他还有诗句道“万里悲秋常作客，百年多病独登台”。还有伤春，也是对于时间的一种感受。伤春是宋词里写得最多的，辛弃疾“惜春长怕花开早，何况落红无数”，就是从时间流逝中感受人生短暂的悲剧。辛弃疾因为自己的抗敌策略没被接纳而被闲置，这种伤春又是跟国家的命运联系在一起的，故他无可奈何地感叹“闲愁最苦”。欧阳修说：“嗟呼！草木无情，有时飘零。人为动物，唯物之灵；百忧感其心，万事劳其形，有动于中，必摇其精。”古人正是从草木生长与凋零的时间转换中感受到生命的可贵与成功创业的急迫的。

笔者最欣赏的是清代词人张惠言的一首词《水调歌头》，表达对于时间和生命的感受，他写道：“今日非昨日，明日复何如？竭来真悔何事，不读十年书。为问东风吹老，几度枫江兰径，千里转平芜。寂寞斜阳外，渺渺正愁予。”诗人写到斜阳，写到东风吹来，枫叶几度变红又几度变青，就有了一种沧桑感。“千古意，君知否？只斯须。名山料理身后，也算古人愚。一夜庭前绿遍，三月雨中红透，天地入吾庐。容易众芳歇，莫听子规呼。”它非常具有生命感。一夜之间新芽绿遍，雨中红透，这是草青花开的景象，这时候似乎天地所有的景色都进入他的房子里，也进入到他的胸怀之中，这种纳天地宇宙于心中的胸怀，实际上是对生命的尊重。诗里充满了一种生机和宇宙意识，诗人将自己的生命融入天地宇宙之中，在时间的感悟当中来把握天地空间，这就有了更高远的对人生哲学的思考。

（二）悲情之二：伤史

伤春悲秋之感往往是跟历史的纵深感、历史的沧桑感结合在一起的，写历史还被称为“写春秋”（当然这与史书中的《春秋左传》有关），所以才有了苏东坡在“故垒西边，人道是，三国周郎赤壁”的地方，发出了“早生华发”之感。面对着古战场，感慨时间的飞逝，就觉得人生太短了，在很多时候，这种生命的感慨和愁绪升华为历史的忧伤。“江山不管兴亡事，一任斜阳伴客愁”，这“客愁”就是因伤时而引发出来的生命之愁和历史之愁。

刘禹锡写的“朱雀桥边野草花，乌衣巷口夕阳斜。旧时王谢堂前燕，飞入寻常百姓家”，由时间的伤感转入对空间的悲叹，从而使诗获得了一种深远的空间结构。它不再是感叹现实，而是把它延伸到了历史，延伸到了远古的空间。古人的生命感受由此而得到了一种拓展。刘禹锡的《西塞山怀古》写道：“王濬楼船下益州，金陵王气黯然收。千寻铁锁沉江底，一片降幡出石头。人世几回伤往事，山形依旧枕寒流。今逢四海为家日，故垒萧萧芦荻秋。”当见到昔日古战场英雄早无踪影，只有几枝芦苇在寒风当中吹荡的时候，一种生命的悲情与历史的沧桑感由此而生。

典型的诗还有唐代刘希夷的《代悲白头翁》，诗人由对时间流逝、花开花落的感伤，进入到对历史的思考，透露出人生无奈无常的悲凉感。

（三）悲情之三：伤离别

因为时间难驻、无法把握，人生短暂也很难挽留，所以朋友相聚就显得非常重要，但亲朋之间往往是别多会少，因此离别时刻也就有了一种生命的悲叹和生命的感悟。由此而产生对远游而思归的歌咏。在外地经商，或者出去拜师会友，不断的游荡也会产生诸多客居感。“人生天地间，忽如远行客。”由客游他乡引发思乡，也引发出对生命的追问和感悟。像白居易写的“树初黄叶日，人欲白头时”，司空曙写的“雨中黄叶树，灯下白头人”，马戴写的“落叶他乡树，寒灯独夜人”，黄叶代表时间的流逝，灯下自处是孤独，白头象征人生的短暂，意象对比非常强烈，衬出的是一种人生的悲叹。黄庭坚对此更有感受，“桃李春风一杯酒，江湖夜雨十年灯”，他把人生的感悟放在诗词里头写出来，确确实实令人感动。“桃李春风一杯酒”是写他当年顺利的时候，春风得意，朋友聚会在一起，但是流落江湖一下就是十年而过，故有“江湖夜雨十年灯”的感慨。由夜雨之灯、江湖之灯联想起人生际遇的艰难曲折，同样流露出人生的一种空幻感和沧桑感。

由思乡而起，就有了“杏花春雨江南”这种意象，它几乎成了古代知识分子心中的精神家园，尤其是南方人到了北方，或者是在打仗的时候，一想起杏花春雨江南就有一种宁静、安宁、幸福的感受。韦庄写江南的词有一种生命的美感贯穿其中，“人人尽说江南好，游人只合江南老。春水碧于天，画船听雨眠。垆边人似月，皓腕凝霜雪。未老莫还乡，还乡须断肠”。正是在人生的漂泊当中，故乡才变得如此令人难以忘怀，才有如此强烈的魅力。“小楼一夜听春雨，深巷明朝卖杏花”，这客居的心境与悠闲的心情才具有强烈的审美感染力。远游思归是对生命归宿的反思。戴叔伦有诗道：“旅馆谁相问？寒灯独可亲。一年将尽夜，万里未归人。寥落悲前事，支离笑此身。愁颜与衰鬓，明日又逢春。”伤乡、伤时与伤身纠缠在一起，生命悲情油然而生。

（四）悲情之四：伤生命

当古人进入到感叹生命、哀悼生命这一层次时，就更可以见出生命的悲感了。尤其是在汉代的时候，人口死伤太多，往往一个人活到四十多岁就死掉了，活到60岁的人很少。这是战争与瘟疫造成的。像《古诗十九首》中写道：“出郭门直视，但见丘与坟。古墓犁为田，松柏摧为薪。白杨多悲风，萧萧愁杀人。”见到死者、坟墓，更感受到存者的可亲，更感受到要对生命格外重视，并由此进入到对历史和人生的追问和思考。像王羲之的《兰亭序》，本来雅集是欢乐，但是王羲之却由此而生出了许多感慨，说：“死生亦大矣，岂不痛哉！固知一死生为虚诞，齐彭殇为妄作，后之视今亦犹今之视昔，悲夫！”一种生命的悲情油然而起。苏东坡《前赤壁赋》也是继承这样的传统来写的，“寄蜉蝣于天地，渺沧海之一粟”，“盖将自其变者而观之，则天地曾不能一瞬；自其不变者而观之，则物于我皆无尽也”，由对人生短暂的感慨进入到对历史和时间的深刻思考。

二、诗的思索体现哲学智慧

（一）智慧之一：化悲为健

古人在生命艰难、仕进受阻的时候，生命的激情更为旺盛，往往体现出一种生命的抗争精神，也体现出一种哲学智慧。鲍照写《拟行路难》："对案不能食，拔剑击柱长叹息。丈夫生世会几时，安能蹀躞垂羽翼？"他有才能但是没有出路，此时他就要抗争，要挑战，"人生亦有命，安能行叹复坐愁？酌酒以自宽，举杯断绝歌路难"。李白在仕进受阻的时候，就要寻求一种生命的解放，寻求一种自我的超越。他的《行路难》充满着强烈的生命亢奋和生命焦虑。值得注意的是，他能够把悲情转化为一种雄健，表现出一种对于功名利禄不屑一顾的人生价值观，他的《将进酒》是他生命痛苦之后的一种精神发泄，充满着无穷的生命活力。"君不见黄河之水天上来，奔流到海不复回；君不见高堂明镜悲白发，朝如青丝暮成雪"，照样是由对时间的感叹而引发对人生前途与名利的拷问。"钟鼓馔玉不足贵，但愿长醉不复醒"，功名利禄富贵算什么，只有我喝酒才是最好的，咱们就以喝酒来解放自己吧。所以，"古来圣贤皆寂寞，惟有饮者留其名"，那么他就甘当一个饮者，这是他的自我解放。这当然是一种愤激之言。他视金钱富贵如粪土，表现出一种傲气，"五花马，千金裘，呼儿将出换美酒，与尔同销万古愁"，此时就有一种雄豪之气，这就是化悲为健。《将进酒》是一曲悲壮而深沉的醉歌，也是一曲雄放而高亢的壮歌。

像李白那样做到一种自我宽慰、化悲为雄健的诗人很多，尤其是在一些被贬谪、被流放的诗人身上，更表现出一种生命的顽强不屈，像韩愈、欧阳修等诗人。欧阳修诗《戏答元珍》："春风疑不到天涯，二月山城未见花。残雪压枝犹有橘，冻雷惊笋欲抽芽。夜闻归雁生乡思，病入新年感物华。曾是洛阳花下客，野芳虽晚不须嗟。"

化悲为健，是儒家的生命哲学，儒家讲"达则兼济天下，穷则独善其身"，还有一点就是"天行健，君子以自强不息"，这里面都贯穿着自强不息的精神。人生处于艰难的时候化悲为健是很重要的。

（二）智慧之二：化困为通

要使生存的艰难困厄化为通达，不总是纠缠在困境里，就需要运用高超的哲学智慧，才能化困为通。像王维的诗就写道：“行到水穷处，坐看云起时。”似乎是到尽头了，但是等待着，别怕，坐着看云还要起来，这又是生命的另一种境界，千万不要因为穷困而感到悲伤，这是诗人从佛教的角度化困为通、化穷为通。

更典型的是苏东坡，他因为乌台诗案被贬到黄州，也产生过“小舟从此逝，江海寄余生”的念头，好像从此以后就流荡外面不回来了，但实际上他并不是这样做的，他对这种困境看得越来越清晰透彻，也越来越通脱。比如他在《定风波》的词里写到，“莫听穿林打叶声，何妨吟啸且徐行”，有一点风雨不要怕，一边唱一边往前走，“竹杖芒鞋轻胜马，谁怕，一蓑烟雨任平生”，谁怕？不怕，人生就是有风风雨雨的。所以“回首向来萧瑟处，也无风雨也无晴”，过去的困厄风险根本不值一提，这就是化困为通。

正是在这种生命的悲情和思考之下，诗人会超越一己的得失和现实的困境，从更高、更远的以及更主动的层次上去提升人生的意义。

（三）智慧之三：天人合一

1. 在自然中安顿生命

《礼记》说：“诗者，天地之心。”美学家宗白华说：“诗者天地之心，山川大地是宇宙诗心的影现；画家诗人的心灵活跃，本身就是宇宙的创化。”古诗词里经常会体现古人在自然中融入生命、安顿生命的智慧。如陶渊明所说：“纵浪大化中，不喜亦无惧。”陶渊明正是将个体融入自然当中，才体会到这种生命的无喜无忧，所以心与自然的契合就成为陶渊明的一种生命安顿。陶渊明在《饮酒诗》里写道，“结庐在人境，而无车马喧。问君何能尔？心远地自偏”，这就是一种心灵的安顿。处于物欲横流的社会当中，你只要坚守住自己，也能够做到“心远地自偏”，不会因为自己钱少而精神穷困，关键在于我们自己怎么样去看待。所以陶渊明非常平静地对待一切，“采菊东篱下，悠然见南山。山气日夕佳，飞鸟相与还。此中有真意，欲辨已忘言”。他觉得自然当中有“真意”，这个“真”是什么？就是返璞归真。

古人认为自然中隐含着大道理，可以从中得到许多感悟，可以给人精神的宽慰，这就是生命的安顿。

刘方平的《月夜》写道：“更深月色半人家，北斗阑干南斗斜。今夜偏知春气暖，虫声新透绿窗纱。”在星空的转换当中，诗人感觉到宇宙的生生不息；从窗外透过来的虫叫声中，感觉到大自然的生命律动。虫声刚刚起来，预示着春天万物复苏，正是在这种简单的被感化当中，人跟自然相呼应、相契合，这是生命和生命的呼应、生命和生命的对接。能够听到虫声，看到萤火虫飞舞的身影，那是一种幸福，我们现在在城市里已经听不到、看不见了，但是古人在大自然的寂静当中却能感受到跳跃着的活泼泼的生命，这就是感悟。

2. 自然与人生的比照

借自然景色来表达生生不息的无穷生命力，这也是古人写景诗、山水诗要重点表现的。像白居易的“野火烧不尽，春风吹又生”，从一岁一枯荣的草原当中，可以感悟到自然的生生不息，并象征着人的顽强不屈。还有像韩愈的诗：“天街小雨润如酥，草色遥看近却无”，草色远远地看有一片绿了，但是走近看却了无踪影，在这么小小的生命当中，草色的痕迹虽然很淡，但它很快就会连成一片，它蕴藏着一种无穷的生命力，同时蕴涵着一种哲理：有许多新生事物在开始的时候都是悄无声息的，但你千万不要低估它。“最是一年春好处，绝胜烟柳满皇都”，这样的草色，其实是春天最好的景色，它远远胜过后来杨柳飞絮的时候。诗人认为不要忽视了生命当中的任何景色，那种若有若无的草色，其实是最具有强大生命力的，这种春天的去处你千万不要放过，不要等到桃花都开了、树叶都绿了你才去观赏，其实美景就在身边的每时每刻呢。

3. 自然与人的融合

物我合一的生命观，就是把自然事物和我打成一片，我与物互为主客体，把自然和我看成是一种平等关系。辛弃疾在词里就讲，“我见青山多妩媚，料青山见我应如是”，我看到青山那么妩媚、那么漂亮、那么青葱，我想青山看我也应该如此，这是互看。李白也有“相看两不厌，唯有敬亭山”，山和我也在对看，我看山，山也在看我，这就是物我合一观。这种互为主客体，往往可以表现出古人对生命的珍惜，体现出一种生命的境界。像张孝祥的词：“尽吸西江，细斟北斗，万象为宾客。”就是从洞庭湖色当中体悟到与自然、宇宙相合一的精神境界。面对这种景色人就会有一种超越感，不再计较个人的穷通得失。

将自然事物视为自己的朋友，往往就是把自己的生命推及于物，把事物当作是自己的知己，这种朋友感、亲近感拉近了人与自然的距离，并且融合在一起，实际上就是与自然为友。像钱起的诗：“谷口春残黄鸟稀，辛夷花尽杏花飞。始怜幽竹山川下，不改清阴待我归。”这其实是诗人移情于竹，诗中透露出一种亲切，故竹与松、梅被古人称为“岁寒三友”。

（四）智慧之四：日常生活的审美体验与审美升华

平淡中见出真情，朴素中见出深刻。白居易的《问刘十九》：“绿蚁新醅酒，红泥小火炉。晚来天欲雪，能饮一杯无?”充分反映出唐人对生命的极度热爱和激情。

杜耒的《寒夜》：“寒夜客来茶当酒，竹炉汤沸火初红。寻常一样窗前月，才有梅花便不同。”日常生活中包含着宋人独到的审美发现和审美体验，透露出自信和儒雅，表现出人格的灵秀冲和。

宋人的读书生活写照如陈师道的《绝句》：“书当快意读易尽，客有可人期不来。世事相违每如此，好怀百岁几回开?”这是一种洒脱清朗的情怀。

（五）智慧之五：超越生命的终极思考

中国文化的有机组成部分儒、道、佛三家都有超越之意。这三家都代表了人生价值的另一面追求，反映出古人的生命智慧。

程颢就写过《秋日偶成》：“闲来无事不从容，睡觉东窗日已红。万物静观皆自得，四时佳兴与人同。道通天地有形外，思入风云变态中。富贵不淫贫贱乐，男儿到此是豪雄。”这首诗是理学家的诗，但是表现出“静观”的理念。静观就是去欲，四时佳兴就是去欲之后获得的快感，道通天地，才能够有这种感觉，所以富贵不淫，身处贫贱也感觉到快乐。这就是富贵不能淫、威武不能屈的儒家观念。儒家对生命自珍自爱，贵生命操守，这是一种价值追求，但在清贫处寻求孔颜乐处也是生命的固守，是通向生命自由的另一种超越。

再有，等生死、齐富贵、淡功名、超功利也是能够获得超越的，杨慎《临江仙》：“滚滚长江东逝水，浪花淘尽英雄。是非成败转头空，青山依旧在，几度夕阳红。”历史就像滔滔江水一逝不返，多少英雄豪杰，他们的功绩与失败在身后都不过是一场空。这里所表达的实际上是一种人生的空幻感。“白发渔樵江渚上，惯看秋月春风。一杯浊酒喜相逢，古今多少事，都付笑谈中”，词意既苍凉也很旷达，千古英雄之事后来就化为了渔樵的闲话，是非成败注入了一杯浊酒的笑谈，诗人将历史的哲理融入时空、人事、是非成败的转换中，在变与不变的相对中升华了历史的反思，使人读后获得了一种超越生命、超越时空的感慨。

王维写了很多追求空静的诗，像“一生几许伤心事，不向空门何处休”，因为生命无所寄托、情绪无所发泄、出路无法找到，所以才遁向空门寻找一种精神的解脱。在空的当中，当然也有一种哲学的智慧，那就是对功名的消解，从此淡泊名利以求得心灵的解脱，也不失为人生的另一种超越。如他的诗《辛夷坞》：“木末芙蓉花，山中发红萼。涧户寂无人，纷纷开且落。”写自然的生命蕴涵着哲学智慧。

退隐、遁入空门为什么也可以看作是一种超越呢？那就是说，他不是执著于物，或者说不认死理，而是看空现实，以退为进，追求另一种活法，这样就解脱了现实的烦恼，从而获得超现实的愉悦。

（蒋述卓）

第四章

说“文气”

一

文气论的来源，学界一般都认为是古代哲学的元气论或宇宙观。其根据是，古代哲学家在描绘宇宙构成图式时，不论他们提出何种模式，都脱离不了气生万物或气化成万物的序列观。如老子的“道生一，一生二，二生三，三生万物”①，其中“一”指天地未分时混沌一体的元气②，可见元气为道生万物序列中的中介。《周易大传》提出：“《易》有太极，是生两仪，两仪生四象，四象生八卦”，其“太极”即“元气”，“两仪”则为天地、阴阳，然后再产生四时、八卦与万物。《吕氏春秋》则把“太一”等同于“道”，认为万物出于“太一”，其中又以阴阳二气为中介。同时它还强调精气在产生万物方面的作用。③ 汉代王充认为“天地合气，万物自生”④。宋人张载则认为“太虚不能无气，气不能不聚而为万物，万物不能不散而为太虚”⑤。他的“太虚”即气。……总之，这种宇宙构成图式不外乎两种：一是元气生万物，二是道以元气为中介生万物。

但哲学元气论或宇宙观是有其前身的，这就是原始人的宗教思想。

（一）在原始宗教神话中，就已包含了元气论或宇宙观的萌芽

如盘古神话，“天地浑沌如鸡子，盘古生其中。万八千岁，天地开辟，阳清为天，阴浊为地。盘古在其中，一日九变，神于天，圣于地……”⑥所谓“浑沌”即为“元气”。《淮南子·精神篇》云：“古未有天地之时，惟象无形。窈窈冥冥，芒芠漠闵，澒濛鸿洞，莫知其门。有二神混生，经天营地，孔乎莫知其所终极，滔乎莫知其所止息。于是乃别为阴阳，离为八极，刚柔相成，万物乃形，烦气为虫，精气为人。”汉代王符《潜夫论》也认为远古太素时代只存在一团幽远难见的元气，久而久之，元气自己变

---

① 《老子·四十二章》。

② 成玄英《老子义疏》：“一，元气也；二，阴阳也；三，天地人也。”

③ 《吕氏春秋·季春纪·尽数》：“精气之集也，必有人也；集于羽鸟与为飞扬，集于走兽与为流行，集于珠玉与为精朗，集于树木与为茂长，集于圣人与为复明。”

④ 《论衡·自然》。

⑤ 《张子正蒙·太和篇》。

⑥ 据《艺文类聚》卷一引徐整《三五历纪》。

化而产生清浊阴阳之气，随后化生出万物与人。上述神话与传说虽然是汉代人的记述或转录，但里面却保留着原始宗教创世神话的痕迹。宇宙由气构成的说法，不仅存在于汉族神话，也同样存在于中国少数民族的创世神话。傣族创世神话说，距今几亿个亿年时无天地日月，整个宇宙没有下底和上盖，中间滚动着气体、烟雾和狂风，动荡了一万亿年，最后变成由三种气体组合而成的无限大的一个圆球体，即今天的地球，而剩余的气体，烟雾和狂风则变成了英叭神。他用身上的污垢捏造出男女二神，二神又用黄土做人。吹口仙气，使所有泥人成为活人。[①] 布依族创世神话《混沌王和盘果王》说，远古时代混沌王哈气成雾，扇气成风，宇宙间混沌一片，到盘果王出现时，才用鞭子把宇宙劈成两半，上浮者为天，下沉者为地。[②] 彝族先民的《创世纪》也谈到，清浊二气是宇宙的起源，天、地、人及万物都由清浊二气变化而来。这些关于宇宙、天地、人与万物起源的创世神话，都突出了气的变化和生命力。已故学者梁钊韬先生甚至说，这种混沌之气在古人看来是一种神秘的力量，它是天地万物产生的原动力和要素，与西方民族所说的“马那”（Mana）并没有丝毫不同。[③] 因为“马那”也是一种神秘的魔力，就像一种混沌之气，弥漫于宇宙之间。物得之能生能动，不得则不能生不能动。

（二）气论中的“同类相动”说还与原始宗教的“万物有灵”论有关

原始宗教从万物由气变化而来的认识进而推演出万物皆有灵魂，这灵魂也是由气组成的，气又成为万物的生命所在，成为“神灵”。萨满教就认为“万物皆有魂气”[④]，这其中的“魂气”或者说“灵魂”也就是生命力。这与西方“灵魂”一词的意义是相通的。在拉丁语、希腊语、阿拉伯语中，“灵魂”一词都与气流有关。“这或许正是原始观念之所以把灵魂说

---

① 见祜巴勐著，岩温扁译：《论傣族诗歌》，中国民间文艺出版社 1981 年版，第 15～16 页。

② 见贵州省社科院文学研究所：《布依族文学史》，贵州人民出版社 1983 年版，第 35 页。

③ 见梁钊韬：《中国古代巫术——宗教的起源与发展》，中山大学出版社 1989 年版，第 34～35 页。

④ 富育光：《萨满教与神话》，辽宁大学出版社 1990 年版，第 14 页。

成是一种看不见的气体的缘故。”[1] 灵魂是生命的气息，是运动着的力，亦即生命力。“万物有灵”即“万物有魂”、“万物有气”，又同时是“万物有神”。因为这种灵、魂、气是难以形见的，是神秘的。按原始巫术的观念，物类之间可以互相感应，而感应的基础就是气。许多交感巫术的实施就是建立在“气能动物”的基础上的。巫师的跳神、行咒以及其他祭祀行为也都与借助神气而克制物之恶气相关。以方术为基础而建立起来的道教，它的“禁气”术也带有巫术性质。道教认为通过运气可直接控制害物的伤害，蛇虫、虎豹、精灵、鬼怪，乃至于盗贼都能被“禁气”术镇住而不能伤害善人。[2]

由于有同类之气相互感应的“万物有灵”（魂、气）的巫术传统，中国自春秋以来才有万物“以类相动”的说法。《乐记·乐象》云：“凡奸声感人，而逆气应之；逆气成象，而淫乐兴焉。正声感人，而顺气应之；顺气成象，而和乐兴焉。倡和有应，回邪曲直，各归其分，而万物之理，各以类相动也。”汉代董仲舒在战国阴阳五行家同类相感思想基础上进一步提出了“天人感应”说，而天人感应的中介仍然是气。《春秋繁露·同类相动》云：“天有阴阳，人亦有阴阳。天地之阴气起，而人之阴气应之而起；人之阴气起，而天之阴气亦宜应之而起，其道一也。”王充也说：“同类通气，性感相动。”[3]“同气共类，动相招致，可矣。”[4]

综合以上两个方面来看，文气论的来源，与其说是哲学的元气论，不如说是原始人的宗教观和生命主义思想。事实上，从文气论所具有的特征而言，它更具有原始生命主义的色彩，更鲜明地体现了原始思维的整体性特征。

由此作进一步的考察，我们发现，艺术领域中的“气”并非是从哲学领域中的“气”转移而来，而是从古人对生命元气的重视直接引申出来的。

中国古代医学十分重视人的生命元气。“气者，生之元也。”若元气

---

① ［瑞士］荣格著，冯川、苏克译：《心理学与文学》，（北京）三联书店1987年版，第38页。

② 参见《抱朴子》之《至理篇》、《登涉篇》。

③ 《论衡·幸偶》。

④ 《论衡·寒温》。

损，则生命力衰弱。《左传》载秦国的医和在诊察晋侯的疾病时，把引起疾病的原因归诸六气。《内经》也认为“百病生于气”①，故要避免生病，就需调节经络，使血脉调和，开通气路。古人的炼气就是通过调节呼吸方式，并加以适当的形体动作锻炼，达到祛病延寿、舒解疲劳、提高神智的目的的。《内经素问·调经》就着重讲这种调节术。古代医术用“炼气”来治病，也同样受到了原始宗教“万物有灵”论中的“气能动物”的影响。

而运用于艺术领域中的“气”则与医学领域中的人体之气非常接近，更多的是从人的生命之气着眼的。如《乐记》论音乐之气：“凡音之起，由人心生也。人心之动，物使之然也。感于物而动，故形于声。声相应，故生变，变成方，谓之音。比音而乐之，及干戚羽旄，谓之乐。”②“乐者，音之所由生也；其本在人心之感于物也。”③ 这“感于物而动”的基础是什么？是气。《乐记》所论实际上是从气相感、气化生的角度揭示了艺术的起源问题，此后诗文理论的“物感”说，其理论基点仍然是“同类相动”的气感说，它强调的是一种生命之间的共感（即天地万物的生命与人的生命之间的共感）。《乐记》所谓人心受物气所感而动，其中“人心”是以人身中最基本的“血气”作为基础的，“血气”成为人气的内核，是人的生命之气。《乐记·乐言篇》说：“夫民有血气，心知之性，而无哀乐喜怒之常；应感起物而动，然后心术形焉。”艺术领域中的“气”以血气为内核，也就接近医学领域内所言的人身之“元气”。

因此，当哲学把“气”提升为宇宙本原或次本原之后，也就是说“气”成为哲学范畴以后，“气”的内涵虽还具有生命主义的意义，但距人的生命之气却更远了。而艺术是人之文，文之气就直接与人的生命之气紧密联系着，并非从哲学之气移植而来。当然，不可否认，“文气”论在发展过程中也受到哲学之气的某些影响，但那毕竟是以后的事情。应该说，在最初，文气是与生命主义色彩很浓的人身之气直接联系的。若用图式则可表示为：

① 《素问·举痛论》。
② 《乐记·乐本篇》。
③ 《乐记·乐本篇》。

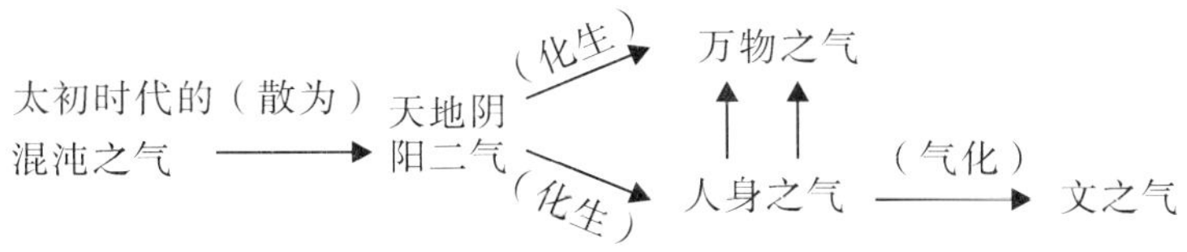

太初时代的混沌之气散为天地阴阳二气再化生万物与人，万物与人皆充满气，且相互感应。由于人身之气受万物之气影响，所以要调整，要炼气，使其保持平衡。人的生命也就直接制约着文之气。

二

在中国古典艺术中，音乐、绘画、书法都使用“气”这一概念，因此，本文所论文气也就不仅仅只论文章之气或文学之气，而是力图从总体上去把握各种艺术所言的“气”。从中国文化对各门艺术的统领与渗透看，只有把各门艺术综合起来考察，才能更深入地揭示“文气”论所具有的文化内涵。

关于文气的内涵，可以从如下三个方面去把握。

（一）气是艺术的生命力

古代艺术理论家论“气”，首先从生命主义角度把“气”看作艺术的生命力。这是从“气”是人与万物的生命这一点推论出来的，也是古代生命主义表现于万事万物的一种例证。在古人看来，人与物得气而生，无气则死，由人产生的人文（艺术）当然要以气为根本。所以，气在艺术中具有特殊的地位。清人方东树有过这样的表述：“观于人身及万物动植，皆全是气所鼓荡。气才绝，即腐败臭恶不可近。诗文亦然。”[①] 所以，古人论文先论气，文论、画论、书论、乐论均强调以气为主。气成为艺术的生命力所在。如南齐谢赫在绘画理论中提出“六法”论，其中“气韵”列为首位。五代欧阳炯说绘画“六法”则“以气、韵二者为先”[②]。清人包世臣

---

① 方东树：《昭昧詹言》卷一。

② 欧阳炯：《蜀八卦殿壁画奇异记》。

论书云："书之大局，以气为主。"① 李调元说："音乐以气为主。"② 刘勰论阮籍是"使气以命诗"③。钟嵘评刘祯"气过其文"。元黄溍说："文主于气。"④ 明人艾南英则说"论文当先论气"⑤，并认为文有气则生，无气则形同木偶，徒具形骸。不仅一个作家的作品赖气而生，一个时代的文学也是如此。如刘勰评建安文学为"梗概而多气"，⑥ 清王夫之评齐梁诗："齐梁之病，正若体蹋束而气不昌尔。"⑦ 等等。

因此，评论艺术作品时提到的"气"，是可以作为一个整体的概念来看待的，这时的"气"的含义就是艺术的生命力。由"气"这一单词所推衍出的许多复合词，如辞气、骨气、气体、势、气象、气格、气力、风气等，虽然各自的内涵存在差异，但在外延上都可以统属于"艺术生命力"这一总的含义。关于文气论中诸多复合词术语有各自的含义，钱仲联先生《释"气"》⑧ 一文有详细的辨析，可以参看。本文所论则是想在钱先生的辨析基础上，突出强调"气"作为总体概念的含义和意义。

（二）艺术之气是艺术家人体之气的气化状态

古人关于人体之气的气化认识是，"气在口为言，在眼为明，在耳为聪"，气不仅仅是感官思维器官的生命力，而且也是整个生命系统的生命力。整个生命系统的气化，则可以通过感官表现为语言甚至味觉、触觉。文，虽是通过手的书写而成，但它在产生过程中，是与人的整个感官系统乃至于生命系统紧紧连在一起的。比如文中的感情与人的感官分不开，文的产生又是人的整个身心系统的投入与沉醉。当读者阅读诗文，通过语言可以体会到作者的感情，把握到作者的气；观赏绘画，则通过画面的线条体会到其中流动的气韵，也可以触及作者的"气"；欣赏音乐，则更直接

① 包世臣：《安吴论书》。

② 李调元：《雨村诗话》卷上。

③ 刘勰：《文心雕龙·才略》。

④ 黄溍：《金华黄先生文集》卷十八《吴正传文集序》。

⑤ 艾南英：《天佣子集》卷一〇《饮石斋近艺书后》。

⑥ 刘勰：《文心雕龙·时序》。

⑦ 王夫之：《古诗评选》卷五。

⑧ 钱仲联：《释"气"》，《古代文学理论研究丛刊》（第五辑），上海古籍出版社1981年版。

倾听到艺术家的气了。古人常说“辞根于气”①、“声因于气”②、“因声以求气”③。就是从作者、作品、读者系统去把握的。所以，从这种人气与文气相通相感的系统中，古人明确认识到，文气就是人体之气的气化状态。如果用一图式来表示，则是：

$$\text{艺术家的人体之气}\xrightarrow{\text{（气化）}}\text{文气}$$

这里有必要弄清艺术家人体之气的含义。应该注意到，艺术家的人体之气作为人的生命系统的要素是多层次的。

1．人体之气的内核是血气

血气是先天的，主要来自父母精血的孕育。刘勰《文心雕龙·体性》说：“若夫八体屡迁，功以学成；才力居中，肇自血气。”他认为作家个性最基本的内核是血气。《文心雕龙·声律》又说：“声含宫商，肇自血气。”作品声音的高低抑扬亦直接与人体的血气相关。刘勰在谈到养气时，也比较多地谈到养身体内的“精血”（血气）问题。他说：“率志委和，则理融而情畅；钻研过分，则神疲而气衰。……凡童少鉴浅而志盛，长艾识坚而气衰。志盛者思锐以胜劳，气衰者虑密以伤神。”④ 曹丕说“气之清浊有体，不可力强而致”，他说的气也主要指由先天遗传而来的血气，气随人一生下来就有了清浊之分，并且不能轻易改变。拿现代心理学的话来说，这“气”相当于心理学上的术语“气质”。气质表现为人的自然性的类型差异，它使人的心理活动染上独特的色彩，有清浊之分。哪怕是以后人的个性当中的社会特质的形成，也是以人的生理素质为前提的。因此，古人讲的“血气”，正是作家才性、才气的基础与前提。

2．人体之气与艺术创作相关更多的是才气

才气是艺术家才能与性格的融合体。刘勰《文心雕龙·体性》中说到的“才气”就是这样的含义。“若夫八体屡迁，功以学成；才力居中，肇

---

① 魏了翁：《鹤山先生大全文集》卷五六《攻媿楼宜献公文集序》。
② 宋濂：《宋学士全集》卷六《林伯恭诗集序》。
③ 张裕钊：《濂亭文集》卷四《答吴至甫书》。
④ 刘勰：《文心雕龙·养气》。

自血气。气以实志，志以定言，吐纳英华，莫非情性。”他接着举了贾谊、司马相如、扬雄、刘向、班固、张衡、王粲、刘祯、阮籍、嵇康、潘岳、陆机等为例，说明他们的才气与文学风格的关系。最后他归结为“触类以推。表里必符。岂非自然之恒资，才气之大略哉!”郭绍虞《中国文学批评史》曾认为“文气”既指“才气”又指“语气”，“语气的不同，也还是跟才气变的”①。郭说的“才气”即指表现于艺术家身上与艺术创作相关的人身之气，“语气”则指艺术作品中的言辞、风格之气。“才气”之中，才能大部分来自后天的培养，而且重在后天的锻炼与培育。性格一部分来自先天，一部分来自后天。在古代艺术论中，“才”与“气”常联合起来使用，也分开来用。分开用时，“气”指艺术家的血气或性格，“才”指艺术家的才能和才情。如宋人吕南公《与王梦锡书》说：“盖才卑则气弱，气弱则辞蹇。为文而出于蹇弱，则理虽不失，人罕喜读。”② 清人魏禧认为“才于气为尤近，能知乎才与气者之为异者，则知文矣”③。章学诚也说：“夫情本乎性也，才率于气也，累于阴阳之间者，不能无盈虚消息之机；才情不离乎血气，无学以持之，不能不受阴阳之移也。”④ 因此，“才”与“气”在人体之气中是最为接近的。

“才气”连在一起用，则相当于“才性”。它建立在血气的基础之上，却是经过后天的培养和锻炼，吸收并容纳了天地、自然、地理环境、社会、时代以及道德之气才形成的。所以，才气也是需要“养”的。按照古人气功修养的原则和方法，人体之气本身是一个系统，是“小宇宙”，它可以而且必须和天地自然这个大系统即“大宇宙”相打通，同时还要与社会相融通。因此，养气也就有内养与外养之分。内养除养精气外，主要通过学习和对道、理的体悟以及道德品性的锻炼来实现，从而形成人体之气中的志气、意气、神气等。外养的途径有很多，如山川游历、社会经历和时代气氛的陶染等。同时，才气又受到地理之气的制约（这与出身地、生活居住地有关，有先天成分，也有后天成分，曹丕所说的“徐干时有齐气”，就是指这种地方之气），又还要吸收天地自然之气（这种吸收的结

① 郭绍虞：《中国文学批评史》，上海古籍出版社 1979 年版，第 44 页。

② 《灌园集》卷一四。

③ 《魏叔子文集》卷八《论世堂文集序》。

④ 《文史通义·质性》。

果，大部分有助于血气，一部分有助于智慧和精神，如得天地之灵气而变得聪慧和才思敏捷)。归结起来说，人体之气包含血气与才气两个层次，其中血气是人体之气的内核，是才气的基础，才气是人体之气与艺术创作相关的主要因素，它同时又容纳和吸收后天培养起来的各种气，并且受到地理之气、天地之气的影响与制约。这种关系可以用一个图式来表示。

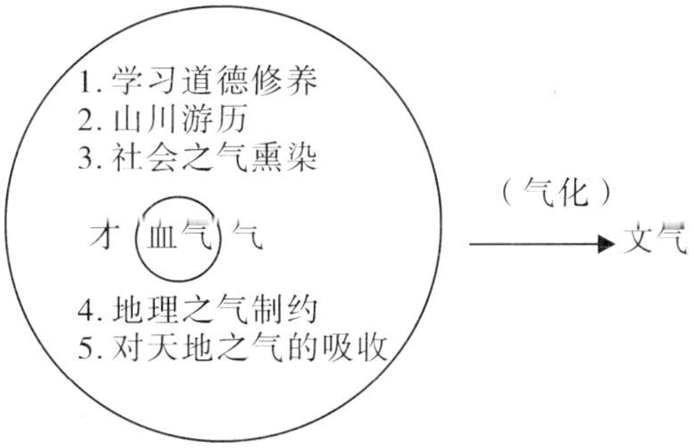

(三) 艺术作品中的“气”常常以气运的形式表现出来

与艺术创作相关的人身之气外现于艺术作品以后，就成了艺术之气，但艺术之气在作品中却以气运的形式表现出来。艺术作品中的“气”同样也是多层次的。

1. 作为文学作品最基本的构成因素——语言，最能体现也最切近于体现人身之气

在古人眼中，诗与乐是同源的，因为它们都是人心感于物之后所发的声。声的直接来源是人身之气。故文辞与歌唱的声音也便最直接地体现出人身之气。天地自然之气感动人心，激荡充实起人身之气（包括人的感情)，从而达到气盛言宜的效果。古人就常常讨论“气充言雄”的问题。如刘勰说：“事昭而理辨，气盛而辞断。”① 韩愈则把气与言的关系比喻为水与浮物的关系，说：“气，水也；言，浮物也。水大而物之浮者大小毕浮，气之与言犹是也。气盛则言之短长与声之高下者皆宜。”② 明人刘基说：“气不昌，则辞不达。”③ 清代桐城派则主张“因声以求气”，认为

① 刘勰：《文心雕龙·檄移》。
② 韩愈：《答李翊书》。
③ 宋濂：《宋学士全集》附录卷一《宋潜溪先生文集序》。

“得其气，则意与辞往往因之而并显”[①]。刘大櫆主张文章的“神气”具体表现在音节与字句之中。[②]“神气”是抽象的，字句、音节是构成作品最基本的因素与成分，运行于作品中的“气”能让读者首先把握与体会到的也就是声气与辞气。因此，声气与辞气便是艺术之气最基本的层次。

2. 艺术之气在作品中的运行体现在作品的结构之中，这便是行文之气

古代诗文讲起承转合，绘画书法讲笔法笔势，其共同点在于强调气脉贯通，具有气势。唐李德裕在《文章论》里说：

> 魏文《典论》称“文以气为主，气之清浊有体”，斯言尽之矣。然气不可以不贯，不贯则虽有英词丽藻，如编缀玉，不得为全璞之宝矣。鼓气以势壮为美，势不可以息；不息则流宕而忘返，亦犹丝竹繁奏，必有希声窈渺，听之者悦闻；如川流迅激，必有回洑逶迤，观之者不厌。

李德裕从行文过程的角度强调了气的贯通作用，并提出了“气”运行的规律问题。他实际上揭示了艺术作品结构中的气脉与气势问题：气脉要贯，不能间断；气势要壮，要鼓气，但气脉、气息的运行又要起伏，在结构上形成一定的节奏，从而使作品产生美感。方东树《昭昧詹言》卷一说：

> 有章法无气，则成死形木偶。有气无章法，则成粗俗莽夫。大约诗文以气脉为上。气所以行也，脉绾章法而隐焉者也。章法形骸也，脉所以细束形骸者也。章法在外可见，脉不可见。气脉之精妙，是为神至矣。

方氏把气脉说得很玄奥，但实际上从作品的章法结构中即可见之，只是需要仔细体会琢磨。古代画论中亦讲气脉，这气脉也多表现于章法方面。绘画中对“疏密”、“虚实”、“开合”、“轻重”等的处理，就是要使作品产生节奏感，但总的要求是必须“贯流一气”。刘大櫆说：“论气不论

---

① 张裕钊：《答吴至甫书》，《濂亭文集》卷四。

② 参见刘大櫆：《论文偶记》。

势，文法总不备。”① 可见气势在行文中具有重要地位。

3. 艺术之气还体现在作品的整体面貌上

这种整体之气一般显得比较抽象，其意义有三种。第一种表示作品整体的艺术魅力或艺术的至高境界与理想，如气韵、神气、生气；第二种表示作品在整体上呈现出来的雄浑一气的内在精神力量，如风气、气骨、气象；第三种表示作品的整体风格，如气格、气体、气味等。

整体之气是最抽象、涵盖面最广的艺术之气，古人在论及它们时，往往又与声气、辞气、行文之气联系起来。实际上，也只有联系起来说，抽象才能化为具体，才能被人准确理解。如讲气韵、气格、生气都要联系到笔法、结构的气脉，讲气骨、风气都要联系到“势”，讲神气、气味也要联系到辞气。当然，按照汉语的使用习惯，概念都是在语境中确定其含义的，文气的上述概念也如此，它们在不同的使用场合具有不同的甚至是交叉的意义。作为表示整体面貌、风格的文气，表面上看来是模糊的、抽象的，然而一旦使用于具体的论述中，并且与具体的语言、结构、笔法等联系起来论述时，其含义都是明确的。这种整体把握的思维方式体现出鲜明的东方色彩。所以，古人在论文气时，往往也像中医给人看病的“望气”以及魏晋人评人与事物时的“目”一样，都是先从总体上把握，而后才逐渐深入到具体的行文结构与语言使用上的。

至此，以气运形式表现出来的艺术之气，可以用图式来表示：

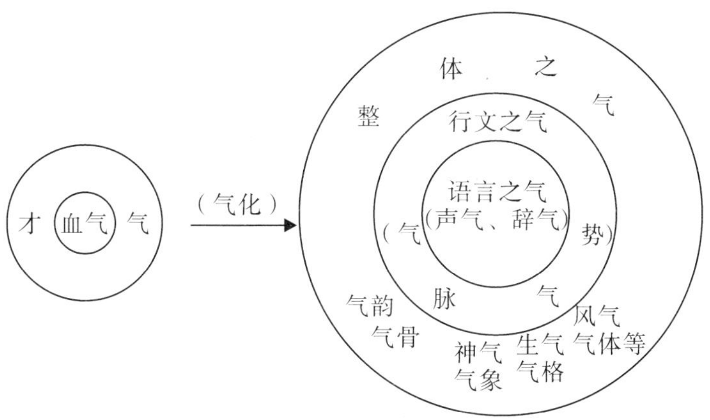

① 刘大櫆：《论文偶记》。

这样看起来，文之气即艺术之气也就不能像以前的研究者那样，简单地把它与“风格”一词等同起来，而与艺术创作相关的人身之气也不能简单地等同于“个性”。笔者认为，“个性”与“风格”这样的词都是从西方（包括苏联）的文艺理论中移植过来的，用它来阐释或阐发文气论有一定的帮助，但并不十分恰切。比如西方的“个性”一词更多地偏重于作家的心理素质方面，而较少强调作家的血气和精力，而中国艺术论中的人身之气则强调以血气为内核，然后通过内养外养才形成一定的创作心理素质，而在这心理素质中对道德的成分又强调得较多。同时它还独特地强调了对天地之气的吸收。这种近乎气功炼气式的人身之气是西方“个性”理论所没有的。同样，艺术之气也不仅仅是“风格”，它的含义比“风格”更宽泛，包容面更广，它不仅包括语言风格、文体风格，还包括艺术的魅力、艺术的生命力与内在精神力量。因此，由人身之气化为艺术之气所形成的文气理论，要比西方文艺理论中的“风格即人”这一命题的内涵丰富得多，其美学意义与价值也深刻得多。

三

从文气内涵及其系统层次来看，文气论最鲜明的一个特点就是非常突出地强调了艺术生命的有机统一性。古人论文气，不是孤立地论文或论人，而是把文、人、社会、天地宇宙作为一个统一的整体来看待，这就是：文气来自人身之气，人身之气又与社会、天地宇宙之气相接通。因此，艺术的生命就不仅仅只来自艺术作品和其创造者，而且还来自艺术家对时代之气的感受，来自社会之气的熏陶、地理之气的习染和天地日月山川之气的孕育。所以，古人的文气系统绝不是封闭的、孤立的，它与整个宇宙系统、社会系统相融合，成为“天—人—文”这样一个生生不已运行系统中的有机部分。艺术生命的充沛与否、强盛与否，必须置于“天—人—文”这样的有机系统中去观照，因而，养气的途径也是多向性的。这里且看一下古人是怎样论人之文与天地、社会、时代之气的关系的。

白居易说：“天地间有粹灵气焉，万类皆得之，而人居多；就人中，文人得之又居多。盖是气，凝为性，发为志，散为文。”[①] 宋人真德秀《日湖文集序》云：“盖圣人之文，元气也，聚为日星之光，耀发为风尘之奇变，皆自然而然，非用力可至也。”明人彭时说：“天地之精美之气赋于人，而人钟是气也，养之全，充之盛，至于彪炳宏肆而不可遏，往往因感而发……而文章兴焉。”[②] 明末清初的黄宗羲在《谢皋羽年谱游录注序》中也说：“夫文章，天地之元气也。元气在平时，昆仑旁薄，和声顺气，发自廊庙，而鬯浃于幽遐，无所见奇。逮夫厄运危时，天地闭塞，元气鼓荡而出，拥勇郁遏，坌愤激讦，而后至文生焉。”黄宗羲所论就是把天地元气、时代正气与人身之气、作品之气相互融通为一个有机统一体来对待的。他认为时代的正义精神是天地间的阳气，谢皋羽承袭了这种阳气，所以才有阳刚之气的至文产生。因此，古人论文气，常带有浓厚的“天人合一”、“天人感应”的色彩，体现了古人天人相通的整体观。

在论作品之气时，文气论同样强调艺术生命的有机统一性。这主要表现在“气贯”的观点上。古人把文比喻为人体，又从中医学“通则不痛，痛则不通”的原理推论文的“气”也必须“通”，必须“贯”。这种“贯”是贯通全面的，而不是部分的，正如人的四肢部分必须有气流通，才会有生命。从文学作品最基本的构成元素言辞来看，“气不可以不贯，不贯则虽有英词丽藻，如编珠缀玉，不得为全璞之玉矣”[③]。从章法笔势来说，“章法须一气呵成，开合动荡，首尾一贯注”[④]。“必须一气呵成，神完力足。”[⑤] 从整体之气而言，气又必须如人身之气，贯串全体，“譬之于人……一肢不贯，则成死肌，全体不贯，形神离矣”[⑥]。书画作品中的笔法墨法也讲究贯通与流动，方可出气韵。清人沈宗骞说泼墨之法：“要使山石林木，照映联络，有一气相通之势，于交接虚实处再以淡黑落定，蘸湿墨，一气写出……”[⑦] 清人朱和羹《临池心解》也说：“作书贵一气

---

① 白居易：《白香山集》卷三《故京兆元少尹文集序》。
② 彭时：《文章辨体序》。
③ 李德裕：《文章论》。
④ 方东树：《昭昧詹言》。
⑤ 施补华：《岘傭诗说》。
⑥ 归庄：《玉山诗集序》。
⑦ 《芥舟学画编》卷一《山水·用墨》。

贯注。”

这种要求艺术作品成为一种具有内在生命力的有机整体的观点是很有价值的，它的确探寻到了艺术创作中内在规律的一个方面。正如本文第一部分里说的，这种对生命之气的重视是一种非常古老的观念，把艺术看作一个有生命的有机统一体，也来源于古代人的生命主义思想。在西方，古希腊的亚里士多德在《诗学》里就提出了艺术作品应该是一个有机统一体的思想。后来德国古典主义美学家黑格尔在《美学》第一卷里，提出了“生气灌注”的问题，讲到了人的心灵如何给自然形象的各个部分灌注生气，使其成为一个有生命的统一体。当代美学家苏珊·朗格从情感的表现形式方面，提出了艺术形式即为“生命的形式”的观点，她也看到了艺术结构与生命结构有某些相似之处。看来，艺术的内在规律是中西皆通的。但相比较而言，西方的有机统一体论只限于作品之内，并没有像中国那样把“天—人—文”相打通的更宏广的整体统一观。西方人眼中的自然没有生气，需要人的心灵灌注才有生命，主客是分离的。而中国人眼中的天地自然有生命之气，并能与人之气相融合，故主客是合一的。就是讲作品的有机统一，西方人也没有像中国人那样，完全把艺术之生气看作是人体之气的气化状态的观念，没有把人体生命结构直接看作为艺术结构形式的各种喻象。西方人讲有机体的统一，往往是从生物学或者解剖学的意义上来讲的，是先部分后整体的；而中国人讲有机体的统一，则是从生命主义和天人合一的意义上说的，是先整体而后部分的。正是由于“气”的观念出自中国文化背景中的生命主义思想与天人合一的整体思维观，所以，西方人很难理解中国医学与气功中所说的人体之气，自然就更难领会中国艺术论中所说的“气”与“气贯”思想了。

文气论还深刻地揭示了艺术表现与传达过程中的内在机制问题。从气运过程看，艺术作品中的气具有流动性，但是这种流动性绝不是纯自然的，它必须受到艺术家的调控。北齐颜之推说：“凡为文章，犹人乘骐骥，虽有逸气，当以衔勒制之，勿使流乱轨躅，放意填坑岸也。”[1] 清人方东树说：

---

① 《颜氏家训·文章》。

气势之说，如所云“笔所未到气已吞”，“高屋建瓴”，“悬河泄海”，此苏氏所擅长。但嫌太尽，一往无余，故当济以顿挫之法。顿挫之说，如所云“有往必收，无垂不缩”，“将军欲以巧服人，盘马弯弓惜不发”，此惟杜、韩最绝，太史公之文如此，《六经》、周、秦皆如此。[①]

清末的林纾对气运的这种顿挫之法又作了更深刻与明确的表述，他说：

文之雄健，全在气势。气不王，则读者固索然；势不蓄，则读之亦易尽，故深于文者，必敛气而蓄势。然二者皆须讲究于未临文之先，若下笔呻吟，于欲尽处力为控勒，于宜伸处故作停留，不惟流为矫伪，而且易致拗晦。[②]

方、林之说，都谈到了艺术传达过程中对节奏的调控问题。古人论作画，也主张要处理好势的起伏开合，要使气势具有“吐吞变灭”的变化。如董其昌曰：“远山一起一伏则有势。”[③] 笪重光亦曰：“一收复一放，山渐开而势转；一起又一伏，山欲动而势长。”[④] 艺术家懂得顿挫之法，对行文之气加以调控，造成气势的变化，将更有助于艺术的表现与传达。它不仅能使艺术家的想象力得到充分发挥，同时也给欣赏者创造了更广阔的审美视阈。可以说，艺术天地内的涛回浪卷，鸢飞鱼跃，既来自艺术家对天地自然规律的把握，来自艺术家心田的五彩缤纷，也得之于艺术传达时艺术家对节奏的调控。因此，文气论所揭示的要对行文的节奏进行调控的理论，对于如何赋予艺术以活泼的生命是极富指导意义的。

古人论文气，还探讨了艺术创造过程中气所具有的包孕与伸张的艺术张力问题。这可以说是文气论在艺术传达问题上的又一贡献。从上面所引的方东树与林纾的话中可以看到，他们都谈到了文气的一个重要特点，即“气势”具有的敛与蓄的功能。艺术传达中的“气势”，总体上看都呈动态

---

① 方东树：《昭昧詹言》卷一。
② 林纾：《春觉斋论文·应知八则·气势》。
③ 《画禅室随笔》。
④ 《画筌》。

趋势，但具体到某个特定阶段，它又能以静态的形式出现，而在静态之中又包孕着动态的趋向。在具体的艺术传达过程中，有时候甚至能起到化静为动的超越作用。如“盘马弯弓惜不发”的气势，虽是处于敛与蓄的静态中，但蓄积着一泻千里的千钧之势。古人讲势要“蓄”，就是要以静待动。刘大櫆论“气势”时，曾引用唐人李翰语“文章如千军万马，风恬雨霁，寂无人声”。“千军万马”是腾跃之势，“寂无人声”则是待命而发的力量积蓄。书法中笔法有“欲右先左”、“欲下先上”之说，“先左”与“先上”之笔都是蓄势。梁武帝萧衍评王羲之书法云：“字势雄强，如龙跳天门，虎卧凤阁。”[①]“龙跃”是鲜明的动态，而“虎卧”则呈静态，但静卧之中又包含腾跃之势。这是以静待动，它往往能使人产生某种内模仿的感觉，产生一种力的内在流动和张力。画论中讲“容势”，如南齐画论家王微说：“夫言绘画者，竟求容势而已。”所谓“容势”，指绘画作品以静态的形式把人物、景物容纳、固定下来，但又必须具有更深刻、更广阔的艺术伸展力，也即具有景外之景、象外之象的艺术生命力。绘画截取的毕竟只是一小部分时空，但具有“容势”之“势”的绘画作品，则远远不限于这一部分时空，它所创造的艺术意境应该是无限的。因此，“容势”之“势”也是静中含动，包孕之中有展开、有突破、有超越。这也便是古人说绘画“咫尺有万里之势”的真正含义。

除了“气势”具有包孕力和伸张力以外，艺术的“气韵”、“气味”同样涉及艺术生命的生发性与伸张性问题。“气韵”与“气味”绝不仅仅指作品之内的意蕴和趣味，它们还包括了作品之外的意蕴和趣味，均具有“言有尽而意无穷”的含义，有着向艺术作品之外伸展的特性，并且与读者的接受相连接。方东树《昭昧詹言》卷一说：“读古人诗，必观其气韵。气者，气味也；韵者，态度风致也。如对名花，其可爱处，必在形象之外。”明人唐志契《绘事微言·气韵生动》讲气韵的特点是“生者生生不穷，深远难尽”，即指所描绘的形象，既能生动感人，同时又能使人联想无穷，给欣赏者以无限的想象与再创造的余地。

因此，从艺术传达与审美创造的过程来看，文气论所说的“气”又成为艺术内在的生命张力，它揭示了艺术表现与传达的奥秘，也揭示了艺术

---

① 《书法钩玄》卷四《梁武帝评书》。

意境构成的某些特点。

文气论还探讨了艺术家创作准备过程中的内在心理张力问题。这种内在心理张力成为创作的原动力和驱动力。古人论艺术创造，十分强调有“气势夺人”之美，“笔所未到气已吞”成为至文、美文的理想。然而要使“气充”、“气盛”，在艺术家那里，就有一个“守气”与“养气”的准备阶段。《文心雕龙·风骨》曾谈到文章构思时养气，所谓“缀虑裁篇，务盈守气”。《养气》篇又说到要虚静以待气、养气的问题：“是以吐纳文艺，务在节宣，清和其心，调畅其气。”“玄神宜宝，素气资养。水停以鉴，火静而朗。无扰文虑，郁此精爽。”刘勰不仅重视血气（“素气”）的保养，而且重视心理的平衡和清静。在《神思》篇里，刘勰还提到下笔前一定要气盛，“方其搦翰，气倍辞前”，要保持饱满的精神和旺盛的激情。这种通过长期积累与修养所蓄积起来的“气”，也就成为激发创作冲动的推动力。古人论文还常把“情”与“气”相联系。刘勰讲“情与气偕”①。明人徐祯卿《谈艺录》则说：“情者，心之精也。情无定位，触感而兴，既动于中，必形于声。……盖因情以发气，因气以成声……”实际上感情的产生也与作者的血气相关。《乐记》中就说到“血气”是感情产生的基础：“夫民有血气心知之性，而无哀乐喜怒之常；应感起物而动，然后心术形焉。”② 感物而动的虽然是情，但基础却是气，即元气与人气的沟通，才产生情。气成为情的原始驱动力。古人还说“情深而文明，气盛而化神”③，“气盛化神，当与天地同功也”④。神者，化境也。神境、化境，乃艺术的最高境界。艺术要达到神境、化境，要依赖于气与情，足见气与情的重要。章学诚还说：“凡文不足以动人，所以动人者，气也；凡文不足以入人，所以入人者，情也。气积而文昌，情深而文挚；气昌而情挚，天下之至文也。”⑤ 可见，情之入人还得依赖于动人之气，情归根结底来自“气”所流出来的生命能量。此外，古人论文气还谈到“灵气”问题。如李德裕

---

① 刘勰：《文心雕龙·风骨》。

② 《乐记·乐言》。

③ 《乐记·乐象》。

④ 宋濂：《文原》。

⑤ 章学诚：《文史通义·史德》。

说："文之为物，自然灵气，惚恍而来，不思而至。"① 这里的"灵气"即指作家在外界之气的催动下所产生的创作冲动，即今天所说的创作灵感。"灵气"的袭来是突发性的、模糊的，却具有驱动力和推动力，它激发了艺术家的想象，推动了艺术家艺术构思的迅速成形。因此，"灵气"也成为艺术家文思泉涌的催发力，它同样是艺术家心理张力的表现。

最后，文气论中的养气理论又成为中国艺术论中"文品即人品"理论中的一个重要组成部分。文气论讲养气，常常同道德修养相结合。孟子首先提倡"我善养吾浩然之气"，而这种浩然之气"至大至刚"，"配义与道"，并且是"集义所生"②。"气"实际上成了一种道德力量与人格力量的象征。养气在唐宋以后逐渐变为对一种崇高的道德人格的培养，尤其在明代道学盛行之时，就强调得更多。养气是为了正身，正身之后才可为文，反过来为文则必须以养气为本。当道德、文章被视为同一时，养气也就纯粹化为对高尚人格的培养了。如宋人李纲评韩愈文章云："要之操履坚正，以养气为本。"③ 即说韩愈文章体现出来的端正刚直的道德情操，源于他的养气。陆游《上辛给事书》说："某束发好文，才短识近，不足以望作者之藩篱，然知文之不容伪也，故务重其身而养其气。"诚于中而形于外，心中有真气、正气，文自然如其人。"文品即人品"问题，虽然也像西方文艺理论家布封所说的名言"风格即人"一样，强调的都是风格主观方面的因素，但就"人品"的内涵来说，中国艺术论把"气"与道德相联系，把"养气"同培养崇高的道德人格相联系，又是独一无二的。

（蒋述卓）

① 李德裕：《文章论》。
② 《孟子·公孙丑章句上》。
③ 李纲：《道卿邹公文集序》。

第五章

说“飞动”

“飞动”一词在中国古代文艺美学中是经常运用的，但是，人们仅仅把它看作一个比喻词，很少追究它的美学内涵，把它当作一个美学范畴来看待。实际上，如同“气韵”、“势”、“自然”一样，“飞动”一词具有丰富的美学意蕴，它既代表一种独特的美学风格，也代表了一种独特的美学思想。

一

中国古代很早就崇尚“飞动”。这始于宗庙建筑与青铜铭器艺术。《诗经》记载：古代亶父为营周室，“乃召司空……作庙翼翼”①；又载周宣公筑宫庙，“筑室百堵，西南其户……如跂斯翼，如矢斯棘。如鸟斯革，如翚斯飞”②。殷周时期的青铜器内，有一“莲鹤方壶”（今存于中国历史博物馆），壶顶上莲瓣中央立一张翅欲飞的白鹤。青铜器纹饰中还常见旋转缠绕的蟠螭纹、双体龙纹、双头龙纹、卷体龙纹以及夔纹、凤纹，它们都在狰狞与怪诞之中透露出飘逸洒脱之态。在一些镜盘上还雕绘有龙蛇虎豹、星云鸟兽的飞动形态。可见，先民们在劳动中早就产生并积淀下对飞动之美的审美感受。

汉代起，中国的书法艺术蓬勃兴起，一些书法家开始对书法艺术作理论上的探讨，其中就认为书之笔画、结构、布局必须具有动势。后汉崔瑗的《草书势》说：“……抑左扬右，望之若欹；竦企鸟跱，志在飞移；狡兽暴骇，将奔未驰；或黜点染，状似连珠，绝而不离；畜怒怫郁，放逸生奇。……是故远而望之，隆焉若阽岸崩崖；就而察之，一画不可移。”托名为蔡邕所作的《画论》曰：“为书之体，须入其形，若坐若行，若飞若动，若卧若起，若愁若喜，若虫食木叶，若利剑号戈，若强弓硬矢，若水火，若云雾，若日月，纵横有可象者，方得谓之书矣。”为追求动态之美，蔡邕还创造了“飞白体”。“飞白”之书，乃取其笔画若丝发处谓之“白”，取其笔势飘举逸放谓之“飞”。刘劭《飞白书势》就盛赞飞白体的流动之美，说飞白之体“有若烟云拂蔚，交纷刻继，韩卢接飞，宋鹊游

① 《小雅·緜》。

② 《小雅·斯干》。

逝”。东晋时卫夫人之《笔阵图》对书之点画也要求具有动态之势，她用“高峰坠石”、“陆断犀象”、“百钧弩发”、“崩浪雷奔”等比喻来形容字的点、竖、撇、钩等。南朝梁武帝萧衍《评书》褒贬古今各家书法，也尤重潇洒飘逸的飞动之态，他常常运用某些具有动势的形象来比喻书体的飞动，如说“王安石书字势雄强，如龙跳天门，虎卧凤阁”，“薄绍之书如龙游在霄，缱绻可爱”，“索靖书如飘风忽举，鸷鸟乍飞”，“钟鹞书如云鹤游天，群鸿戏海”等。庾肩吾则将书法正、草的流动性特点描绘为“烟花落纸将动，风采带字欲飞”。这些都是从中国书法重线条、结构之美的特点出发，提炼出尚“飞动”的审美趣味。

汉魏两晋南北朝的绘画、雕塑也重视流动婉转优美的线条，如出土的汉代青铜雕塑“马踏飞燕”，传达出极具飞动之势的奔马神情，是中国古代难得的杰作。敦煌石窟艺术中的“飞天”人像，那飞腾的舞姿与飘荡飞举的饰带，更令后人叹为观止。“中国雕刻也像画，不重视立体性，而注意在流动的线条。”[①] 中国的绘画因为重线条的流动，还带有舞蹈的意味。舞蹈的特质也在于线条运动。汉代傅毅《舞赋》曾以蛇蜺龙等形体的运动姿态来比喻舞蹈动作：“蟉蛇姌弱，云转飘曶，体如游龙，袖如素蜺。”在理论上，魏晋南北朝时期之重“传神”、“气韵”，重“骨法”，也是重笔墨之有生气与活力。[②] 而绘画之笔墨本来又与书法之线条相通，笔墨之势亦乃是线条、点画之势。因此，书画雕刻之重飞动之势就奠定了“飞动”这一美学范畴的基本含义，即重视艺术语言（在书画就是线条）的活泼灵巧、艺术结构的生动变化。

至于在语言艺术方面，南朝梁时刘勰在《文心雕龙·诠赋》篇里也认为，“延寿《灵光》，含飞动之势”。这里的“飞动之势”，是指王延寿的《鲁灵光殿赋》的语言，该赋以精微生动的语言，描摹了宫殿构造的种种画面，凡阶堂殿柱，扉室房序，栌枅栭穿，以及栋窗之雕刻，榱楣之绘画，一一铺陈，皆得营造之精意，读之觉鸟革翚飞之状，如在眼前。它还描写了许多飞动的动物形象，有飞腾的龙，有愤怒的奔兽，有张翅飞动的

---

① 宗白华：《美学散步》，上海人民出版社1981年版，第41页。

② 比如传说中顾恺之“画龙点睛”的故事，龙一旦被画上眼睛，则生动传神，腾飞而去。

凤凰，有蜿蜒曲折的蛇，有互相追逐的猿猴等，作者的描写千变万化，随色象类。在《诏策》篇的“赞”里，刘勰又推崇皇帝发布的号令是“腾义飞辞”。《檄移》篇中又认为檄文的要点就在于它的“植义扬辞，务在刚健”。《风骨》篇说：“是以怊怅述情，必始乎风；沈吟铺辞，莫先于骨。故辞之待骨，如体之树骸；情之含风，犹形之包气。结言端直，则文骨成焉；意气骏爽，则文风清焉。若丰藻克赡，风骨不飞，则振采失鲜，负声无力。”又说：“夫翚翟备色，而翾翥百步，肌丰而力沈也。鹰隼乏采，而翰飞戾天，骨劲而气猛也；文章才力，有似于此。”刘勰所说的“风骨”仍包含语言在内。若语言不能带动起内容，就会导致“肌丰而力沈”，就会使得“风骨不飞”。因此，他说的“风骨”也就与“气”、“风力”紧紧联系在一起。他所推崇的“风清骨峻，遍体华光”的美学理想里也就包含着对“飞动”之势的追求。他所说的“情与气偕，辞共体并”[①] 也就是后来唐代皎然所说的“语与兴驱，势逐情起”[②] 之所本。

唐代，窦蒙在总结前人创作经验的基础上，把“飞动”作为一种美学概念提炼出来并加以释义，在《语例诗格》中他说：“若灭若没曰飞”，“如欲奔飞曰动。”[③] 归结起来，“飞动”一方面追求的是隐显起伏的百年的变动，另一方面则强调腾举飞跃的动势。

真正把“飞动”作为一个美学理想并大力提倡的是唐代诗僧皎然。他所说的“飞动”可包含两层意思：一是语言的活泼生动；二是全篇的结构呈动态的变化。

前者如他在《诗议》中说到的：

诗不要苦思，苦思则丧于天真，此甚不然。固当绎虑于险中，采奇于象外，状飞动之句，写冥奥之思。夫希世之珠，必出骊龙之颔，况通幽含变之文哉！[④]

这个“状飞动之句”，大致与刘勰说的“含飞动之势”一样，都在于

① 刘勰：《文心雕龙·风骨》。

② 《诗式》。

③ 《中国美学史资料选编》（上册），中华书局1980年版，第275页。

④ ［日］遍照金刚著，王利器校注：《文镜秘府论·南卷》引。

写出具有生命活力的事物相状。《文镜秘府论》引唐代崔融《唐朝新定诗格》“十体”说，其中就有“飞动”一体，其云：“飞动体者，谓词若飞腾而动是。”所举例则是“流波将月去，潮水带星来”和“月光随浪动，山影逐波流”二诗句。这里的“词若飞腾”，实则是只注重某些表示动态的词语。宋人魏庆之《诗人玉屑》卷四的《风骚句法》中也有所谓“龙吟虎啸（飞动）”之说，其举例是“野云低度水，檐雨细随风。乱云低薄暮，急雪舞回风”。与崔氏之论亦无差别，与皎然之说也相一致。可见，注重文辞的动势描绘是“飞动”的基本要求。这里还顺便说一下，崔融把“飞动”当作诗之一体，这“体”既是诗中的类型区别，同时也具有风格上的意义。司空图《诗品》中还列有“流动”一品，其义近“飞动”，说的也是一种美学风格。所以，古文论中的“飞动”也具有风格的意义。

后者如皎然在《诗式·明势》中所说的：

> 高手述作，如登荆、巫，觌三湘、鄢、郢山川之盛，萦回盘礴，千变万态（文体开阖作用之势）。或极天高峙，崒焉不群，气势腾飞，和沓相属（其势在工）。或修江耿耿，万里无波，欻出高深重复之状（奇势互发）。古今逸格，皆造其极妙矣。

他以山川起伏变化的形势比喻诗人作品的流动变化之态，其着眼点就不是辞，而是全篇的结构了。联系他在评诗时的观点看，他说的文势的确着眼于全篇的结构的变化。《诗式》卷二《作用事第二格》内说：

> 夫诗人作用，势有通塞，意有盘礴。势有通塞者，谓一篇之中，后势特起，前势似断，如惊鸿背飞，却顾俦侣，即曹植诗云“浮沉各异势，会合何时谐？愿因西南风，长逝入君怀”是也。

一篇之中，文势起伏不平，似断实续，正是产生“飞动”感受的奥秘所在。皎然之论“势”，上承刘勰之论“势”，又开启后人之论“飞动”。刘熙载论庄子之文云：“文之神妙，莫过于能飞。庄子之言鹏，曰‘怒而飞’，今观其文，无端而来，无端而去，殆得‘飞’之机者。乌知飞鹏之学为周耶？”[①] 刘熙载论“飞”正是着眼于庄子之文的整体特点，即它笔意的纵横捭阖与结构的缥缈奇变。如《逍遥游》篇，起篇写大鹏南飞，即联想到俯瞰九万里之下大地的景象；为了解释鹏能飞九万里的原因，又以“水之积也不厚，则其负大舟也无力；覆杯水于坳堂之上，则芥为之舟，置杯焉则胶，水浅而舟大也”作为引证；因蜩与学鸠之笑大鹏，又引出对适莽苍者、适百里者、适千里者的议论；继而又从斥鴳的取笑大鹏论及小大之辩，虚构了肩吾与连叔的对话，其中还引出了对藐姑射山之神人、宋人有善为不龟手之药以及樗之臃肿不中绳墨而被匠者弃等寓言故事。忽而写天，忽而写地，忽而道东，忽而道西，迷离恍惚，姿态横生，而至关键处则一语点明主旨。该收则收，该放则放，时断时续，于奇幻怪异之中使人感受到“飞动”之趣。故刘熙载又说过：“庄子之文如空中捉鸟，捉不住则飞去。”[②] 这“飞去”之文，的确不仅仅指措辞，还偏重于结构的起伏变化。

苏珊·朗格曾经说过，“要想使一种形式成为一种有生命的形式”，其首要条件就是这种形式“必须是一种动力形式”，也就是说它“必须是一种变化的式样”[③]。综上所论，“飞动”一词所要求的正是如苏珊·朗格提到的一种具有动力形式的艺术形式，它的实质就是追求一种活泼跳跃、流动不居的有生命的艺术形式，从而赋予艺术作品以美的价值。这正是“飞动”所包含的美学底蕴。

二

然而，在古代艺术家眼中，“飞动”之获得又不仅仅限于文辞与结构这样的形式因素，它与作品的内容（文意）以及艺术家主体的精神（心灵、性情）等又有着密切的联系。因此，在论及“飞动”的产生时，也便涉及下列几方面的因素。

---

① 《艺概·文概》。

② 《游艺约言》，见《刘熙载论艺术六种》，巴蜀书社 1990 年版，第 342 页。

③ ［美］苏珊·朗格著，滕守尧译：《艺术问题》，中国社会科学出版社 1983 年版，第 49 页。

（一）“飞动”与文理的自然流动

《易传》论卦象之产生乃取乎天地自然，近取诸身，远取诸物。而其论文章之取象，则有《涣·象传》云：“风行水上，涣。”其卦象为䷺，即上为风，下为水。风行水上之涟漪，即为自然之文章。刘勰《文心雕龙·原道》论人文之产生，也袭用《易传》之观点，云：“心声而言立，言立而文明，自然之道也。傍及万品，动植皆文，龙凤以藻绘呈瑞，虎豹以炳蔚凝姿；云霞雕色，有逾画工之妙，草木贲华，无待锦匠之奇，夫皆外饰，盖自然耳。”这里的“自然”与“自然之道”，也就是说人文乃是天地万物本身的固有表现，是自然而然的产物。因此，作文也就要顺乎文之本性，不可刻意雕琢。比如文章本来就要求像风行水上之涟漪一样要具有一定华丽的辞藻，但这华丽的辞藻又是自然获得的，不是故意造成的。所以，刘勰的《文心雕龙·明诗》云：“感物咏志，莫非自然。”《隐秀》篇残文又说：“晦涩为深，虽奥非隐；雕削取巧，虽美非秀矣。故自然会妙，譬卉木之耀英华；润色取美，譬缯帛之染朱绿。”永明体诗人谢朓还主张“好诗圆美流转如弹丸”[1]，所谓“圆美流转”，既指声律的和谐，也指内容的表现顺乎情理，二者均具有自然之态。这也正是获得“飞动”之趣的基本条件。晚清美学家司空图还从道家的自然主义出发，在《诗品》中专设“流动”一品，认为诗歌必须具有生动流转之势，“若纳水輨，如转丸珠”。

“风行水上”的自然之论，到苏洵、苏轼父子处则得到更进一步的发挥，他们以此对文理的自然流动之势作了精辟的阐述，并把“风行水上之文”当作最高的美学理想。苏洵说：

“风行水上，涣。”此亦天下之至文也。然而此二物者岂有求乎文哉？无意乎相求，不期而相遭，而文生焉。是其为文也，非水之文也，非风之文也。二物者非能为文，而不能为文也，物之相使而文出于其间也，故此天下之至文也。今夫玉非不温然美矣，而不得以为文；刻镂组绣，非不文矣，而不可与论乎自然，故夫天下之无营而文生者，唯水与风而已。[2]

---

① 《南史·王昙首传附王筠传》。

② 《仲兄字文甫说》，见《嘉佑集》卷十四。

他强调的是“风”与“水”的无意相求与不期而遇，也就是说顺其物之自然而产生的文才是最美的。清代纪昀在《水波砚铭》中说：“风水沦涟，波折自然，此文章之化境，吾闻之老泉。”纪氏所言亦深得苏老泉之真谛。刘熙载则说庄子之文“尤缥缈奇变，乃如风行水上，自然成文也”①。这种风行水上的缥缈奇变正是与庄子之文的飞动密不可分的。苏轼的自然流动论则把苏洵的风行水上的意思用另一种方式作了形象的表述，其《文说》云：“吾文如万斛泉涌，不择地而出，在平地滔滔汩汩，虽一日千里无难。及其与山石曲折，随物赋形而不可知也。所可知者，常行于所当行，常止于不可不止，如是而已矣。其他虽吾亦不能知也。”这就是他自己的文章，其情思意绪往往不受任何束缚，顺其自然而得到生动的表现。苏轼所说的“与山石曲折，随物赋形”之语，实际上说的也就是文理之势。这种含义，其实刘勰也说过，《文心雕龙·定势》说：“势者，乘利而为制也。如机发矢直，涧曲湍回，自然之趣也。”苏轼《答谢民师书》中还以类似之语去评他人诗文，说：“……大略如行云流水，初无定质。但常行于所当行，常止于不可不止。文理自然，姿态横生。”所谓“文理自然”，在这里绝不仅仅指语言与结构的自然，它同时包括作家思想感情的自然流动，也是作品内容的自然展开。

（二）“飞动”与空白

“飞动”要求在内容上达到通脱、透活、自然、高逸，但是，如果“飞动”所带动的内容太沉太重，就无法“飞”起来。因此，古人讲“飞动”，多强调内容的不粘不脱，若即若离。状物而不泥于物，用事而不牵于事。这亦即说“飞动”所带动的内容应具有一定的空隙，而不是密不透风的。宋代张炎《词源》说：“词要清空，不要质实。清空则古雅峭拔，质实则凝涩晦昧。姜白石词如野云孤飞，去留无迹……”又说：“白石词……不惟清空，又且骚雅，读之使人神观飞越。”清人周济的《介存斋论词杂著》则说：“初学词求空，空则灵气往来。”空白与间隙正是产生飞动之趣的因素。这里实际上涉及艺术的虚实相生规律问题。因为艺术只有虚实结合，方能表现出活泼而有生命的艺术世界。如中国画，不但线条之间存有空白，而且构图之间也留有空白，甚至还有“计白当黑”的创作方

---

① 《艺概·文概》。

法。空白之处正是天地灵气的往来之处，使人依然感觉其间充满着动荡的生命。

皎然谈“飞动”，则恰恰强调“飞动”不能过于轻飘，相反，其应该具有一定沉实的内容。若“飞动”只是一种空无负重的飘逸，就会显得脚下无根基，这种“飞动”也不是真正的通脱与飘逸。其《诗式》提到“诗有四离”时说：“虽尚高逸，而离迂远；虽欲飞动，而离轻浮。”“诗有六至”条又说：“至苦无迹，至近而意远，至放而不迂。”姜夔的《白石道人诗说》也认为“韵度欲其飘逸，其失也轻”。这便使“飞动”之论显得更为全面、更为辩证了。

（三）“飞动”与艺术家的心灵与性情

“飞动”与艺术家的主体精神又有着深刻的关系。艺术家之心灵与性情是“飞动”产生的重要源泉。古人论此，大多强调艺术家心灵之境的清、逸、奇、趣。因为只有经过艺术家清、逸、奇、趣心灵的熔铸，方能产生活泼泼的生命情调。清与逸，指的是艺术家的林泉之心。只有超脱的心境，才有山林之趣与林泉之心，也才有高逸之思。唐人殷璠《河岳英灵集》卷中论储光羲诗云：“储公诗，格高调逸，趣远精深，削尽常言，挟风雅之迹，浩然之气。”宋人黄休复《益州名画录》论孙位，说他“性情疏野，襟抱超然。……禅僧道士，常与往还”。其画“龙拿水汹，千状万态，势欲飞动”，“非天纵其能，情高格逸，其孰能与于此耶”。艺术家的这种心态，是一种自由、无束无缚的心态，用庄子的语言来说，是一种能“游”的心态，也是一种“饮之太和，独鹤与飞”[①] 的心态。因为脱离了钻营与名利，以审美的满足为其最高目的，其艺术也就能“乘云气，御飞龙，而游乎四海之外”[②]。所以，艺术家能“游”的精神，便能使艺术充满内在的自由的生命，呈现出“飞动”之趣。奇与趣指艺术家的智慧之心。心灵之奇，表现出艺术家独有而奇异的个性，他不同于常人而显得才气横溢；心灵之趣也是艺术家智慧灵敏的表现，“趣者，生气与灵机也”[③]。智慧的流动则成为心灵之趣，成为艺术之趣。如李白之诗，想象奇特，气势

---

① 司空图：《二十四诗品·冲淡》。

② 《庄子·逍遥游》。

③ 史震林：《华阳散稿》。

宏大，“奇趣酣态，天风海涛，黄河天上来”①；“其歌行之妙，咏之使人飘扬欲仙”②。这种才情横溢的诗来自李白那桀骜不驯的个性，来自那超奇洒脱的心灵。像他的“天生我才必有用，千金散尽还复来”③，像他的“且放白鹿青崖间，须行即骑访名山。安能摧眉折腰事权贵，使我不得开心颜”④，像他的“长风破浪会有时，直挂云帆济沧海”⑤，莫不是“风发胸臆，泉流唇齿”的“欲飞”之语、之诗。因此，汤显祖说：“天下文章所以有生气者，全在奇士。士奇则心灵，心灵则能飞动，能飞动则下上天地，来去古今……”⑥ 袁中道的《刘玄度集句诗序》则说：“凡慧则流，流极而趣生焉。天下之趣，未有不自慧生也。山之玲珑而多态，水之涟漪而多姿，花之生动而多致，此皆天地间一种慧黠之气所成，故倍为人所珍玩。”

（四）“飞动”与“气韵”

“飞动”更是与“气韵”有关。南齐谢赫《古画品录》所列画之六法，居其首者乃“气韵”。按钱钟书先生的标点，该句应为“气韵，生动是也”⑦。“气韵”正是艺术品“生气远出”的生命所在。气韵是作品中的一种节奏和韵律，它能产生一种流动感。应该说，有了气韵，也便有了流动，有了生气，有了飞动。古代艺术家对此发表了不少真知灼见。宋人郭若虚《图画见闻志》云：“人品既已高矣，气韵不得不高；气韵既已高矣，生动不得不至。”明人顾凝远说：“六法中第一气韵生动，有气韵则有生动矣。”⑧ 清人方薰还说：“气韵生动，须将生动二字省悟。能会生动，则气韵自在。”⑨

艺术品的气韵问题，既与墨法的淋漓酣畅有关，也与艺术形象的神似有关。它有时指艺术家独有的精神气质，有时又指天地间一团元气、真气

① 方东树：《昭昧詹言》，评李白诗《灞陵行送别》语。
② 王世贞：《艺苑卮言》卷四。
③ 李白：《将进酒》。
④ 李白：《梦游天姥吟留别》。
⑤ 李白：《行路难》。
⑥ 《玉茗堂文之五·序丘毛伯稿》。
⑦ 钱钟书：《管锥编》（第四册），第1353页。
⑧ 《画论·论气韵》。
⑨ 《山静居论画》。

在艺术作品中的体现，它所涉及的不单单是艺术形式问题，同时也涉及意（内容的）、神（作家的）、天（天地自然的）。所以，古人多强调气韵的可得而不可知，可遇而不可求。然而，古人无论是论墨法之气韵，还是论主体之气韵，最终还将落实到生动上，追求的还是一种动态美。如清人恽格评董源之画，说："北苑正峰，能使山气欲动，青山中风雨变化。气韵藏于笔墨，笔墨都成气韵。"[①] 山本是静的，但董源之笔能使"山气欲动"，这也就是笔墨之中饱含气韵的结果。笔墨之生动则能化静为动。

三

中国艺术家对"飞动"之美的崇尚，究其根底，实则是中华民族精神之体现。那重视天机活泼、自由和谐的生命形式，来自中古哲学对生生不息的宇宙节奏（"道"）的体悟，也来自中国哲学"天人合一"的自然主义意识与把握世界空间的思维方式。

中华民族很早就对宇宙之道进行哲学探讨。《易经》中卦辞到爻辞的推演变化，象征着宇宙森罗万象变化以及万物相异相承、相生相续的生命模式。《易传》论《易》之"三义"，其中就有"变易"："生生之谓《易》"[②]，"天地之大德曰生"[③]，"易之……为道也，屡迁，变动不居，周流六虚……唯变所适"[④]，所强调的正是宇宙天地的法则和生命节奏。这一宇宙的法则与节奏，适用于宇宙人生乃至艺术的一切变化现象上。人们懂得这一法则与节奏，就能知天地之大德，就能获无穷的生命。"知变化之道者，其知神之所以乎。"[⑤] 老子之论"道"，亦主张"道"的变化功能，"道生一，一生二，二生三，三生万物"[⑥]。老子观念中的"道"是循环变化不已的，所以，他重视事物间的矛盾及其转化，"有无相生，难易相

---

① 《南田论画》。
② 《易传·系辞上》。
③ 《易传·系辞下》。
④ 《易传·系辞下》。
⑤ 《易传·系辞上》。
⑥ 《老子·第四十二章》。

成"[①]，"反者，道之动"[②]。庄子亦继承老子的思想，认为万物无不循环变化，推衍不已。"万物皆种也，以不同形相禅，始卒若环，莫得其伦。"[③]他也重视"反"的作用："无以人灭天，无以故灭命，无以得殉名，谨守而勿失，是谓反之真。"[④]《易》及老、庄的自然主义宇宙观既讲自然法则（变），又讲人在自然中的地位，也就是说人要顺其自然的法则，明了其变化之道，才能处世不惊不忧，以不变应万变。

先秦时期的哲学主张宇宙之道与人生之道合一，人生之道又体现于生活制度、礼乐制度之中，因此，"道"也就表现于"艺"中，"道"是"艺"的源泉和灵魂，"艺"则以形象与生命体现出"道"的存在。这种"天人合一"的哲学观也便产生了"道艺合一"的艺术观。而"道"的精神实质——流动变化，也就成为艺术"飞动"之美的灵魂。比如"飞动"之崇尚艺术形式如线条、语言、结构的流动，就与《易》之"道"论有极深的渊源关系。《易》曰"一阴一阳谓之道"，那一阴一阳就是用最简单的线条"—"与"- -"来概括形而上之道。中国哲学正是以"动"的节奏与变化来把握宇宙与人生的，一阴一阳的互动变化却能生出无穷的宇宙万物，天依此而行健，人依此而自强不息，艺依此则充满生气。清代画家石涛曾把这艺道合一的关系概括为"一画"说，云"太古无法，太朴不散而法立矣。法立于何？立于一画。一画者，众有之本，万象之根，见用于神，藏用于人……"[⑤]他把绘画的根本法则看作是秉承宇宙之法，因此，艺术语言即线条也就与宇宙自然的法则"道"相融合，据"道"而立的"一画"（线条）也就具有流动不居、能生出无穷艺术生命的功能。

此外，我们还要溯源到中国人的泛灵论意识，即认为世界万物包括山川草木动物都有灵性。这是一种原始宗教观念，它是建立在自然与人的原始亲和基础上的自然主义意识，它潜伏着"天人合一"的原始文化基因。这种原始的自然主义意识反映到艺术中，则构成中国艺术观中的山川有灵论。先秦两汉描绘龙蛇虎豹、星云鸟兽，为什么会具有如此流衍回环的生

---

① 《老子·第二章》。
② 《老子·第四十章》。
③ 《寓言》。
④ 《秋水》。
⑤ 《石涛画谱·一画章》。

命节奏，会呈现出异样怪诞的生气，其原因也就在于当时的人们深感这些奇禽异兽、日月星相都具有神奇的灵性与魔力。南齐画论家宗炳曾说："山水质有而趋灵（一作'趣灵'）"，"夫圣人以神法道，而贤者通；山水以形媚道，而仁者乐"。[①] 所以，中国艺术家不仅认为山川可以体现出宇宙之理，而且认为山川都有精灵与生命。于是通过观察并描绘山川，既可以洞见造化之功，又可以把握自然万物生命的真宰。当艺术家真正做到凝神遐想，与物冥通时，也就必然要求触及山川万物那活泼泼的生命。宇宙之中，高山流水，茂林修竹，鸢飞鱼跃，兔走龙腾……无不是活生生的生命图画。要将这些图画用艺术的手段再现或表现出来，也就必须要传达出那跃动的生命。因此，中国艺术家一直都很重视创作时体物、入物、与物合一的心态。苏轼说："与可画竹时，见竹不见人。岂独不见人，嗒然忘其身。其身与竹化，无穷出清新。"[②] 草虫画家曾无疑画草虫，日夜苦心地观察，"方其落笔之际，不知我之为草虫耶，草虫之为我耶"[③]。这种忘我与物我合一的心境恰与庄周之与蝴蝶融为一体是一样的。中国画家还往往把山水人格化、情趣化。在他们看来，山水皆有性情，山水皆具人态。"春山澹冶而如笑，夏山苍翠而如滴，秋山明净而如妆，冬山惨淡而如睡"[④]。"凡画山水，最要得山水性情。得其性情，山便是环抱起伏之势，如跳如坐，如俯仰，如挂脚；自然山性即我性，山情即我情，而落笔不软矣。山便得涛浪潆回之势，如绮如云，如奔如怒，如鬼面；自然水性即我性，水情即我情，而落笔不板呆矣。"[⑤] 也正因为中国艺术家的这种山川草木皆有灵的观念，使得他们创造出与万物具有同样生命的艺术品。因此，中国艺术家笔下的山川景物的生命，就绝不仅仅是艺术家本人的主观生命情调的投射或移情，也不仅仅是代山川而立言，确切地讲，是艺术家的生命与大自然的生命融为一体。而只有生命与生命的对接与融洽，才可能造就艺术灵动的生命。

此外，"飞动"这种重视变化与流动的艺术精神还来自中国人观察与

---

① 《画山水序》。

② 《书晁补之所藏与可画竹》。

③ 罗大经：《鹤林玉露》卷六。

④ 郭熙：《林泉高致》。

⑤ 唐志契：《绘事微言·山水性情》。

把握世界空间的思维方式。《易经》中的八卦是由阴阳二气周而复始、无往不复相构成的。八卦的组成最后呈一个环形，以代表世界周而复始的变化，并且还代表空间方位的八个符号。① 我们的先哲凭什么采用这种空间意识呢？《易传·系辞下》说是先哲“仰则观象于天，俯则观法于地，观鸟兽之文与地之宜，近取诸身，远取诸物”。足见这是先哲根据自身的切身体验体悟出来的。由这种环形的空间观，形成了中国艺术处理空间的两个特点：一是盘环流转的变化；二是移步换景的流动。中国山水画正是以艺术家为中心，描绘他身所盘桓、目所绸缪的景色，尺幅之中，重山叠水，由远而近，重重景物，盘桓流转而归之于艺术家自心。山水画、山水诗与园林艺术，又多采用移步换景的空间处理。这种运动透视的方式其根源依然是《易经》中那“唯变所适”的思想方法。在古代，有人甚至把八卦运用于舞蹈，创造了八卦舞谱，依照八卦的八个方位来规定身体每一部位动作的运动流程，这自然也是以盘桓流转来作规范的。《淮南子·脩务训》云：“今鼓舞者绕身如环，动容转曲。”张衡《舞赋》云：“袅纤腰而互折，嬛倾倚兮低昂。”因此，在这种艺术空间里，也就产生了一种流动感，从而赋予艺术品以生命的节奏，产生飞动之趣。

“飞动”，这一体现中国艺术精神的美学范畴，同样灿烂地体现着中华民族的生命意识与灵动、自由、和谐的精神。

（蒋述卓）

---

① 此处沿用吕子方《古代标志空间方法的符号八卦》一文的观点，还可参见《神秘的八卦》一书，广西人民出版社 1990 年版。

第六章

佛教与中国美学

——兼论中国人的宇宙观、自然观、艺术观

儒、道、佛三家思想对中国文化影响甚巨，中国的物质文化、制度文化、行为与观念文化，处处都可以发现它们的身影。中国文化以儒家思想为主体，儒、道、佛三家思想又相互渗透、相互转化，以至于相互包容、混合，错综复杂地作用于人文领域，使中国文化具有瑰丽的色彩。

佛教本身也包含美学，在佛教的典籍中体现出佛教关于美的看法，佛教典籍、佛教仪式、佛教艺术更体现出美的创造因素。佛教对中国美学的影响，主要是以佛教观念、精神与思维方式为途径而达到的。中国人接受印度佛教的影响，也是在逐渐接受佛教的宇宙观、人生观、艺术观的同时完成的。

归结起来说，佛教对中国美学的影响有如下四大方面：

一、佛教心性学说与中国美学主体性意识

佛教的心性学说促进了中国美学对艺术家主体作用的探索，进一步强化了中国美学的主体性意识。

魏晋南北朝是中国哲学发生转变的时期，即由本体论的探讨转向心性论的求索，这种转变与佛教心性学说的渗透与影响有极大关系。中国早期哲学（先秦两汉）着重对本体论的探讨，所透露出的宇宙观比较偏重于似虚而实的宇宙本体论。如《尚书》认为世界由“五行”（水、火、木、金、土）构成。这一传统一直统治着中国人对世界本体的探讨，并影响着中国人的思维方式，包括艺术思维方式。“五行”说把世界的构成具体化、实在化，它认为世界的本体通过具体现象（“五行”）就可以把握。老子的本体论“道”看起来似乎有玄想虚空的成分，但“道”也是“有物混成”的，“道之为物，惟恍惟惚。惚兮恍兮，其中有象。恍兮惚兮，其中有物。窈兮冥兮，其中有精。其精甚真，其中有信”。这其中的“物”、“象”都可以是真实存在着的东西。战国时的宋、尹学派则进一步明确说这种“精”就是“气”，“道”也是“气”。“气”是一个似虚而实的概念，由“气”组成的宇宙也可视为一个真实存在的实体。阴阳二气和合而生万物，故《淮南鸿烈》仍然认为“道始于虚廓，虚廓生宇宙，宇宙生气，气有涯垠”。“天地之袭精为阴阳，阴阳之专精为四时，四时之散精为万物。”正是在这种宇宙本体论的制约下，中国人甚至把“鬼”也当作是真实存在

的，认为“鬼”是阴阳五行或者说精气产生错乱而变化出来的实有事物，如晋时干宝《搜神记》卷六的“妖怪论”和卷十二的“变化论”就持这种观点。

佛教哲学认为世界是虚幻不实的，它虽然也讲世界由“四大”（地、火、水、风）物质构成，但它又从因缘论出发，认为“四大皆空”，“诸法皆空”，如龙树所说：“未曾有一法，不从因缘生，是故一切法，无不是空者。”佛教视世界是虚妄不实的。在心物关系上，佛教强调以“心”为本。“一切世间法，唯以心为主”，“心生则种种法生，心灭则种种法灭”，“三界唯心”，“心外无物”。

中国从晋宋开始，佛教僧人就把佛学理解为“性灵之学”或“心学”，到唐代的禅宗，则直接称自己的宗派为“心宗”。“明心见性”理论的实质就在于发现人自身的清净之性，使人自觉自悟。禅宗六祖慧能的“不是风动，也不是幡动，而是心动”的著名故事，更是强调以心为本的典范。

先秦两汉论艺术的产生，强调人心之感于物，在心物关系上，“心”基本上处于被动的地位，它的“动”有待于物的感动。魏晋南北朝以后，则能深入到艺术家的心灵所能发挥作用的空间——性灵之区里去，充分阐述艺术家主体心灵在文艺创造中的积极主动作用以及心与物如何交融的问题。如顾恺之“以形写神”、“悟对通神”以及“迁想妙得”的绘画美学思想，就受到当时佛学界讨论形神分殊的“法身”理论以及僧肇提倡的“玄道在于妙悟”论的影响。山水画家宗炳也受佛教影响，认为画家感受山水，必须“应目会心”，“目亦同应，心亦俱会”，将“万趣融其神思”。他也涉及心物相互作用的问题。南齐谢赫提出的“气韵生动”说，要求绘画不仅表现出所画对象的内在精神，同时也要表现出艺术家本人的内在精神。梁朝刘勰的《文心雕龙》“物色篇”说：“写气图貌，既随物以宛转；属采附声，亦与心而徘徊。”强调艺术创作应该经过“目既往返，心亦吐纳”的物我双向运动过程才能完成。与汉赋的处理空间相比较，魏晋南北朝以后的中国艺术在处理时间与空间方面，艺术家的主体作用发挥得更为明显。汉代艺术气势恢弘，但混沌而不精致，艺术家的处理功用尚未充分发挥。如汉赋，往往被物所驱使，主体无法驾驭空间，艺术创造雷同化、类型化。陈时的画论家姚最在《续画品》内就指出：“立万象入胸怀”，“含毫命素，动必依真”，所谓“真”者，即心灵之诚也。于是，画于团扇之上的山川，“咫尺之内，而瞻万里之遥；方寸之中，乃辨千寻之峻”。中国画因此而被后人及外国人称为“心的艺术”。绘画从“人大于山”逐渐过渡到唐的以山水为主，人处于次要地位，也说明艺术家处理人与自然、人与物以及处理时间与空间关系的逐步成熟。如唐代王维的《雪里芭蕉图》将四时的花草画于一张画中，则着重表现佛教思想，是以心为主的典型，在时间与空间的处理上已然成熟。唐代有人论画：“外师造化，中得心源。”宋郭若虚论气韵，“出于灵府”，“本自心源”。元代方回则说“心即境”，认为治境未若治其心。明代董其昌提出绘画中气韵的获得乃是因为“丘壑内营”。至于李贽的“童心说”，袁宏道、王世贞的“性灵”说，王夫之的情景论，叶燮的“物我相合为文章”，石涛论“受”与“识”的关系，以及梁启超的“惟心所造之境为真实”论，王国维的“境界论”等，无一不与佛教心性学说有关，都在强调艺术家心性所起的重要作用。中国美学还从禅宗“净性自悟”的心性论里，发展出尊崇艺术家个性，强调自成一家，强调独创，强调以无法为至法，反对复古，反对模拟，蔑视权威的艺术主张。这也是从创作者方面高扬了艺术家之“心”，即高扬了作者的主体精神。如明代的徐渭主张画要写出自己的“本真之心”和“逸气”，清代的石涛则强调“画中有我”，“成一家之言”，“我之为我，自有我在”。

二、佛教“顿悟”与中国美学直觉感悟色彩

佛教“顿悟”理论强调一种直觉观照、直觉体验与直觉感悟，它认为学佛之人对佛理的领悟，是一种刹那间的整体把握，其间是没有阶段之分的。一旦摸到“顿门”，学佛之人就进入自由状态，得到解脱。中国美学直接采用佛教的“妙悟”理论，以“妙悟”说来阐述文艺创作与欣赏的理论问题。如诗论家们把学诗与参禅相联系，围绕着“悟”的问题，对学诗时的悟入，作诗构思时得到的灵感（妙悟）等都展开了论述。

例如，与苏轼相交甚好的李之仪论作诗“得句如得仙，悟笔如悟禅”。吴可说：“凡作诗如参禅，须有悟门。”龚相说：“学诗浑似学参禅，悟了方知岁是年。点铁成金犹是妄，高山流水自依然。”如此等等。学诗如参禅的看法，一是强调诗人要“自家悟”，二是认为诗人一旦悟入，便顿时

进入新的境界，达到一种得心应手、信笔流出的自然状态。

关于诗的灵感也类似于禅在刹那间的突破，迸出智慧之花。正如白云禅师偈语说道："蝇爱寻光纸上钻，不能透处几多难。忽然撞著来时路，始觉平生被眼瞒。"清代袁枚就认为此偈语颇合作诗之旨。宋代诗论家严羽《沧浪诗话》就很强调"妙悟"之前的"熟读"、"熟参"，同时还提出诗有"别材"、"别趣"，需要"妙悟"方行。他说："大抵禅道惟在妙悟，诗道亦在妙悟。"宋元以后，诗论家、画论家多以禅的理论来论诗论画，一是强调性灵，二是强调"顿悟"，三是借顿悟之说强调意境、神韵。中国美学从先秦的庄子开始，就具有直觉感悟的一面，佛教"顿悟"说的加入，更突出了中国美学的这一特征。

三、佛教虚空观与中国美学观念思维的变化

佛教视宇宙万物为虚空，认为世间一切乃心造的幻影，都是虚妄不实的，而只有"心"的觉悟才是"真实"的，宇宙万物现象背后的佛理才是"真实"的。按照僧肇对佛教宇宙观的阐释，世界乃是一种"假有"，一种"名号"。"不真即空"也就揭示了世界的虚妄性。佛教的这种宇宙观体现在其艺术表现手段上，就是任意虚构、假定，真幻同一。中国早期的宇宙观是将世界看作实体存在的，如"元气一元论"、"五行"理论、"精气"理论，到魏晋南北朝以后，由于佛教哲学尤其是大乘般若学的输入，印度佛教视世界为虚空的思想逐渐为中国士人所接受，"不真即空"、"真即假有"、"真幻同一"的观念也便渗透到中国艺术家的思想中来，表现在自然观与艺术观上都有了新的变化。

如魏晋南北朝的志怪小说，就接受了佛教故事中幻化形式的影响，出现了梦幻人生、离魂、化身等故事，表现出较多虚构成分，改变了以前叙事文学多以录史为信，以纪实为真的观念。唐代传奇小说，小说家干脆为故事中的人物取名为"元无有"。其"作意好奇"成分的增加也有了明显的虚构意识。宋元以后，认为艺术中极幻就是极真，假即是真，幻可以传真的理论逐渐占据叙事文学中的主导地位，明代时的汤显祖所创作的戏剧更是以梦为主要叙事方式，大胆想象，将真幻同一。到曹雪芹的《红楼梦》更是真假合一。"假作真时真亦假，无为有处有还无。"中国的艺术观

逐渐建立起了一种“似真而又幻”的艺术真实观。当然，中国艺术的虚构意识也受到道教的影响，因为这不在此文所论范围，故不述。

与这一问题有关，中国艺术的自然观也有了较多变化。中国人的自然观受“天人合一”思想的指导，很早就将自己本身看作是自然的一部分，所谓“万物与我同一”正是这一观念的表现。不过，先秦时期，由于儒家思想起主导作用，人们往往还将自然与道德相联系，所谓“山水比德”说就是将道德意识加于山水自然之上。孔子《论语》中有“智者乐水，仁者乐山”之说。秦汉以后，山水作为独立的审美对象开始确立，至魏晋南北朝，又开始了以自然山水品评人物，自然与人的融洽关系更为拉近，“隐士”要隐于山林，谈玄学要置身于风景秀丽的亭榭，如兰亭诗会，《世说新语》载许多名士都是亲近自然之人，将自然与“我”视为一体。南北朝小赋、唐诗、宋词中有多少吟咏自然山水的佳作名篇。李白诗写山水，山水具有人的性格，他是以山水写他的个性，自然山水与作家可以互为主体，“相看两不厌，唯有敬亭山”。中国艺术家在表现自然的过程中，与自然融为一体，物我两忘。正如苏轼评文与可画竹说：“与可画竹时，见竹不见人；岂独不见人，嗒然遗其身。其身与竹化，无穷出清新。”罗大经的《鹤林玉露》还记载虫草画家曾无疑自述其创作奥秘：“某自小时取草虫笼而观之，穷昼夜不厌。又恐其神之完也，复就草地之间观之，于是始得其天。方其落笔之际，不知我之为草虫耶？草虫之为我耶？此与造化生物之机缄，盖无以异，岂有可传之法哉？”中国艺术家提倡“以天地为师”、“以造物为师”、“师古人不如师自然”、“搜尽奇峰打草稿”等，都强调观察自然、尊重自然，但在创造艺术的过程中，却又主张“传神”、“写意”，不仅注重刻画自然的形象，更重要的还在于表达他自己的“意”、“志”、“神”。所谓“传神”、“写意”并非否定艺术的形似自然，而是要做到既似又不似，认为只有做到“不似之似”，才算是懂得艺术三昧。中国的水墨画中多有写意之作，尤其是文人写意画，描形状物往往退居次要地位，而以表现心境、倾吐情怀为第一位之事。比如画竹，若按西方标准，则应画出竹的本色（青绿色）、竹的阴阳面以及每片叶子的细微差别，但中国的画竹，则有墨竹（黑色的），甚至朱红色的竹。为了表达艺术家的愤怒感，竹叶甚至可以朝天向上。艺术家不必逼真地描摹竹的自然状态，而重在画出人的精神与品格。如苏轼画的枯木竹石，郑板桥笔下的风格各异的竹，都借手中之笔倾吐胸中情怀。所以，中国艺术家观察自然，将自然化为艺术之时，往往不像西方人那样强调“模仿”，而是强调“妙悟”、“神韵”。在妙悟自然的过程中，达到身心俱遗，物我两忘，而最后重在写意、传神。

这一点，笔者在观看日本的寺院庭园时也得到验证。日本寺院一进门的沙滩用多种变化的形式来表现“法无定相”、“法无常”的观念，就是以自然表现人的观念与精神。枯山水的设置也是如此。龙安寺中的庭石，无论从什么角度看都是14块石头，有一块总是因为观看的视角问题被隐藏起来，就是以自然隐含哲理。这与苏轼的诗“横看成岭侧成峰，远近高低各不同。不识庐山真面目，只缘身在此山中”有异曲同工之妙。

四、佛教艺术世俗化与中国美学思潮和文人审美意识的变化

佛教的唱导、俗讲对中国美学走向世俗化的趋势起了推动作用。俗讲以吟唱为主，它的话本则是变文。从变文的体裁看，它韵散结合，模仿的是佛经的体裁。变文与俗讲的发展是一致的。俗讲先是讲佛经中的故事，但讲得太久，重复太多，主讲者觉得难以吸引听众，于是加进一些民间的世俗故事。俗讲与变文的形式直接影响宋以后的话本、诸宫调、杂剧、弹词、宝卷以及历史通俗演义等俗文学形式的体制。俗文学形式在唐以后恰恰成为中国文学的主要部分，按郑振铎先生在《中国俗文学史》里说的，是“中国文学史的中心”。中国俗文学的产生是中国美学思潮走向世俗化的一个重要体现。

佛教艺术的世俗化对唐宋以后艺术的通俗化倾向起了较大的推动作用。当然，反过来，民间艺术与世俗意识也渗透进佛教艺术中，使佛教艺术增加了更多的世俗意识，有的甚至突破了宗教的束缚。这二者间的双向渗透与影响，助长了整个社会世俗风气与通俗文艺的盛行，也推动了美学思潮向世俗化的移动。

禅宗是一种世俗化色彩较浓的宗教派别。中国禅宗的出现是佛教走向世俗化的一个重大事件。中国文人、艺术家喜欢与禅僧交朋友，有的自己也过着一种半官半隐（或半僧）的生活，如白居易。禅宗观念影响文人的生活方式，也影响他们审美意识的变化。如用禅宗语录来说诗，将禅宗话

头写入诗中，以明白如话的语言形成具有理趣和禅味的诗篇。像王安石、苏轼、邵雍、黄庭坚、朱熹、陆游、杨万里等诗人，都有此类诗章。文人审美意识也在佛教世俗化的过程中悄然变化。

（蒋述卓）

第七章

禅与艺术的澄明

一

禅境的创立基于求真见性。禅宗把自性的确立看作是体悟佛理的基础，六祖慧能曾提出："佛是自性作，莫向身外求。"[①]"我心自有佛，自佛是真佛；自若无佛心，向何处求佛。"[②] 每个人的佛性都深藏于自己心中，不能顿悟成佛是因为"自性"被蒙蔽，要解脱束缚，首先要确立自性，认识自性，才能使自性开悟。没有把握自性，不可能达到"佛我同一"；不具有自性，不会破除"我执"，就无法进入到生命体验的层次，也就无法顿悟佛理。因此，"去蔽"就是要"发明本心"，以人最初"一念之本心"去体验禅理。而"发明本心"的过程，亦即求得自然之真体，放得自然之真情，在毫无管束、压抑的天地间让自性得到舒展发挥，才能体验到宇宙万物与自身的契合，从眼前的事物体验到佛理的存在，因而达到"无我"的、自在无碍的澄明境界。

禅对自性的发明与体悟，一是在平常生活中悟，将人生禅意化，达到"性即自然"；二是靠自然山水风景悟，在自然山水中放情达性，将自然艺术化，同时也将人生诗意化，在与自然的融合中达到心与物冥、身与物化，从而证悟佛性。

将日常生活的人生禅意化，可以从唐代大僧德诚和尚的行为中得到体现。德诚和尚隐居于华亭吴江畔，每日以舟济人，随缘度日，人称船子和尚。他自道从不考虑个人的功利，自己的生涯就是一艘船，不计功程功效，但求获得一种人生的愉悦而已。他有诗偈云："三十年来坐钓台，钩头往往得黄能。金鳞不遇空劳力，收取丝纶归去来。千尺丝纶直下垂，一波才动万波随。夜静水寒鱼不食，满船空载明月归。"[③] 船子和尚的人生方式是一种禅的方式，却以一种非常诗意化的方式得以表现。他视人生如舟济，每日度人而不计任何功利，"满船空载明月归"的澄明境界实际上正

---

① 慧能：《坛经·三五》（敦煌本），《中国佛教思想资料选编》（第二卷），中华书局1983年版，第18页。

② 慧能：《坛经·五二》（敦煌本），《中国佛教思想资料选编》（第二卷），第28～29页。

③ 普济：《五灯会元》卷五，第275页。

是他所追求的禅境，也是人生至境。这种超脱、自由的人生方式与境界既将人生禅意化，也将禅境艺术化。在船子和尚那里，人生、艺术、禅三者合一，也便体悟到“自性”了。

在自然之中放宽情怀，靠自然山水悟得佛理，将自然与“我”融为一体，在自然山水中觅得“真我”，这是禅师们修佛的又一途径。唐代药山惟俨禅师一夜登山，忽见云开月现，禁不住长啸，声震九十余里。这正是禅师对自然有所触发，有会于心，则释放出本真之心来。怪不得朗州刺史李翱屡次入山拜谒药山惟俨，得其教诲后，回去作了《复性篇》三章。

在体悟自然时，禅师们往往将内心之境与外在自然之境融成一片，在自心与宇宙的融会中去体悟生命之“道”的永恒。如明代隐元琦禅师从小溪的自性中感悟禅的自然，其《小溪十咏》其八云：“送客一溪流水，接人几片闲云。去往无拘无束，何妨分而不分。”禅人的自然行为，心态与自然在生命的本真深处（澄明处）得以契合。

因此，禅把“心”与“自性”提到了终极的地位，把达到澄明之境作为“明心见性”的目的。它不仅仅要求人格（行为）的澄明，而且指向人的精神（心灵）的澄明。修禅之路其实就是给人指出一条通向澄明心境的通道：求真见性，体悟人生真理，最后达到获取自由与超脱的境界。

中国艺术以意境创造为核心，追求的是艺术意境的完美。这种完美，既要求有艺术主体与客体的生命律动，达到心物合一，又要求在凝神寂照的生命体验中达到真理的领悟。美学家宗白华先生说过：“澄观一心而腾踔万象，是意境创造的始基；鸟鸣珠箔，群花自落，是意境表征的圆成。”[①] 中国艺术意境的最高层次，是禅境、艺境与哲学境界的完美融合。这种完美融合便是澄明。

艺术家在追求澄明境界时，往往要将全身心投入，追求一种真我表达和自我人格的表现，同时也追求艺术家之性与人生哲理的融合，与宇宙万物的契合。艺术的目的不仅仅在于表达自我的个性，也在创立真理，获得生命与精神的超越。西方哲学家雅斯贝尔斯认为艺术可以给人一种解放感和快乐感。我认为，这不仅仅是一个心理与个性的释放过程，而且也是一

---

① 宗白华：《中国艺术意境之诞生》，《宗白华全集》（第二卷），安徽教育出版社 1994 年版，第 366 页。

个精神的安顿与理想、真理的获得过程。因此，艺术创造过程同样有一个“去蔽”的问题，即祛除有违真我的虚伪人格，祛除日常生活貌似真理的假规矩、假道理，从而获得真性情、真道理，进入“随心所欲不逾矩”的自由状态。这便是超越，就是澄明。这一点，明代具有启蒙主义思想的艺术家李贽与公安三袁早就进行过呼吁。李贽主张文学要出自“童心”，“夫童心者，绝假绝真，最初一念之本心也”①。他认为“天下之至文，未有不出于童心焉者也。苟童心长存，则道理不行，闻见不立，无时不文，无人不文，无一样创制体格文字而非文者”②。李贽的观点实际上也是从禅宗“即心即佛”说推论出来的。公安派的“性灵说”则主张真情、真性要从艺术家自己的胸中一一流出，要在艺术作品中显露出自己的个性，不但要“任性而发”，而且要“见从己出”。

由此开来，艺术与禅一样，也要求“去蔽”而追求“真我”，也都把人生艺术化，把获取真理当作安顿自己与人类心灵的必然目的，把达到“恬然澄明”当作最高境界。西方哲学家海德格尔隐居在他家乡黑森林的时候，曾思考过人生与艺术的许多问题，如他认为人即烦扰。人之为人必然烦扰，但人之为人又必然要生存在真之澄明之中，因为人不能忍受非本真的生存，那是一种沉沦、异化的生存。他主张要用“光”来照亮“存在”，显示“澄明”。这种“光”就是“美”。“这种光将自身融入作品，这种融入作品的光芒就是美。美是真作为无蔽状态而发生的一种方式。”③美也成了“去蔽”的真理之光。海德格尔此语也使笔者想起了大作家罗曼·罗兰的话，罗氏说：“要有光，仅有自然界的光是不够的，要有心的光明。”所谓“心”的“光”，也是自性之光，是产生美与去蔽求真的真理之光。海德格尔的“去蔽”以及“站入真之澄明之中”也就是为了人能够诗意地栖居在大地上，所以，他把人生的最高境界称为“林中空地”，并把它当作通向艺术的最高殿堂。“林中空地”实质上也就是“澄明”——一种生命本真的生存方式，一种诗性的生存方式，一种艺术与禅

① 李贽：《童心说》，郭绍虞主编：《中国历代文论选》（第三册），上海古籍出版社1980年版，第117～118页。

② 李贽：《童心说》，郭绍虞主编：《中国历代文论选》（第三册），第117～118页。

③ ［德］海德格尔：《艺术作品的本源》，《诗·语言·思》（英文版），哈珀与罗出版公司1971年版，第56页。

的最高境界。

二

艺术与禅在“澄明”境界上的相通实际上在唐宋以后的艺术家和高僧那里就开始了探索，他们或通过个体的“心悟”，或通过自然的“证悟”，都力图追求一片空明清净的“林中空地”。

如苏轼，一生坎坷，不断经受磨难，造成他对生存的时空有着深刻的体验，在他那著名的《前赤壁赋》里，充满了将个体存在的瞬间与历史时空的无限性结合起来思考的感慨，“哀吾生之须臾，羡长江之无穷”，“客亦知夫水与月？逝者如斯，而未尝往也；盈虚者如彼，而卒莫消长也。盖将自变者观之，则无地曾不能以一瞬；自其不变者观之，则物与我皆无尽也，而又何羡乎”？《前赤壁赋》既表现出苏轼个人的喜怒哀乐，又充满了哲理的思考。苏轼正是通过这种思考，构建了一种超越的心态与情绪，最后在禅理的滋润中化解了人生的悲剧。在黄冈的日子里，在惠州，在海南，他获得了心地的平静，烦扰让位于精神的自由，体悟到了人生的过程“也无风雨也无晴”，“此心安处是吾乡”，关键还在于心灵与精神的安顿，精神家园的安扎。心安则是超越，则是人生与艺术达到“澄明”的坦途。

苏轼代表了中国知识分子中智者的思维与智慧，他的创作蕴涵强烈的真性情与哲理性，在某种意义上说，他的智慧和人生态度与禅是相通的。所以，无论他的诗词文赋是逸怀浩气还是慷慨悲凉，无论是世事的感慨还是冷静地归于平淡，都充满着生命的本真感受和精神的追索。更为重要的是，他那萧散简远的旷达态度与人格取向，体现在作品之中，绝无半点虚假。“乌台诗案”后他曾发誓不再动笔墨写诗文，但一生至死他都未能与文字离别。《艇斋诗话》载苏轼之所以从惠州再贬至海南的荒岛上去，是因为他作的诗中写到他在享清福，“报道先生春睡美，道人轻打五更钟”。他的真诚不会让他的诗作伪，即使是屡次为诗所累也顾不得。苏轼是一个最能将“真我”显示的文人，也是最能将人生艺术化的智者，还是最能将禅、艺术、哲学融为一体的艺术家。

宋元明清的文人画在与禅打通方面也是有探讨的。文人画以情感表现为其本质特征，情感表现的真伪决定了文人画无论是表现静穆还是表现雄肆都与禅境多多少少有联系。文人画风的演变，同时又与明中期以后艺术家以“狂禅”、“异端”反复古、重个性的思潮息息相关。或许，这一时期的文人画风，亦多表现“怒”、“激”、“粗服乱头”的时候，谈“静”的人变得越来越少，但禅的那种“唯我独尊”的自信、自尊精神却化为艺术创作中那种对自我的肯定、张扬的独创精神，在一定程度上解除了历史与传统的束缚，并深入雄浑、豪放与沉着痛快的境界。它是以“去蔽”为表现形式，以“求真”为内容的，在自由、随意、纵恣乃至某种奇怪的创作中无所顾忌地表现出了艺术家心中的宇宙感、历史感与深沉的人生感。当然，明清时期的文人画也有浮躁、焦虑，但从总体上而言，它们确立的独立自主的自我意识为通向澄明之境准备了良好的条件，一些具有博大胸襟的杰出艺术家就以其真诚、豪放形成了自然狂肆的艺术风格，同样也达到了澄明的境界。

（清）石涛对于“有我”与独创的呼喊是最有力的。他说，“我之为我，自有我在”[①]，并提出“在墨海中立定精神，笔锋下决出生活，尺幅上换去毛骨，混浊里放出光明。纵使笔不笔，墨不墨，自有我在”[②]。石涛之画借物抒怀，充满着张扬、乐观的个性，如题水是“黄河落天走河海，万里泻入胸怀间”，题雪景是“万里洪涛洗胸臆，满天冰雪双眩眸”，画山水则题“一溪初入千光明，万壑度尽松风声”，“秋水接天三万顷，晚出连树一千重”，体现了一种天地万物皆陶咏于我的阔大胸怀，又具有一种无古无今无法而自有我在的自信与豪气。石涛的独创包含在他的笔墨之中，他十分注意通过笔墨去追求以气胜、以情胜的效果，提倡一笔一墨之风流。他在《山居图》中题道：“用情笔墨之中，放怀笔墨之外。”这种以情感、个性抒发“真我”的气度也是与禅的精神相通的。

当代艺术的迷惘与失误在于离开清静去追求热闹，离开静观和给人智慧而去渲染暴力与色情，忘却个性抒写而沉溺物象的变幻，因此，艺术作品中很少体现出“静观”，多充满焦虑、浮躁、愤慨，缺少智慧，缺乏灵性，难接近于澄明。

---

① 石涛著，刘长久校注：《石涛画谱·变化章》，四川艺术出版社 1987 年版，第 20 页。

② 石涛著，刘长久校注：《石涛画谱·氤氲章》，第 32 页。

自20世纪初以来，人类经历过两次世界大战，当今世界也还是地区间冲突不断，海湾战争、科索沃战火，人类的生存（尤其是精神的生存）依然还陷入无家可归的境地，“我”不知在何处安身。当“神（上帝）”也已经死去以后，无“神”时代的降临只能使世界跨入一切无意义的绝望。“戈多”等待不来，“城堡”无法进入，人类困陷在“荒原”之中，人只能为自己掘出一个坟墓来。艺术家的疯狂与自杀典型地表现出一种由焦虑而走向绝望的趋势。英雄已经永逝，唯有通俗的武侠小说让人们在古代大侠的刀光剑影中得到某种虚幻的满足。尽管西方某些哲学大师也提倡要向东方的禅学习，日本的禅学大师铃木大拙也到西方去传播过一阵禅，然而西方的学禅看起来总是有些别扭，表现出一种实用主义的故意为之。禅不过是被利用，而非真正精神上的认同与需要，更谈不上禅境与艺境的相通了。当然，海德格尔或许是个例外，他是真正的隐居了，真正地从美学的角度去沟通禅的精神，因此才把“澄明”当作最高境界来追求。

禅之被利用，还在于一些打着禅的旗号宣说禅的艺术家，他们好似一个现代的“教主”，用禅去启发众生，并去帮助他们解决诸多的困惑与问题，但他的心里却半点禅也不存，心有的只是源源不断的稿酬。所以，一旦需要他也用禅去解决一点现实问题的时候，他就一点儿也不讲“禅”了，林清玄是一个很好的例子。一些打着“禅”的旗号画所谓“禅画”的画家走的也是借禅而推动作品销售的实用道路。这是当代艺术家的悲哀，也是禅的不幸。

可见，在这种利欲熏心的商业社会中，要恢复艺术的诗化，要真正做到“去蔽”，要追求人生的真理，要达到澄明之境，是需要勇气，也需要付出真诚与牺牲的。

三

在当代，禅境与艺境的不能相通，障碍还在于批评的理论。20世纪以来的批评理论，如俄国形式主义、“新批评”、语义学批评、结构主义等，都只重视文学作品的语言分析和结构分析，从语言、结构去确定文学作品的意义。这种着重于文学内部各个层面分析的“细读法”，从深入作品的内部层次而言确有精到之处，但带来的后果却是罪莫大焉，那就是将一部有生命的作品肢解得不成样子。这正是西方把一切东西都视为“死”的客观对象来研究、解剖的思维弊病。

按中国禅的语言文学观，则多是强调无言感悟，因为代表佛的真如实相，无相无名，并不假借语言而存在。慧能曾悟得“诸佛理论，若取文字，非佛意也”[①]，故他提倡悟佛理，“自用智慧观照，不假文字”[②]，并且要用顿悟法直入佛理。禅宗认为，语言文字不过佛法之“假号”，若要获得佛之真意，只有看破语言文字才能不迷于虚妄之相，正如人指月，若把指月亮的手指当成了月亮，就不仅失去了月，而且也失去了手指。语言文字不过是接引人体悟佛理过程中的“筏”而已，河渡过以后，语言之筏当舍弃。

中国传统文学批评强调直觉感悟，强调体验，强调整体观照，这也是东方思维的特征。禅思维作为东方思维的体现，自然与艺术思维相通，有的学者甚至提出有一个东方的“禅美学”。[③] 在中国古代诗论文论中，古代文学批评家亦早已引禅喻诗评诗。他们强调“诗悟”，强调“活参”，强调对诗歌中的“不可名言之理”，要“遇之于默会意象之表”，以心会之，去体会作品的言外之意，象外之象，味外之味。中国文学批评把作品视为一个有机的整体、一个活生生的艺术生命，批评家接近它，进入它，只能是以生命、以心灵去与它相会，才能体会作品的艺术境界，也才能保证艺术的澄明之境不被破坏。中国诗人作诗往往“言在耳目之内，情寄八荒之表”，想象笼天罩地，还留下诸多空白，如果只见语言文字而不顾及不着文字处的意义，或把作品分解成片断来理解，就可能失去作品的“真意”，或者把一个澄明空灵的境界“解”死。王夫之评唐人诗，就着眼于它的“势”，看到“势”所包孕的、散发出来的“意”。如他论析唐人崔颢《长干曲》时说：“论画者曰‘咫尺有万里之势’。一‘势’字宜着眼。若不论势，则缩万里于咫尺，直是《广舆记》前一天下画耳。五言绝句以此为落想时第一义，唯盛唐人得其妙，如‘君家在何处，妾住在横塘。停船暂

---

① 赞宁：《续高僧传·慧能传》，《中国佛教思想资料选编》（第二卷），第71页。

② 慧能：《坛经·二八》（敦煌本），《中国佛教思想资料选编》（第二卷），第15页。

③ 见刘烜：《21世纪东方禅美学》，载钱中文、李衍柱主编：《文学理论：面向新世纪》，山东人民出版社1997年版，第496页。

借问，或恐是同乡'。墨气四射，四表无穷，无穷处皆其意也。"[①] "势"是借用画论语言来评诗，虽含有结构上的意义，但王夫之着眼的是诗整体透露出来的意义，即它所包孕的"墨气四射"的空白处的意义。所以，当我们读到司空图关于"超以象外，得其环中"、"不着一字，尽得风流"的理论时，我们更能体会禅之思维与文学批评思维的相通相融。

正是从这一点来看，中国当今的文学批评应该重新审视自己的东方视野与东方立场，尤其是思考如何发扬中国文学批评东方思维的长处，多从如何体悟艺术境界的澄明处下工夫。艺术境界的澄明是整体的，批评对部分的分析必须置于整体的观照之下，才能真正把握艺术美的精髓。

（蒋述卓）

① 王夫之：《姜斋诗话》卷下，《清诗话》，上海古籍出版社 1978 年版，第 19 页。

第八章

禅悟与艺术想象

中国禅宗的悟是在平静沉寂中发生的，尽管在悟者的内心产生了极大的震撼与转换，但所表达的方式却是平静自然的，没有出现像基督教、伊斯兰教那样的迷狂方式。禅在印度，本义就是沉思，是一种印度式的冥想。佛祖释迦牟尼就是在一棵菩提树下坐了七天七夜然后顿悟的。禅传入中国，经六朝发展到唐代，则出现了禅宗。禅宗主张“不立文字，教外别传”和“以心传心”，在对佛理的参究上主张“顿悟”。顿悟与渐悟的区别在于，前者不分阶段，强调通体的瞬间之悟，顿悟自性即可成佛。渐悟则讲究坐禅，把修佛分成若干个阶段，强调循序渐进。顿悟的要点在于自心与佛理相契合，自心对真谛的觉认与体验，其思维活动在相当大的程度上与艺术思维相契合，有时候就借用一种非常艺术化的表达方式如诗与诗意化的语言来表达。禅之妙悟需要想象，离不开想象。禅宗是一种艺术化的宗教，禅的人生方式及其境界也正是一种艺术的境界。① 禅的想象方式与艺术想象存在许多相通相似之处。

禅悟的想象活动是一种直觉思维，是非分析的，甚至是非理性的，它是一种对对象的直观透视，如钟嵘《诗品》中说的“直寻”。如从秋潭月影、静夜钟声、桃花盛开、水渠人影、炉中火种、春夜蛙声、溪涧流水等自然生命的实存中，直接参透自性。六朝的僧肇早就说过：“道远乎哉！触事而真。圣远乎哉！体之即神。”（《不真空论》）“即色悟空”后来便成为佛教特定的思维方式。禅宗流行的说法是“青青翠竹，总是法身，郁郁黄花，无非般若”（《大珠禅师语录》），在这种参究当中，需要联想，并且在物我交融当中产生想象的飞跃。禅宗的许多悟道诗就常透露出这种飞跃的消息。如《五灯会元》卷十三载，洞山良价过水睹影，猛然开悟，作偈一首：

切忌从他觅，迢迢与我疏。我今独自往，处处逢得渠。渠今正是我，我今不是渠。应须恁么会，方得契如如。

他从水中影之随人，步步不离的表象中悟得了佛性即我性并无分离的

① 蒋述卓：《佛教与中国文艺美学》（第五章“禅学与诗学”），广东高等教育出版社 1992 年版。

道理，也从“我”之肉身与影的关系找到了超越肉身“我”体的“真我”。这是物我冥契后达到的想象飞腾。又如某女尼的悟道诗：

尽日寻春不见春，芒鞋踏破陇头云。归来笑拈梅花嗅，春在枝头已十分。①

女尼的寻春实则是在寻“道”，最后她是在“梅花枝头”这一纯感觉经验捕捉到的表象上顿悟的。在这种参悟中，“梅花”等于“春”，“春”等于“道”，并非靠理性或逻辑去分析、去推理，而是直接从直觉中感悟出来，是一种无心的直觉体验。正如禅师神照本如诗云：“处处逢归路，头头达故乡，本来现成事，何必待思量。”② 一机一境的触发推动了联想的飞升，禅悟的想象几乎是在一种不经意的过程中一闪而过，是无法分辨出它的阶段与过程的。

禅宗顿悟讲“诸佛妙理，非关文字”，也反对用语言或理性去作抽象思考，它认为道是不可言说、不可思量的。“言语道断，心行处灭。”何谓“言语道断，心行处灭”呢？禅师解道：“以言显义，得义言绝，义即是空，空即是道，道即是绝言，故云言语道断，心行处灭。”③ 因此，在许多时候，禅悟是通过否定语、矛盾语或者王顾左右而言他等截断正常思维的方式来启悟的。此时，想象是跳跃性的，而且并不存在于答案之中，而是留给了问者与读者，由他们去弥补。唐人李翱向药山惟俨禅师问道，得到启示后写下一首偈云：

练得身形似鹤形，千株松下两函经。我来问道无余说，云在青天水在瓶。④

药山惟俨禅师虽然仍是借物言道，但留下的想象却是要李翱去补充

① 《鹤林玉露》丙编卷六。

② 《五灯会元》卷六“神照本如法师”。

③ 慧海：《顿悟入道要门论》，见《中国佛教思想资料选编》（第二卷第四册），第 182 页。

④ 《五灯会元》卷五“刺史李翱居士”。

的。云在天，水在瓶，虽所存不同，贵贱不同，但均具佛性。云水本一性质的东西，又怎能区分为二了。这就是“道”的启悟方式，它不走正常逻辑思维的途径，而通过知性选择的形象表达了一种意味无穷的哲理，可谓意在言外，道在形象之外。禅师们的问道参禅和示法诗就多用这种方法。如《五灯会元》卷十五载：

泐潭灵澄散圣，因智门宽禅师问曰：“甚处来？”师曰：“水清月现。”门曰：“好好借问？”师曰：“褊衫不染皂。”门曰：“吃茶去。”师有《西来意颂》曰：“因僧问我西来意，我说居山七八年。草履只栽三个耳，麻衣曾补两番肩。东庵每见西庵雪，下涧长流上涧泉。半夜白云消散后，一轮明月到床前。”

泐潭灵澄的答话是一种跳跃式思维，他并不直接给予答复，而用比喻来答，从而留下想象的空白。而这正是一种艺术想象活动。“水清月现”表现自然而然，有玄学所谓“从来处来”之意。“褊衫不染皂”则表示本性如此，无须更改，其《西来意颂》不但是以一种淡泊闲适的生活来表示禅意，而且是以形象来表达对西来佛法的领会与理解。这其中留下了想象的余地。

又如：

问：“如何是西来意？”师（永安净悟禅师）曰：“海底泥牛吼，云中木马嘶。”①

这是以矛盾语言表示否定之意，意即从矛盾处寻找另外的出路。禅师还有用“尘生井底，浪起山头，结子空花，生儿石女”②“焰里寒冰结，杨花九月飞，泥牛吼水面，木马逐风嘶”③ 等矛盾语来开悟。有的时候，禅师又故作惊人之语，看似前后矛盾，实则包含深意。如：

---

① 《五灯会元》卷六“永安净悟禅师”。
② 《五灯会元》卷十“光庆遇安禅师”。
③ 《五灯会元》卷十三“曹山本寂禅师”。

问："古镜未磨时如何？"师（风穴延沼禅师）曰："天魔胆裂。"曰："磨后如何？"师曰："轩辕无道。"①

"古镜"可喻人之本性，自然之时尚存佛性，可照天照地照魔。一经打磨修饰，反而暗淡无光。修行则正是在寻回人的本心。在此，语言之外的意都是需要读者用想象去完善的。艺术追求言外之意、韵外之致，也需要想象去填补完善。

因此，禅悟的想象是潜在的、跳跃的，同时又是具有超越语言与一般逻辑思维的功能与性质的。禅悟的想象与艺术想象有同样的特征。

禅悟的境界是一种艺术的境界，故禅悟常用诗的形式来表现，其想象出自禅师发自内心的宗教体验，既代表他个人的静观默照，同时也使他领悟的世界指向了无限，从而使禅的诗句具有"味外之味"的神韵。如：

问："如何是微妙？"师（大龙智洪禅师）曰："风送水声来枕畔，月移山影到床前。"……问："色身败坏，如何是坚固法身？"师曰："山花开似锦，涧水湛如蓝。"②

问："如何是一如相？"师（韶山寰普禅师）曰："鹭飞霄汉白，山远色深青。"③

问："如何是一乘法？"师（同安常察禅师）曰："几般云色出峰顶，一样泉声落槛前。"④

晓日烁开岩畔雪，朔风吹绽腊梅花。⑤

桃花雨后已零落，染得一溪流水红。⑥

这些诗句既是禅师们对佛法禅境的理解与体验，又构成了可以激起听者想象的诗境。"山花开似锦，涧水湛如蓝"，自然可以说明佛的法身如山

---

① 《五灯会元》卷十一"风穴延沼禅师"。
② 《五灯会元》卷八"大龙智洪禅师"。
③ 《五灯会元》卷六"韶山寰普法师"。
④ 《五灯会元》卷六"同安常察禅师"。
⑤ 《五灯会元》卷十九"大伪法泰禅师"。
⑥ 《五灯会元》卷十八"大伪鉴禅师"。

花般常开不败，绚烂似锦，如涧水般常流不涸，湛蓝如镜，但这诗句创造的意境却可以激发读者更多的想象，因为它并非是确指、实指，而是以一种自然景象来构成联想的，这种联想在读者那里是因人而异的，读者又会将自己的体验掺入进去，加以再创造。在此，禅师们所表达的悟境是不可仅仅从字面去理解的，它们也如同诗的创作一样，讲究的是“兴会神到”，“羚羊挂角，无迹可求”，是需要用想象去领悟，体味语言与意象之外的意韵的。这正如王士禛所言：“舍筏登岸，禅家以为悟境，诗家以为化境，诗禅一致，等无差别。”①

由于禅悟的体验往往是个体的，有所谓“如人饮水，冷暖自知”之说，所以其体验中的想象过程也就由此而变得模糊、朦胧甚至断裂，很难对其进行描述。但从一些禅师们对其体验经历的自述中，可以看出它包含着一种灵感的触动与爆发。如白云守端禅师诗偈：

蝇爱寻光纸上钻，不能透处几多难。忽然撞著来时路，始觉平生被眼瞒。②

白云守端禅师从苍蝇钻窗纸而久不得出，忽逢来时的空隙飞了出去，而触动了他对佛法的理解而开悟，领会到佛理的真如之光并不在佛书的纸中，而在于对“本心”、“自性”的复归（来时路）。禅宗常以“回家”表示归“道”与返回“本心”，“撞著来时路”亦即走上了回家之路。又如香严智闲禅师久久学佛找不到答案，只好把此事放下去游方。有一天，在一家寺院帮助整理园子的时候，忽然拿起一块瓦片随手抛出去，正好打着了竹子，发出的声音触动了他的灵感，从而省悟。他赶忙沐浴焚香，朝他的老师沩山灵佑禅师所在的方向遥遥礼拜，感谢他说：“老师啊，幸亏你当年没有告诉我答案，如果当时告诉了我答案，我就没有今天的开悟了。”于是作偈一首云：

一击忘所知，更不假修持。动客扬古道，不堕悄然机。处处无踪迹，

---

① 王士禛：《带经堂诗话》卷三《微喻类》。

② 《林间录》卷下。

声色外威仪。诸方达道者，咸言上上机。①

他从瓦片击竹发声之中，忘掉了原来所学的所有知识而获得顿悟，真正觉悟到学佛原来并不依持修持。在获得了智慧之路（古道）以后，内心充满激动与喜悦。这也是灵感获得的体验。禅宗认为悟能通神，其灵感的获得也是极其神秘，说不清、道不明的。有的时候，有的禅师却并不道出这种灵感的体验，而以“绕路说禅”的方式表达个体对禅的深切感受。这与艺术灵感的触发和获得是相似的。当然，其中所用的隐喻也能激发一种想象，如圆悟克勤禅师的示悟诗所道：

金鸭香消锦绣帏，笙歌丛里醉扶归。少年一段风流事，只许佳人独自知。②

这是他从法演禅师举艳诗“频呼小玉元无事，只要檀郎认得声”而谈法中得到的启示。他从“只认得声”中忽有所省，恰逢出门又见鸡飞上栏杆，振翅高鸣出声，得到触动，然后写下这篇偈呈给法演。法演阅后大为赞赏，并对山中老友说：“连我的侍者都参得禅了。”圆悟克勤以艳诗示悟，道出了禅的自我体验及其心境是极其隐秘的，它不可宣示于人，只存在于悟者的体味与回忆之中。禅悟与艺术的领悟有着内在的相通。

由此，我们也看到，禅悟的想象与其他宗教艺术的想象很不相同，它除了有在一种平静沉寂的冥思中自然而然产生出来的特点外，还有直观透视、不动思量的特点，潜藏而又跳跃，超越语言而意在言外的特点。它难以明确把握，却可深切体验，是一种独特的宗教艺术心理活动，用禅家的话来说，它“别是一家春”③ 哪！

（蒋述卓）

---

① 《五灯会元》卷九“香严智闲禅师”。

② 《五灯会元》卷十九“昭觉克勤禅师”。

③ 《五灯会元》卷十七“泐潭文准禅师”中载：“僧问：‘教意即且置，未审如何是祖师意？’师（文准禅师）曰：‘烟村三月里，别是一家春。’”

第九章

古代诗论中的以禅论诗

古代诗论中的以禅论诗是建立在以禅入诗的基础之上的。诗论家从以禅入诗中看到了禅对诗境的拓展，便试图对此作理论上的升华，于是开始把禅与诗歌创作的理论沟通起来，这就出现了作诗与参禅并提的说法。此外，诗论家们从以禅入诗之中得到了启悟，发现用禅的方法和理论来阐述诗歌创作与欣赏的原理，十分贴切，且又最能说明问题，用严羽的话来说是“以禅喻诗，莫此亲切”（《答吴景仙书》）。因此，自宋代始，以禅论诗即成为诗话、词话里的常事，且往往道出一些极为精彩的话头，从而极大地丰富了古代诗话的内容。

概而观之，以禅论诗大致可以分为如下三个方面的内容。

一、以禅论诗歌创作

以禅论诗歌创作，诗论家们集中在一个“悟”字上。围绕着“悟”的问题，他们对学诗时的悟入、写诗构思时的灵感以及诗歌创作的心理准备等问题都展开了论述。

1. 诗歌的构思亦如参禅，是诗人的自悟，而且是一种刹那间的顿悟

佛教顿悟说的首倡者应追溯到南朝刘宋时的竺道生。慧达在《肇论疏》中对竺道生的顿悟说有过简明的概括，他说：

> 第一竺道生法师大顿悟云，夫称顿者，明理不可分，悟语照极。以不二之语，符不分之理。理智恚释，谓之顿悟。

按慧达的概括，顿悟就是一刹那间的顿然大悟，是智与理契合的证悟。唐代慧能的“顿悟”说则进一步强调了“自悟”和“当下即悟”的思想，强调了智慧观照的力量，使“顿悟”之说成为禅宗思想的主要支柱。

古代诗论家常以“顿悟”来谈诗悟。如与苏轼相交甚好的李之仪说：“得句如得仙，悟笔如悟禅。”（《赠祥瑛上人》）吴可说：“凡作诗如参禅，须有悟门。”（《藏海诗话》）明代谢榛则认为作诗，“非悟无以入其妙”（《四溟诗话》卷一）。这些说法强调了作诗要讲究悟入的重要性，因为不找到作诗的“悟门”，就不能得到好的句子，也便不能“入其妙”而进入

上品。诗论家们又进一步认为，这种“悟门”并不是靠人家授予的，而是要像参禅那样，去自悟自得。吴可《学诗诗》中的一首就表述了这样的意思，他说：“学诗浑似学参禅，竹榻蒲团不计年。直待自家都了得，等闲拈出便超然。”“自家了得”是非常重要的，在禅家那里，师傅带徒弟并不是靠经典的讲授，而凭以心传心，以心会心，只要学人悟得自家拥有佛性宝藏，也便能自性自度了。学诗之过程又何尝不是如此呢？这也符合中国传统的技艺传授法：艺道不凭言说传授，也不能凭言说传授，而只靠会心会意，自我体悟，最后的成功全在于“自家了得”。依据禅悟理论，诗论家们还认为，诗悟一旦获得，诗人便顿时进入新的境界，创作便进入一种得心应手、信笔流出的自然状态。如宋韩驹说：“学诗当如初学禅，未悟且遍参诸方。一朝悟罢正法眼，信手拈出皆成章。”（《赠赵伯鱼》）龚相也说：“学诗浑似学参禅，悟了方知岁是年。点铁成金犹是妄，高山流水自依然。”（《学诗诗》）胡应麟也作出这样的比较：“禅则一悟之后，万法皆空，棒喝怒呵，无非至理；诗则一悟之后，万象冥会，呻吟咳唾，动触天真。”（《诗薮》）这些理论观点的出现，一方面是诗论家们根据别人以及自身创作经验进行的总结，另一方面也是因为把禅宗“顿悟”理论作为参照，从中得到的启示。

2. 诗歌构思时顿悟的获得，亦须像参禅那样，得到某种“机缘”的触发，并且灵感的产生与捕捉，与作者有无“灵性”、“悟性”有极大关系

禅宗讲悟，一是强调学人要有“悟性”与“慧根”，二是注重某种机缘的触发。《五灯会元》卷四载志勤禅师见桃花而悟道，桃花成了其顿悟的契机。俱胝和尚砍掉了童子的手指，又追问他“如何是佛”，当童子习惯性地举手，却不见指头，便豁然大悟。这也是提供了一个“机缘”。所以，在禅宗那里，棒喝、示掌以及其他的一些粗暴的动作，其实也是为参问者提供某种机缘。

诗歌创作灵感的产生也要借助于某种触动。触动，往往使诗人在刹那间突破障碍，迸出智慧之花。宋明以后，诗论家论作诗之灵感往往借用禅学，而大谈特谈所谓“天机”、“机境”、“灵机”。清人袁枚在《随园诗话》里，就曾引用两位禅师的偈语来论述灵感的触发与捕捉问题，他说：

白云禅师作偈曰："蝇爱寻光纸上钻，不能透处几多难。忽然撞著来时路，始觉平生被眼瞒。"雪窦禅师作偈曰："一兔横身当古路，苍鹰才见便生擒。后来猎犬无灵性，空向枯椿旧处寻。"二偈虽禅语，颇合作诗之旨。

蝇之寻光，好比是诗人的寻找思绪，苦苦追索，有多少艰难；"撞著来时路"，好比是诗人得到了某种契机，而产生灵感，茅塞顿开。兔之出现，好比是灵感的出现，苍鹰则好比是有灵性的诗人，一见灵感就马上捕捉，而猎犬好比是无灵性的诗人，反应迟钝，徒然放走了捕捉灵感的时机。这种情况，苏轼也描述过，他说灵感就"如兔起鹘落，少纵则逝矣"，艺术家一旦有创作冲动，产生灵感，就应"急起从之，振笔直遂，以追其所见"（《文与可画筼筜谷偃竹记》）。苏轼在《腊日游孤山访惠勤惠思二僧》一诗中，还记叙过他自己的创作经验："作诗火急追亡逋，清景一失后难摹。"因此，袁枚的借禅偈而喻诗，的确是颇合作诗经验的。

值得注意的是，古代诗论家在论诗之"悟入"时，不仅仅像禅宗那样，完全废弃平日的工夫，只强调"当下即悟"。他们从诗歌创作的实际出发，认为诗歌的"悟入"，还必须从"熟读"、"熟参"处做起。严羽《沧浪诗话》就很强调这一点，他认为学诗者要有平日工夫，"先须熟读《楚词》，朝夕讽咏以为之本；及读《古诗十九首》，乐府四篇，李陵、苏武、汉、魏五言皆须熟读，即以李、杜二集枕藉观之，如今人之治经，然后博取盛唐名家，酝酿胸中，久之自然悟入"。而且他还从禅宗的理论出发，认为这是"从顶宁页上做来，谓之向上一路，谓之直截根源，谓之顿门，谓之单刀直入"。吕本中、包恢也讲悟入要有工夫作基础，如吕本中说："作文必要悟入处，悟入必自工夫中来，非侥幸可得也。如老苏之于文，鲁直之于诗，盖尽此理也。"（《童蒙诗训》）又说："悟入之理，正在工夫勤惰间耳。如张长史见公孙大娘舞剑，顿悟笔法。如张者，专意此事，未尝少忘胸中，故能遇事有得，遂造神妙；使他人观舞剑，有何干涉。"（《与曾吉甫论诗第一帖》）包恢说："前辈有'学诗浑似学参禅'之语，彼参禅固有顿悟，亦须有渐修始得。顿悟如初生孩子，一旦而肢体已成，渐修如长养成人，岁久而志气方立。此虽是异端，语亦有理，可施之于诗也。"（《答傅可当论诗》）这些都是借禅家话头而谈诗之悟入之理，所言均无阔远、玄虚的流弊。

3. 古代诗论家认为，在学诗的过程中，应像参禅一样“参活句而勿参死句”，着重在于领悟前人的方法和精神，而不能只袭用前人的章句

如杨万里说：

句法天难秘，工夫子但加。参时且柏树，悟罢岂桃花？（《和李天麟二首》之二）

学诗须透脱，信手自孤高。（《和李天麟二首》之一）

杨氏认为学诗不能只着眼于章句本身，要像悟禅一样“活参”。学人如果问“什么是佛法大意”，师傅回答是“庭前柏树子”，学人就不能只拘于柏树，而应超越于文字之外去领悟。“悟罢岂桃花”，用的是志勤禅师见桃花而悟道的事，志勤之悟也并不是只局限于桃花，还有桃花之外的佛理。如果仅扣住柏树、桃花来参，就是死参。所以，戴复古就说：

欲参诗律似参禅，妙处不由文字传。个里稍关心有悟，发为言句自超然。（《论诗十绝》）

韩驹说：

学诗如学禅，慎勿参死句。纵横无不可，乃在欢喜处。又如学仙子，辛苦终不遇。忽然毛骨换，改用口诀故。（《读吕居仁旧诗有怀》）

吕本中也说：

学诗当识活法。（《夏均父集序》）

他们都认为，从前人诗歌中学习作诗之道时，应该领悟精神，而后转化为自己的创作，便能自然通脱，纵横自在。这也都是借禅话喻诗理的。

4. 诗论家把参禅的心理准备移植到作诗的心理准备上，认为作诗如参禅，应虚静去欲，排除一切外界的干扰，止息杂念，才能更好地悟入

诗论家们往往把诗境的寂静归之于诗人心地的寂静，亦归之于创作环境的寂静。如唐代权德舆评价灵彻上人的诗是“心冥空无而迹寄文字”，是因为他“深入空寂，万虑洗然”（《送灵彻上人庐山回归沃州序》），故诗境亦空寂灵动。释皎然则有诗云：“古磬清霜下，寒山晓月中。诗情缘境发，法性寄筌空。”（《秋日遥和庐使君游何山寺宿扬上人房论涅槃经义》）他认为诗情的生发乃来自于寂静的寒山晓月的环境。苏东坡更是将这种心理准备视为创作佳诗妙句的重要条件，他说：“欲令诗句妙，无厌空且静。静故了群空，空故纳万境。”（《送参寥师》）

二、以禅论诗歌的欣赏

在援引禅理来谈论诗歌的欣赏时，古代诗论家主张一种不执著文字，追求言外之意、象外之象的超验之悟。

禅宗认为佛性无实相，无定相，犹如水中月、镜中花，可睹而不可取。对这种非质非空、无形而可感的佛性、法相，靠语言概念去进行理性分析与把握是不可能的，“言语道断，心行处灭”，只有凭直觉的超验体悟才能领略。因此，在禅宗公案里，禅师间的互相对答往往文不对题，有时甚至不说话而以动作代替，这些均是在启示人们不应执著于语言甚至动作，而应跳出言、象之外，去悟那言外之意与象外之象。

诗歌欣赏中所说的“妙悟”，也是强调要领悟诗歌的“言外之意”、“象外之象”与“味外之味”。诗论家们认为，诗歌中的语言往往不同于日常生活语言，它内蕴丰富，含义深远，多义而且朦胧、含蓄，常出现所谓“情在言外”（释皎然《诗式》）、“含不尽之意，见于言外”（《六一诗话》引梅尧臣语）、“不著一字，尽得风流”（司空图《诗品》）等现象。正是由于诗歌语言的这一特性，领悟诗境就需要“别材”、“别趣”，需要“不涉理路，不落言荃”（严羽《沧浪诗话》），需要“超以象外，得其环中”（司空图《诗品》）。如果违反这一特征去刻意求真求实，反而会南辕北辙，破坏诗歌的艺术意境。黄子云在《野鸿诗的》中就说：“诗有禅理，不可道破，个中消息，学者当领悟，一经笔舌，不触见背，诗可注而不可解

者，以此也。”这种诗悟正如禅之悟道一样，在于明心见性，契合佛性。而佛性不可描述，若强而言之，则心念妄动，分别心起，反而容易迷失。

叶燮谈诗歌欣赏原理时就暗用了佛教的妙悟学说。在《原诗》中，叶燮提到关于杜甫的诗《船下夔州郭宿雨湿不得上岸别王十二判官》中“晨钟云外湿”一句的欣赏问题。这句诗如果按照字面意义去死参，就很难领会钟声何以会“湿”。但是，当欣赏者发挥艺术想象，超越文字之外去领悟，则觉得唯有此语方可产生意在言外的艺术效果。对此，叶燮有自己独到的见解，他说：

声无形，安能湿？钟声入耳而有闻，闻在耳，止能辨其声，安能辨其湿？曰云外，是又以目始见云，不见钟，故云云外。然此诗为雨湿而作，有云然后有雨，钟为雨湿，则钟在云内，不应云外也。斯语也，吾不知其为耳闻耶？为目见耶？为意揣耶？俗儒于此，必曰“晨钟云外度”，又必曰“晨钟云外发”，决无下湿字者。不知其于隔云见钟，声中闻湿，妙悟天开，从至理实事中领悟，乃得此境界也。（《原诗·内篇》）

因此，对于诗歌中的“不可名言之理”，叶燮认为决不可仅拘于字面之意，而应该“遇之于默会意象之表”，方可超越“言语道断，思维路绝”（《原诗·内篇》）的思维障碍。而这时，所需要的就是“妙悟”。所以严羽说：“大抵禅道惟在妙悟，诗道亦在妙悟。”（《沧浪诗话》）又说：“所谓不涉理路，不落言荃者，上也。”（《沧浪诗话》）苏轼读他人的诗，也用参禅妙悟的方法去领会诗歌的妙处，如他在《夜直玉堂携李之仪端叔诗百余首读至夜半书其后》中云：“暂借好诗消永夜，每逢佳处辄参禅。”他也是不满足于语内有限的含义，而用参禅的方法去寻求言外的无尽韵味。王士禛在《香祖笔记》中也说：“舍筏登岸，禅家以为悟境，诗家以为化境，诗禅一致，等无差别。”在《池北偶谈》里又说：“大抵古人诗画，只取兴会神到，若刻舟缘木求之，失其指矣。”没有“兴会”、“妙悟”是难以体会诗的言外意、象外象、味外味的。

三、以禅衡量诗歌的高下，以禅评论诗歌的意境

以禅衡诗，最有代表性的是严羽。在《沧浪诗话》里，严羽用大乘、小乘、声闻辟支果三个等级来衡量诗歌发展的三个阶段，即汉魏晋盛唐诗是大乘阶段，大历以还诗是小乘阶段，晚唐诗则属于声闻辟支果，较前二者为最低级阶段。他以此标出诗歌的高下，目的在于为学诗者指出一个可以取法的标准。按他的说法是学诗“入门须正，立志须高”（《沧浪诗话》），应以第一义即大乘为取法标准。他的这一理论是针对江西诗派、江湖诗派、永嘉四灵的，他认为江西诗派等取法不高，未得大乘的正法眼藏，因而出现“以文字为诗，以议论为诗，以才学为诗”（《沧浪诗话》）的弊病。尽管严羽的这种比附不一定正确，并遭到后人诟病，但是他用此法表达了他的一种诗学观，一种有警醒与启悟意义的诗学观。

叶梦得在《石林诗话》里，也用禅家云门宗的三种句来衡量杜甫的诗句，说杜诗也有那样的三种境界。他说：

> 禅宗论云间有三种语：其一为随波逐浪句，谓随物应机，不主故常；其二为截断众流句，谓超出言外，非情识所到；其三为函盖乾坤句，谓泯然皆契，无间可伺。其深浅以是为序。余尝戏谓学子言：老杜诗亦有此三种语，但先后不同。“波漂菰米沉云黑，露冷莲房坠粉红”，为函盖乾坤句；以“落花游丝白日静，鸣鸠乳燕青春深”，为随波逐浪句；以“百年地僻柴门迥，五月江深草阁寒”，为截断众流句。若有解此，当与渠同参。

叶氏用三种语比附杜诗的三种境界，第一函盖乾坤句，是说杜诗写出了一种大自然的普遍规律；第二随波逐浪句，是说杜诗即景会心，写出了自然界的真实情景，是随物赋形；第三截断众流句，是说杜诗写出了一般人所想不到的现象，开辟了一种非常情常识所能达到的境界。叶氏所论也是极其有启示意义的。后人王国维在论成大事业、大学问者必须经过三种境界时，也以晏殊、柳永、辛弃疾的三首词中的句子来加以比附，这里或许也受到叶梦得这样一类比附的影响与启悟吧。

以禅评论诗歌中的意境，主要表现在诗论家们喜欢用禅境去评论那些

若即若离、深远幽微以及空寂淡泊的诗歌意境。如胡应麟说："太白五言绝，自是天仙口语。右丞却入禅宗，如'人闲桂花落……'，'木末芙蓉花……',读之身世两忘，万念俱寂，不谓声律之中，有些妙诠。"（《诗薮》）他认为王维的诗由于渗透禅理禅趣，读之能使人进入禅的境界。至于推崇"神韵"的王士禛，运用禅家语来评论前人诗歌的意境则更是常事，如评李太白、孟浩然诗为"色相俱空，正如羚羊挂角，无迹可求"（《带经堂诗话》卷三），评唐人五言绝句，"往往入禅，有得意忘言之妙，与净名默然，达摩得髓，同一关捩"（《带经堂诗话》）等。

自以禅论诗出现以来，诗论家们对此就存在不同的看法，有的人极力推崇诗禅的结合，有的人则加以反对，抓住其漏洞进行批评。推崇者，主要是从诗禅互助的角度出发，认为二者的结合对各自都会产生有益的促进。如元好问说："诗为禅客添花锦，禅是诗家切玉刀。"（《嵩和尚颂序》）"花锦"，指禅家的文字如锦如花，甚为华丽，如《碧岩录》卷三八则称临济宗的相互问答是"语句尖新，攒花簇锦，字字皆有下落"。黄蘗宗大智禅师在《碧岩种电钞》中称临济宗汾阳善昭、云门宗雪窦重显禅师的颂古诗是"禅苑花锦"。元氏引用是说诗为禅师们的说法及问答启示增添了花锦。"切玉刀"，用的是《列子·汤问》的典故，《列子》云："西戎献锟鋙之剑……其剑长尺有咫，用之切玉如切泥焉。"元氏用此比喻禅为诗人学诗、写诗提供了锋利的器具，能对学诗、写诗予以有益的帮助。

批评者，所取角度不尽相同，大约可以分为以下几种：

一种是从儒家诗教的正统出发来排斥以禅入诗、以禅论诗。如李重华说："严沧浪以禅悟论诗，王阮亭因而选《唐贤三昧集》。试思诗教自尼父论定，何缘堕入佛事?"（《贞一斋诗说》）这是从维护儒家的诗教传统出发的。袁枚也说：

阮亭好以禅悟比诗，人奉为至论，余驳之曰：毛诗《三百篇》，岂非绝调，不知尔时禅在何处，佛在何方？人不能答。因告之曰：诗者，人之性情也，近取诸身而足矣，其言动心，其心夺目，其味适口，其音悦耳，便是佳诗。（《随园诗话补遗》卷一）

钱钟书先生说袁氏的这一驳斥已是“强词夺理”。[①] 袁枚还说：

孔子与子夏论诗，高岸深谷，泠泠然不知其里，所谓深微。乃沧浪羚羊挂角之先声。(《随园诗话》卷二)

这几乎又近于夜郎自大，把一切外来的东西都归之于老祖宗早已有之，实属可笑。其实，袁枚也不是真正反对以禅喻诗，同在《随园诗话》里他又承认严羽的“羚羊挂角”与王士禛的“香象渡河”的借禅喻诗是好的，他说：

严沧浪借禅喻诗，所谓“羚羊挂角，香象渡河，有神韵可味，无迹象可寻”。此说甚是。然不过诗中一格耳。阮亭奉为至论，冯钝吟笑为谬谈，皆非知诗者。诗不必首首如是，亦不可不知此种境界。如作近体短章，不是半吞半吐，超超元箸，断不能得弦外之音，甘余之味：沧浪之言，如何可诋？若作七古长篇、五言百韵，即以禅喻，自当天魔献舞，花雨弥空，虽造八万四千宝塔，不为多也；又何能一羊一象，显渡河、挂角之小神通哉？总在相题行事，能放能收，方称作手。(《随园诗话》卷八)

他在《续诗品·神悟》里也照样推崇妙悟，他的“性灵说”也根源于佛性论、妙悟说。这正如钱钟书先生所指的：“子才论成章不以神韵为归，而论作诗颇以妙悟为主，与沧浪等持论冥契而不自知。”[②]

另一种是从语言、文字在禅与诗中的不同地位入手，认为禅与诗是对立的，禅语不可进入诗，参禅会引起诗思的退化。如刘克庄说：

诗家以少陵为祖，其说曰：“语不惊人死不休。”禅家以达摩为祖，其说曰：“不立文字。”诗之不可为禅，犹禅之不可为诗也。何君合二为一，余所不晓。夫至言妙义，固不在于言语文字。然舍真实而求虚幻，厌切近而慕阔远，久而忘返，恐君之禅进而诗退矣。何君其试思之。(《题何秀才

① 钱钟书：《谈艺录》(补订本)，中华书局1984年版，第198页。

② 钱钟书：《谈艺录》(补订本)，第200页。

诗禅方丈》)

刘氏从诗与禅对待文字态度的不同推论，认为二者不可合一，更不能相互促进。贺贻孙在《诗筏》里也说：

唐释子以诗传者数十家，然自皎然外，应推无可、清塞（即周贺）、齐己、贯休数人为最。以此数人诗无钵盂气也。僧家不独忌钵盂语，尤忌禅语。近代禅师作诗者，余谓此禅也，非诗也。禅家、诗家，皆忌说理。以禅作诗，即落道理，不独非诗，并非禅矣。诗中情艳语皆可参禅，独禅语必不可入诗也。

他从禅家忌禅语、诗家忌理语方面，看到禅不可进入诗。如果以禅入诗，就必陷入说理，不仅诗非诗，禅也并非禅矣。刘、贺二人区别了诗、禅的不同，看到了诗之为诗的特点，有一定的道理。但把诗、禅看作是对立的，认为禅进必诗退，或禅语必不可入诗，则有些绝对。实际上，在这方面处理得较好的诗人与诗僧都大有人在。

还有一种是未能领会以禅喻诗的妙处，而仅仅从禅学的角度抓住以禅喻诗的某些漏洞而进行批评。如冯班的《严氏纠谬》，他指出了严羽以禅喻诗的三大错误：第一，严氏把汉魏晋盛唐诗、大历以还诗、晚唐诗分别比作大乘、小乘与声闻、辟支果，是错误的，因为声闻、辟支果也属于小乘，是不能与大乘、小乘并列而独立成一种第三等级的。第二，严羽说“乘有大小，宗有南北”，但下文里却不知指什么。而临济、曹洞都并出于南宗，是不是严羽误以为此二宗就是南北宗了。第三，临济、曹洞都属大乘，并无高下之分，但严羽却把汉魏晋盛唐诗比作临济，大历以还诗比作曹洞，分明有了大、小乘之分。他把曹洞宗算作小乘，又是错谬的。因此，冯氏说：“沧浪之言禅，不惟未经参学南北宗派大小三乘，此最是易知者，尚倒谬如此，引以为喻，自谓亲切，不已妄乎?”至于严羽说的那些如“单刀直入”、“顿门”、“活句死句”之类，则更是“剿窃禅语，皆失其宗旨，可笑之极”。冯班指出的这些，从禅学角度看是对的，因为严羽的比附的确发生了错误。然而，“严羽以禅为喻，旨在强调盛唐以前和大历以后诗歌的差别。禅，只是一种比喻，没有更深的含义”[①]。冯班并没有领会严羽的真正用心，也没有把握严羽“妙悟”说的美学实质以及它的警醒、启悟与创造性的理论意义。对此，冒春荣作了反批评，他说：

以禅喻诗，非以禅入诗：所谓臭味在酸咸之外是也，所谓不参死句是也，所谓不拖泥带水活泼泼地是也，所谓脱胎换骨是也，所谓意起于彼，言在于此，使人领悟即得，不可以呆相求之是也。若冯定远说，是谓禅和子说偈语、打机锋，其于严氏之解，谬以千里矣。（《葚原诗说》）

这些争论与反驳，在一定程度上也说明了禅学已经广泛渗透进中国诗学之中，并深深影响诗学中的一些重大问题，因而引起诗论家们的高度重视。

当然，古代诗论中的以禅论诗也有片面性，那就是他们只片面地强调了“悟”和“熟参”，注重的只是个人的体悟与书本知识，不免有脱离社会生活闭门造车的唯心主义流弊。这是我们在谈以禅论诗这一课题时需要辩证分析与批判的。

（蒋述卓）

① 袁行霈：《诗与禅》，《中国诗歌艺术研究》，北京大学出版社 1987 年版，第 111 页。

第十章

中国复古诗学文学退化史观的美学审视

一、问题的导入

中国古代文学思想郁积着浓厚的复古情结，而复古思想则很容易产生文学不断退化的历史哀叹。然而，在相当长的时期内，人们不大愿意正视、较少集中探讨这一不太“革命”、有违“进化”的思想遗产，即使有所涉及，也习惯于用进化论历史观、以所谓的“历史进步性”思维模式简单处之，作出的评价也多为负面的。但只要我们深入分析，则发现问题并非如此简单！

孔子曰：“古之学者为己，今之学者为人。”（《论语·宪问》）意谓“古之学者”从自己的真实性情、真实感受出发，而“今之学者”则把文章、学问当作鬻声钓世、博取功名利禄的工具。朱熹极称此语，认为“圣贤论学者用心得失之际，其说多矣，然未有如此言之切而要者”[①]。孔子这一“切而要”的古今对照观，说得也许绝对了点，但从越来越制度化的整体文化氛围和制作机制来看，“今之学者”确实较易于浮躁、矫情、趋世、媚俗。把孔子这一积淀了浓厚的怀古情愫的句法模式运用到文学上，则很容易得出：古之诗人，感自己之所感，言自己之所言；今之作者，感他人之所感，言他人之所言！故杨万里云：“古人之诗，天也；后世之诗，人焉而已矣。”[②] 王通言：“古之文也约以达，今之文也繁以塞。”[③]

关于退化，人们容易想起主张宗经复古的刘勰的经典名言：“推而论之，则黄唐淳而质，虞夏质而辩，商周丽而雅，楚汉侈而艳，魏晋浅而绮，宋初讹而新。从质及讹，弥近弥淡。”[④] 这里对古代文学各阶段的美学概括尽管不完全正确，却体现了这样一种很有代表性的文学退化思想：一部文学的发展历史，就是一部文学越来越背离自然浑朴之美的退化史。对刘勰的这一代不如一代的文学历史观，人们往往习惯于轻易地加以否定和批判，或仅仅指出它矫当时雕丽、绮靡文风之弊的用意，殊不知“从质及

① 朱熹：《四书集注》，岳麓书社 1985 年重印本，第 189 页。

② 罗大经：《鹤林玉露》乙编卷之三引，据中华书局 1983 年点校本，第 163 页。

③ 王通：《中说·事君篇》，据四部丛刊影宋本《文中子中说》。

④ 刘勰：《文心雕龙·通变》，据范文澜注本。以下凡引是书，皆据此本，且只注篇名。

讹，弥近弥淡”道出了历史的必然！文明愈发展，越味愈精细，文学越自觉，文学雕华的倾向似乎愈来愈容易发生。与之同趣，主张“诗之格以代降”的明代复古主义者胡应麟纵论历代诗歌：“汉人诗，质中有文，文中有质，浑然天成，绝无痕迹，所以冠绝古今。魏人赡而不俳，华而不弱，然文与质离矣；晋与宋，文盛而质衰；齐与梁，文胜而质灭；陈、隋无论其质，即文无足论者。”[①] 如果从文与质的浑一与分离的历史进程来看，这一历史概括有何不准？为什么中国诗歌发展到两宋，越来越容易出现古代诗论家所病诟的“饾饤”、“七宝楼台拆得不成片断”？后来诗歌为什么境界越来越破碎、细小，而与真实的自然世界越来越“隔”？

再来看一些不是复古主义者的论析。晋人葛洪指出：“且夫古者事事醇素，今则莫不雕饰，时移世改，理自然也。”[②] 葛洪秉持今胜于古的立场，从“时移世改”得出文学不断进化的结论。但如果换一个角度，从追求“醇素”反对“雕饰”这一美学立场着眼，不就很容易达致文学不断退化的历史洞观？王国维也许不是一个复古主义者，但他的“文体盛衰”话题，却深深启发我们“文学后不如前”的美学沉思。他在《人间词话》中历数各种诗体的兴衰代变后说：“盖文体通行既久，染指遂多，自成习套，豪杰之杰，亦难于其中自出新意，故遁而作他体，以自解脱。一切文体所以始盛终衰者，皆由于此。故谓文学后不如前，余未敢信。但就一体论，则此说固无以易也。”正是从“习套”形成之前之直接感知、自由兴发这一角度出发。王国维在《文学小言》中进一步明确认为“诗至唐中叶以后，殆为羔雁之具矣。……至南宋以后，词亦为羔雁之具”。他那追求自然、真切的“不隔”论，推崇的是没有任何先验的概念、格套遮隔的原初体验和直接感受，而诸如“用事”、“代字”、“隶事”、“粉饰”、“美刺投赠”等文化风习、文学法则和传统框架则容易破坏艺术形象的整体性、直接性和鲜明可感性。朱东润先生曾言：“南宋之季，梦窗、玉田之词大盛，论者或以词匠少之。实则吾国文学上之演进，每有一定之轨则，始出于大众之讴歌，天然之美，于兹为盛。及其转变既繁，成为文人学士之辞，组绘之美，于是代兴。二美不可兼得，各有所长。必谓后之严妆，逊于前之

---

① 胡应麟：《诗薮》内编卷二，上海古籍出版社 1979 年版。

② 葛洪：《抱朴子·钧世》，诸子集成本。

本色，斯又一偏之论耳。”① 这番话似乎就是针对王氏而发，但朱先生在指出“必谓后之严妆，逊于前之本色”乃“一偏之论”的同时，也承认从“天然之美”到“组绘之美”是文学历史发展演进的“轨则”。如果从自然感兴、浑朴天然的角度讲，大概朱先生也难以否认文学“后不如前”！20世纪初是进化论引进并产生重大影响的时代，但服膺“进化的研究”的杨鸿烈在《中国诗学大纲》中却于极称“诗的进步说”的同时，也从诗性精神的角度充分肯定了中国诗学中极为浓厚的复古倒退思想的合理性，认为“诗的退化的趋势，乃是人类‘理智’进步，‘感情’、‘想象’退减的结果。这是自然的结果，并不是人为”②。

这些就启示我们，一旦把“古”与“今”这些体现了历史观念的复古意识与自然、质朴、意象浑全这些中国古代诗学非常重视的美学理论联系起来考察，则很容易走向文学不断退化的思维。中国诗学中极为浓厚、影响甚大的复古退化观，也许是“一偏之论”，但其“片面性”背后却隐含着极为丰富的“深刻性”。古今中外不少文论家坚持认为，尽管随着科学的发展，文学表达技巧日益精致、细腻，表现方法也日趋丰富、多样，但从文学情感的维度，从人对外在世界直观感悟能力的角度，从中国诗论家所极力崇尚的质朴自然、意象混沌的层面考察，人类的“诗性智慧”却在一步一步退化！因此，对中国古代文论中获得广泛唱和的文学退化观，我们就不能以简单化理解了的进化论历史观、以所谓的“历史进步性”思维模式简单处之，而应该更多地从文化、美学的角度，充分揭示中国复古主义者在批判“近今”、“近代”奇技百出、竞新弄巧的文化风习和刻意为文、饾饤破碎的创作机制背后所体现的终极人文关怀和审美追求。它所牵涉的不仅是文学的历史观，更为重要的是对人的本质、人对世界的感知方式以及文化氛围中“诗”的不利处境等重要的美学问题的追寻，更多地表现了对“诗性”精神在历史文化运作中不断离散的深沉思考。它越来越与今天人们关切的如下问题相关：

在日益理性化、越来越技术化的时代，诗人何为？

在过分平面化、日趋商业化的时代，诗人何为？

---

① 朱东润：《中国文学批评史大纲》，上海古籍出版社1983年版，第170页。

② 杨鸿烈：《中国诗学大纲》，第215页。

二、“朴散为器”与“君子不器”

要真正认识并理解中国诗学上的复古退化观的精髓，我们就得首先从深刻影响了中国古代文学思想的儒、道哲学说起。儒、道思想特别是道家哲学中，本身就内含一种富有深度、极具特色且通于艺术精神的“历史哲学”观。

老子思想有一大特色，就是不仅其哲学的核心概念“道”的原生点，与人类历史的起点同步，而且“道”的生成、演化与人类历史发展的进程也有内在的同一性。共时性的理论思考与历时性的历史洞观，在老子的思维中往往不可分地联系在一起。“失道而后德，失德而后仁，失仁而后义，失义而后礼。夫礼者，忠信之薄，而乱之首。”① 这一“失……而后……”的顶真句式，既是对其哲学范畴的一个比较，同时也是一种历史的观照。因为在道家哲学概念中，“道”常与浑一未分的原始混沌状态联系在一起，“朴”、“混成”、“混一”、“浑沌”、“混芒”、“鸿蒙”、“至一”等名词往往被老庄当作“道”最重要的形象指称。“朴散则为器”（《老子》第二十八章），正如王弼注云，真朴“散则百行出，殊类生，若器也”。也就是说人类历史是由混沌同一分化而为奇态百生、奇技百出，由原始的简单发展为越来越复杂的过程。儒家所倡导的仁、义、礼等概念，就是这种越来越复杂的社会状态的反映。因此老子把人类的历史初始看作完美的黄金时代，而此后的发展，包括儒家所崇尚的仁、义、礼、智等道德行为，都是每况愈下、人类的美好原性不断“失去”、人性的真朴自然越来越“丧失”的历史。

老子“朴散为器”所蕴涵的历史演化观，在庄子那里得到了更进一步的继承和发展。庄子也把人类文明的“进化”历程，描述为一部“道”不断“隐”、“德”不断“下衰”、“道术将为天下裂”的“退化”史。在庄子看来，理想的社会是“行而无迹，事而无传”、人与物浑然不分、“民至

① 《老子》（第三十八章），据陈鼓应：《老子注译及评介》，中华书局1984年版。

老死而不相往来”的“至德之世”,[①] 这一“至德之世”庄子又称“至一”之世:“古之人，在混芒之中，与一世而得澹漠焉。当是时也，阴阳和静，鬼神不扰，四时得节，万物不伤，群生不夭，人虽有知，无所用之，此之谓至一。当是时也，莫之为而常自然。”如同“日凿一窍，七日而浑沌死”的寓言所示，这一“至一”状态在以后的历史发展中却一步一步“下衰”了:“德又下衰，及唐、虞始为天下，兴治化之流，浇淳散朴……然后附之以文、益之以博。文灭质，博溺心，然后民始惑乱，无以反其性情而复其初。”(《缮性》)比老子更为深刻的是，庄子更多地以思维的解体来描述这一滔滔不返的退化：

古之人，其知有所至矣。恶乎至？有以为未始有物者，至矣，尽矣，不可以加矣。其次以为有物矣，而未始有封也。其次以为有封焉，而未始有是非也。是非之彰也，道之所以亏也。(《齐物论》)

在他看来，最完美的是远古自然之世“未始有物”的境界，不知道天地、万物、自我的区分，人与宇宙自然浑然一体。随着人的意识的觉醒，随着社会的大分化，便导致了思维的一步一步解体：“以为有物”、“未始有封”，感到有物与我之分，但还不知用人为的标准去对自然万物进行类分；一旦有“封”(用概念去对自然万象进行类分)，一旦有了是非判断，“道”的完整性、思维的浑全性就分离、破碎了。其实，思维上的“封”正是社会大分化(“分”)的反映。这种社会大分化不仅指人开始与自然界相疏离，也有职业上的社会分工，还有因财富积累而造成的人的等级分化。这样的社会大分化改变了以前的宁静、纯一、朴素，导致了以二分律为核心的思维框架和言辨系统的形成。“道隐于小成，言隐于荣华”，成玄英解释：“小成者，谓仁义五德”；而“荣华者，谓浮辩之辞，华美之言也”。文明时世所盛行的仁义道德等人为的“小成”以及由此滋长的纷繁的概念、名辩分裂了“道”的浑朴混一，遮蔽了存在的真实、完整。《天下》篇在谈到原始的浑一不分发展到“百家争鸣”的纷乱时，描述道：

---

① 《庄子》一书中《天地》、《马蹄》、《胠箧》篇，据郭庆藩《庄子集成》，诸子集成本，以下凡引《庄子》均依该本，且只注篇名。

“天下大乱，贤圣不明，道德不一，天下多得一察焉以自好。譬如耳目鼻口，皆有所明，不能相通。犹百家众技也，皆有所长，时有所用。虽然，不该不徧，一曲之士也。判天地之美，析万物之理，察古人之全，寡能备于天地之美，称神明之容。……悲乎，百家往而不反，必不合矣！后世之学者，不幸不见天地之纯，古人之大体，道术将为天下裂！”这一浑全之“道”被离析、破碎的过程，同时也是一部“道术将为天下裂”的学术史。

与主张回到“行而无迹，事而无传”的自然远古之世的道家不同，儒家代表人物孔子则倡“克己复礼”，以西周礼乐文明作为理想社会蓝本，为已经分化了的人类社群设立规范化、体制化的框架。尽管儒、道在所复之古的时段、具体内涵上有重大差异，但孔子也对“当时”人心不古、奇技百出的滔滔不反时势深感不满。可与老子“朴散则为器”相启发的，是孔子提出了“君子不器”（《论语·为政》）的命题。朱熹解释道：“器者，各适其用，而不能相通。成德之士，体无不具，故用无不周，非特为一材一艺而已。”[①] 而现今学者以现象学之眼来解读，则看到“‘器’就是指脱离了缘发境域的技艺；它堕落为有某种固定形式、并因而难于彼此沟通的谋生技巧和艺能”[②]。孔子“君子不器”所包含的反对限于某种实用目的、沦为技艺活动的思想，与老子“朴散则为器”、庄子所哀叹的“一曲之士”、“后世之学者”分裂天下“道术”的历史退化相通。因为老庄所称道的“朴”、“混成”、“混芒”、“浑沌”、“至一”、“纯粹”、“全”、“大”，对立面是“天下始分”以后人们“分”、“析”、“裂”、“凿”、“剖”、“辨”等文化行为，这些文化行为很容易导致“一材一艺”的技巧和艺能活动。

把上述儒、道思想特别是道家退化历史观运用到艺术批评，张彦远在《历代名画记》中说“失于自然而后神，失于神而后妙，失于妙而后精，精之为病也，而成谨细”。这种艺术优劣的品第，竟与“上古之画”、“中古之画”、“近代之画”、“今人之画”的历史退化惊人地对应！明人恽敬申述张彦远的这一说法并把它扩展到“文”：

---

① 朱熹：《四书集注》，岳麓书社 1985 年重印本，第 80 页。

② 张祥龙：《海德格尔思想与中国天道——终极视域的开启与交融》，（北京）三联书店 1996 年版，第 410 页。

张彦远《名画记》曰：失于自然而后神，失于神而后妙，失于妙而后精，精之为病也，而成谨细。自然者上品之上，神者上品之中，妙者上品之下，精者中品之上，谨细者中品之中。不佞之文，其精与谨细之间乎！然《名画记》不列中下品以下者，即所谓近今之画，焕烂而求备，错乱而无旨者是也。画如是，文可知矣。①

张彦远的这段名言以及恽敬对它的发挥，不禁使人联想到老子的经典名言。两者对照，其间蕴涵着无限丰富、融通的哲学—艺术—历史文化的启示：

老子：失道而后德，失德而后仁，失仁而后义，失义而后礼。

张彦远：失于自然而后神，失于神而后妙，失于妙而后精，精之为病也，而成谨细。

不仅因为两者都运用了“失……而后……”的句法模式，而且它们都体现了历史演化（退化）的思想。有趣的是，复古主义者胡应麟也以从张彦远开始的品评模式来描述历代诗歌“代降”的进程：“五言盛于汉，畅于魏，衰于晋、宋，亡于齐、梁。汉，品之神也；魏，品之妙也；晋、宋，品之能也；齐、梁、陈、隋，品之杂也。”② 足见那种从艺术境界的品第中所体现的历史退化观念，在画论、文论、诗论中都是相通的。明代复古派诗论推尊汉魏，主要因为“汉魏之间，虽已朴散为器，作者犹质有余而文不足”③。“汉魏人诗，语有质野，此太朴未散。”④ 亦以老子“朴散则为器”的历史、宇宙演化生成哲学思维来理解诗歌体格的“代降”。石涛《画语录·一画》云：“太古无法，太朴不散。太朴一散而法立矣。”朴散、法立的文化历史俨然成了一部诗性精神日渐凋落、艺术灵性益发枯萎的历史，此间人们很容易热衷于、斤斤于艺术上葩藻、格律、声调、技法的提炼和翻新。文明化是人类和世界的一种进步，但从另一个角度看，这种表

---

① 恽敬：《与来卿》，《大云山房文稿》卷二，四部丛刊本。

② 胡应麟：《诗薮》内编卷二。

③ 王世贞：《艺苑卮言》卷一引独孤及语，丁福保《历代诗话续编》本。

④ 许学夷：《诗源辨体》卷七，人民文学出版社 1987 年版，第 111 页。

面的进步隐藏着一种不易为人察觉的退化过程。人类每向文明迈进一步，其自身的灵气和自然的完整性就减少一分，其与自然融洽无间的亲密关系也就退化一步。在老庄所批判的“天下始分”以后的文明历史进程中，随着人与自然的分离，随着人对外在世界浑整的感知分崩离析，并为概论、名言等框架所分割，随着文化运作越来越沦为“一材一艺”的技巧和艺能活动，文学上雕饰、谨细、饾饤、破碎的风气似乎是大势所趋的。文明愈发展，趣味愈精细，文学越自觉，文学雕华、格套化的倾向愈来愈容易发生，“诗性智慧”在一步一步地被“文”化、体制化、技艺化所遮蔽。

三、刘勰以宗经复古为基石的文学历史退化叙述

在源远流长的中国复古文学思想史上，由于所批判的“下衰”之世不同，所受传统影响的差异，渐次形成了两种颇为不同的美学旨趣：一种从“言之有物”为出发点，强调文学的社会内容和道德力量，反对无病呻吟、雕章琢句的形式主义和唯美风习。刘勰、白居易、韩愈等人的复古文学观就是如此；另一路则以诗性、气象、自然的追求为宗旨，反对诗歌走向技巧化、理性化、琐屑化的“后世”风气，推源诗歌自然感兴、自由抒发、浑然天成的原初生发。严羽及其以后的中国诗学就有这方面的丰富内容。前者主要基于道德、政治的社会功利目的考虑，而后者则隐含文化人类学—美学的思路。前者批判的对象是竞新弄巧、有“道丧文弊”“诗道崩坏”之斥的六朝，而后者则主要是饾饤破碎、有“理障”“事障”之讥的两宋及其以后；前者主要受儒家思想影响，而后者则很难硬套到哪一传统，但道家退化历史观的影响还是清晰可见的；这两种不同的复古旨趣也产生了两种不同的文学历史退化观。在本文所说的前一路复古思想中，“体大虑周”的《文心雕龙》可以说是一个最精致、最有深度的理论文本。

美国学者李维在《现代世界的预言者》一书中开头就说：“所有西方的文化，都萦绕于对先前黄金时代的回忆。”① 中国更是如此，存在着一个明显的关于“黄金时代”的叙述。如果说从周主义者孔子把相传为周公创

---

① ［美］李维著，谭震球译：《现代世界的预言者》，黑龙江教育出版社 1989 年版，第 1 页。

制的西周礼乐盛世看作理想时世的话，那么老庄则以文明前的原始自然状态——“小国寡民”、“至德之世”作为人类的“黄金时代”。在文学上，与严羽、七子派推尊诗的体制、格套形成之前的汉魏有所不同，刘勰把文学的“黄金时代”定格在“圣人时代”，而以后的历史发展，则是滔滔不返、每况愈下！

在《文心雕龙》的文论术语词典中，有一系列关乎新旧古今的范畴，颇能说明其复古心态，它们是：

在风格上有“典雅”与“新奇”、“正”与“奇”、“体要”与“好异”；

在源流、发展上有“本”与“末”、“枝”与“叶”、“源”与“流”；

在作者构成上有“诗人”（《诗经》的作者）与“辞人”、“古人”与“后进”；

在时代上有“古”与“今”、“远”与“近”；

从体制上有“正体”（“正言”、“正响”、“正式”、“正声”、“正音”）、“变体”、“讹体”。

这些范畴的一大特点，就是所有关于风格、体制这些共时性的概念，都与关于源流、时代这些历时性的思考对应着。刘勰把文学的最高标准、理想之所在都放到了“古”、“远”、“诗人”、“古人”那里，即以所谓的“圣人时代”为关键、枢要。在他看来，理想的风格之典雅、体要，文学之本质，体制上的“正体”等代表他最高理想的东西，都体现在“圣人时代”，包括在儒家经典那里。而此后的发展则每况愈下。在刘勰的心目中，文学的发展有三个重要阶段：一是“圣人时代”，其代表作品是儒家经典；二是“去圣未远”的楚骚时代；三是“去圣久远”的汉赋及其以后。圣文“雅丽”，“衔华而佩实”，乃“含章之玉牒，秉文之金科”（《征圣》）。儒家经典乃“恒久之至道，不刊之鸿教也。故象天地，效鬼神，参物序，制人纪；洞性灵之奥区，极文章之骨髓者也”。不仅如此，“圣人时代”的儒家经典还是“群言之祖”：“故论、说、辞、序，则《易》统其首；诏、策、章、奏，则《书》发其源；赋、颂、歌、赞，则《诗》立其本；铭、诔、箴、祝，则《礼》总其端；纪、传、盟、檄，则《春秋》为根。并穷高以树表，极远以启疆，所以百家腾跃，终入环内者也。”（《宗经》）

而以屈原为代表的楚辞，则由于“去圣之未远”、“矩式周人”、“号依诗人”、“依《诗》制《骚》”①，尚未完全离本，但其文辞的艳丽、想象的奇特已成为不祧之宗，因此刘勰对屈骚需要“辨”，需要以经典为标准对它作具体的分析和适当的取舍。著名的《辨骚》篇，即以儒家经典为准，指出屈骚中有所谓“同于《风》《雅》者”四端：“典诰之体”、“规讽之旨”、“比兴之义”、“忠怨之辞”。而“异乎经典者”亦有“四事”：“诡异之辞”、“谲怪之谈”、“狷狭之志”、“荒淫之意”。综观刘勰的文艺思想，正如黄侃所说：“大抵舍人论文，皆以循实反本酌中合古为贵。”②他对“诡异”、“谲怪”、“荒淫”之类的“异乎经典者”是带有明显的贬义和微词的。

至于以司马相如为代表的汉赋及其以后的时代，则由于“去圣久远”而导致了“文体解散”、“言贵浮诡”、“离本弥甚”（《序志》）的局面。这是刘勰极为痛心的。由于“辞人爱奇”，开启了后代文学“将逐讹滥”的滔滔不反的局面。刘勰对“近代辞人”之流循忘返一直耿耿于怀，《宗经》言“楚艳汉侈，流弊不还”。《定势》说“近代辞人，率好诡巧”。“新学之锐，则逐奇而失正。势流不反，则文体遂弊。”《风骨》亦对“驰骛新作”的近代风气之“习华随侈，流遁忘反”提出批评。《通变》指出近世文病“竞今疏古，风味气衰”。《诠赋》批评“逐末之俦，蔑弃其本，虽读千赋，愈惑体要；遂使繁华损枝，膏腴害骨，无贵风轨，莫益劝戒”。《情采》云“辞人赋颂，为文而造情”。“后之作者，采滥忽真，远弃风雅，近师辞赋，故体情之制日疏，逐文之篇愈盛。”

正是针对汉赋以来特别是齐梁之雕华、讹滥、浮诡的文风，刘勰祭出了儒家经典，希望以宗经的复古思想来纠正滔滔不反的追新逐奇的文坛风气。他说：“励德树声，莫不师圣，而建言修辞，鲜克宗经。是以楚艳汉侈，流弊不还。正末归本，不其懿欤？矫讹翻浅，还宗经诰。”（《宗经》）刘勰就是这样来“振叶以寻根，观澜而索源”，并“述先哲之诰”，以“益后生之虑”（《序志》）的。由此可见，建立在其文学退化观基础上的宗经复古思想，成为刘勰写作《文心雕龙》、建构其理论体系的一个重要基础。刘勰把文学退化的原因归结为“竞今疏古”的不良风气，归结为人们

① 分别见于《文心雕龙》之《辨骚》、《通变》、《事类》、《比兴》篇。

② 黄侃：《文心雕龙札记》，华东师范大学出版社 1996 年重印本，第 128 页。

不知“还宗经诰”的“如异之尤”。他主要以儒家的“宗经”思想来批判这一退化现象，体现的是一种“古典主义”的复古思维。在西方复古文学思想史上，法国古典主义在形式方面注重节制、对称、均匀，在内容上则强调理性、义务、公民意识和道德的教化作用。这一提倡和谐、适宜、理性、传统、法则、规范的审美理想和艺术精神，就与刘勰崇尚雅正、“体要”、“以循实反本酌中合古为贵”的思想有很大的沟通、对话空间。

四、严羽、七子派复古诗学的诗史观

与刘勰以宗经反本、雅正体要为归宿的文学退化历史观构成迥然不同的话语系统，严羽及受其影响的明代复古派则在尊汉崇唐的复古构架中凸显了一种特有的诗史观，这一诗史观以自然感兴、意象混沌作为理论支点，更多地表现了对“诗性”精神在历史文化运作中不断离散的悲观论思考。与刘勰的三阶段渐次退化的文学史观有所不同，严羽、七子派所描述的诗歌历史发展则表现为二循环的三阶段：“不假悟”的汉魏古诗、“透彻之悟”的盛唐诗人，以及堪称“不悟”或者“失悟”的“近代诸公”。汉代古诗，“气象浑厚，难以句摘，况三百篇乎？”[①] 因此汉诗及其源头《国风》，堪称“尚矣，不假悟也”，乃诗之“正”；魏人“稍尚思维”，开始有意为诗，已呈渐变之迹，但“淳朴余风，隐约尚在”，因此，他们有时把汉、魏并置统称；至晋、宋，则经历了“古今诗道升降之大限”，结果是“真朴渐漓”、“淳朴愈散，汉道尽矣”。[②] 这是第一个大循环，讲的是诗歌由出自“天地自然之音”的民间无意识歌唱向“巧匠雕镌”的文人有意识创作的转变。而至盛唐，则出现了文人诗作的成功典范。汉魏人直抒胸臆，率性而发，“肺肝间流出”，不须凭借悟，随手便出好诗，无什么诗观诗法。他们似乎是天然的诗人。而“晋以还”的诗作由于是一种自觉的创作，则必须“假悟”。“悟有浅深，有分限，有透彻之悟，有但得一知半解之悟。”在魏晋以来“须以悟入”的诗歌历史中，“六朝刻雕绮靡，又不可以言悟，初唐沈、宋律诗，造诣虽纯，而化机尚浅，亦非透彻之悟。惟

① 谢榛：《四溟诗话》卷二，人民文学出版社与《姜斋诗话》合辑本。
② 胡应麟：《诗薮》外编卷二。

盛唐诸公，领会神情，不仿形迹，故忽然而来，浑然而就，如僚之于丸，秋之于奕，公孙子于剑舞，此方是透彻之悟也”[①]。也就是说，只有盛唐人，由于他们“一味妙悟”，“惟在兴趣”，掌握并遵守了诗歌艺术的自身规律，达到了“透彻之悟”的化境。而盛唐诗的这一极致经由中唐之渐变，至两宋而偏出正路，走向了“不问兴致”、“以文字为诗，以才学为诗，以议论为诗”[②] 的死胡同。这就是第二个循环，讲的是文人诗在诗的体制、框架形成之后的正反经验和历史流变。

在这一二循环三阶段的诗史观中，有以下三点特别值得我们注意：

1. 关于汉、唐诗的比较

毫无疑问，无论是汉代古诗还是盛唐律诗，都是严羽及其七子派所复之“古”的具体对象，然而，尽管盛唐诗因其“古律之体备”、有“阶级可升”而成为取法的对象，但按照“气象浑沌”、“自然天成”的标准，只有高不可及的汉代古诗才是他们最理想的纯粹诗境。严羽在《沧浪诗话·诗评》中指出：“诗有词、理、意兴。南朝人尚词而病于理，本朝人尚理而病于意兴，唐人尚意兴而理在其中，汉魏之诗，词、理、意兴，无迹可求。”在汉、唐两者之间，严羽指出了他们各自的不同特点，但对它们未作明确的优劣品第。到了“七子派”的后期追随者，则在这方面有了明确的价值辨析。胡应麟说：“今人律则称唐，古则称汉。然唐之律远不若汉之古。”[③] 许学夷亦云：“或问汉魏诗与李杜孰优劣？曰：汉魏五言，深于兴寄，盖风人之亚也；若李杜五言古，以所向如意为能，乃词人才子之诗，非汉魏比也。”又曰：“汉魏古诗、盛唐律诗，其妙处皆无迹可求。但汉魏无迹，本乎天成；而盛唐无迹，乃造诣而入也。”[④] 简而言之，汉代古诗是“不假悟”的极致，而盛唐诗则是“假悟”的极品。汉代古诗是诗的体制、格套形成之前的“无诗人”、“无诗法”时代人们的自然运作，而盛唐诗则是诗的体制、格套形成以后，诗人们通过“尚意兴”、“问兴致”、“惟在兴趣”创作而成。因此，盛唐诗乃“词人才子之诗”，经由锻炼“造诣而入”，与“本乎天成”、“无迹可求”的汉代古诗不同。

---

① 许学夷：《诗源辨体》卷十七，人民文学出版社 1987 年校点本。

② 严羽：《沧浪诗话·诗辨》，据何文焕《历代诗话》本。

③ 胡应麟：《诗薮》内编卷二。

④ 许学夷：《诗源辨体》卷三。

2. 尊汉复古的反人文色彩，体现出对文化氛围中“诗”的不利处境的深刻反思

这一点最为重要。关于汉魏以来诗歌“朴散为器”的历史，严羽是这样描述的：“汉魏古诗，气象混沌，难以句摘。晋以还方有佳句。”但明代复古主义者则更注重对汉、魏之异的辨析。谢榛《四溟诗话》卷一云：“诗以汉魏并言，魏不逮汉也。建安之作，率多平仄稳帖，此声律之渐，而后流于六朝，千变万化，至盛唐极矣。”胡应麟对之则有更多、更明确的论述，其《诗薮》云：“魏继汉后，故汉风犹存。”（《诗薮》内编卷一）这是言其同，而“汉诗自然，魏诗造作，优劣俱见”则是见其异。因此胡氏认为“严谓建安以前，气象浑沦，难以句摘，此但可论汉古诗”。“严氏往往汉魏并称，非笃论也。”（《诗薮》内编卷二）许学夷则更进一步指出：“魏之于汉，同者十之三，异者十之七，同者为正，而异始变矣。汉魏同者，情兴所至，以不意得之，故其体皆委婉，而言皆悠圆，有天成之妙。魏人异者，情兴未至，始着意为之，故其体多敷叙，而语多构结，渐见作用之迹。”“汉魏同者，情兴所至，以情为诗，故于古为近。魏人异者，情兴未至，以意为诗，故于古为远。同者乃风人之遗响，异者为唐古之先驱。”（《诗源辨体》卷四）这些强调了汉诗“自然”、“天成”、“情兴所至，以不意得之”的特点。在这些方面，“始着意为之”、“渐见作用之迹”的魏人是有所不逮的，“晋以还”就离得更远了！

而汉代古诗那种“情兴所至，以不意得之”的自然运作，在出自“天地自然之音”的民间无意识歌唱中似乎更能得到呈现。胡应麟云：“二京无诗法，两汉无诗人。”又说：“周之《国风》，汉之乐府，皆天地元声，运数适逢，假人以泄之。”① “天地元声”，即诗歌的体制、格套尚未形成之前的那种原初、自然、浑整状态，在这种状态下诗歌很容易达到浑融、自然的境界。而一旦“体制既备”，产生了诗的概念和法则，有了“诗人”的身份感，则同原始真实的浑整世界产生了“隔膜”的感觉。因此，明代复古主义者非常重视民歌，七子派领袖人物李梦阳在其《诗集自序》中称引并赞赏“真诗乃在民间”的说法，有人认为此乃李氏对其复古思想的“晚年悔悟”，而笔者则更倾向于认为七子派推尊汉代古诗的复古思想本

---

① 胡应麟：《诗薮》外编卷一，上海古籍出版社 1979 年版。

身，即包含了对民歌直抒胸臆、自然感兴的创作程序的肯定。因为民歌多为闾巷子女、劳人思妇、田夫野叟之作，其作者无闻无识，未受上层文明社会精细趣味的浸染，未有作诗的明确意识，有的只是真情实感的自然流露，有的只是在人与自然的直接接触中的自然感兴。正是在这种意义上，明代复古派“后劲”胡应麟说：“汉乐府歌谣，采摭闾阎，非由润色。……天下至文，靡以过之。后世言诗，断自两汉，宜也。”（《诗薮》内编卷一）明代复古者多推崇北朝乐府民歌《敕勒歌》，而谢榛、胡应麟都极称该诗作者“目不知书”。“此歌成于信口，咸谓宿根。不知此歌之妙，正在不能文者，以无意发之，所以浑朴莽苍，暗合前古。推之两汉，乐府歌谣，采自闾巷，大率皆然。使当时文士为之，便欲雕缋满眼，况后世操觚者！”（《诗薮》内编卷三）这就通过“无诗法”、“无诗人”时代“以无意发之”的表现程序和“雕缋满眼”的“后世操觚者”之鲜明对照，表现了其复古诗学中所特有的反人文精神，并触及文化氛围中“诗”的不利处境这一重要的美学问题。在复古主义者看来，古人由于没有（或较少）关于艺术的格套，诗也没有完全成为一种“专门之学”，在这样一种文化生态环境下，诗完全产生于一种自然的运作和浑整的意态，人们直抒直感，自然感兴，自由生成。“古人”的这一文化生态优势，在“诗”成为一种“专门之学”，且其体制日繁、法则日精的“后世”，就渐渐退化甚至消失了，诗从绝对意义上不再是自然的运作和自由的生成，而成为可以拿来博取声名、取悦社会的“制作”品了。与胡应麟“无诗人”、“无诗法”同趣，不是复古主义者的徐渭区分了“有诗而无诗人”的“古人”和“有诗人而无诗”的“后世”：

古人之诗本乎情，非设以为之者也，是以有诗而无诗人。迨于后世，则有诗人矣，乞诗之目多至不可胜应，而诗之格亦多至不可胜品，然其于诗，类皆本无是情，而设情以为之。夫设情以为之者，其趋在于干诗之名；干诗之名，其势必至于袭诗之格而巢其华词。审如是，则诗之实亡矣。是之谓有诗人而无诗。[①]

---

① 徐渭：《肖甫诗序》，《徐渭集》（第二册），据中华书局1983年排印本，总第534页。

魏晋以来，复古为难；唐以来，合规矩准绳尤难。[①]

这实际上就牵涉到了某种难以明言的社会文化力量，古人把这种有些神秘的力量理解为“运会”、“气运”、“运数”、“元气”。清人陈仪认为：“古今诗人之不相及，非其才质逊古，运会限之也。……十五国风多闾巷妇女所作，谓李、杜、韩、苏不及成周之闾巷妇女，恐无此理。”[②] 清人费锡璜在谈到汉代古诗那种为后人难以企及的浑朴自然的美学风格时指出：“古诗浑浑浩浩，纯是元气结成。若以字句求之，真是呓语。”[③] 明代复古主义者胡应麟也说“周之《国风》、汉之乐府，皆天地元声，运数适逢，假人以泄之”，“汉人诗，气运所钟，神化所至也，无才可见、格可寻也”[④]。把“古今诗人不相及”的原因归结为具有神秘色彩的“运会”、“气运”、“运数”，并不能令人满意。但中国诗学上文学退化的历史观在具体表述中却隐含这样的思想：在诗的体制、框架、格套形成之前的汉代及以前，“无诗人”、“无才可见”却有“诗性智慧”。造成“古今诗人不相及”的真正原因，不是其才智的今不如昔，而是其“诗性智慧”在历史文化发展中的逐渐消退。

正是在这里，中国诗学上的上述丰富内容与西方美学获得了广泛的对话、互参、融通的可能。意大利历史哲学家维柯就把人类原始时代称为“诗性智慧”的时代，“在世界的童年时期，人们按本性就是些崇高的诗人”[⑤]。而随着文明的深进，人类理性的增强，科学和哲学渐次取得压倒性优势。从“诗性”的角度来看，人类的发展不失为一部不断退化的历史。称维柯为“现代语言哲学的创始人”并说维柯“创建了一种全新的神话哲学”[⑥] 的卡西尔，即受维柯的启发，从语言的角度提示了维柯引而未发的

---

① 元好问：《陶然集序》，见《宋代文艺理论集成》，第 1186 页。

② 陈仪：《竹林答问》，见《清诗话续编》，第 2222 页。

③ 费锡璜：《汉诗总说》，见《清诗话》（下册），上海古籍出版社 1979 年版。沈德潜《唐诗别裁前言》云：“诗贵浑浑灏灏，元气结成。”可相参证。

④ 胡应麟：《诗薮》外编卷二。

⑤ ［意］维柯著，朱光潜译：《新科学》，人民文学出版社 1986 年版，第 98 页。

⑥ ［德］卡西尔著，黄龙保、周振选译：《神话思维》，中国社会科学出版社 1992 年版，第 4 页。

"退化"思想：

> 在人类文化的较早阶段，语言所包含的这种诗意的和隐喻的特性，似乎完全压倒其逻辑的、"推论的"（discursive）特性。但是，假如我们从发生学的角度必须把人类语言中这种想象的和直观的趋向看作人类语言最基本的和最原初的特质的话，那么，我们从另一方面着手又会发现，在人类语言的进一步发展中，这种趋向就逐渐减弱了。[①]

文学是语言的艺术。语言的这种诗意的特性在历史发展中的"逐渐减弱"，也就意味着人类的"诗性智慧"的不断退化。

维柯以后，在包括马克思在内的德国古典美学家中，席勒、黑格尔、马克思都曾区分、对照过古代和近代，都曾对近代社会不利于艺术的特点进行过深刻的揭露和批判。马克思的剩余价值学说得出资本主义的生产和分工同理想的美和艺术是"敌对的"的重要结论。与近代社会相反，古代（原始野蛮时期或文明初期）由于人性还没有分化、人的思维没有分割，他们完整地感受外在对象的能力使他们"天然"地具有审美的感觉。席勒在《论朴素的诗与感伤的诗》中，从人与自然的关系讨论过古典诗（朴素诗）和近代浪漫诗（感伤诗）的分别，认为古典时代人与自然一体，就是诗的朴素状态；近代人已与自然脱节，却又想"回到自然"，眷恋人类童年的素朴状态，所以心情是感伤的。古代人"就是自然"，而近代人则"寻求自然"。也许，黑格尔的艺术难题更能启发我们在这里论述的文学退化模式。黑格尔认定随着人类理性的发展，艺术最终将被哲学所替代，从某种意义上将导致艺术的解体！同席勒的古今（近）对照思维一样，黑格尔也着重比较了他所理想的古希腊"英雄时代"和"文化普及"的"近代市民社会"。他说："我们现时代的一般情况是不利于艺术的。"[②] 在"文化普及"的"近代市民社会"，人性的完整性被分割，人与他的对象化活动的直接同一性遭到了隔离，这样一种文化生态环境容易使艺术沦为机

---

① ［德］卡西尔著，李小兵译：《符号·神话·文化》，东方出版社 1988 年版，第 98 页。

② ［德］黑格尔著，朱光潜译：《美学》（第一卷），商务印书馆 1982 年版，第 14 页。

械的制作。因此，对于黑格尔来说，近代不是诗意的时代，而是散文的时代；市民社会不是诗意的社会，而是散文的社会。近代市民社会的“散文状态”，总的来说是对艺术不利的。反观《荷马史诗》所代表的“英雄时代”（亦称“古典时代”），英雄们保持着完整、独立自足的人格，人与他的活动及活动的产品直接同一。古典时代的艺术家和自己时代的生活、世界观也是直接同一的，艺术所表现的内容就“是”他们本身所“是”的东西，艺术家所需要的工作只是把这种真实本质的东西对象化，从自己那里把它“自然地”表现出来。既然“文化普及”、“完全发达的面面关联”的近代市民社会不利于艺术，那么在黑格尔眼里，最有利于理想的艺术产生和存在的社会历史条件，似乎是没有阶级、没有国家、没有法律，或者尚未完全向阶级、国家、法律转化时的状况。黑格尔的这一历史观与道家在“天下始分”以前的元古之世寻找浑朴自然至境的“历史哲学”如出一辙，也对我们理解中国复古诗学文学退化思想提供了一个哲学—美学分析的向度。现在回过头来看，前引杨鸿烈在其《中国诗学大纲》中所说“诗的退化的趋势，乃是人类‘理智’进步，‘感情’、‘想象’退减的结果。这是自然的结果，并不是人为”，这一对中国退化论诗学观的解释，极有可能是受到西方上述思想影响和启发的结果。

（刘绍瑾）